KARIN LINDBERG

# Winter auf Schottisch

## ÜBER DAS BUCH

**Wer hätte gedacht, dass der Winter in Schottland so heiß sein kann ...?**

Avas Leben scheint nach außen hin perfekt zu sein: steile Karriere, Teil eines Power Couples und ein schickes Outfit für jede Situation. In Wirklichkeit steht ihr Innenarchitektur-büro kurz vor dem Aus, ihr ach-so-toller Freund erweist sich als Schwein und ihre Designeroutfits sind absolut un-geeignet für den Auftrag, der ihre Agentur retten soll: Wind und Stürme in Schottland, um zur Weihnachtszeit ein altes Schloss umzugestalten? Nein danke! Zu allem Übel lässt sie der Highlander Colin, mit dem sie zusammenarbeiten soll, deutlich spüren, dass er weder von ihr noch von ihrem Modebewusstsein sonderlich beeindruckt ist. Leider ist er aber teuflisch attraktiv, und dass ihre Hormone unter dem Mistelzweig verrücktspielen, kann sie gar nicht gebrauchen!

Und doch scheint Colin für Ava das einzige Gegenmittel zu der Eiseskälte in den Highlands zu sein – und vielleicht sogar zu der in ihrem Herzen ...

# KARIN LINDBERG

# Winter auf Schottisch

Highland-
Liebesroman

Bibliografische Information der Deutschen Nationalbibliothek:
Die Deutsche Nationalbibliothek verzeichnet diese Publikation in
der Deutschen Nationalbibliografie; detaillierte bibliografische Daten
sind im Internet über dnb.dnb.de abrufbar.

**Copyright © Karin Lindberg 2024**
**www.karinlindberg.info**

Lektorat: Dorothea Kenneweg
Covergestaltung: Casandra Krammer
Covermotiv: © Shutterstock.com
Illustration Coverinnenseite: Mo Kast für BoD

**Buchsatz, Herstellung und Verlag:**
BoD – Books on Demand, Norderstedt

**ISBN:** 978-3-7597-1845-7

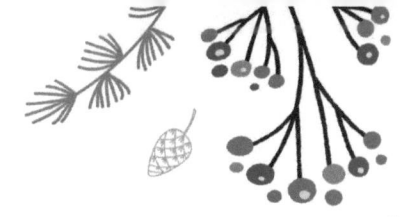

# Eins

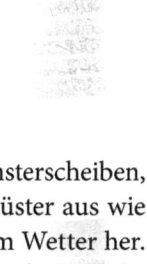

Dicke Regentropfen prasselten gegen die Fensterscheiben, der Himmel über London sah genauso düster aus wie Avas Stimmung – und die rührte nicht nur vom Wetter her. Der Blick in ihre Finanzen trieb ihr jedes Mal aufs Neue die Tränen in die Augen. Ava blinzelte, dann zwang sie sich, weiter zu atmen. Ganz langsam ließ sie die Luft aus ihren Lungen entweichen, drückte die Schultern nach unten und schloss die Augen. Innehalten. Positiv denken. Irgendwann würde sich die Lage wieder bessern. Dieses Mantra sagte sie sich nun schon seit einer so langen Zeit vor, dass sie wirklich daran glaubte. Nur wann das eintreten würde, wusste sie nicht.

Sie hatte in den letzten Monaten alles in die Waagschale geworfen: Meditation, Visualisierung, und sie hatte konkrete Wünsche an das Universum geschickt. Aber die Realität sah leider noch immer so aus, dass sie außer ihrer persönlichen Assistentin keinen weiteren Mitarbeiter hatte halten können. Ihr einst florierendes kleines Unternehmen war zu einer Zwei-Woman-Show geschrumpft, die sich mehr schlecht als recht über Wasser hielt. Aber es ging nicht nur ihr so, alle hofften auf bessere Zeiten.

Ava legte ihre Hände flach auf den Tisch, dann schüttelte sie sich leicht wie ein Hund, der aus dem Wasser kam. Wenn es nur so einfach wäre, dachte sie und schob den Ordner mit ihren Buchhaltungsunterlagen beiseite. Sie brauchte etwas Positives, etwas, das ihr Spaß machte, also öffnete sie ihren Internetbrowser und arbeitete ein wenig an ihrer Online-Präsenz. Hier stimmte alles, sie hatte Top-Referenzen, aber das Geld saß momentan bei den meisten leider nicht so locker – auch nicht bei der Upperclass. Die hockten zwar fast alle noch auf ihren teuren Immobilien, aber an Liquidität mangelte es fast überall. Dennoch, Ava wollte sich nicht beschweren, immerhin hatte sie noch ein Unternehmen, und ihre berufliche Durststrecke würde irgendwann ein Ende nehmen.

Sie dachte an ihren Freund Will, und sofort fühlte sie sich ein wenig besser. Ohne ihn hätte sie aufgeben müssen, aber er hatte ihr beigestanden und finanziell ausgeholfen. Sie schenkte dem Foto von ihm, das auf ihrem Schreibtisch stand, ein Lächeln, dann arbeitete sie weiter.

Es war schon kurz nach neunzehn Uhr, ihre Assistentin hatte sich längst in den Feierabend verabschiedet, als das Telefon bimmelte. Ava runzelte die Stirn, das Klingeln wirkte in der Stille ihres Büros beinahe unheimlich. »Vermutlich verwählt«, stieß sie ironisch hervor und schnitt eine Grimasse. Dann hob sie ab. »Architektur- und Designbüro Ava Scott, was kann ich für Sie tun?«

»Guten Abend, mein Name ist Kenneth McGregor, könnte ich mit Miss Scott sprechen?«

Ava schluckte. Kenneth McGregor, der Name sagte ihr was, vor allem im Zusammenhang mit seinem schottischen Akzent, der mit dem rollenden ›R‹ so wunderbar rau und ursprünglich klang. »Ich bin dran, was kann ich für Sie tun?«

»O, Ava, wie schön, dass ich Sie erwische.«

Sie rieb sich die Stirn, dann machte es Klick, und sie erinnerte sich, wo sie sich schon mal begegnet waren. Ava hatte Kenneth McGregor vor einer ganzen Weile bei einem Poloturnier kennengelernt. Will war verrückt nach diesem Sport, und sie mochte es, schöne Hüte auszuführen, also hatte sie ihren Freund häufiger begleitet. Kenneth war ein begnadeter Polospieler, aber soweit sie wusste, hatte er den Sport aufgegeben.

»Kenneth, wie geht es Ihnen?«, erkundigte sie sich und lächelte, obwohl ihr klar war, dass er es nicht sehen konnte.

»Mir geht es ganz wunderbar, ich hoffe Ihnen auch?«

»Ja, aber natürlich. Sehr gut, sehr gut.« Niemand wollte am Telefon hören, wie einem wirklich zumute war. Ava hoffte, sie hatte das glaubwürdig rübergebracht. Nichts war erbärmlicher, als auch noch zu zeigen, wie schlecht die Geschäfte liefen.

»Ich habe eine Bitte an Sie«, fuhr Kenneth fort.

»Ja?« Sie kniff die Augen zusammen, nahm einen Kugelschreiber in die Hand und fing an, die Karos auf ihrem Block auszumalen, während sie überlegte, was er von ihr wollen könnte. Soweit sie informiert war, lebte er jetzt zurückgezogen auf seinem Schloss am Loch Ness in den Highlands.

»Ich würde gerne einen Termin mit Ihnen vereinbaren.«

Sie riss die Augen auf. »Einen Termin?« Ihre Stimme klang ein wenig schrill, was albern war, denn das hier war schließlich ihre Büroleitung. Weshalb sonst sollte er anrufen? Beinahe hätte sie selbst gelacht. Dass sie nicht auf die Idee gekommen war, dass er einen beruflichen Rat von ihr wollte, zeigte nur, wie prekär ihre Lage war. Und Kenneth hatte zum Glück keine Ahnung, dass ihre Auftragsbücher gähnend leer waren. Seit Monaten.

»Ja, und es wäre großartig, wenn Sie dafür nach Kiltarff reisen könnten. Wir erstatten Ihnen die Kosten natürlich«, sprach er weiter.

*Wir?*, dachte sie überrascht. Sie hatte keine Ahnung, dass er eine Frau an seiner Seite hatte, andererseits kannten sie sich auch nur flüchtig.

»Äh, ja, klar. Sehr gerne sogar. An wann hatten Sie gedacht?«

»Von unserer Seite aus so bald wie möglich.«

»Warten Sie, ich sehe kurz nach, wann ich es einrichten könnte.« Ava kam sich ein wenig blöd dabei vor, als sie ihren Terminkalender öffnete. Außer einem Eintrag wegen Kosmetik und Pediküre und einer kurzen Nachbesprechung mit einem ehemaligen Kunden nächste Woche war alles frei. »So bald wie möglich, sagten Sie?« Dann verdrehte sie die Augen, sie konnte nur hoffen, Kenneth ahnte nicht, dass sie ihm hier vorspielte, sehr beschäftigt zu sein.

»Ja, genau. Aber bringen Sie bitte ein wenig Zeit mit, das, was wir uns vorstellen, ist recht umfangreich.«

›Recht umfangreich‹ klang in ihren Ohren wie die Beschreibung einer Oase nach einer langen Wanderung durch die Sahara. Sie lächelte, diesmal war es echt.

»Sehr gern. Wie wäre es mit Freitag? Ich könnte mir einen Flug buchen. Die weite Strecke nach Schottland dauert sonst Ewigkeiten«, dachte sie laut.

»Das wäre großartig. Vielen Dank, dass Sie das so kurzfristig einrichten können.«

»Für Sie immer, Kenneth.« Sie schmunzelte, und ihr Herz machte einen kleinen, aber sehr freudigen Hüpfer.

»Wunderbar, wir freuen uns, Ava. Ich maile Ihnen die Adresse von *Kiltarff Castle*. Ihre Webpräsenz ist im Übrigen ausgezeichnet, meine Partnerin Ellie war ganz begeistert von Ihrer Arbeit, und sie ist Feuer und Flamme, Sie kennenzulernen.«

Ava reckte eine Faust in die Luft. Sie hatte es immer gewusst, irgendwann würde so etwas passieren, und so hätten sich die Stunden, die sie in den Aufbau ihrer Internetseite gesteckt hatte, ausgezahlt. Vielleicht war jetzt genau dieser Augenblick gekommen. Ein Kunde in Schottland mit einem Schloss! »Vielen Dank.«

Sie plauderten noch einen kurzen Moment, dann legte sie auf und sprang so schnell von ihrem Stuhl, dass er mit Schwung an die Wand rollte.

»Ich fasse es nicht«, jubelte sie und hüpfte durch ihr Büro. Vermutlich sah ihr Gehampel vollkommen irre aus, denn sie trug noch immer ihre Acht-Zentimeter-Heels an den Füßen, aber das war ihr egal. Wenn sie sich in den letzten Monaten eins nicht hatte nehmen lassen, dann auf ihr Äußeres zu achten, auch wenn die Wahrscheinlichkeit, dass Kunden in der derzeitigen Wirtschaftslage durch die Tür kamen, gering gewesen war.

Vielleicht aber war das Ende der Durststrecke jetzt erreicht. Sie hoffte es inständig.

Eine Stunde später trat sie aus dem Aufzug und ging durch die Lobby des Bürogebäudes, ihre Absätze hallten in der stillen Halle wider. Sie verließ sie durch die Drehtür, am Straßenrand stand schon Wills Flitzer. Er hatte den Warnblinker gesetzt, und soweit sie es erkennen konnte, telefonierte er. Sie öffnete die Beifahrertür und ließ sich auf den Sitz gleiten. Es roch nach Leder und seinem herben Aftershave – und nach Thai Food. Sie gab ihm einen Kuss auf die glatt rasierte Wange, er nahm ihre Hand und drückte sie, während er weiter über die Freisprechanlage telefonierte. Wie immer ging es um Aktienkurse und Investitionsmodelle. Sie hörte gar nicht hin, sie hatte sich noch nie für seine Finanztransaktionen interessiert. Will fädelte den Aston Martin in den ruhig dahinfließenden Londoner Abendverkehr ein, während Ava die Tüte von hinten hervorfischte und hineinspitzte. Sie hatte wahnsinnigen Hunger, und der verführerische Duft ließ ihren Magen knurren. Sie öffnete die oberste Packung und entdeckte Frühlingsrollen.

»Großartig«, murmelte sie und nahm sich eine heraus.

Will hatte sich gerade verabschiedet und das Gespräch beendet, dann nahm er ihr das Röllchen aus der Hand. »Sweetheart«, sagte er mit einem Lächeln auf den Lippen. »Du magst doch so fettiges Zeug gar nicht. Für dich habe ich die Low Carb und Low Fat Thai-Curry-Tofu-Gemüsepfanne besorgt.«

Dann biss er herzhaft in die Frühlingsrolle, und Ava hatte das Nachsehen. Sie schluckte trocken, ihr Magen knurrte.

»Ja, stimmt, vielen Dank. Ich mag das fettige Zeug gar nicht.« Sie seufzte und presste sich die Hand auf den leeren Bauch.

»Komm, mach die Tüte wieder zu. Du weißt doch, wie sehr ich es hasse, wenn in meinem Auto gegessen wird«, fügte Will noch an.

»Aber klar, Liebling.« Sie stellte die Tüte wieder hinter den Sitz und fragte ihn nach seinem Tag. Den restlichen Weg nach Kensington, wo sie gemeinsam in seinem Haus lebten, verbrachten sie damit, über seinen Job zu sprechen, der in den letzten Monaten auch sehr hart gewesen war. Der Kursrutsch an den Finanzmärkten, die Pleiten, die … Nein, sie wollte jetzt nicht daran denken. Sie wollte nur einen schönen Abend mit dem Mann verbringen, den sie liebte.

Nachdem Will seinen Wagen in der Garage geparkt hatte, schloss er die Fahrertür so sanft und zärtlich, dass sie für eine Sekunde überlegte, ob sie eifersüchtig auf sein Auto sein sollte. Dann verwarf sie den Gedanken, das war lächerlich. Jeder hatte eben seine kleinen Macken – und Wills Schwäche war eindeutig die Liebe zu seinem Aston Martin.

Sie schlenderten gemeinsam ins Haus, Ava schlüpfte aus ihren Heels, während Will in die Küche ging und die Tüte auf den Tresen stellte. Als sie in die offene, helle Küche eintrat, saß er bereits auf einem der Hocker und hatte seinen Laptop aufgeklappt. Er las die Schlagzeilen einer Online-Zeitung oder E-Mails, sie konnte es nicht genau erkennen.

Seine Krawatte hatte er gelockert, die Ärmel des Hemdes nach oben gekrempelt.

»Sweetheart, wie wäre es mit einem Glas Wein?«, schlug er vor, ohne sie dabei anzusehen. Dass sein Vorschlag eher eine Aufforderung war, nahm sie nicht persönlich. Er war nun mal so, und sie störte es nicht.

»Das ist eine gute Idee.« Ava nahm einen Weißwein aus dem Kühlschrank. »Chablis Premier Cru?«

»Ja, das klingt ausgezeichnet.«

Sie öffnete die Flasche und goss in zwei Gläser ein, dann richtete sie das Essen auf zwei Tellern an. Die Frühlingsrollen sahen jetzt auch gar nicht mehr so lecker und verführerisch aus wie noch vor zwanzig Minuten. Sie war ihm dankbar, dass er sie erinnert hatte, dass sie das fettige Zeug nicht essen sollte. Sonst hätte sie wieder eine halbe Stunde länger auf dem Laufband verbringen müssen. Es kostete sie so schon größte Mühe, ihre Kurven einigermaßen im Griff zu halten – auch ohne Frittiertes. Ava war leider keine von den Frauen, denen ein schlanker Körper mit ausgeprägten Muskeln von Gott gegeben war. Sie musste für ihre Figur, deren Hüften sie immer noch zu rund fand, hart arbeiten.

»Guten Appetit«, wünschte sie und setzte sich dann neben ihn. Während er noch immer in die Lektüre von irgendwas vertieft war, fingen sie an zu essen. Ava nippte hin und wieder von ihrem Wein. Sie spürte, dass sich ein wenig von der Freude über den Anruf verflüchtigt hatte. Sie hatte auf den richtigen Moment gewartet, um Will davon zu berichten, aber der schien mit seinen Gedanken weit weg zu sein – wie so oft. Sonst störte sie sein Verhalten nicht, sie wusste, dass er viel arbeiten musste – auch er hatte viel verloren. Aber William Alexander Bryce III. stammte aus einer Familie mit altem Geld. Sie hatten noch immer genügend davon – viel mehr, als sie jemals ausgeben würden. Als Ava hingegen im Frühjahr die Geschäfte weggebrochen waren, hatte sie ihre Miete und die Löhne nicht mehr zahlen können. Also hatte Will sie gefragt, ob sie bei ihm einziehen wollte und ihr eine kleine Finanzspritze für ihr Büro ermöglicht. Indirekt hatte diese Krise dazu geführt, dass ihre Beziehung die nächste Stufe erreicht hatte, und das Zusammenleben funktionierte seitdem sehr gut. Natürlich musste man einige Kompromisse eingehen, das gehörte doch in jeder Beziehung dazu. Ava hatte ihre Möbel in ein Lagerhaus gebracht, denn Wills Haus war bereits komplett eingerichtet gewesen. Während des Auftrags hatten sie sich verliebt, er war zunächst ihr Kunde gewesen, ehe sie ein Paar geworden waren. Eine Geschichte wie im Märchen. Sie lächelte bei der Erinnerung, als sie ihm vor drei Jahren in einer Bar begegnet war. Aus einem Gespräch war erst eine Geschäftsbeziehung und dann Liebe geworden.

»Du errätst nie, wer mich heute angerufen hat«, plauderte sie irgendwann drauflos, als sie noch einmal Wein in die Gläser füllte.

Er hob seinen Blick, dabei war er nicht wirklich bei der Sache. »Wer?«

»Kenneth McGregor.« Ihr Herz schlug schneller. Es war so aufregend, dass endlich mal wieder etwas passierte, das sie einem Auftrag näherbringen könnte.

»Oh. Schön. Und?« Will hatte seinen Blick schon wieder auf den Laptop gerichtet und wirkte alles andere als ernsthaft interessiert.

»Er hat einen Termin mit mir vereinbart, er will wohl was umgestalten in seinem Zuhause.« So konkret hatte Kenneth das nicht gesagt, aber was sollte es sonst sein? Ava strich sich eine Strähne hinters Ohr.

Will tätschelte ihren Oberschenkel, nachdem sie sich wieder neben ihn an den Tresen gesetzt hatte. »Das ist großartig, Ava-Darling.«

Sie trank einen Schluck, dann schob sie ihren Teller von sich. Sie hätte Will vermutlich auch erzählen können, dass sie sich ein Tattoo hatte stechen lassen, und er hätte genauso reagiert – obwohl er Tätowierungen hasste. Die kleine Narbe an ihrem Fußgelenk war Beweis genug. Sie hatte nicht nur ihren unpassenden Akzent, sondern auch alles andere abgelegt, was ihr früheres Leben ausgemacht hatte. Ava stammte nicht aus einer wohlhabenden Familie – stattdessen aus einem sozialen Brennpunkt Nordenglands. Will hatte nie eine große Nummer daraus gemacht; wo andere seiner Kumpels die ›richtigen‹ Frauen heirateten, scherte er sich nicht darum, dass Ava nicht die teuersten und besten Schulen besucht hatte. Er liebte sie um ihretwillen, und dafür war sie ihm dankbar. Also akzeptierte sie wiederum auch seine kleinen Schwächen. Als er sie gebeten hatte, den zierlichen Schmetterling am Fußgelenk per Laser entfernen zu lassen, hatte sie es zwar schade gefunden, aber sie hatte es ihm auch rechtmachen wollen. Heute fand sie es in Ordnung, vermutlich hätte ihr das Tattoo irgendwann sowieso nicht mehr gefallen.

Ansonsten stellte Will nicht viele Forderungen an sie, im Gegenteil, es war sehr angenehm, mit ihm zu leben, sie hatte sich wunderbar in seine Welt eingefügt. Anfangs hatte sie ein paarmal versucht zu kochen, aber ihre Geschmäcker waren einfach zu unterschiedlich, also waren sie dazu übergegangen, so gut wie jeden Tag etwas zu bestellen oder auf dem Nachhauseweg mitzunehmen, wenn sie gemeinsam aßen. Die Küche war zwar voll ausgestattet, wurde aber nicht benutzt, jedenfalls nicht zum Kochen. Ava zuckte mit den Schultern, stand auf und kippte ihr restliches Essen in den Müll.

»Ich nehme ein Bad«, sagte sie dann zu Will.

Er hob seinen Blick, dann grinste er und klappte den Laptop zu. »Das klingt großartig.« Er umrundete den Tresen und zog sie in seine Arme. »Da komme ich mit.«

Ava schmiegte sich an ihn und unterdrückte das aufsteigende Gefühl, dass sie nach dem verkorksten Gespräch lieber einen Augenblick für sich gehabt hätte.

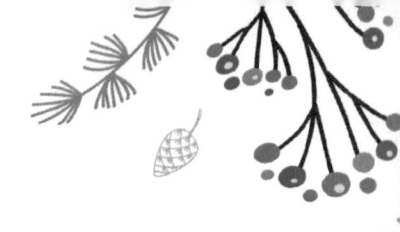

# Zwei

Der Herbst hatte die Blätter golden gefärbt. Sonnenstrahlen bahnten sich ihren Weg durch die dicht beieinanderstehenden Bäume, während sich der Nebel an den Bergspitzen lichtete. Der Himmel strahlte in einem so hellen, reinen Blau, dass es Ava den Atem verschlug. Hätte sie ein wenig mehr Zeit, würde sie ihren kleinen Mietwagen an den Straßenrand fahren und anhalten, um ein paar Bilder zu schießen, aber sie war spät dran, was auch daran lag, dass sie sich ein paarmal verfahren hatte. Um Kosten zu sparen, hatte Ava einen Kleinwagen ohne Navi gebucht, und ihr Handy hatte versagt – oder vielmehr hatte sie keinen Empfang gehabt. Jetzt ergab sich gleich noch ein zweites Problem, der Akku war so gut wie leer, und sie hatte das Ladekabel zuhause vergessen.

»Typisch«, schimpfte sie und bog rechts auf eine Tankstelle ab. Ava stieg aus dem Wagen und fröstelte sofort, aber sie blieb dennoch einen Augenblick stehen und sah sich um. Sie konnte den Loch Ness hinter einigen Bäumen ausmachen, die Sonne spiegelte sich im glatten Wasser. Es schimmerte dunkel und verheißungsvoll, und schon nach ein paar

Atemzügen verstand sie, warum sich so viele Sagen und Geschichten um dieses Gewässer rankten. Es war nicht nur wunderschön, sondern gleichzeitig auch irgendwie magisch. Ava war zuvor noch nie in Schottland gewesen, obwohl sie in Nordengland, in Hull, geboren war. Aber es war ewig her, dass sie dort gewesen war, beinahe ein ganzes Leben.

Sie schüttelte die Gedanken ab und stöckelte in die Tankstelle. Vielleicht hätte sie statt des Businesskostüms doch etwas Praktischeres für diese Reise wählen sollen, aber zu ihrem beruflichen Image gehörte nun mal, dass sie sich elegant kleidete. Immerhin wollte sie heute einen Kunden an Land ziehen, also sollte sie sich nicht so zieren wegen ein bisschen Unbequemlichkeit.

In der Tankstelle fiel ihr auf, dass diese gleichzeitig so eine Art Supermarkt beinhaltete – hier gab es alles, was das Herz begehrte, von Getränken, Lebensmitteln bis hin zu einem kleinen Post- und Bankschalter. Aber Ladekabel konnte sie nirgends entdecken. Sie hastete durch die schmalen Gänge, widerstand dem Impuls, sich einen Schokoriegel zu kaufen, und gab ihre Suche schließlich auf. Hinter der Kasse stand eine alte Dame, sie hatte dichtes graues Haar und wässrige Augen. Die Brille steckte in ihrer Frisur.

»Was kann ich für dich tun, Mädchen?«, erkundigte sie sich mit einem breiten, zahnlosen Lächeln und starkem Akzent. Sie wirkte, als hätte sie alle Zeit der Welt – was auf jemanden wie Ava, die gerade aus London kam, wo es immer hektisch und laut zuging, seltsam wirkte. Beinahe so, als liefen die Uhren hier anders.

»Ich, äh, haben Sie Ladekabel?«, stammelte Ava jetzt, als sie merkte, dass sie die alte Dame angestarrt hatte, als wäre sie ein seltenes Tier im Zoo, dabei war wohl eher Ava diejenige, die nicht in diese Umgebung passte.

Die Kassiererin überlegte einen Augenblick, als ob sie das Wort nicht verstanden hätte. »Ladekabel? Wofür?«

Ava runzelte die Stirn. Von Handys mussten die Highlander doch wohl schon gehört haben? Innerlich schmunzelte sie. Das war ja noch besser als in einem Film. »Für mein Telefon.«

Die Dame nickte. »Aye, nee. Haben wir nicht.«

Ava atmete gepresst. »Nicht?«

»Versuchen Sie es mal bei *Girvan's Hardware*. Dort gibt's eigentlich alles.«

Ava warf einen hektischen Blick auf ihre Armbanduhr von Cartier. Die war ein Geschenk von Will zum Geburtstag gewesen – sie war sicher, dass sie ein kleines Vermögen gekostet hatte. Was ihr diese Uhr jetzt aber vor allem klarmachte, war, dass sie wirklich zu spät dran war, woraus Ava folgern konnte, dass die Uhren hier genauso schnell tickten wie anderswo. Sie war auf ihr Telefon angewiesen, ihre Bordkarte war darauf gespeichert, und die brauchte sie für den Rückflug heute Abend. Ava war nicht mehr kalt, im Gegenteil, ihr war mit einem Mal schrecklich heiß. Nun tat sie es doch, sie nahm einen Schokoriegel und legte ihn zum Bezahlen auf den Tresen. Ihre Nerven lagen schon jetzt blank, dabei hatte sie den Termin noch vor sich. Das konnte ja heiter werden.

»Wo finde ich diesen Laden? Wie sagten Sie noch, *Gilbert's Hardware*?«

»*Girvan's Hardware*. Den kann man gar nicht verfehlen, einfach die Straße runter, über die Brücke und dann weiter der Straße folgen, die schlängelt sich dann rechts rum, der Laden ist auch auf der rechten Seite, in der Nähe des Campingplatzes. Darf es sonst noch was sein?«, wollte die Dame wissen.

Ava schüttelte den Kopf, bedankte sich und zahlte mit ihrer Kreditkarte. Noch beim Hinausgehen riss sie die Packung auf und biss in den Schokoriegel, bevor sie in den Wagen einstieg. Viel zu schnell raste sie dann durch den kleinen Ort; sie wünschte, sie hätte mehr Zeit gehabt, sich die wunderhübschen Häuschen mit den Schindeldächern und den niedlichen Kaminen anzusehen, aber das Ladekabel war erst einmal wichtiger.

Ein Lichtblick, sie fand *Girvan's Hardware* tatsächlich ganz leicht – Kiltarff war definitiv ein Nest. Ein schönes zwar, aber ein winziges Dorf, in dem jeder jeden kennen musste. Sie würde hier niemals klarkommen, bereits jetzt fehlten ihr der Lärm und die Geschäftigkeit Londons. Sie parkte den Wagen direkt vor der Tür und stieg aus. Auf dem Weg zum Eingang warf Ava das Papier des Schokoriegels in einen Mülleimer, dann stöckelte sie in den Laden. Klack, klack, klack. Sie eilte durch die Gänge und stellte fest, dass man hier offenbar wirklich alles kaufen konnte, vom Dosenöffner über Campingkocher bis hin zur Wandfarbe oder der passenden Outdoorkleidung. Aber ein Ladekabel hatte sie noch nicht entdecken können. Sie atmete tief ein und suchte weiter. Im dritten Gang rannte sie beinahe gegen einen Mann, der wohl zum Geschäft gehörte.

»Sorry«, murmelte sie und stolperte zurück.

Der Mann hockte vor einem Regal und sortierte Glühbirnen ein, eilig hatte er es dabei ganz augenscheinlich nicht. Er trug ein rot-schwarz-kariertes Holzfällerhemd und eine Jeans zu schweren Lederboots. Seine Haare waren dunkel und ein wenig zu lang, um sie noch als Frisur bezeichnen zu können. Rasiert war er auch nicht. Dafür hatte er eindrucksvolle Augen – und spöttisch hochgezogene Mundwinkel. Eine dunkle Braue wanderte leicht in die Höhe.

Mein Gott, dachte sie und japste nach Luft. Dieses durchdringende Blau erinnerte sie an den Himmel über Schottland, den sie auf der Fahrt von Inverness hierher unzählige Male bewundert hatte. Avas Mund war plötzlich so trocken wie nach einem Sandsturm in der Wüste.

Sie räusperte sich. »Ähm, können Sie mir sagen, wo ich hier Ladekabel finde?«

Vielleicht wäre ›ob‹ das bessere Fragewort gewesen, schoss es ihr durch den Kopf, dann verwarf sie den Gedanken und presste die Lippen erwartungsvoll aufeinander.

Er richtete sich auf und klopfte sich die Hände an seiner ausgebeulten Jeans ab. Wow, obwohl sie hohe Absätze trug, überragte er sie ein ganzes Stück – und Ava war mit ihren eins zweiundsiebzig gewiss nicht klein.

»Ladekabel«, wiederholte auch er, wie die Dame aus der Tankstelle zuvor. Seine Stimme klang rau und ein wenig heiser. Irgendwie verteufelt sexy. Zu ihrer eigenen Irritation merkte sie, dass sich eine Gänsehaut auf ihrem Körper ausbreitete. »Wofür?«, fügte er noch hinzu.

Obwohl er nur zwei Worte gesagt hatte, genügte das, um festzustellen, dass auch sein Akzent sehr ausgeprägt war. Sie wusste noch nicht so recht, was sie davon halten sollte. Für gewöhnlich mochte sie es nicht, wenn man die Herkunft so deutlich heraushören konnte. Vielleicht lag das aber auch an ihrer eigenen Vergangenheit, mit der sie am liebsten nie mehr konfrontiert werden wollte. Ärmliche Verhältnisse, Eltern, die sich einen Scheiß um die Kinder gekümmert hatten, Alkohol, Arbeitslosigkeit und keinerlei Perspektiven. Sie schob die Erinnerungen an ihre Kindheit beiseite und merkte, wie albern es war, gerade hier einen Vergleich ziehen zu wollen. Der Mann mochte vielleicht ein Einheimischer sein, der mit Akzent sprach, aber er war weit davon entfernt, in die Schublade *White Trash* gesteckt werden zu müssen – wie sie. Nun, nicht mehr, korrigierte sie sich. Ava hatte den Absprung geschafft, sie hatte sich ihren heutigen sozialen Status hart erarbeitet.

Sie schluckte und erinnerte sich, dass sie genau deswegen keine Zeit hatte, hier weitere wertvolle Sekunden zu verplempern, wenn sie nicht zu spät zu ihrem Termin kommen wollte. Sie war ohnehin spät dran.

Ava zog ihr Handy aus dem kleinen Prada-Täschchen, das sie aus dem Auto mitgenommen hatte. »Hierfür. Das ist ein iPhone.«

Der Typ nickte langsam und bedächtig. Einen Moment fragte Ava sich, ob er begriff, was sie wollte – oder ob er womöglich ein wenig zurückgeblieben war. In der nächsten Sekunde kräuselten sich seine Mundwinkel spöttisch, während er seinen Blick über ihren Körper gleiten ließ. Beinahe schon obszön.

»Hab ich schon mal gesehen. Ein Telefon, meine ich«, gab er nun amüsiert zurück.

Sie spürte, dass sie rot wurde. Okay, er hatte mitbekommen, was sie gedacht hatte, und jetzt machte er sich lustig über sie. Das hatte sie irgendwie verdient.

Ava straffte sich und versuchte das Kribbeln zu ignorieren, das sich bis in ihre Haarspitzen ausbreitete. Sie blinzelte irritiert, denn ihr Körper reagierte völlig unangemessen auf ihn. Auch wenn es sich nur um einen Blick handelte. Aber die konnten ja bekanntlich mehr sagen als Worte. Dieser Highlander war das beste Beispiel dafür.

»Also können Sie mir weiterhelfen?«, fragte sie ein wenig spitz, straffte sich und schob das Handy zurück in ihre Tasche.

»Klar, kommen Sie.« Er wandte sich um und ging mit langen Schritten voraus. Vor der Kasse befand sich eine ganze Batterie an Handyzubehör. Er packte zielsicher zu und reichte ihr das Passende. »Bitte, für die neuste Generation der Apfel-Familie. Sonst noch was?« Er schenkte ihr einen belustigten Augenaufschlag.

Ava griff danach, dabei berührten sich ihre Fingerspitzen, und sie zuckte leicht zusammen. Gott, dieser blöde Billig-fußboden vertrug sich offenbar nicht mit ihren Schuhen. Dabei war sie sonst nicht so anfällig für elektrostatische Aufladung. Was anderes konnte es ja wohl nicht gewesen sein.

»Nein, danke«, erwiderte sie, dabei musste sie leider feststellen, dass ihre Stimme einem Krächzen glich. Das Verlangen nach einem zweiten Schokoriegel regte sich. Ihre größte Schwäche – wenn sie Stress hatte, brauchte sie Zucker. Am besten viel davon. Jetzt war so ein Moment.

Nachdem sie bezahlt hatte, rannte sie zum Wagen. Sie spürte den Blick des Mannes im Rücken, vermutlich dachte er, sie musste verrückt sein. Aber sie hatte ihm auch nicht auf die Nase binden wollen, dass sie einen dringenden Termin hatte, den sie unter keinen Umständen verpassen wollte. Wieso auch? Sie würde diesen attraktiven Kerl höchstwahrscheinlich nie wiedersehen. Ava ignorierte das Gefühl des Bedauerns und trat aufs Gas.

Sie konnte *Kiltarff Castle* schon erkennen, als sie auf die Straße abbog, die spitzen Türme tauchten über den Baumwipfeln auf. Dahinter schimmerte die Sonne im Loch Ness, der Nebel über den Bergen hatte sich im Morgenlicht aufgelöst, während der Himmel in einem reinen Blau erstrahlte. Ava stockte der Atem, der Anblick war so majestätisch, dass sie schlucken musste. Ihr Herz puckerte schnell in ihrem Brustkorb, als ihr noch einmal bewusst wurde, dass das Projekt, von dem die Rede war, von einem winzigen Auftrag bis hin zu einer größeren Sache alles sein konnte. Sie hoffte zudem inständig, dass Kenneths Partnerin nett war – häufig scheiterte ein Geschäftsabschluss nämlich daran, dass die Chemie zwischen den Klienten nicht stimmte. Ava hatte in ihren acht Jahren, seit sie selbstständig war, viel erlebt. Nicht zu viel, aber doch eine Menge. Nicht alles waren schöne Erfahrungen, vor allem nicht im vorigen Jahr. Egal, sie schob die Vergangenheit beiseite. Als sie vor dem hohen Einfahrtstor stehen blieb, ihr Fenster herunterließ und auf den Klingelknopf drückte, atmete sie durch. Es knackte, kurz darauf ertönte eine weibliche Stimme. »Aye, bitte?«

»Guten Tag, mein Name ist Ava Scott, ich habe einen Termin.«

»Sehr gern, ich lasse Sie rein. Fahren Sie die Auffahrt rauf: Sie können Ihren Wagen vor dem Brunnen parken.«

Ava nickte. »Sehr gut, vielen Dank.«

In diesem Moment musste jemand den elektrischen Öffner bedient haben, die eisernen Türen mit den dunklen Spitzen öffneten sich in der Mitte und schwangen auf. Ava trat langsam aufs Gas, der Kies knirschte unter ihren Reifen. Sie fuhr die Auffahrt hinauf, die rechts und links von alten Eichen gesäumt war, deren Blätter golden und blutrot schimmerten. Hier und da hoppelten Kaninchen über den gepflegten, kurzen Rasen. Am Rand des parkähnlichen Grundstücks entdeckte sie Gärtner, die dabei waren, das Laub zusammenzurechen. Vermutlich waren sie tagelang damit beschäftigt, sie war noch nie gut im Schätzen gewesen, aber dieses Anwesen war schlicht und ergreifend riesengroß. Und dann sah sie das Schloss.

»Wow«, stieß sie hervor.

Imposant ragten die Schlossmauern dem Himmel entgegen. Die Sonne glitzerte in den hohen Fenstern, hier und da rankte sich Efeu an den altehrwürdigen Wänden empor. Sie hielt den Wagen vor dem Springbrunnen, warf noch einen Blick in den Spiegel – alles okay, keine Schokokrümel am Kinn, keine Strähnen hatten sich aus ihrer Frisur gelöst. Der Lippenstift hielt noch. Sie fasste sich ein Herz, schnappte sich ihre Handtasche und ihr Notizbuch und stieg aus. Es war noch immer frisch, aber die Herbstsonne strahlte und verbreitete eine angenehme Wärme. *Hoffentlich ist das ein gutes Omen*, dachte sie und lief los. Ihre Sohlen versanken im Kies, vermutlich sah sie beim Gehen aus wie ein Storch im Salat, aber sie konnte es nicht ändern. Solange ihr nur kein Absatz abbrach, konnte sie mit allem umgehen. Ava strich sich noch einmal den Rock glatt, dann blieb sie vor dem

Eingang stehen. Hohe, dunkle Eichentüren, die mit Eisennieten beschlagen waren. Ava suchte nach einer Klingel – die es nicht gab, also visierte sie den Türklopfer an. In dem Moment wurde geöffnet.

Das Gesicht ihres Kunden tauchte auf. Kenneth lächelte und wirkte völlig entspannt, gleichzeitig irgendwie erhaben, in sich ruhend. Er war ein echter, schottischer Adeliger, der so viel Würde und Eleganz ausstrahlte, dass Ava noch nervöser wurde. Kenneth war lässig gekleidet, eine cremefarbene Chino zu Mokassins und einem Cashmere-Pullover mit V-Ausschnitt, unter dem er ein weißes Shirt trug. Sein Teint war leicht gebräunt, er war frisch rasiert, und sein Aftershave verströmte eine würzige, holzige Note.

»Guten Tag, Ava, wie schön, Sie zu sehen.« Er trat näher und gab ihr ein Küsschen rechts und links.

»Freut mich sehr«, erwiderte sie.

Er bedeutete ihr mitzukommen. »Ellie wird gleich da sein, sie musste noch etwas im Restaurant abstimmen.«

»Restaurant?« Ava runzelte die Stirn, natürlich verstand sie die Zusammenhänge nicht, aber sie wollte auch nicht mit zu vielen Fragen aufdringlich wirken.

»Ja, sie hat das alte Bootshaus hinten am See umgebaut, ich zeige Ihnen nachher alles. Also *wir* natürlich.« Er grinste breit und nahm Ava damit ein wenig von ihrer Nervosität.

Sie war außerdem sehr gespannt auf diese Ellie. Wenn sie dieses Bootshaus – das Ava nicht kannte – wirklich selbst umgebaut hatte, war sie eine Frau, die eine eigene Meinung und vor allem Umsetzungskraft hatte. Diese Selbstständigkeit würde sich auch in einem potenziellen Projekt widerspiegeln. Das konnte beides bedeuten, einen Vorteil für Ava oder eine Katastrophe. Ihre Ungeduld wuchs von Sekunde zu Sekunde. Nur am Rande nahm sie ihre Umgebung wahr. Kenneth führte sie durch einen langen Flur, auf dem Boden lagen dicke Läufer, die Wände waren mit dunkler Eiche vertäfelt. Hier und da hing ein Ölgemälde, frische Blumen verströmten einen angenehmen Duft.

»So«, sagte er, während sie den Salon betraten. Im Kamin prasselte ein Feuer. Das Parkett glänzte, als wäre es kürzlich gewienert worden. Die dicken Sofakissen luden förmlich zum Hineinsetzen ein. Die Einrichtung war ein wenig altertümlich, aber es war dem Schloss angemessen. Sie sah hier in diesem Raum zumindest keinen direkten Handlungsbedarf und war umso gespannter, was Kenneth und seine Partnerin Ellie im Sinn hatten. Und dann fiel ihr Blick auf die bodentiefen Fenster und den Loch Ness, der sich dahinter erstreckte.

»Mein Gott, ist das schön«, stieß Ava hervor und trat einen Schritt weiter in den Raum. Die Wasseroberfläche glitzerte wie tausende funkelnde Diamanten, ein Boot tuckerte quer über den langgestreckten schottischen Loch. Goldene Blätter strahlten in einem hellen Licht, die Heide auf den Berghängen blühte hier und da noch immer. Einige Gänse flogen in einer Formation über den Horizont.

»Hallo, da bin ich«, erklang eine helle Stimme mit einem leichten Akzent, den Ava nicht ganz zuordnen konnte. Ava wandte sich um und atmete tief ein. *Hoffentlich ist Ellie nett*, betete sie und rang sich ein Lächeln ab. Für Ava ging es um viel – nicht direkt ums Überleben, aber beruflich gesehen schon auf eine gewisse Weise. Sie brauchte diesen Auftrag. Dringend. Und sei es nur für einen neuen Teppich oder ein paar Möbel.

»Ava, darf ich dir Ellie vorstellen? Ellie, das ist Ava, ich habe sie vor einer Weile bei einem Poloturnier kennengelernt.«

Ellie lächelte, aber Ava erkannte, dass Ellie sich fragte, wie nah sie und Kenneth sich dabei gekommen waren. Zum Glück schien er das auch zu bemerken und ergänzte: »Avas Freund Will ist poloverrückt, wie geht es ihm denn?«

Ava atmete aus. Während sie auf Ellie zutrat und ihr die Hand reichte, sagte sie: »Will geht es ganz hervorragend, er hat viel zu tun, aber auch das ist normal. Freut mich sehr, Sie kennenzulernen, Ellie.«

Kenneths Freundin trug eine Jeans und eine hellblaue Leinenbluse, ihr kastanienbraunes Haar hatte sie im Nacken zu einem Pferdeschwanz zusammengefasst. Sie trug kaum Make-up, nicht mal ihre Nägel waren lackiert. Sie war ganz anders, als Ava erwartet hatte. Sie hatte mit einer typischen Society-Lady gerechnet. Vermutlich hatte Ellie nicht mal Botox in der Stirn, was Ava sehr angenehm empfand und für Londoner Verhältnisse ungewöhnlich war, vor allem in diesen Kreisen. Sie selbst hatte sich im Kleidungsstil zwar angepasst, das gehörte nun mal dazu, aber von kosmetischen Eingriffen jeglicher Art hielt sie sich fern – nicht nur, weil sie Angst vor Nadeln hatte, sie mochte ihr Gesicht so, wie es war.

»Freut mich sehr.« Ellie lächelte, es war ein offenes und ehrlich anmutendes Lächeln, das ihre strahlenden Augen erreichte und Ava einen sehr sympathischen Eindruck vermittelte.

Sie entspannte sich ein wenig und lächelte zurück. Elli trat schließlich neben Kenneth und blickte zu ihm auf. Die beiden schienen sehr vertraut, auf eine positive Weise.

»Hast du Ava schon etwas angeboten?«, fragte Ellie.

Kenneth wirkte zerknirscht, was Ava sehr süß fand. Man konnte sofort merken, wie verliebt die beiden waren. Jetzt hatte Ava auch endlich begriffen, dass Ellie mit einem leichten deutschen Akzent sprach. »Tut mir leid, Liebling«, sagte Kenneth, dann wandte er sich an Ava. »Möchten Sie etwas trinken? Kaffee? Wasser?«

»Wie wäre es mit beidem?«, schlug Ellie lachend vor. »Ich gehe eben Molly Bescheid sagen.«

»Nein, nein, ich mache das«, unterbrach Kenneth seine Freundin und eilte mit langen Schritten aus dem Salon.

Ellie kicherte und winkte ab. »Das mit dem Gastgeberspielen lernen wir noch«, scherzte sie. »Setzen Sie sich doch.« Sie wies auf eines der beiden mit geblümtem Stoff überzogenen Landhaussofas, die sich vor dem Kamin gegenüberstanden.

»Sehr gern, vielen Dank.« Ava nahm Platz, Ellie setzte sich ihr gegenüber. Aus dem Augenwinkel sah sie etwas sehr Großes, Graues, sehr Felliges auf sich zukommen. Sie hielt den Atem an. Mein Gott, was war das?

Und in der nächsten Sekunde hatte sie eine kalte Nase im Gesicht. Ava schrie leise auf.

»Dougie!«, schimpfte Ellie, das zottelige Riesentier zog sich zurück und tapste zu Ellie hinüber. »Entschuldigen Sie bitte, ich hoffe, er hat Sie nicht erschreckt?«

Ava sah mit großen Augen zu, wie sich der Hund zu Ellies Füßen legte, oder eher *auf* ihre Füße. Ihr Herz raste noch immer.

»Äh, nein, schon okay.«

Ellie kicherte. »Ja, ich weiß. Er ist riesig. Als ich Dougie kennenlernte, hat er mich regelmäßig umgeworfen und mir dann über das ganze Gesicht gesabbert. Sie haben also noch Glück.«

Nun musste auch Ava lachen. »Sieht so aus.«

»Sie haben doch keine Angst vor Hunden?«

»Also, normalerweise nicht …«

»Dougie ist ein Schaf im Wolfshundpelz, ehrlich. Wenn man einmal sein Vertrauen gewonnen hat – Sie hat er anscheinend gleich ins Herz geschlossen –, dann wird man ihn nicht mehr los. Dabei hat mir Kenneth am Anfang erzählt, dass Dougie keine Menschen mag, aber wissen Sie was? Ich glaube eher, es war andersherum.« Sie zwinkerte Ava zu. Die war ein wenig irritiert, oder nein, eher überrascht, wie offen Ellie über ihren Partner sprach – immerhin war Kenneth McGregor ein adeliger, sehr wohlhabender Mann. Andererseits wirkte er nicht so, als legte er großen Wert darauf, wie ein Earl behandelt zu werden. Ava erinnerte sich an ihr erstes Treffen. Natürlich war es bei einem Poloturnier anders, dort tummelten sich nur die Reichen und die Schönen, und als erfolgreicher Spieler war Kenneth damals von allen hofiert worden. Vielleicht hatte sie ihn auch falsch eingeschätzt – oder er hatte sich verändert. Sie war sich nicht ganz sicher.

In dieser Sekunde kehrte Kenneth mit einem Tablett zurück, dahinter kam eine Hausangestellte, die leise schimpfte. »Ich sollte das übernehmen …«

Ava machte noch größere Augen. Ein Earl, der die Erfrischungen selbst in den Salon brachte? Verkehrte Welt.

Ellie lachte nur. »Das ist Molly. Sie denkt, sie müsste uns die ganze Zeit bedienen, dabei soll sie uns nur ein wenig im Haushalt unterstützen. Dieses Schloss ist riesengroß – viel zu groß, als dass ich das alles allein schaffen würde«, erklärte Ellie. »Glauben Sie mir, ich weiß, wovon ich spreche, ich habe nämlich auch mal hier gearbeitet.«

Kenneth setzte das Tablett ab, dann gab er Ellie einen Kuss auf den Scheitel. »O ja«, er glückste, »Ellie hat sich in mein Herz geputzt.«

Seine Freundin verpasste ihm einen Klaps auf den Oberschenkel. »Na, wohl eher in dein Herz gekocht, oder?«

Er lachte. »Ja, das stimmt.«

Molly goss aus einer silbernen Kanne Kaffee in drei Tassen, daneben stellte sie drei Gläser mit Wasser.

»Milch?«, fragte sie.

Ellie nickte freundlich. »Das schaffen wir schon, danke, Molly.«

Das Hausmädchen knickste und verschwand dann leise.

Ava kam sich vor wie im Kino, sie konnte nur von einem zum anderen schauen. Sie war schon in unzähligen reichen Haushalten gewesen, die Londoner Gesellschaft hielt viel von sich, aber sowas wie das hier hatte sie noch nie erlebt – und sie war gerade mal ein paar Minuten im Schloss. Das könnte ein äußerst spannender – oder chaotischer Auftrag werden. Ihre Neugierde wurde immer größer.

Nachdem sie etwas Milch in den Kaffee gegossen hatte, räusperte sich Kenneth. »Ja, liebe Ava, wir freuen uns, dass Sie so kurzfristig herkommen konnten.«

»Ich freue mich, dass Sie an mich gedacht haben.« Sie lächelte und stellte die Untertasse auf ihrem Oberschenkel ab, so, wie sie es gelernt hatte. Benimmregeln der Upperclass.

Ellie schien nicht viel davon zu halten, sie hatte die Untertasse gar nicht angerührt, sondern hielt die Kaffeetasse mit beiden Händen umklammert.

»Ja, also, es geht hier um ein recht umfangreiches Projekt«, erklärte nun Ellie, und in Avas Ohren klingelte es, sie hörte wieder nur das Wort ›umfangreich‹.

»Ja?« Sie blinzelte und hoffte, man sah ihr die Nervosität nicht an. Aber ihre Handflächen waren feucht.

»Dieses Schloss ist viel zu groß für uns«, fuhr Ellie fort. »Ich habe vor Kurzem ein Restaurant eröffnet, aber der letzte Sommer war schwierig, für alle im Dorf, für alle im Land. Der Tourismus liegt am Boden. Trotz allem haben wir uns entschieden, dass wir hier einige Umbauten durchführen wollen. Kenneth, magst du vielleicht?«, wandte sie sich an ihren Freund.

Er nippte an seinem Kaffee. »Ja, sehr gern. Also«, er stellte die Tasse ab und fing an, mit großen Handbewegungen zu erklären, »wir befinden uns hier in einem der Flügel, den wir hauptsächlich bewohnen. Es gibt aber noch mehr Räumlichkeiten, die seit Jahren, ach was, seit Jahrzehnten quasi leer stehen oder nicht mehr genutzt werden. Obwohl die wirtschaftliche Lage schlecht ist, glauben wir fest daran, dass sich der Tourismus hier schnell erholen wird. Wir sehen es sogar als echte Chance, denn die Natur und die Ruhe in Schottland sind ein entscheidendes Plus.«

Ava nickte, sie hielt es noch nicht für angebracht, sich Notizen zu machen. Erst einmal war Zuhören angesagt.

Kenneth fuhr fort. »Wir möchten das Schloss aufteilen – ein Bereich soll für uns privat ein wenig umgestaltet werden, und der andere Teil soll zu einem exklusiven Hotel umgebaut werden.«

Avas Augen wurden groß. »Das klingt sehr spannend.« Sie meinte jedes Wort genau so, wie sie es sagte. »Haben Sie schon konkrete Vorstellungen?«

Sie richtete ihren Blick an Ellie. Die nickte und lächelte freundlich.

»Ja, die haben wir durchaus.« Sie legte Kenneth eine Hand auf den Oberschenkel. Liebevoll. Vertraut. Ehrlich.

Avas Herz wurde ein wenig schwer. Will war keiner dieser Menschen, der seine Zuneigung in Umarmungen oder Zärtlichkeiten vor anderen zeigte. Sie schüttelte den Gedanken ab und konzentrierte sich auf das Hier und Jetzt.

»Der Knackpunkt ist – unser Budget ist begrenzt.« Ellie schaute sie geradeheraus an.

Ava nickte aufmunternd. »Wessen Budget ist das nicht? Es ist gut, wenn man das von vornherein festlegt.«

Ava spürte, dass es noch ein zweites Aber gab.

»Und dann wäre noch der zeitliche Faktor. Wir haben zwar die Zusage unserer Bank für einen Kredit, aber wir müssen den Cashflow so schnell wie möglich in Gang bringen«, erklärte Kenneth. »Das heißt, im Frühjahr müsste das Hotel für die ersten Gäste geöffnet werden.«

Ava überlegte. Jetzt war Ende Oktober, im November konnte man, wenn sie sich einigten, loslegen, im Dezember passierte meist nicht viel wegen der Feiertage um den Jahreswechsel.

»Das ist sportlich«, wagte sie sich zu äußern. Sofort bereute sie es, manchmal war es besser, erst mal die Klappe zu halten. Sie atmete erleichtert aus, als sie sah, dass die beiden nicht pikiert dreinschauten, sondern nickten.

»Das ist uns klar, deswegen sagen wir es gleich. Es ist ein ambitioniertes Unterfangen und ein noch ambitionierterer Zeitplan. Was uns aber genauso wichtig ist«, fuhr Ellie fort, »ist, dass der ursprüngliche Charakter des Schlosses erhalten bleibt. Wir wollen keinen modernen Hochglanz-Schuppen, aber auch kein verstaubtes Museum.«

Ava fand, dass es wahnsinnig interessant klang, eine echte Herausforderung. Allerdings hatte sie noch nie ein derart umfangreiches Projekt betreut. »Das verstehe ich, und bis jetzt klingt die Idee ganz großartig für mich. Worin sehen Sie meine Aufgabe?«

Kenneth trank einen Schluck Wasser. »Vielleicht machen wir erst einmal einen kleinen Rundgang, dann erklärt sich vieles von selbst.«

Ellie nickte. »Ja, das wäre eine gute Idee. Ehe wir konkreter werden, sollte Ava alles gesehen haben. Das Gute ist, dass wir sehr viele Möbel im Schloss haben, die man vielleicht ein wenig restaurieren muss, die aber weiter genutzt werden könnten. Das Schloss ist in einem guten Zustand, wir haben kürzlich das Dach reparieren lassen und auch was an der Elektrik erneuert – aber um ein Hotel daraus zu machen, muss natürlich hier und da was verändert werden. Sehr viel sogar.«

Ava mochte Ellie immer mehr, sie wirkte patent und überaus klug. Praktisch veranlagt noch dazu. Sie war sich sicher, mit ihr würde sie gut zurechtkommen. Ein Punkt, den sie von ihrer Bedenkenliste streichen konnte. Allerdings war dafür gerade ein weiterer hinzugekommen. Für ein derartiges Projekt würde sie sehr viel Zeit in Schottland verbringen müssen – sie hatte keine Ahnung, wie Will das finden würde. Nicht jetzt, sagte sie sich. Erst einmal zuhören, sich alles ansehen, und am Ende konnte sie sich über ihre Beziehung Gedanken machen.

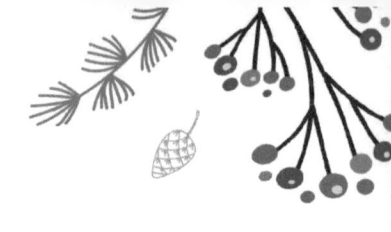

# Drei

Colin hatte den Laden heute schon eine halbe Stunde früher geschlossen. Dabei musste er nicht einmal ein schlechtes Gewissen haben, denn mit Kundschaft war ohnehin nicht mehr zu rechnen. Es war schon seltsam, wie sehr sich sein Leben verändert hatte, seit er seinen Job in London aufgegeben hatte, um seine familiären Pflichten hier in Kiltarff zu erfüllen. Anfangs hatte es wehgetan, seine Karriere, die in einer Sackgasse gelandet war, ad acta zu legen. Erstaunlicherweise weinte er seinem alten Beruf heute keine Träne mehr nach. Er hatte begriffen, dass ein gut gefülltes Konto einen nicht glücklich machte. Eher umgekehrt – nach einer Weile hatte er verstanden, dass genau das Gegenteil der Fall war, obwohl er finanziell immer noch sehr gut dastand, aber das war ihm nicht mehr wichtig. Komisch, dass er gerade jetzt daran denken musste.

Er knöpfte seine Jacke zu und schlug den Kragen nach oben, dann ging er in Richtung *Great Glen Trading Centre*. Er musste dringend einige Lebensmittel einkaufen. Die Sonne war schon längst untergegangen, der Nebel kroch langsam über die Berghänge hinunter ins Tal. Der Himmel war wolkenlos, die Dämmerung hatte eingesetzt und tauchte alles in ein diffuses, gräuliches Licht. Der Winter rückte unaufhaltsam näher, und mit der kalten Jahreszeit würde es noch ruhiger im kleinen Örtchen werden. Colin atmete tief durch und füllte seine Lungen mit der frischen, klaren Luft der Highlands. Obwohl er hier geboren und aufgewachsen war, schätzte er die Natur jeden Tag aufs Neue.

Er vergrub seine Hände in den Taschen seiner Jeans und ging über die Brücke am Caledonian-Kanal. Hier und da standen ein paar Touristen und schossen Fotos, dennoch war das Bild auch heute noch ungewohnt. Wo sonst Busse und Massen an Durchreisenden unterwegs waren, herrschte nun Ruhe und Abgeschiedenheit. Im Grunde fand er es schöner so, aber für viele Läden war es eine Katastrophe – seinen eingeschlossen. Dennoch hatte er Glück, denn auch die Einwohner kauften bei ihm die Dinge des Heimwerkerbedarfs ein. In diesen Zeiten wurde viel selbst repariert, gebaut oder gestaltet. Im Grunde krisensicher, aber dennoch fehlten mehr Kunden wie diese Frau heute Morgen – obwohl sie in ihrem Püppchen-Outfit nicht wirklich als typische Touristin durchging. Es mangelte an Menschen, die im Urlaub waren und etwas vergessen hatten oder feststellten, dass sie doch eine Angel, einen Gaskocher, einen Klappstuhl oder was auch immer brauchten. Das waren üblicherweise die Spontankäufer, die nicht zu sehr auf den Preis schauten. Die fehlten dem familieneigenen Geschäft, um gut über die Runden zu kommen. Das war damals nicht abzusehen gewesen, als er sich entschieden hatte, den Laden zu übernehmen. Nicht zu ändern, sagte er sich und verdrängte die Gedanken. Irgendwann würde es sicher wieder besser werden. Es musste.

Er erreichte die Tankstelle, die außerdem noch als Supermarkt, Post und Bank im Ort fungierte, und trat durch die Eingangstür. Gladys saß, wie fast immer, hinter der Kasse und grüßte ihn fröhlich. Er plauderte ein paar Sätze mit ihr, dann schnappte er sich einen Einkaufswagen und wählte als Erstes ein wenig Obst und Gemüse aus, Bananen, Äpfel, Möhren und eine Gurke. Dann setzte er seine Besorgungen fort. Gedankenverloren griff er hier und da ins Regal, meist kaufte er ohnehin die gleichen Dinge. Er war nicht besonders gut darin, Exotisches auszuprobieren – und die Münder, die er fütterte, wollten auch nichts verändern. Vielleicht war das der eigentliche Punkt.

Colin bog in den nächsten Gang ab und hielt inne. Einige Meter entfernt von ihm stand die Kundin vom Morgen vor einem Süßigkeitenregal und wirkte völlig abwesend. Ihr Gesichtsausdruck bestand aus einer Mischung an Emotionen, als fragte sie sich: ›Soll ich es kaufen oder doch lieber eine Diätpille einwerfen?‹ Sie wirkte verkniffen oder auch nur verloren. Er war sich nicht sicher. Diese Frau gehörte nicht hierher, sie sah mit ihren hohen Absätzen, dem knappen Kostüm und ihrem Handtäschchen wie ein roter Luftballon in einem goldenen Kornfeld aus. Colin musste schmunzeln, während er eine Packung Cadburys in seinen Wagen fallen ließ. Sie zuckte zusammen, sprang wie ein aufgescheuchtes Reh einen Meter zur Seite und starrte ihn an.

»Brauchen Sie Hilfe?«, fragte Colin amüsiert.

Sie hatte ihre, zugegeben hübschen, grünblauen Augen weit aufgerissen, als hätte sie jemand auf frischer Tat bei einem Juwelenklau ertappt. Ihre Lippen waren rot geschminkt, und aus ihrer Frisur hatte sich eine Strähne gelöst.

»W-was?«, stammelte sie. Ihre Wangen färbten sich rosa.

Er machte eine Handbewegung und deutete auf das Regal.

»Sie sehen so aus, als ob Sie etwas Besonderes suchen, vielleicht kann ich Ihnen helfen«, erklärte er geduldig, im nächsten Moment ärgerte er sich über sich selbst. Warum hatte er sie überhaupt angesprochen? Er wusste es nicht, bereute es aber sofort.

»Ach, das meinen Sie.« Sie schob sich die Strähne aus dem Gesicht. »Arbeiten Sie auch hier?«

Die Frau schaute in seinen Wagen, dann zu ihm auf. »Nein«, gab er knapp zurück. »Ich wollte nur höflich sein. Dann viel Spaß noch.«

Er hatte weder Zeit noch Interesse, sich länger mit ihr zu befassen. Normalerweise hielt er sich von dieser Sorte des weiblichen Geschlechts fern. Gebranntes Kind … Vielleicht hatte er das für eine Sekunde vergessen, weil sie ihm tatsächlich einsam und verloren vorgekommen war. Colin fuhr sich mit der Hand über die Stirn. Er sollte sich nicht dafür interessieren, was Modepüppchen wie sie in Kiltarff zu suchen oder nicht zu suchen hatten. Sie war zudem garantiert so schnell wieder verschwunden, wie sie aufgetaucht war.

Während er ein paar Konserven mit Bohnen in den Wagen schmiss, Lachs und Würstchen aus dem Kühlregal nahm, bekam er aus dem Augenwinkel mit, wie die Blondine bezahlte, dann in ihren Kleinwagen stieg und Richtung Inverness davonbrauste.

Eben, dachte er, schon wieder weg. Zuletzt legte er noch zwei Packungen Saft dazu und Inkontinenzunterlagen für Grannys Bett.

Als er kurz darauf die Haustür aufschloss, schlug ihm ein strenger Geruch entgegen. Blacky, der Pudel seiner Großmama, kam schwanzwedelnd auf ihn zugelaufen. Colin stellte die Einkaufstüten ab und schlüpfte aus seinen Stiefeln, dann verdrehte er die Augen, als er die Quelle des Geruchs entdeckte. Blacky hatte einen Haufen auf dem Steinfußboden hinterlassen.

»Dad!«, rief Colin und zog seine Schuhe wieder an. Er stöhnte, weil er die Antwort auf seine Frage, ob sein Vater vergessen hatte, mit dem Hund rauszugehen, bereits kannte.

Genervt brachte er die Tüten in die Küche, dann sah er nach seinem Vater und Granny, die im Wohnzimmer saßen und auf den Fernseher starrten. Sie schauten gemeinsam eine Quizsendung an, es war warm im Zimmer, die abgestandene Luft roch nach Einsamkeit.

»Hey Baby«, grüßte seine Grandma und winkte ihm fröhlich zu. Colin öffnete das Fenster, dann gab er seiner Grandma einen Kuss auf die Wange und wandte sich an seinen Vater. »Dad. Wieso bist du nicht mit Blacky rausgegangen?«

Sein Vater hob den Kopf. »Vergessen.«

Colin seufzte. »Super. Schönen Dank auch. Du hast nicht viele Aufgaben im Haus, ist es zu viel verlangt, dass du wenigstens das übernimmst?«

Sein Tonfall klang mehr als nur gereizt, er war wirklich wütend. So konnte es nicht mehr länger weitergehen.

Sein Vater reagierte nicht, woraufhin Colin sich schnaubend abwandte und das kleine Wohnzimmer mit langen Schritten verließ. Dies war einer der wenigen Augenblicke, in denen er an sein Leben in London zurückdachte und sich fragte, ob es richtig gewesen war, in Kiltarff zu bleiben. Er hatte damals, als seine Mum krank geworden war, keinen Moment gezögert und seine Karriere aufgegeben – ein schmerzhafter Prozess, denn er hatte Jahre investiert, zunächst für das Studium und dann für den Aufstieg. Heute wusste er, dass er richtig gehandelt hatte, er war mit sich im Reinen und vermisste den Stress und den Leistungsdruck überhaupt nicht. Der permanente Druck, immer und überall präsent zu sein, hatte ihn kalt und oberflächlich werden lassen. Er war froh, dass er heute ein anderer war. Und irgendwann hatte er sich in den Highlands sehr viel wohler gefühlt als in der Großstadt, und so war er geblieben. Seine Beziehung war vorher schon angeknackst gewesen, aber diese weitreichende Entscheidung hatte sie nicht überlebt. Und obwohl seine Familie ihn auch heute noch brauchte, kotzten ihn Ereignisse wie diese dermaßen an, dass er seinem Vater zu gern mal die Leviten lesen würde – was er natürlich nicht tat, weil Colin wusste, wieso er so nachlässig mit allem geworden war.

Mit einem derben Fluch auf den Lippen beseitigte Colin Blackys Geschäft, während der Pudel schwanzwedelnd neben ihm stand und ihn mit unschuldigen Augen anguckte.

»Ja, ich weiß, du kannst nichts dafür«, murmelte Colin. Als der Flur wieder in Ordnung war, öffnete er die Haustür. »Komm«, sagte er zu dem Tier und ging mit ihm raus. Eine Leine brauchte er nicht, der Kleine war nicht nur lammfromm, er war auch der größte Angsthase vor dem Herrn. Der treue Pudel lief niemals weg und legte sich schon gar nicht mit anderen Hunden an. Colin kapierte überhaupt nicht, wieso sein Vater sich weigerte, auch nur etwas zum gemeinsamen Leben beizutragen. Nein, das stimmte so nicht ganz. Natürlich wusste er, warum sein Dad noch immer in seiner Trauer gefangen war. Colin fand es dennoch nicht fair, dass es für seinen Dad völlig okay war, alles, aber auch wirklich alles ihm zu überlassen.

Colin drehte eine kleine Runde mit Blacky, der dankbar hier und da schnüffelte, hin und wieder sein Beinchen hob. Als sie nach Hause kamen, öffnete Colin eine Dose mit einem Eintopf und wärmte ihn auf. Blacky bekam ein wenig Trockenfutter in seinen Napf. Colin hatte vorgehabt, etwas zu kochen – Lachs mit Kartoffelpüree –, aber ihm war die Lust vergangen. Und der Appetit. Er setzte Granny und seinem Vater eine Portion aufgewärmten Eintopf vor, zur gleichen Zeit bimmelte sein Handy.

»Hallo?«, beantwortete er und entfernte sich ein paar Schritte.

»Hi, ich bin's, Ellie.«

»Hey, wie geht's?«

»Sehr gut, und dir?«

»Ja, alles bestens«, log er. Ellie wusste Bescheid, sie kam hin und wieder vorbei und half ihm ein wenig mit dem

Haushalt. Wie viele andere im Ort, dafür war er dankbar. Wenn man eins über die Bewohner Kiltarffs sagen konnte, dann, dass sie zusammenhielten, wenn es nötig war.

»Kenneth und ich würden gerne was mit dir besprechen, hast du vielleicht Zeit für ein Bier im *Lantern*?«

Die Gelegenheit, mal rauszukommen aus dem Cottage, klang verlockend, aber er musste Oma noch ins Bett bringen – etwas, das auch sein Vater tun könnte, aber der hatte offenbar einen schlechten Tag und kümmerte sich mal wieder um gar nichts.

»Ja, sicher. Wann passt es denn?« Er würde das irgendwie hinbekommen.

»Vielleicht um acht?«

»Klingt super. Ich freu mich.«

»Wir freuen uns auch, bis dann, Colin. Soll ich morgen mal rüberkommen und dir bei der Wäsche zur Hand gehen?«

Colin knirschte mit den Zähnen, als er daran dachte, dass er heute Morgen das letzte Paar Socken aus dem Schrank genommen hatte. Der Wäschekorb quoll schon lange über, und auch die Betten müssten dringend frisch bezogen werden. Er wollte alles selbst schaffen, aber es war einfach zu viel, sich um den Laden, seine Familie und auch noch den Haushalt zu kümmern, deswegen seufzte er. »Das würde mir echt helfen, Ellie. Danke.«

»Ist doch klar, Colin. Ich mach das gerne. Außerdem kann ich dann ein bisschen mit deiner Oma plaudern. Sie kennt so schöne Geschichten.«

Leider erzählte sie nur noch alte Geschichten, sie war dement und brachte die Vergangenheit und das Heute nicht mehr so richtig zusammen. Aber sie lief nicht weg, und sie stellte auch keine gefährlichen Dinge im Haushalt an, darüber zumindest war Colin froh. Sie war ein bisschen verwirrt, dabei aber ganz liebenswert und fröhlich. Tatsächlich bereitete ihm sein Vater mehr Sorgen als seine Oma. Seit dem Tod seiner Mum vor zwei Jahren war es mit ihm nur bergab gegangen. Anfangs hatte er an den Treffen im Ort teilgenommen, hatte sich sozial engagiert, aber mittlerweile hatte er sich komplett zurückgezogen und verließ das Haus so gut wie gar nicht mehr, als hätte er mit dem Leben völlig abgeschlossen.

»Colin?«, hörte er Ellie am anderen Ende, sie riss ihn aus seinen Gedanken.

»Äh, entschuldige. Was hast du gesagt?«

»Ich hab nur gesagt, bis nachher, ich freu mich, dich mal wieder zu sehen. Ist ja schon 'ne Weile her.«

»Ja, ich freu mich auch. Bis gleich.«

Er legte auf, steckte das Handy in die Gesäßtasche seiner Jeans und räumte das Geschirr ab. In der Küche sah es nicht viel besser aus, die Spüle war voll, der Müll musste rausgebracht werden. Mit einem Seufzen fing er an, klar Schiff zu machen. Er wollte nicht, dass es morgen noch immer ausschaute, als wäre er mit allem überfordert – obwohl das irgendwie stimmte.


Ava unterdrückte ein Gähnen, während sie ihren Hintern in die Luft reckte und die Fersen in die Yogamatte drückte. Eigentlich sollte die Position *herabschauender Hund* als Pause dienen, aber heute Morgen fühlte sich sogar die anstrengend an. Ihre Freundin Trudy turnte quietschfidel auf der Matte neben ihr.

»Wie war es in Schottland?«, flüsterte sie ihr zu.

»Es war wahnsinnig spannend«, tuschelte Ava zurück.

»Hast du den Auftrag bekommen?«

Ava drehte ihr Gesicht zu Trudy. »So weit sind wir noch lange nicht. Ich hab mir erst mal alles angesehen und soll mir jetzt Gedanken dazu machen, wie ich das umsetzen könnte. Dann treffen wir uns noch mal.«

Die Yogalehrerin zog ein säuerliches Gesicht und schickte ein »Psst« in ihre Richtung, ehe sie alle Kursteilnehmer bat, mit einem tiefen Atemzug in die nächste Position zu gehen.

»Willst du es denn?«, hakte Trudy nach, während Ava ihre Zähne zusammenbiss. Bei ihrer Freundin wirkte das alles so spielerisch einfach. Ava hingegen fiel nichts, was mit Bewegung zu tun hatte, leicht, aber es musste nun mal sein, um einigermaßen in Form zu bleiben.

»Ich weiß nicht. Ja, doch. Würde ich schon gern, es ist ein Riesending, aber Schottland ist auch weit weg.«

»Ist doch eine Chance für dich.«

»Ja, das schon.«

»Aber?«

»Na, es ist wegen Will. Der würde es bestimmt nicht toll finden, wenn ich jetzt ständig weg bin.«

Trudy stieß ein abschätzendes Schnauben aus. »Der soll sich mal nicht so anstellen. Wenn es nach ihm ginge, solltest du ohnehin nur noch Society Lady spielen und gar nicht mehr für dein eigenes Auskommen sorgen. Mach dich bloß nicht abhängig von ihm.«

Ava seufzte leise. Trudy konnte Will nicht leiden, es war nicht fair ihm gegenüber, auch wenn sie ihre Freundin natürlich verstand. Aber er hatte sie bei sich aufgenommen und unterstützt, als es mit ihrer Firma bergab gegangen war – finanziell und emotional. Sie wollte Will vor Trudy verteidigen, allerdings konnte sie nicht leugnen, dass sie in letzter Zeit häufiger das Gefühl hatte, dass er erwartete, dass sie ihren Beruf über kurz oder lang für ihr Zusammenleben aufgab. So konkret hatte er es nur einmal gesagt: »Wenn wir erst mal verheiratet sind, werde ich für dich sorgen.«

Ava hatte erst gedacht, er machte Witze, aber dem war nicht so gewesen. Seitdem hatten sie das Thema nicht mehr angeschnitten, denn sie liebte ihre Arbeit, und sie konnte sich nicht vorstellen, ihr Talent zu verschwenden, indem sie ausschließlich ihr eigenes Heim gestaltete. Will hatte es bestimmt nicht so gemeint …

»… mit dem nächsten Atemzug treffen wir uns wieder im herabschauenden Hund …«

Ava ächzte und drückte ihren Hintern nach oben. Blut schoss ihr in den Kopf, ihr Blick fiel auf den Diamanten, der an ihrem Finger im schwachen Licht glitzerte. Es war nicht direkt ein Verlobungsring, aber dennoch fühlte es sich damit irgendwie verpflichtend an. Verbunden, korrigierte sie sich. Will hatte ihr bisher zwar keinen offiziellen Antrag gemacht, aber er sprach immer öfter über die Zukunft. Vielleicht ging er davon aus, dass mit dem Ring bereits alles besiegelt war? Ava runzelte die Stirn, denn sie wünschte sich einen romantischen Antrag. Sie wollte gefragt werden. Er sollte ihr seine Liebe gestehen, auf eine Weise, an die sie sich immer mit einem verklärten Lächeln erinnern würde. Ava schob den Gedanken beiseite und konzentrierte sich wieder auf die Übungen.

Nach der Yogastunde schlenderte Ava mit Trudy zu den Umkleiden.

»Du ziehst doch nicht ernsthaft in Erwägung, den Auftrag *nicht* anzunehmen, weil du dann öfter reisen müsstest?«, hakte Trudy noch einmal nach, während Ava ihre Leggins auszog.

»Hm, ich weiß nicht«, murmelte sie und löste das Zopfband aus ihren Haaren. Sie schüttelte sie leicht und band sie dann zu einem Dutt nach oben. »Zuerst muss ich ohnehin erst einmal grobe Pläne aufzeichnen – vielleicht gefallen dem Paar meine Ideen ja gar nicht.«

Ava hatte mit Ellie und Kenneth vereinbart, dass sie für die ersten Entwürfe eine Fix-Summe erhalten würde, die unabhängig vom Auftrag war. Zudem würden sie ihr die Reisekosten erstatten, und sie hatten sich auch gleich für Mitte nächster Woche zu einem zweiten Termin verabredet.

Das war alles recht knapp, aber die Zeit drängte natürlich, wenn sie ihr Hotel im Frühling eröffnen wollten. Allerdings hatte sie nicht heraushören können, ob sie die einzige Innenarchitektin war, die sie beauftragt hatten. Design und Konzeption war ihr Steckenpferd, dieser Auftrag war anspruchsvoll und aufregend zugleich. Das war ihre große Chance – oder ihr Untergang. Nein, sie musste positiv denken, natürlich würde sie das alles hinbekommen. Sie hatte viele Projekte erfolgreich gemanagt, nur eben noch keines in dieser Größenordnung. Sie hatte Kontakte und Erfahrung. Sie war kein Grünschnabel, sie war Profi.

»Wow«, hörte sie Trudy, und Ava blinzelte irritiert.

»Was ist?«

»Du wirkst echt fest entschlossen. Das gefällt mir.«

Ava grinste. »Ja, das bin ich auch. Ich werde die besten Entwürfe liefern, die das Paar sich vorstellen kann. Schottland hin oder her.«

»Das ist mein Mädchen!« Trudy hob ihre Hand und klatschte mit Ava ab.

»Danke, dass du mir im rechten Moment einen Arschtritt verpasst hast.«

»Das hätte Bridget schon noch übernommen, die war echt angepisst, dass wir die ganze Zeit gequatscht haben.« Trudy grinste.

Ava kicherte und schlüpfte aus ihren Klamotten, um rasch duschen zu gehen, dann musste sie schnellstmöglich ins Büro. »Ja, ich dachte auch, gleich kommt sie zu uns und haut uns eine rein.«

Trudy gluckste. »Ja, die war auf einmal gar nicht mehr so *Zen*.«

»Aber wann soll ich sonst mit dir reden?«

»Du hast ja nie Zeit. Immer ist was mit Will.«

»Er hat mich halt gern um sich.« Ava seufzte schulterzuckend.

»Damit du ihm alles hinterhertragen kannst«, schimpfte Trudy.

»So ist es doch nicht. Er hat eine Zugehfrau.«

»Gott, was ist das denn für ein Wort? Sag doch einfach Putzfrau.« Trudy schnitt eine Grimasse.

»Was auch immer.« Ava winkte ab. »Er liebt mich und will die wenige Freizeit, die wir haben, eben mit mir verbringen.«

Trudy runzelte die Stirn, dann schlang sie sich ein Handtuch um ihren schlanken Körper. »Du merkst gar nicht, wie besitzergreifend der Typ ist.«

»Das stimmt doch gar nicht.« Avas Magen zog sich zusammen.

Trudy winkte ab. »Lass gut sein. Ist halt meine Meinung, ich will auch keinen Keil zwischen euch treiben, aber ich darf doch wohl sagen, dass ich dich als meine Freundin vermisse, oder?«

Ava entspannte sich ein wenig. »Das darfst du. So, und jetzt muss ich mich echt beeilen, ich habe unfassbar viel zu tun, und das ist das beste Gefühl seit Langem.«


Ava hatte sich auf dem Weg ins Büro einen Kaffee und ein fertiges Porridge mit Beeren aus einem Café mitgenommen, für ein ausgiebiges Frühstück hatte sie keine Zeit. Sie ließ sich in ihren Stuhl fallen und fing direkt an, ihre Überlegungen zu Papier zu bringen, während sie hin und wieder an ihrem Kaffee nippte oder sich einen Löffel Haferbrei, der mittlerweile kalt geworden war, in den Mund schob. Irgendwann schaute sie auf ihre Uhr, es war schon kurz nach zehn, und ihre Assistentin war noch immer nicht da. Seltsam, dachte sie sich, aber machte weiter. Schließlich ging die Tür doch noch auf, und Lucinda kam zu ihr ins Office.

»Guten Morgen«, grüßte sie.

»Hi, alles okay?«

»Ich muss mit dir reden.« Ihr ernster Gesichtsausdruck ließ Avas Atem stocken.

»Ja, was ist los?«

»Ich … Es tut mir leid, aber ich kündige.«

Avas Mund klappte auf. »Was? Wieso das denn? Ich zahle ab jetzt wieder pünktlich, ehrlich. Ich verstehe, dass die letzten Monate hart waren, aber … ich brauche dich.«

Ihre Assistentin schaute traurig. »Es tut mir leid, aber ich habe eine andere Stelle angenommen – eine, die sicher ist, die besser bezahlt ist … Ich habe Rechnungen zu begleichen, und ich habe ein Kind. Es tut mir leid, Ava. Es ist nichts Persönliches, überhaupt nicht. Ich mag dich sehr gern, deswegen tut es mir auch so leid. Ja, das sagte ich bereits.«

Sie stammelte, und Ava wurde übel. Gerade jetzt brauchte sie dringend Hilfe – wie sollte sie einen großen Auftrag organisieren ohne eine Assistentin, der sie gewisse Dinge delegieren konnte?

»Bitte«, war alles, was Ava hervorbrachte. Ja, wenn es sein musste, würde sie betteln. Gott, das war so erbärmlich.

Lucinda rieb sich die Stirn. »Ich habe den Vertrag unterschrieben, hier ist meine Kündigung. Ich kann es mir einfach nicht mehr leisten, bei dir zu arbeiten, Ava, bitte versteh das doch.«

»Und wenn ich dein Gehalt erhöhe?«

Lucinda atmete leise aus, sie ließ die Schultern hängen. »Es geht nicht, Ava. Ich brauche ein sicheres Einkommen. Wenn du erst mal Kinder hast, wirst du das verstehen …«

Ava spürte, wie es hinter ihren Augen brannte. »J-ja, natürlich. Ich bedaure, dass es mir nicht möglich war, fair und pünktlich zu zahlen.«

Sie selbst lebte quasi seit Monaten auf Wills Kosten – alles, was reinkam, war an die Mitarbeiter und für die Rechnungen draufgegangen, bis sich einer nach dem anderen verabschiedet hatte. Sie konnte es Lucinda nicht verübeln, dennoch glich es zum jetzigen Zeitpunkt einer Katastrophe. Wie sollte sie das alles alleine schaffen?

»Wann willst du dort anfangen?«, fragte Ava tonlos.

»So bald wie möglich.«

Ava schluckte. »Bitte, dann lass dich nicht aufhalten.«

Sie wusste, dass es keinen Zweck hatte, sie anzuflehen – außerdem verbot das am Ende doch ihr Stolz.

»Ich kann noch ein, zwei Wochen aushelfen, Ava.«

Ava straffte sich. »Nicht nötig, meine Liebe. Ich ... Ich komme schon klar.«

Sie rang sich ein Lächeln ab und blickte auf. So oder so würde sie es auch ohne Assistentin hinbekommen. Sie musste.

»Dann ... werde ich jetzt mal meine Sachen packen.«

»Ja, tu das. Ich schicke dir deine Unterlagen und ein Arbeitszeugnis, falls du das möchtest.«

»Danke, das wäre nett.« Sie schaute Ava noch eine lange, wortlose Sekunde mit einem so mitleidigen Blick an, dass Avas Herz schwer wurde.

# Vier

Eine Woche später saß Ava mit Kenneth und Ellie in der Bibliothek ihres Schlosses in Kiltarff vor der mystischen Kulisse des Loch Ness. Im Kamin prasselte ein Feuer, der riesige Hund Dougie hatte sich davor zusammengerollt und schnarchte. Bis zu diesem Zeitpunkt hatte Ava keine Ahnung gehabt, dass Hunde solche Geräusche überhaupt produzieren konnten. In der Mitte des Tisches stand ein Teller mit kleinen Blätterteigpasteten und eine Karaffe mit Wasser und Gläsern. Ava hatte für die Besprechung ihre Pläne und Zeichnungen ausgebreitet. »Natürlich sind das alles erst einmal grobe Ideen, um zu sehen, ob das Ihrem Geschmack entspricht. In Anbetracht der kurzen Zeit, die für den Umbau vorgesehen ist, habe ich versucht, so wenig wie möglich an den Grundrissen zu ändern. Zugute kommt uns, dass der Dienstbotenflügel bereits über eine sehr gute Zimmeraufteilung verfügt, hier kann man gezielt beginnen. Nur für die teureren Suiten werden hier und da einige neue Wände gezogen oder Durchbrüche vorgenommen werden müssen. Wenn wir vielleicht mit dem Ostflügel anfangen wollen?«

»Sehr gern«, sagte Ellie interessiert und richtete sich in ihrem Stuhl auf.

Ava räusperte sich. »Ich war sehr beeindruckt vom Ballsaal – dieser Raum mit den großen Fenstern und dem Ausblick auf den See ist einzigartig, und ich finde, dass man gerade in einem Hotel wie diesem die Möglichkeit haben sollte, große Feiern zu veranstalten. Auf *Kiltarff Castle* könnte man Traumhochzeiten ausrichten – ein ganz wichtiger Aspekt für Luxushotels, finde ich, vor allem, wenn das Hotel an sich nicht so viele Gästezimmer hat. Das gibt einen exklusiven Touch, der gerade sehr angesagt ist. Man bleibt unter sich, verstehen Sie?«

Ava schwitzte. Hop oder top. Das Paar würde ihre Ideen lieben oder sie in der Luft zerreißen.

»Hochzeiten«, murmelte Kenneth. »Ellie, willst du hier heiraten?«

Ava machte große Augen, als Ellie plötzlich anfing zu lachen. »Ist das jetzt ein Antrag?«

Kenneth verzog seine Lippen. »Liebste, du weißt genau, dass das kein Antrag ist. Glaubst du, ich wäre so unromantisch? Es ist eine theoretische Frage.«

Ellie wandte sich an Ava. »Sie können sich nicht vorstellen, *wie* unromantisch er war, als wir uns kennengelernt haben.« Dann lachte sie noch einmal und legte ihm eine Hand an die Wange. »Aber er hat schon so viel dazugelernt. Neulich hat er sogar ein paar Kerzen zum Abendessen angezündet und Blumen auf den Tisch gestellt. Süß, oder? Dass er jetzt übers Heiraten redet, grenzt schon fast an romantischen Überschwang.«

»Du bist irgendwie gemein, Ellie.« Kenneth brummte leise.

Ava konnte ein Schmunzeln nicht unterdrücken, die beiden waren wirklich wunderbar zusammen. Sie spürte einen Stich im Magen, als sie an Will dachte, der alles immer so nüchtern betrachtete. Selbst als er sie gefragt hatte, ob sie bei ihm einziehen wollte, hatte er nur wirtschaftliche Gründe vorgebracht – ja, klar, die waren natürlich der ausschlaggebende Punkt gewesen, aber dennoch …

»Wissen Sie, Ava, dass Kenneth anfangs dachte, dass ich eine Einbrecherin wäre, die heimlich in seiner Küche kocht? Dabei habe ich die ganze Zeit schon sein Schloss geputzt, und er hatte keine Ahnung, weil er sich zu fein war, auch nur eine Sekunde darüber nachzudenken, wer sein Anwesen in Ordnung hält.«

Ava erinnerte sich. Bei ihrem letzten Treffen war davon die Rede gewesen war, dass Ellie für ihn gearbeitet hatte, ehe sie sich verliebt hatten.

»Einbrecherin?«, wiederholte sie amüsiert.

Kenneth rieb sich über die Augen. »Gott, muss das jetzt sein? Das ist wirklich peinlich für mich, Liebes.«

Ellie lachte. »Kenneth war so ein grummeliger Earl, wie aus einem Kitsch-Roman. Ehrlich.«

»Ja«, er gab ihr einen Kuss auf die Stirn, »und du hast mein steinernes Herz erweicht.« Nun lachte auch er. »Sehen Sie, Ava. Diese Frau hat mich voll im Griff.«

Ellie schüttelte grinsend den Kopf. »Schön wär's.«

»Also, könntest du dir hier eine Hochzeit vorstellen?«, wiederholte er noch einmal seine Frage. »Deine Meinung als Frau mit Stil ist gefragt, wie würde dir sowas gefallen?«

»Wenn du hier also wirklich nicht um meine Hand anhältst – was ich dir raten möchte, denn dann würde ich Nein sagen. Der Antrag müsste schon sehr viel romantischer sein! Also, dann würde ich sagen, ich könnte mir keinen großartigeren Platz als *Kiltarff Castle* für eine Hochzeit vorstellen. Es ist doch ein magischer Ort. Überlegen Sie mal, Ava. Kenneth hatte damals tatsächlich in Erwägung gezogen, das Schloss abreißen zu lassen, nur weil er den Adelstitel nicht annehmen wollte, nachdem sein Vater gestorben war. So ein Sturkopf ist er.«

»Ist ja gut.« Er seufzte. »Heute bin ich froh, dass sich all das geändert hat. Es tut mir leid, dass jede Ihrer Fragen offenbar dazu führt, dass wir unsere Liebesgeschichte noch mal aufrollen.« Er lächelte glücklich.

»Nein, das ist doch ganz großartig«, plapperte Ava. »Es ist ganz wunderbar, Sie beide zusammen zu sehen. Und ehrlich, ich kann mir überhaupt nicht vorstellen, dass Kenneth grummelig war, oder dass Sie in die Küche einbrechen mussten.«

»Siehst du, Liebling«, meinte Kenneth. »Sie kann es sich nicht vorstellen.«

Ellie kicherte. »Irgendwann erzählen wir es Ihnen mal in Ruhe, bei einem Glas Wein.«

»Das wäre schön«, stimmte Ava zu.

»Fahren Sie ruhig fort, ehe Kenneth doch noch einen Antrag macht«, scherzte Ellie. »Und ja, dass man diese Aspekte natürlich später auch fürs Marketing nutzen kann, ist eine großartige Idee. Der Ballsaal ist das Herzstück, und ich finde es wunderbar, dass Sie das auch so sehen, Ava.«

Innerlich atmete Ava auf, bis jetzt lief es ganz gut. Sehr gut sogar. In Anbetracht der Tatsache, dass die Entwürfe mit der heißen Nadel gestrickt waren, waren sie wirklich prima geworden. Der Verlust ihrer Assistentin hatte sie schwer getroffen, aber das behielt sie natürlich für sich. Zudem hatte sie sich am Morgen noch beinahe mit Will gestritten, sie war gerade mit dem Koffer auf dem Weg zur Tür gewesen.

»Hey Babe. Wo willst du mit dem Koffer hin?«, hatte er gefragt.

Ava hatte große Augen gemacht. Hatte Will wirklich nicht zugehört? »Liebling«, hatte sie erwidert und war auf ihn zugegangen. Er stand in der Küche und hielt eine Tasse Espresso in der Hand. »Wir hatten doch darüber gesprochen, dass ich eine Nacht wegbleibe. Ich muss mit den Kunden die Entwürfe durchgehen und weitere Zeitpläne abstimmen, falls sie mit dem Projekt wirklich in die nächste Phase gehen wollen. Also, wenn ich den Auftrag bekomme.«

»Dafür brauchst du doch nicht zwei Tage.« Seine Stirn war gerunzelt.

Ava seufzte. Eifersüchtig konnte er nicht sein, Will kannte Kenneth, und er wusste, dass er liiert war. »Was ist denn das Problem? Du gehst doch auch auf Geschäftsreisen.«

»Kannst du nicht einen Auftrag in London annehmen?«

Ava holte tief Luft, während sich ihr Magen zusammenschnürte. »Du weißt doch selbst, wie es wirtschaftlich um meine Firma steht. Ich möchte dir nicht länger auf der Tasche liegen müssen, und ich möchte arbeiten. Es ist mein Traumjob – ist das so schlimm?«

Will setzte die Tasse ab und trat zu ihr, er legte ihr seine Hände auf die Taille. »Darling, ich werde dich einfach schrecklich vermissen. Außerdem – du musst nicht arbeiten. Ich verdiene doch genug für uns beide.«

Zum ersten Mal wünschte sie sich, dass er aufhörte, sie mit seiner Art zu erdrücken. Aber sie rührte sich nicht, denn sie wusste, dass er es nur gut meinte – auch wenn sie es momentan als sehr belastend und buchstäblich einengend empfand. »Will, versteh mich doch. Es ist nur bis morgen. Ich weiß, dass du für mich sorgen kannst, aber ich liebe meine Arbeit – so wie du deine.«

Für einige wortlose Sekunden starrten sie sich an, schließlich ließ er sie los und rieb sich die Stirn. »Ja, okay. Ist gut. Ich verstehe dich, Ava. Es tut mir leid.«

Sie atmete erleichtert aus, dann legte sie ihm eine Hand an die Wange. »Es ist ja auch nur für eine Nacht, Liebling.«

Er küsste sie. »In Ordnung. Ich denke an dich. Pass auf dich auf.«

Sie hatte gelacht. »Ich fliege nach Inverness, nicht ans Ende der Welt.«

Ava blinzelte und kehrte ins Hier und Jetzt zurück. Sie erklärte Kenneth und Elli weiter ihre Ideen und zeigte die groben Skizzen, die sie für diesen Termin angefertigt hatte.

Die beiden waren begeistert, sie waren sogar so enthusiastisch, dass Ellie Ava am Ende umarmte.

»Das wird großartig, Ava«, trällerte sie und drückte Ava an sich.

Sie wurden sich sogar über die Finanzen einig, Ava erhielt einen Vorschuss und würde dann nach Tagessätzen bezahlt, die fair waren. Eine goldene Nase verdiente sie sich nicht damit, aber das hier war ein Win-Win für sie alle. Ava hätte ein Einkommen und nach Abschluss des Projekts eine großartige Referenz für ihr Portfolio.

»Darf ich die Aufnahmen der Arbeiten für meine Internetpräsenz benutzen?«, fragte Ava noch.

Ellie und Kenneth tauschten einen Blick aus, schließlich nickte Kenneth. »Ja, das wäre in Ordnung für mich. Ich bin zwar kein großer Fan davon, mein Leben im Internet zu präsentieren, aber ich schätze, dass wir für das Hotel damit schon ein wenig Aufmerksamkeit bekommen würden, oder, Ellie? Vielleicht lassen Sie unsere Privaträume einfach außen vor.«

Ellie lächelte. »Ja, und du musst ja nicht mit auf die Fotos, oder?«

Ava schüttelte den Kopf. »Nein, überhaupt nicht. Ich stelle es mir als eine Art Journal vor, das die Fortschritte der Umbauten zeigt. Natürlich auch so eine Art Vorher-nachher-Bilderserie. Verstehen Sie?«

Ellie klatschte in die Hände. »Das klingt super. Vielleicht sollten wir auch schon an unserer Hotel-Website arbeiten und eine Art Online-Countdown starten bis zur Eröffnung?«

Ava schluckte. »Ein Eröffnungsdatum festzulegen ist bestimmt eine gute Idee, allerdings rate ich im jetzigen Stadium davon ab, einen konkreten Termin öffentlich zu machen.

Bei einem so alten Gemäuer weiß man nie, welche Überraschungen einen da erwarten. Es wäre schlecht, wenn man den Termin aus irgendeinem Grund nicht halten könnte und dann ständig nachjustieren müsste bei diesem Countdown.«

Kenneth nickte und rieb sich das Kinn. »Sehr umsichtig von Ihnen, Ava. Guter Hinweis, vielen Dank.«

»Okay, aber auf Social Media können wir trotzdem gleichzeitig mit Ihren Bildern beginnen, das ist ja auch wichtig für mein Restaurant, das *Bluebell*.« Ellie lächelte. »Wir haben ja nicht viele Tische, aber wir sind dabei, unser Image als Restaurant gehobener Küche noch besser zu kommunizieren.«

Kenneth legte ihr eine Hand auf den Arm. »Es kommen bessere Zeiten.«

»Davon bin ich überzeugt«, stimmte Ellie zu und wirkte ehrlich zuversichtlich. Ava fühlte sich wohl in ihrer Gegenwart, sie hatten eine gute Basis für dieses Mammut-Projekt.

Kenneth wandte sich noch einmal an Ava. »Eine Frage habe ich noch.«

»Ja?« Sie neigte ihren Kopf ein wenig und fürchtete, dass jetzt ein sehr großes Aber kommen würde. Sie schluckte und versuchte zu lächeln, während ihr ein wenig mulmig zumute war.

»Wie stellen Sie sich die Arbeit im Detail vor? Ich meine, Sie müssten schon häufiger vor Ort sein, oder?«

Ellie schob sich eine Strähne hinters Ohr. »Wir könnten Ihnen hier im Schloss ein Zimmer einrichten, eine Art Zentrale – oder auch mehrere Zimmer. Daran mangelt es bei uns ja zum Glück nicht. Keine Angst, wir sind nicht von der aufdringlichen Sorte – Sie könnten sich hier im Schloss frei bewegen. Platz haben wir genug«, plauderte Ellie drauflos.

»Oder wir mieten ein Cottage für Sie im Ort, das dürfte auch kein Problem sein«, dachte Kenneth laut.

Avas Mund wurde trocken. Erwarteten die beiden, dass sie bis zum Frühling komplett nach Kiltarff übersiedelte?

In ihrem Kopf drehte sich alles. Natürlich war ihr klar gewesen, dass sie viel auf der Baustelle zugegen sein musste, und das hatte sie auch berücksichtigt, aber … »Da finden wir sicher eine Lösung«, wich Ava aus. Sie würde darüber nachdenken, vor allem, wie sie das mit Will hinbekam – er würde es garantiert nicht gutheißen, wenn sie sich nur noch am Wochenende sehen konnten. »Ich habe übrigens gute Kontakte zu Lieferanten«, wechselte sie das Thema. »In London –«

»Äh, Moment«, unterbrach Ellie sie mit einer Handbewegung und schaute dann stirnrunzelnd zu Kenneth. »Wir haben das noch gar nicht erwähnt, vielleicht weil es für uns selbstverständlich war. Aber es ist uns äußerst wichtig, dass wir die lokalen Strukturen und Handwerker hier im Ort und der näheren Umgebung stärken. Das verstehen Sie doch sicher.«

Ava versuchte, sich nichts anmerken zu lassen. Das würde ihre Arbeit noch schwieriger machen. Sie kannte sich hier nicht aus, sie wusste nicht, auf welche Gewerke man sich verlassen konnte und welche schlecht arbeiteten … In London hatte sie bekannte Adressen, sie war überzeugt davon gewesen, dass viele auch bereit wären, in Schottland zu arbeiten, denn das Geld fehlte derzeit überall.

»Äh, okay«, war alles, was sie hervorbrachte.

»Wir überfordern Sie gerade«, stellte Kenneth mit einem besorgten Gesichtsausdruck fest.

»Nein, nein, gar nicht. Allerdings, das muss ich zugeben, müsste ich mich zunächst ein wenig einarbeiten – ich bin ja nicht von hier.« Gleichzeitig stellte sie sich die Frage, warum sie keinen Architekten aus Schottland engagiert hatten, wenn sie darauf so großen Wert legten.

»Wir haben uns umgesehen«, sagte Ellie, als könnte sie ihre Gedanken lesen. »Und dann erwähnte Kenneth, dass er Sie bei einem Poloturnier kennengelernt hat, wir haben uns

Ihre Website angeschaut, und ich habe mich in Ihre Arbeit verliebt«, plapperte Ellie weiter. Vermutlich hatte man es Avas Gesichtsausdruck entnehmen können, was in ihr vorging. Ava war noch nie gut darin gewesen, zu schauspielern.

»Ich freue mich sehr, dass Sie an mich gedacht haben, und alles andere bekommen wir hin«, versicherte Ava, obwohl sie spürte, dass sich unter ihren Achseln Schweiß bildete.

Sie plauderten noch eine Weile, dann aßen sie gemeinsam in Ellies Restaurant, dem Bootshaus, von dem aus man einen ebenso atemberaubenden Blick über den Loch Ness hatte wie aus *Kiltarff Castle*. Alles in allem war die Präsentation viel schneller vonstattengegangen, als Ava zeitlich kalkuliert hatte. Nach einer herzlichen Verabschiedung stand sie nun auf dem Parkplatz vor ihrem Auto. Sie warf einen Blick auf ihre Uhr. Wenn sie sich beeilte, würde sie es vielleicht noch schaffen, ihren Flug umzubuchen. Gesagt, getan, viel zu schnell raste sie in ihrem kleinen Mietwagen durch die schottischen Highlands, bis es ihr tatsächlich gelang, den letzten Flug nach London zu erwischen. Sie hoffte, dass sie damit ein wenig gute Stimmung bei Will machen konnte – denn der würde sicher überhaupt nicht begeistert davon sein, dass sie so viel Zeit in Schottland verbringen würde. Sie konnte zwei bis drei Tage in der Woche in Kiltarff arbeiten und die restlichen Dinge von London aus übernehmen. Das hoffte sie zumindest.

Mit einem mulmigen Gefühl im Bauch steckte sie ihren Haustürschlüssel ins Schloss und ging hinein. Im Flur schlüpfte sie aus den High Heels. Sie freute sich wahnsinnig, dass sie Will gleich überraschen konnte, er war sicher schon zuhause und rechnete nicht mit ihr. Ava tapste auf leisen Sohlen nach oben, im Erdgeschoss brannte kein Licht, kein Wunder, es war schon nach elf. Vermutlich schlief Will bereits, oder er saß – wie so oft – noch mit seinem Laptop im Bett und tippte die letzten Emails des Tages. Mit einem leisen Lächeln auf den Lippen schlich sie nach oben. Der flauschige Teppich fühlte sich kühl und weich unter ihren brennenden Fußsohlen an. Am oberen Absatz blieb sie stehen. Sie hörte Will mit jemandem sprechen, vielleicht eine Telefonkonferenz mit Amerika. Das kam hin und wieder vor, und durch die Zeitverschiebung waren deshalb mitunter abenteuerliche Uhrzeiten drin. Sie kam leise näher, dann hörte sie ein weibliches Kichern.

Mein Gott, dachte Ava, die klang eher wie eine Sexarbeiterin, als eine Kollegin. Die Tür zum Schlafzimmer war nur angelehnt, Ava schob sie leise auf. Was sie dann entdeckte, ließ sie erstarren. Das Licht war gedämpft, Will saß nicht im Bett, nein, er kniete auf der Matratze, und vor ihm räkelte sich eine dralle Brünette auf allen vieren. Wills Hintern bewegte sich rhythmisch, sie sah mit Entsetzen, wie sich seine leuchtend weißen Pobacken immer wieder anspannten, während er die dralle Frau vögelte.

Ava trat einen Schritt zurück und stieß einen erstickten Schrei aus. Sie schlug ihre Hand vor den Mund, während sie die Tür zuzog. Ava stand unter Schock, das war ihr klar. Es fühlte sich unwirklich an.

Vielleicht träumte sie.

Ein Albtraum.

Es konnte doch nicht sein.

Während sich ihr Magen anfühlte, als würde er gleich dafür sorgen, dass alles oben herauskam, trat sie mit weichen Knien näher. Sie musste es noch einmal sehen, um es glauben zu können.

Ava schob die Tür wieder auf und blickte ins Schlafzimmer. In ihr Bett. Nein, korrigierte sie sich. In *sein* Bett. Mit Avas Einzug hatte sich für Will nichts verändert, ja, er hatte ihr ein paar Schubladen in seinem begehbaren Kleiderschrank und eine Stange freigeräumt – aber das war auch schon alles gewesen. Ansonsten wies in seinem Haus nichts auf ihren Einzug hin.

Und dann sah Ava noch einmal hin. Will vögelte tatsächlich eine äußerst kurvige Brünette – um nicht zu sagen, sie war fett –, und das, obwohl er bei ihr immer wieder betonte, wie viel Wert er bei Frauen auf eine schlanke, sportliche Figur legte. Hatte er ihr nicht letztens sogar eine Frühlingsrolle aus der Hand genommen, weil sie nicht zunehmen sollte?

Ava wurde schlecht. Das konnte doch alles gar nicht wahr sein. Wie lange ging das schon so, oder hatte er die Tussi spontan irgendwo aufgegabelt?

Sie musste weg.

Dringend.

Sofort.

Ehe sie jemanden umbrachte.

Ava stürzte davon, beinahe wäre sie die Treppe hinuntergefallen, sie konnte sich gerade noch am Geländer festhalten. Sie zog hastig ihren Mantel an, schlüpfte in ihre Schuhe, nahm ihren Koffer samt Handtasche und Computerrucksack und rannte aus dem Haus. Dass sie die Tür laut zuknallte, registrierte sie nur am Rand, aber die beiden da oben waren so in ihre Aktivitäten verwickelt, dass sie nicht mal mitbekommen hatten, wie sie aufgeschrien hatte.

Ava hastete in die Dunkelheit davon, hielt ein Taxi an und stieg ein. Dann wurde ihr klar, dass sie keine Ahnung hatte, wo sie hinsollte.

Trudy, schoss es ihr durch den Kopf. Ava zückte ihr Handy und wählte die Nummer ihrer Freundin. Es klingelte fünfmal, dann meldete sich eine verschlafene Trudy. »Hey Süße, alles okay? Warum rufst du mitten in der Nacht an?«

Ihre Freundin musste ahnen, dass etwas nicht stimmte, zu solchen Uhrzeiten rief Ava sonst tatsächlich nie an.

»Nein, leider nicht.« Ava kämpfte mit den Tränen.

Der Taxifahrer blaffte sie an. »Wo wollen Sie denn jetzt hin, Miss?«

Geduld gehörte offenbar nicht zu seinen Stärken.

Ava sandte ihm einen bösen Blick. »Moment!« Dann sagte sie zu Trudy: »Kann ich bei dir übernachten?«

»Natürlich! Was ist passiert?«, wollte ihre Freundin, die jetzt viel wacher klang, wissen.

»Erzähle ich dir, wenn ich da bin. Bis gleich und danke, meine Süße.« Ava legte auf und nannte dem Taxifahrer Trudys Adresse. Dann lehnte sie sich im Sitz zurück und schloss die Lider. Immer wieder sah sie Wills weißen Hintern vor ihrem inneren Auge, der sich rhythmisch vor und zurück bewegte. Ava presste sich eine Hand auf den Mund und kämpfte, um sich nicht zu übergeben.

KAPITEL

# Fünf

Ava war noch immer übel – heute lag es jedoch mit am Wein, den sie in der letzten Nacht mit Trudy gebechert hatte – das hieß, sie hatte getrunken und geredet, Trudy hatte zugehört und sie getröstet. Es fühlte sich noch immer unwirklich an, fast so, als hätte sie nur geträumt, dass Will es einer fremden Frau in ihrem gemeinsamen Bett besorgt hatte. Leider war es kein Traum, es war die bittere Realität.

Ava hatte Will nicht angerufen, sie brauchte Zeit, um das Gesehene zu verdauen, ehe sie handelte. Eins war jedenfalls sicher: Sie würde nicht länger unter seinem Dach leben und wollte auch keine Erklärung seinerseits dazu hören. Was sie mit ihren eigenen Augen gesehen hatte, genügte vollkommen.

Ava rieb sich über das Gesicht. Es war noch immer dunkel, sie hatte kein Auge zugetan, und sie wartete darauf, dass sie ihre Habseligkeiten abholen konnte. Eisige Kälte kroch durch die Nähte ihres Wintermantels. Sie trug nur eine dünne Strumpfhose. Sie war nicht auf eine solche Aktion vorbereitet gewesen, sonst hätte sie eine Thermoleggins in ihren Koffer gepackt. Der Gedanke war absurd, natürlich konnte man sich nicht darauf vorbereiten, dass man seinen Freund im Bett mit einer anderen erwischte …

Ava stand nun also im Businesskostüm mit High Heels in der Kälte vor Wills Haus in Kensington und wartete, dass er zur Arbeit ging, außerdem wollte sie sehen, ob die Brünette bei ihm übernachtet hatte. Womöglich hatte sie auf ihrem Kopfkissen geschlafen. Eine neuerliche Welle der Übelkeit stieg in Ava auf, sie unterdrückte sie und ballte ihre Hände zu Fäusten. Dieses Schwein!

Ava atmete tief durch, sie wollte nicht ausrasten und ihm an die Kehle springen, oder schlimmer, ihn umbringen oder kastrieren. Gleichzeitig kam sie nicht umhin, sich Gedanken darüber zu machen, ob seine eigene Untreue der Grund war, warum er immer so eifersüchtig war, wenn sie etwas vorgehabt hatte. Wieso betrog er sie? Bekam er bei ihr nicht alles, wonach er sich sehnte?

Nein, das war absurd. Im nächsten Moment wollte sie sich für ihre dämlichen Überlegungen ohrfeigen. Es war natürlich *nicht* ihre Schuld, dass das Arschloch fremdging. Sicher nicht.

Trudy hatte die ganze letzte Nacht damit zugebracht, sie aufzumuntern und nach Erklärungen zu suchen. Es gab selbstverständlich keine einzige, Fremdgehen war mit nichts zu entschuldigen. Mit gar nichts. Und sein Betrug war unverzeihlich, das hieß: Ava war von einem Tag auf den anderen Single und obdachlos.

Großartig. Ganz großartig. Sie atmete hörbar aus.

Sich diese Tatsachen einmal so vor Augen zu führen – morgens um sechs, mit Restalkohol im Blut und leerem Magen – machte alles irgendwie noch schlimmer. Sie blinzelte die Tränen weg, sie konnte es sich nicht erlauben, jetzt zusammenzubrechen. Sie hatte viel zu tun, und sie wollte sich keine Blöße geben. Auf keinen Fall.

Ah, gut. Sie schluckte. Im ersten Stock ging das Licht an, das hieß, dass Will wach war. Immerhin, er hielt sich an sein Sportprogramm, auch wenn sie weg war. Das Schwein dachte ja, sie wäre noch in Schottland. Heute war sie froh, dass sie ihm nicht gesagt hatte, dass sie doch schon früher nach Hause hatte kommen können, sonst hätte sie nie erfahren, welches abscheuliche Spiel er hinter ihrem Rücken trieb. Wenn alles lief wie üblich, würde er das Haus bald verlassen.

Aktuell sah Avas Plan so aus: Sie würde ihre wenigen Habseligkeiten zusammensammeln und alles, was sie nicht direkt brauchte, zu ihren Möbeln bringen, die sie bei einer Firma einlagerte. Ein Glück, dass sie aus purer Faulheit noch nichts von ihren Sachen verkauft hatte. Sie war froh, Kenneth und Ellie beim letzten Termin nicht widersprochen zu haben, als diese gefordert hatten, dass sie häufiger in Schottland sein sollte. Gestern hatte sie noch gedacht, dass sie das unter keinen Umständen bewerkstelligen konnte, heute sah die Sache anders aus. Ganz anders. Je häufiger sie aus London weg wäre, desto besser. Fürs Erste konnte sie bei Trudy unterkommen, wenn es sowieso gerade Mal für ein paar Tage in der Woche sein würde. Die Wohnung ihrer Freundin war zwar winzig und ihr Sofa unbequem, aber in der Not würde es gehen. Eine eigene Bleibe konnte sich Ava derzeit nicht leisten, vor allem nicht, wenn sie ohnehin nur sehr selten Zeit dort verbringen würde. In ihrem Kopf drehte sich noch immer alles, sie fragte sich wieder und wieder, ob das alles wirklich geschehen war. Es war so unglaublich, dass sie fassungslos über Wills Betrug war. Sowas passierte doch nur anderen, nicht ihr. Sie hatte es nicht kommen sehen. Überhaupt nicht. Das machte es nur noch schmerzhafter.

Einerseits wünschte Ava sich, dass sie gestern nicht in diese Szene hineingeplatzt wäre, andererseits war es natürlich besser, zu wissen, woran sie bei ihm war. Die Wahrheit zu erfahren, war zwar hart – und wie, aktuell fühlte sie sich, als hätte jemand ihr Herz herausgerissen und zerquetscht –, gleichzeitig war es aber auch nötig, den Tatsachen ins Auge zu blicken, um die richtigen Konsequenzen zu ziehen. Sie musste jetzt einen kühlen Kopf bewahren.

Das Schicksal servierte ihr eine Zitrone? Sie würde klarkommen. Sie musste. Vermutlich war es in diesem Augenblick von Vorteil, dass sie in ihrem Leben bisher nur wenig bis gar nichts geschenkt bekommen hatte. Für alles hatte sie hart arbeiten und kämpfen müssen. Ihre Vergangenheit war ihr nun hilfreich, denn einen Zusammenbruch konnte und wollte sie sich nicht erlauben. Für Katzenjammer hatte sie keine Zeit und auch nicht die Nerven. Sie wollte sich nicht heulend verkriechen, das hatte dieses Schwein gar nicht verdient. Gleichzeitig kam es ihr so vor, als wäre sie verdammt dazu, immer an die falschen Kerle zu geraten. Will war nicht ihr erster Griff ins Klo gewesen …

Vielleicht war sie doch ein bisschen wie ihre Mutter. Nein, nicht jetzt. Ava schob alle Gedanken zu diesem Thema beiseite, während sie im Geiste ihre Habseligkeiten durchging, die sie noch bei Will hatte, um gleich effektiv und schnell handeln zu können. Sie rieb sich die Stirn und schloss die Augen. Im Grunde waren es nur Klamotten, Schuhe, ein paar Bücher und Fotos, die sie zusammensammeln musste. Alle Geschäftsunterlagen hatte sie im Büro, der Rest ihrer Sachen war sowieso eingelagert. Gott sei Dank. An eine größere Räumaktion wollte sie gar nicht erst denken. Zum Glück blieb ihr ein mühsames Auseinanderklabüstern ihrer Möbel erspart – sie konnte Will jetzt also dankbar sein, dass er in seinem Haus nichts hatte verändern wollen, als sie eingezogen war. So war es ihr immerhin möglich, in kurzer Zeit ihre Spuren bei ihm auszulöschen, das klang selbst in ihrem Kopf komisch und ihr gegenüber unfair. Vielmehr müsste sie *seine* Erinnerungen in ihrem Gedächtnis löschen, aber so einfach war das leider nicht. Es gab keine Pille, die man einwarf, und schwupps hatte man vergessen, mit was für einem Schwein man die letzten drei Jahre vergeudet hatte. Ava schluckte und atmete tief ein und aus. Von Drogen oder Exzessen hielt sie sowieso nichts. All das Zeug brachte, wenn überhaupt, nur ein kurzes Vergnügen mit sich. Es reichte ihr schon, dass sie vom gestrigen Weingenuss einen Kater hatte. Das würde sie so bald garantiert nicht wiederholen.

Sie beobachtete, wie in Wills Haus nun in der unteren Etage das Licht anging.

Gut, dachte sie. Gleich musste er rauskommen und verschwinden – zumindest ein Stündchen würde sie dann Ruhe haben. Mehr brauchte sie nicht.

Tatsächlich, jetzt ging die Haustür auf, und Will trat in die Kühle des Morgens. Eine Straßenlaterne spendete sanftes Licht und beleuchtete sein Gesicht. Er sah aus wie immer. Frisch und ausgeschlafen. Selbstzufrieden. Selbstbewusst. Als ob die Welt ihm gehörte.

Ava musste an sich halten, um nicht zu ihm zu rennen und ihm die Augen auszukratzen. Sie trat einen Schritt zurück, in die Anonymität der Dunkelheit. Kalte Wut überschattete alles andere, in diesem Moment hasste sie ihn und wünschte ihm die Krätze oder eine fiese Geschlechtskrankheit. Wie er dastand und seine in Lauftights steckenden Oberschenkel dehnte, einfach zum Kotzen. Er trug eine neongelbe Jacke und eine Mütze mit Licht am Kopf. Sicherheit ging vor. Sie verdrehte die Augen.

Ob der auch für Sicherheit in anderen Bereichen gesorgt hatte? Sie wollte gar nicht daran denken, ob er mit dieser Frau Kondome benutzt hatte, früher oder später musste sie sich jedoch damit auseinandersetzen. Ava nahm zwar die Pille, aber das schützte sie nicht vor der Übertragung, falls er … O mein Gott, sie schlug sich die Hand vor den Mund. Was, wenn er schon länger fremdging?

Auch das noch. Ava ballte die Hände zu Fäusten, sodass sich ihre Nägel in ihre Handflächen gruben. Es tat weh, aber es war nichts im Vergleich zu dem Schmerz in ihrem Inneren. Wut ätzte wie Säure durch ihre Adern.

Endlich hatte Will sich genug auf seinen Morgenlauf vorbereitet, er tänzelte die Treppen hinunter und joggte los. Sie zeigte ihm einen Mittelfinger in der Dunkelheit. Davon bekam er natürlich nichts mit, während er auf seine Pulsuhr schaute und daran herumdrückte. Sie wusste, ab jetzt blieb ihr ziemlich genau eine Stunde, die er für seine Runde durch den Park und hierher zurück benötigte. Was das anging, war der Mann wirklich zuverlässig. Er hatte eine feste Routine – die hatte er immer gehabt. Diese Tatsache ließ für Ava leider nur eine Schlussfolgerung zu, dass er sie schon länger – oder schon immer – betrog. Vielleicht nicht zuhause, denn sie war ja fast immer da, aber trotzdem. Will war öfter mal dienstlich unterwegs gewesen. Auf einmal stellte sich Ava die Frage, ob er nicht vielleicht seine ›Dienst‹-Reisen dazu nutzte, um sich mit seiner Gespielin zu treffen. Sie biss die Kiefer so fest zusammen, dass es schmerzte, dann stieß sie einen Fluch aus und rannte los.

Sie stapfte auf ihren Heels ins Haus, scherte sich einen Dreck darum, ob ihre Absätze das edle Parkett beschädigten, und fegte wie ein Wirbelwind durch die Zimmer, um ihre Sachen einzusammeln. Es war nicht viel. Zum Glück. Zwei Kisten und vier große Tüten – die ließen sich nun mal am einfachsten transportieren, dann war alles, was ihr gehörte, aus seinem Haus verschwunden. Für immer.

Sie zog die Tür hinter sich ins Schloss, atmete schwer und hielt einen Moment inne.

Es war schon fast zu einfach. Das sollte alles gewesen sein?

In dieser Sekunde war sie unendlich froh, den Auftrag in Schottland ergattert zu haben, dass sie ihre Rechnungen von jetzt an wieder selbst bezahlen konnte und in keiner Weise mehr auf Wills Hilfe angewiesen sein würde.

Ava war nicht der rachsüchtige Typ. Eigentlich. Ein fieses Lächeln breitete sich auf ihren Lippen aus.

Heute war nichts wie immer. Einfach zu verschwinden, als hätte es sie nie in seinem Leben gegeben, genügte ihr nicht.

Ava schleppte ihren Kram auf den Bordstein, dann fiel ihr Blick auf seinen Aston Martin. Der Schein der Straßenlaterne ließ den roten Lack glänzen. Sagte die Farbe nicht einiges über Will aus? Sonst hatte sie seine Liebe zu seinem Auto immer belächelt, heute sah sie, wie es wirklich war. Der Vorhang war gefallen. Das Einzige, was dieser Mann liebte, war er selbst, seine Kohle und seine Statussymbole – und sie war eins davon gewesen. Warum sonst hätte er sie mit all den schönen Dingen überhäufen sollen? Ava hatte es gemocht, wenn sie Geschenke bekommen hatte. Hier und da eine Handtasche, eine Bluse, ein Schmuckstück. Sie hatte gedacht, er hätte ihr etwas Gutes tun, eine Freude machen wollen. Heute sah sie es anders. Sie war nun überzeugt, dass Will ihr die schönen Sachen nur geschenkt hatte, damit sie an seiner Seite gut aussah. Sie war sein Schmuckstück gewesen.

Aber das war nun Geschichte. Die Klamotten würde sie trotzdem behalten, sie konnte es sich nicht leisten, ihre Garderobe rundherum zu erneuern. Ava war nicht in Trance, sie war bei klarem Verstand, als sie ihre Nagelschere herausholte, langsam zu seinem Wagen ging und sich eine Sekunde Zeit nahm und überlegte, aber es war kein Zögern. Sie atmete tief durch, dann lächelte sie böse und hinterließ ihm eine Botschaft. Auf die Motorhaube ritzte sie ›Arschloch‹ ein, dann rief sie sich ein Taxi.

Colins Magen knurrte, als er nach einem langen Arbeitstag nach Hause kam. Es hatte den ganzen Tag Bindfäden geregnet, jetzt war es stockfinster draußen, und es schüttete immer noch. Obwohl er, was das Wetter anging, einiges gewohnt war, fand er das am nahenden Winter am schlimmsten. Die graue Suppe am Himmel, wenn es nicht richtig hell wurde – zum Glück war es in Schottland nicht häufig so. Es regnete zwar viel und oft, aber meist schien kurz darauf auch wieder die Sonne über den Highlands. Heute jedoch nicht. Er seufzte, als er die Post aus dem Briefkasten nahm und die Tür aufschloss. Blacky kam schwanzwedelnd auf ihn zugelaufen.

»Na, willst du noch eine Runde rausgehen?«, fragte er den kleinen Pudel. Die Tür stand noch offen, er tapste hinaus, schnüffelte in die Nacht, dann kehrte er postwendend um und ging zurück ins Haus.

»So viel dazu«, brummte Colin. Wenn nicht mal der Hund rauswollte, hieß das schon mal was. Er schaute an die Garderobe, die Jacke seines Vaters war nass. Immerhin, dann war er heute wenigstens mit Blacky draußen gewesen. Zumindest etwas.

Colin warf die Tür hinter sich ins Schloss, schlüpfte aus seinen Boots und schaute die Briefumschläge durch, ohne sie zu öffnen. Zwei sahen nach Rechnungen aus, der dritte ließ ihn innehalten. Cremefarbenes, dickes Papier und mit Füller geschriebene Adresse. Ein Blick auf den Absender genügte, um seine Laune noch tiefer sacken zu lassen. Harper Jones und Brian Montgomery.

»Hilfe, womit habe ich das verdient?«, knurrte er. Vorerst legte er die Umschläge auf die Treppe, dann zog er sich die Jacke aus und ging mit der Post in die Küche. Dort öffnete er besagten Umschlag. Er zog eine Karte heraus, nein, es war eine Erinnerung zu einer vorausgegangenen Einladung, in goldenen geprägten Lettern. Gott, wie kitschig, dachte er und schnaubte abfällig.

Harper Jones und Brian Montgomery schickten einen Reminder zu ihrer Hochzeit, die in ein paar Wochen stattfand. Erst hatte es eine Save-the-Date-Karte gegeben, dann die eigentliche Einladung und jetzt noch mal eine weitere Nachricht? Er zog eine Grimasse. Das war so typisch Harper, dass er fast gelacht hätte. »Will sie mich verarschen?«, schimpfte er und streckte die Beine unter dem Tisch von sich. Er rieb sich die Schläfe, als ob er Kopfschmerzen hätte – irgendwie fühlte er sich auf einmal schlecht. Colin holte tief Luft und überflog den Rest der Einladung. »Bla bla … Um Antwort wird gebeten. So eine Scheiße.«

Er schmiss die verdammte Karte auf den Tisch und schüttelte den Kopf. Den Teufel würde er tun, aber ganz bestimmt nicht zur Hochzeit seiner Ex aufschlagen. Was dachte sie sich dabei, ihn ständig damit zu nerven? Ja, Colin wusste, was ihre Beweggründe waren. Sie glaubte, dass sie Freunde geblieben wären, dass sie sich im Guten getrennt hätten. Einen Scheiß hatten sie. Er hatte nur gute Miene zu ihrem Spiel gemacht – Reisende sollte man nicht aufhalten, auch nicht, wenn es die eigene Freundin war, die umgekehrt nicht mit ihm nach Schottland hatte kommen wollen. Als ob er eine Wahl gehabt hätte! Colins Magen grummelte. Er hatte keine Lust, sich jetzt mit dem Thema auseinanderzusetzen. Er schnappte sich die Rechnungen und die Einladung und packte sie auf einen Stapel anderer Umschläge. Am Wochenende würde er sich darum kümmern. Nicht jetzt.

In diesem Moment nahm er erst wahr, dass es in der Küche schon wieder aussah, als hätte eine Bombe eingeschlagen. Schmutziges Geschirr türmte sich in der Spüle, auf dem Herd standen eine benutzte Pfanne und ein Topf mit einem Rest Suppe. Na, immerhin, dachte Colin. Sein Vater hatte es geschafft, eine Dose aufzuwärmen. Aus dem Wohnzimmer drangen die Geräusche des Fernsehers gedämpft herüber, Gran und Dad waren beschäftigt. Ihre Lieblingsquizshow lief. Colin hatte noch nichts gegessen, aber irgendwie war ihm nach der Post der Appetit vergangen. Auf Socken tapste er über den Flur, lehnte sich mit der Schulter gegen den Türrahmen und warf einen Blick ins Wohnzimmer. Die Oma saß auf dem Sofa und guckte gebannt auf die Mattscheibe, sein Dad ebenso, allerdings wirkte sein Gesicht unbeteiligt, regungslos. Colin atmete leise aus. Er hatte keine Ahnung, was er tun konnte, damit sein Dad nicht sein restliches Leben vergammelte. Es war gut, dass er bei Gran bleiben konnte, aber er war gerade mal Mitte sechzig. Er war kerngesund – körperlich zumindest. Colin war überfordert damit, aber er wollte auch nicht zu jemandem gehen und sagen, dass sein Dad einen an der Waffel hatte, weil er das Haus nicht mehr verließ. *Luft*, dachte er, *ich brauche frische Luft. Scheiß auf den Regen.*

»Ich geh noch mal raus«, teilte er Dad und Oma mit. Die beiden reagierten nicht. Blacky hob seinen Kopf, aber stand nicht auf. »Auch gut«, murmelte er. »Gehe ich eben alleine.«

Colin schlüpfte in seine Jacke und die Boots und setzte sich eine Mütze auf, dann stapfte er zum *Lantern*. Vielleicht würden ein Cask Ale und eine heiße Mahlzeit seine Stimmung aufhellen. Versuchen wollte er es zumindest, er hatte keine Lust, sich wie sein Dad zuhause einzuigeln und sein Leben zu vergeuden.

Dicke Regentropfen klatschten ihm ins Gesicht, eisige Windböen peitschten um die Häuser. In Kiltarff war es zu dieser Jahreszeit ohnehin eher ruhig, aber bei dem Wetter kam es ihm so vor, als wäre er der Einzige, der unterwegs war. In den Häusern war Licht, die Ersten hatten angefangen, weihnachtlich zu dekorieren. Hier und da brannten Lichterketten in den Bäumen oder hinter den Fenstern, dabei war es gerade mal November. Sein Ding war dieses ganze Gedöns um Weihnachten nicht, da fehlte ihm wohl das entsprechende Gen, dachte er ein wenig amüsiert. In ihrem

Zuhause würde es wenig bis gar nicht weihnachtlich sein, seine Gran brachte es ohnehin nicht mehr zusammen, seinem Dad war es egal, und Colin fand, es gab nichts zu feiern.

Seine Mum hatte sich immer auf die Feiertage gefreut, obwohl man erst seit den Sechzigern in Schottland wieder feierte, nachdem es zuvor für vierhundertfünfundzwanzig Jahre verboten gewesen war, weil es im Auge der Kirche als abtrünnig gegolten hatte. Weil die Schotten kaum eigene Bräuche zu Weihnachten gehabt hatten, hatten sie nach der Wiedereinführung einfach vieles aus anderen Ländern übernommen. Seine Mum hatte das Bling-Bling, die Kekse und das Dekorieren sehr gemocht. Vielleicht fühlte es sich deshalb falsch an, ihre Kisten vom Speicher herunterzuholen. Sie fehlte, ohne sie wollte er keine Lichterketten oder bunte Socken an den Kamin hängen.

Colin schüttelte sich wie ein nasser Hund, als er das *Lantern* erreichte. Dann trat er ein und zog seine Jacke aus. Es war nicht viel los. Im großen, steinernen Kamin loderte ein warmes Feuer. Auf den Tischen brannten Kerzen, es lief leise Musik im Hintergrund. Drei waren besetzt, er nickte den bekannten Gesichtern zu, dann ging er zum Tresen und ließ sich auf einen Hocker nieder. Seine Jacke hatte er zuvor an einen Haken an der Wand gehängt, die Mütze nahm er jetzt vom Kopf und legte sie auf den freien Hocker neben sich. Kendra kam aus der Küche, sie balancierte drei Teller mit dampfendem Essen. Als sie ihn entdeckte, lächelte sie. »Hi Colin, schön, dich zu sehen.«

Sie trug ihre kupferroten Haare zu einem Pferdeschwanz zusammengebunden. Ihre grünen Augen leuchteten fröhlich.

»Bin gleich bei dir«, rief sie ihm über die Schulter zu, dann servierte sie das Essen.

Auf dem Rückweg zur Theke umarmte sie ihn kurz.

»Dass du dich bei dem Wetter noch raustraust«, scherzte sie.

»Ich brauche dringend ein Bier und was zu essen«, erwiderte er, als ob das alles erklärte. Kendra wusste um seine Situation zuhause, neben Ellie war sie seine größte Hilfe.

»Den Steak-Pie könnte ich dir heute Abend empfehlen, wie wäre es damit?«

Er nickte. »Ja, gern.«

»Alles klar.« Sie verschwand durch die Flügeltüren in der Küche, kehrte kurz darauf zurück und nahm ein Glas zur Hand. »Welches Bier?«

»Cask Ale«, meinte er. »Trinkst du eins mit mir?«

Sie schüttelte den Kopf. »Ich bleibe lieber bei Tee. Wenn ich immer mit den Gästen trinken würde, wäre ich ja ständig besoffen.« Kendra kicherte. Kurz darauf stand ein Bier vor ihm, er hob das Glas und prostete ihr zu. Sie hatte einen Teebecher in der Hand, den sie leicht gegen sein Glas schlug. »Cheers!«

Erst jetzt bemerkte Colin, dass hinter dem Tresen ein paar Kisten mit weihnachtlichem Krimskrams standen.

»Hast du noch größere Pläne?«, erkundigte er sich.

Sie zuckte die Schultern. »Muss ja gemacht werden.«

»Ist doch noch ewig hin bis Weihnachten.«

Sie hob eine Augenbraue. »Du hast ja keine Ahnung. Es geht schneller, als man denkt.«

Nachdem sie noch kurz geplaudert hatten, fing sie an zu schmücken. Sie holte Lichterketten und Plastiktannenzweige hervor, die sie um die Balken schlang.

»Wo bleiben die Mistelzweige?«, fragte er schließlich, als sie ihm etwas später einen Teller mit dampfendem Steak-Pie vorsetzte.

Kendra lachte. »Die hänge ich erst auf, wenn hier mal brauchbares Material durch die Tür kommt.«

Sie wackelte anzüglich mit den Brauen.

Colin nickte und nahm einen Schluck von seinem Cask Ale. »Wählerisch, hm?«

Sie stemmte die Hände in die Hüften.

»Aus uns wird auf jeden Fall nichts mehr«, scherzte sie mit einem Augenzwinkern.

Colin wusste, dass sie es nicht böse oder abwertend meinte. Im Gegenteil, sie verband eine innige Freundschaft, seit Schulzeiten schon, aber auf sexueller Ebene lief von beiden Seiten aus nichts. Zum Glück, wollte er fast sagen, denn er glaubte nicht an die große Liebe. Nicht mehr. Irgendwo gab es immer einen Haken, und da Kendra zu seinem engsten Freundeskreis gehörte, war es noch viel wichtiger, dass der nicht durch eine unbedachte Affäre gesprengt wurde.

»Du kannst dir gar nicht vorstellen, wie froh ich darüber bin«, sagte er schließlich ehrlich.

Kendra hielt inne und runzelte die Stirn. »Wie meinst du das denn jetzt?«

Er schmunzelte, dann schob er ein großes Stück Pie auf seine Gabel. »Du weißt genau, wie ich das meine. Fast die Hälfte aller Ehen wird geschieden, und das sind nur die, die sich schon vor den Altar getraut haben. Das heißt, dass die Wahrscheinlichkeit, dass eine Beziehung in die Brüche geht, noch viel höher liegt als nur bei fünfzig Prozent. Wir beide haben auch noch den gleichen Freundeskreis – ich habe also null bis minus unendlich Interesse daran, dass zwischen uns irgendwas kaputtgeht.«

Kendra rieb sich die Schläfen. »Gott, du bist ja mathematisch drauf heute. Seit wann kann man Liebe so nüchtern betrachten? Zum Glück bin ich nicht empfindlich, sonst könnte ich schon beleidigt sein. Aber ich sehe, dass dich was bedrückt, will also mal nicht so kleinlich sein. Ich frage lieber nicht, welche Laus dir über die Leber gelaufen ist. Oder doch? Was ist los?«

Sie guckte besorgt und trat einen Schritt näher zu ihm.

Er winkte ab, gleichzeitig war er dankbar, dass er einfach offen mit ihr sprechen konnte. Vermutlich resultierte seine schlechte Laune – oder nein, ganz sicher sogar – aus der bescheuerten Erinnerung an Harpers Hochzeit. Seit wann lud man Ex-Partner ein? Wollte sie ihn einfach nur foltern oder sich über ihn lustig machen? Ja, sie telefonierten mal zum Geburtstag, oder an den Feiertagen, aber Colin fand selbst das lästig. Er würde auf keinen Fall zu dieser beknackten Hochzeit gehen, er wusste nur noch keine gute Entschuldigung, weshalb er dort nicht aufkreuzen konnte. Keine Zeit, die Ausrede würde Harper niemals akzeptieren, dafür kannte er sie gut genug. »Ich mag dich sehr gern, Kendra, und das ist ehrlich gemeint, das weißt du ja sowieso. Du bist eine sehr gute Freundin. Ich würde dir mein Leben anvertrauen, wenn wir die Protagonisten in einer Fantasy-Dystopie wären – und genau das ist der Grund, warum ich nie mit dir ins Bett gehen werde. Ich kann dich gut leiden.«

Kendra schaute verdutzt, und dann brach sie in schallendes Gelächter aus. »Geile Logik«, prustete sie. »Aber ich verstehe dich auch, ehrlich. Trotzdem ist die Schlussfolgerung daraus irgendwie traurig. Um mit jemandem ins Bett zu gehen, musst du diese Frau nicht leiden können?«

Colin rieb sich das unrasierte Kinn. »Das ist die beste Voraussetzung dafür, dass es gutgeht im Bett.«

»Was ist eigentlich aus deiner Wirtin geworden?«, hakte sie nach

Er hatte keine Lust, über seine letzte Affäre zu sprechen. Mit ihr war er nie wirklich zusammen gewesen, sie hatte sich mit ihm über einen Verlust getröstet, und Colin war auch nur ein Mann – sie war nett, hübsch und hatte keine Forderungen an ihn gestellt. Sie hatten eine Art stille Vereinbarung getroffen, Sex ohne Verbindlichkeit, hin und wieder, nicht oft. Denn wenn es von einem in seinem Leben genug gab, dann Verpflichtungen. Und von Gefühlen hatte er ohnehin die Nase voll, das brachte nur Ärger. Und Einsamkeit. Nein, Colin würde sich nie mehr emotional auf jemanden einlassen. Nicht, wenn er es verhindern konnte. Nicht, dass das Angebot in Kiltarff besonders groß wäre. Er kannte jeden im Dorf seit Ewigkeiten. Seltsamerweise tauchte vor seinem inneren Auge das Gesicht dieser extravaganten – aber sehr attraktiven – Frau auf, die erst ein Ladekabel von ihm hatte kaufen wollen und die er dann ›erwischt‹ hatte, wie sie Süßigkeiten in einen Wagen geworfen hatte. Sofort schob er die Erinnerungen weg – so eine aufgedonnerte Person war auf keinen Fall jemand, mit dem er sich eine Zukunft vorstellte.

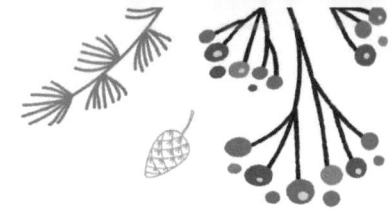

# Sechs

A va lief auch einen Tag später noch wie betäubt durch Londons Straßen. Eisiger Wind fegte um die Häuser der Metropole, der Himmel war grau und wolkenverhangen. Sie schlang die Arme um ihren Körper und ging ein wenig schneller. Sie war froh, als sie das Bürogebäude erreichte und durch die Drehtür in die Lobby ging. Ihr Handy hatte sie auf lautlos gestellt, dennoch vibrierte es immer wieder in ihrer Tasche. Will hatte unzählige Male bei ihr angerufen – sie war nicht drangegangen. Natürlich kapierte er nicht, was los war, aber sie war noch nicht bereit, mit ihm zu sprechen. Sie hatte ihm rein gar nichts zu sagen, außerdem fürchtete sie sich vor dem Gespräch. Natürlich war die Trennung für sie endgültig, aber es auszusprechen, war eine andere Sache.

Ava ging etwas schneller. Nein, sie würde nicht einknicken, auch wenn sie sich schrecklich einsam fühlte. Will war einfach nicht der Mensch, der ihr Vertrauen verdient hatte. Nicht mehr. Sie schluckte und blinzelte die aufsteigenden Tränen weg. Sie wollte nicht weinen, nicht wegen ihm.

Als sie kurz darauf in ihr Büro trat, stieß sie die Luft aus. Es wirkte so verlassen, trist und leblos. An den Wänden hingen einige Bilder von Projekten aus der Vergangenheit, in der sie noch an eine rosige Zukunft geglaubt hatte. Irgendwie tat sie das noch immer, aber das zurückliegende Jahr war hart gewesen. Sehr hart. Ava hängte ihren Mantel auf und ließ sich dann mit einem Seufzer in ihren Stuhl sinken. Lucindas Platz war leer. Ava war jetzt allein auf sich gestellt. Beruflich sowie privat. Ihr ging der Song *What a difference a day makes* durch den Kopf, aber sie schob ihn beiseite. Sie konnte sich jetzt nicht erlauben, in Selbstmitleid zu versinken.

Und natürlich würde Trudy weiter für sie da sein, im Moment war das leider nur ein schwacher Trost. Ava fühlte sich, als hätte sich die ganze Welt gegen sie verschworen. Sie war müde, hatte in den letzten achtundvierzig Stunden viel zu viel Schokolade gegessen und sich zu sehr damit beschäftigt, was sie alles verloren hatte. Das musste aufhören. Ava stand energisch auf und ging zu der winzigen Küchenzeile ihres Büros. Dort bereitete sie sich einen starken Kaffee zu – Instantkaffee, zu mehr hatte das Geld nicht gereicht, als sich die Kaffeemaschine vor ein paar Monaten mit einem leisen Röcheln aus dem langjährigen Dienst verabschiedet hatte. Ava versuchte an gar nichts zu denken, während sie darauf wartete, dass das Wasser kochte. Für den Augenblick fühlte es sich gut an, so zu tun, als wäre alles normal. Nur für ein paar Minuten Leere im Kopf, dann würde sie sich ihrer Arbeit widmen – da gab es zum Glück genug zu tun. Mehr als genug, und sie war froh darüber, sich auf diese Weise ablenken zu können.

Wenigstens ein Lichtblick, dachte sie und stöckelte kurz darauf mit einer Tasse Instantkaffee zu ihrem Schreibtisch zurück. Sie kam sich fast ein wenig lächerlich vor, dass sie hier im vollen Business-Look, geschminkt und mit hochgesteckten Haaren saß, aber sie brauchte diese Routine, auch wenn sie den Tag allein und ohne Termine verbringen würde.

Sie warf einen Blick auf ihr Handy und zählte neun verpasste Anrufe und noch viel mehr Nachrichten von Will. Sie schnitt eine Grimasse und schob das Telefon demonstrativ ein paar Zentimeter von sich. Dann musste sie lachen, es war dämlich, aber irgendwie fühlte sie sich damit ein wenig besser.

Ava blies in die Tasse, dann nippte sie von ihrem Kaffee, im gleichen Moment hörte sie, wie das Schloss zu ihrem Büro geöffnet wurde. Ein völlig abgekämpfter Will tauchte wenig später auf, die Tür flog mit einem Krachen gegen die Wand. Ava verschluckte sich und hustete. Ihr Herz klopfte schnell, einerseits weil sie sich erschreckt hatte, andererseits weil er so plötzlich vor ihr stand. Seine Augen waren weit aufgerissen, dunkle Schatten lagen darunter. Er war nicht rasiert, obwohl sein Look sonst tadellos wie immer war.

»Mein Gott, Ava!«, brüllte er.

Sie rollte mit dem Stuhl zurück, obwohl der Schreibtisch noch immer für Abstand zwischen ihnen sorgte.

»Warum schreist du hier so rum?«, erwiderte sie äußerlich ruhig, in ihrem Inneren sah es anders aus. Wieso war er überhaupt hergekommen? Das brachte sie darauf, dass sie den Schlüssel von ihm zurückbekommen musste – und sie würde ihm den zu seinem Haus zurückgeben. Das hatte sie gestern in der Hektik ihrer Auszugsaktion vergessen. Ava griff seelenruhig nach ihrer Tasche, holte ihren Schlüsselbund heraus und zog seinen Schlüssel davon ab. Sie legte ihn auf den Tisch und schob ihn in seine Richtung.

»Hier, den brauche ich nicht mehr«, erklärte sie und blickte auf.

Will raufte sich die Haare. »Was ist bloß in dich gefahren? Bist du verrückt geworden? Was soll das, Ava? Erst kommst du nicht nach Hause, und dann finde ich dich im Büro?«

Für einen Moment glaubte sie, er würde um den Tisch herumkommen und ihr an die Gurgel springen, dann sagte sie sich, dass der Gedanke lächerlich war.

Wut schnürte ihr den Magen zu. »Ich bin sicher nicht verrückt. Wenn hier jemand ein Problem hat, dann wohl eher du. Seit wann betrügst du mich?«

Will taumelte einen Schritt zurück, als hätte sie ihm einen Schlag verpasst. »Was …?«, stammelte er. »Dann warst du das … mit meinem Auto?«

Jetzt wurde es Ava zu bunt. Sie stand auf, strich sich ihren Rock glatt und stützte sich mit den Handflächen auf ihren Tisch. »Seit wann vögelst du andere Frauen, hm? Eine? Mehrere? Und das im gleichen Bett, in dem ich geschlafen habe? Das ist ekelhaft. Ekelerregend. Du widerst mich an.«

Alle Farbe wich aus seinem Gesicht.

»D-du warst im Haus, als ich …?« Sein Adamsapfel hüpfte.

Ava schloss die Augen und holte tief Luft. Gott, er war so erbärmlich. Was hatte sie nur jemals an ihm gefunden?

»Stell dir vor.« Sie verschränkte die Arme vor der Brust. »Ich war früher in Kiltarff fertig und wollte dich überraschen, weil du vorher rumgemosert hast, dass ich nicht so lange wegbleiben sollte. Tja, ein Fehler, dass ich früher gekommen bin – oder auch nicht. Je nachdem, wie man es sieht. Jetzt erklärt sich mir im Übrigen auch, warum du immer so seltsam drauf warst, wenn ich mal spätere Termine oder Dienstreisen geplant hatte. Du hattest die Sorge, dass ich dich betrügen könnte, weil du offenbar schon länger fremdgehst. Das ist alles so lächerlich, dass ich gerne lachen würde. Leider fehlt mir momentan der Humor.«

Will atmete ruhiger, er wirkte auf einmal sehr gefasst.

»Keine dieser Frauen hat mir etwas bedeutet«, erklärte er mit einer Ernsthaftigkeit, die Ava die Röte ins Gesicht trieb. Es war Wut, keine Scham. Überkochende, blanke Wut. Sie biss die Zähne aufeinander.

Dieser Mann war einfach unmöglich, und er meinte das offenbar ernst, was er da von sich gab. Ging es eigentlich noch? Sie schnaubte.

»Was erwartest du jetzt von mir? Dass ich das vielleicht auch noch gut finde, oder was?« Ihre Stimme klang schneidend.

Er rieb sich mit der Hand über die Augen und fluchte leise, dann hob er seinen Blick und sah sie direkt an. Ava las weder Reue noch Bedauern darin. »Nein, natürlich nicht. Es tut mir leid, Ava. Aber das ist ja noch lange kein Grund, mein Auto zu zerstören.«

Sie schnappte nach Luft. Es war ja fast klar gewesen, dass ihm sein bescheuerter Aston Martin wichtiger war als ihre Gefühle. Sie lachte auf. »Du bist so ein Schwachkopf«, murmelte sie. »Gib mir bitte meinen Büroschlüssel und nimm deinen. Und dann verschwinde!«

Er trat näher, auf einmal blitzte Panik in seinen Augen auf. »Ava, das meinst du doch nicht ernst. Lass uns reden.«

Sie hob abwehrend die Hand. »Hör bloß auf. Ich bin keine von den Frauen, die sich von vorne bis hinten verarschen lassen – jedenfalls nicht mehr, jetzt, wo ich die Wahrheit kenne. Sag mir bloß eins: Hast du Kondome benutzt, oder muss ich mir Sorgen machen?«

Ihr Herz pochte hart gegen ihre Rippen, ihre Knie zitterten.

»Natürlich habe ich Kondome … Ava, lass mich erklären.«

»Lass es, sei still!«, unterbrach sie ihn erneut. »Ich will nichts mehr hören. Ich lasse mich nicht länger für blöd verkaufen, das reicht. Ich bin fertig mit dir.«

Will fuhr sich durch die Haare. »Du meinst das wirklich so?«

Ava schüttelte ungläubig den Kopf. »Glaubst du etwa, ich mache Witze? Wohl kaum.«

Mit einem Mal wirkte Will sehr gefasst, ganz so, als hätte er begriffen, dass tatsächlich nichts mehr zu retten war. Er nickte, seine Mimik strahlte eine kalte Gleichgültigkeit aus, die Ava schockierte. Dieser Mann hatte sie nie geliebt, das wurde ihr jetzt klar. Gleichzeitig merkte sie, dass von ihren Gefühlen für ihn ebenfalls nichts mehr übrig war. Ja, sie war verletzt. Ja, sie fühlte sich betrogen – wer würde das nicht –, aber sie trauerte nicht, dass es vorbei war. Ava schluckte hart. Vielleicht sollte sie dankbar sein, dass sie es jetzt herausgefunden hatte – nicht erst viel später.

»Du schuldest mir was«, stellte er dann fest und sah aus, als wäre er gerade dabei, im Geiste zusammenzurechnen, um welchen Betrag es sich dabei seiner Meinung nach konkret handelte.

Sie hob eine Braue und verzog ansonsten keine Miene. »Ach ja?«

Er tippte mit dem Zeigefinger auf den Tisch. »Mein Auto …«

»Genug!«, brüllte sie. »Von mir kriegst du gar nichts. Ich sollte Schmerzensgeld bekommen, dafür, dass ich so lange auf so einen Scheißkerl wie dich reingefallen bin.«

Will schüttelte den Kopf. »Du weißt doch gar nicht, was du sagst. So einen wie mich wirst du nie wieder finden.«

Er hätte genauso gut sagen können, ›eine Frau wie du, die nicht aus besseren Kreisen stammt‹, überlegte Ava, und ihre Abscheu gegenüber Will wuchs mit jeder Sekunde mehr. »Raus!«, sagte sie gefährlich leise. Sie nahm seinen Schlüssel und warf ihn ihm ins Gesicht. »Verschwinde, sonst rufe ich die Security.«

»Ich bekomme noch Geld von dir«, meinte er schließlich und wandte sich zum Gehen. Seinen Schlüssel hob er auf.

»Schreib mir eine Rechnung, Arschloch!«

Ava sah zu, wie er ihren Büroschlüssel mit spitzen Fingern fallen ließ, als ob sie sich einen Dreck um seine Gesten scheren würde. Dann schaute er sie noch einmal an. »Das wird dir noch sehr leidtun.«

Sie hob ihre rechte Hand und zeigte ihm dann ihren Mittelfinger. Für eine Sekunde zögerte Will, Wut sprühte aus seinen Augen, dann verließ er ihr Büro mit langen Schritten – die Tür stand noch immer weit offen.

Ava ließ sich am ganzen Körper zitternd in ihren Stuhl sinken.

»Dann hätten wir das auch geklärt …«, murmelte sie und fing an zu lachen. Sie lachte so lange und laut, bis ihr die Tränen kamen. Sie musste verrückt geworden sein, oder sie erlitt gerade einen Nervenzusammenbruch. Wahrscheinlich beides.

Einige Stunden später, sie hatte sich wieder halbwegs gefasst und versuchte sich auf ihre Arbeit zu konzentrieren, als ihr Telefon klingelte. Ava verdrehte die Augen, vermutlich war es Will, der seinen Rechnungsbetrag endlich kalkuliert hatte und ihr die Summe ihrer Schulden präsentieren wollte. Sie würde nicht drangehen, warf aber vorsichtshalber einen Blick aufs Telefon. Sie war überrascht, als sie Kenneth McGregor auf dem Display blinken sah. Ihre Hände wurden feucht.

»Bitte, lass ihn nicht absagen«, murmelte sie und sandte ein Stoßgebet gen Himmel. Bei ihrer momentanen ›Glückssträhne‹ würde das gerade noch fehlen.

»Hallo?«, antwortete sie, leider klang ihre Stimme ein wenig zittrig und atemlos. Cool ging anders.

»Hallo Ava, schön, dass ich Sie erreiche. Ist alles in Ordnung bei Ihnen?«

Sie schluckte und verzog ihre Lippen.

»Aber klar doch, ich sitze gerade an den Zeichnungen«, gab sie in, hoffentlich, leichtem Plauderton zurück.

»Okay, das freut mich zu hören. Es ist nur, weil …« Sie bemerkte sein Zögern, dann atmete er aus. »Es ist nur, weil Will mich angerufen hat …«

Ava erstarrte, ihr Herz raste.

»Äh«, stammelte sie. Will hatte ihn kontaktiert? Ihr Magen sackte in die Kniekehlen, das konnte nichts Gutes bedeuten. Gar nichts Gutes.

»Er hat sich Sorgen gemacht und fragte, ob Sie noch in Schottland wären«, redete Kenneth indessen weiter.

Ava sprang wie ein aufgescheuchtes Huhn hoch und stakste im Büro hin und her, während sie fieberhaft überlegte, was sie erwidern sollte. Die Wahrheit? Eine Lüge? Irgendwas? Ihr Gehirn war blank. Leergefegt. Sie schwitzte. Es musste sowas von unprofessionell auf Kenneth wirken, dass Will ihn angerufen hatte und er nun mit in ihre Beziehungsgeschichte hineingezogen wurde. Fast hätte sie es sich ausrechnen können, dass Will dazu fähig war, leider hatte sie nicht so weit gedacht. Aber was hätte sie auch tun sollen? Sie konnte Kenneth schlecht sagen, dass er bitte keine Anrufe von Will entgegennehmen sollte. Oder doch? Wie auch immer, jetzt war es zu spät.

»Es gab ein kleines Missverständnis zwischen uns«, log sie. »Ist alles geklärt.«

»O-kay«, antwortete Kenneth langgezogen.

Shit. Shit. Shit. Er glaubte ihr nicht.

Ava spürte, wie sich zwischen ihren Brüsten ein kleines Rinnsal bildete. Auf ihrer Stirn perlte der Angstschweiß. Sie brauchte diesen Auftrag mehr als alles andere – bisher hatte sie noch keine Unterschrift von Kenneth und Ellie, er konnte jederzeit einen Rückzieher machen.

Ihr Magen rebellierte, sie presste die freie Hand darauf.

»Ich wollte Ihnen auch nur kurz sagen, dass Ellie und ich zwei Zimmer für Sie hergerichtet haben – Sie könnten also jederzeit in *Kiltarff Castle* Ihr Büro aufschlagen.«

Ava schloss kurz die Augen. »Das klingt großartig.« Und dann hatte sie einen Geistesblitz. »In der Tat habe ich darüber nachgedacht, dass das in Anbetracht des Zeitdrucks sogar ganz angebracht wäre. Aber ich möchte Ihnen keineswegs zur Last fallen.«

»Das würden Sie nie, Ava. Ich hoffe, das wissen Sie.« Sie hörte ein freundliches Lächeln aus seiner Stimme und entspannte sich ein wenig.

Ava fächelte sich Luft zu und ließ sich in ihren Stuhl sinken, während sie sich in ihrem eigenen Büro umschaute. Sie würde den Mietvertrag sowieso kündigen müssen – für sie allein war es zu groß, und da sie nun ohnehin für einige Monate im Norden arbeiten würde, brauchte sie die Stellung hier nicht länger zu wahren. Es war gut, die Kosten so gering wie möglich zu halten, überlegte sie und war Kenneth und Ellie gleichzeitig sehr dankbar, dass sie ihr das ermöglichten. Natürlich hatten die beiden keine Ahnung, wie schlecht es ihr ging, aber dass Will sich mit komischen Äußerungen bei Kenneth gemeldet hatte, musste auch Fragen bei dem Paar aufwerfen. Sie würde mit ihnen sprechen, sobald sie das nächste Mal dort war. Es war besser, dass sie Bescheid wussten, wobei ihr Privatleben natürlich bei ihrem Job keine Rolle spielte, aber wenn Will anrief und anfing, Lügen zu erzählen, konnte das übel für sie ausgehen. Ava dachte an den Wagen, den sie zerkratzt hatte. Gut, Will musste also nicht mal lügen, um sie wie eine Psychopathin dastehen zu lassen. Ihr wurde schlecht.

»Danke«, murmelte sie und runzelte die Stirn. Sie straffte sich und hoffte damit ein wenig enthusiastischer zu klingen. »Das ist großartig.«

»Lassen Sie einfach alles herschaffen, was Sie benötigen, wir übernehmen die Kosten natürlich.«

Träumte sie? Ava machte große Augen. »Wirklich? Das würden Sie –«

»Aber klar«, unterbrach er sie fröhlich. »Das ist ja wohl das Mindeste. Mir ist klar, dass Schottland ziemlich abgelegen ist und das es eine Umstellung für Sie werden könnte, wenn Sie nun häufiger hier sind. Wir versuchen es Ihnen bei uns so angenehm wie möglich zu machen.«

Ava wunderte sich, aber sie freute sich auch sehr. Ein wenig Freundlichkeit nach dem Stress der letzten Tage tat einfach nur gut. »Ich muss mal sehen, welchen Spediteur ich so kurzfristig finde, meist haben die ja alle ein wenig Vorlauf. Ich meine, viele Sachen, die ich dringend benötige, habe ich ohnehin nicht. Es sind im Grunde genommen nur meine Büromöbel, zwei Schreibtische, ein paar Kisten, Regale ...«

»In Ordnung, falls Sie unser Angebot annehmen und im Schloss übernachten wollen, da brauchen Sie sich keine Gedanken machen – die Räumlichkeiten sind gut ausgestattet.«

Ava erinnerte sich, sie hatte beim Rundgang nur mit offenem Mund gestaunt. Die edlen Möbel aus verschiedenen Epochen waren in beeindruckend gutem Zustand. Sie würde leben wie bei Hofe. Der Gedanke amüsierte sie irgendwie, denn sie war vieles, aber ganz sicher keine Prinzessin.

Kenneth sprach weiter: »Vielleicht habe ich für den Transport auch eine Lösung, lassen Sie mich mal kurz telefonieren. Könnten Sie mir vielleicht eine kleine Liste mit den Dingen, die zu transportieren sind, mailen? Mit Fotos? Das macht alles einfacher, Sie wissen schon, wegen der Größe des Transporters.«

Ava war sprachlos, sie hatte mit vielem gerechnet, aber nicht damit, dass Kenneth ihr so unbürokratisch und ungefragt beim Umzug ihrer Bürosachen behilflich sein würde. Wahnsinn ... Dieser Tag nahm vielleicht doch noch ein gutes Ende. »Meinen Sie wirklich?«

»Aber ja, Ava. Ich habe eine Idee.«

»In Ordnung, ich setze mich gleich daran und erstelle die Liste für Sie. Ich wollte im Übrigen am Montag wieder zu Ihnen nach Kiltarff kommen.« Heute war Donnerstag, bis dahin würde sie alles im Büro zusammengepackt haben.

»Sehr schön, ich melde mich, sobald ich Ihre Liste habe, ja?«

»Vielen Dank, Kenneth. Das ist mir eine große Hilfe. Ich wüsste nicht ...«

»Nein, Ava, wir danken *Ihnen*. Bis später.« Dann legte er auf.

Ava ließ ihr Handy auf den Tisch sinken und schaute sich um. »Ich kann es gar nicht glauben, etwas in meinem Leben scheint doch noch zu funktionieren!«

Sonntagabend sah die Sache ein wenig anders aus. Ava fühlte sich wie gerädert – sie war völlig fertig, obwohl Trudy ihr tatkräftig beim Packen zur Seite gestanden hatte. Gerade schloss sie eine der letzten Kisten.

In den vorausgegangenen drei Tagen hatte Ava das Büro gekündigt, Kontakt mit dem Vermieter aufgenommen und ihm mitgeteilt, dass sie am Sonntag schon ausziehen würde. Er war zwar überrascht, aber nicht unfreundlich gewesen. Falls er einen Nachmieter fand, würde er ihr die restliche Miete erlassen – ob das klappte, stand natürlich noch in den Sternen. Aber hoffen konnte sie zumindest, dass sie einen Teil ihrer Fixkosten kurzfristig reduzieren konnte. Internet und Telefon hatte sie auch gekündigt. Von Will hatte sie, was sie ziemlich überraschte, nichts mehr gehört. Nicht mal eine Nachricht mit seinen Forderungen hatte er ihr zukommen lassen. Vielleicht hatte er ja auch begriffen, dass *er* derjenige war, der Scheiße gebaut hatte. Und für seinen dämlichen Wagen gab es eine Versicherung, er musste nicht mal dafür zahlen, dass das blöde Ding neu lackiert wurde.

Sie wollte nicht an ihn und die vergeudeten drei Jahre ihres Lebens denken. Sie wollte in die Zukunft schauen. Ava saß buchstäblich auf gepackten Kisten – den Schlüssel würde sie im Büro zurücklassen, so hatte sie es vereinbart. Ihre Klamotten hatte sie ebenfalls hergebracht, jedenfalls das, was sie glaubte, in Schottland zu benötigen. Ava nahm sich vor, das alles ganz praktisch zu sehen, viele Leute zogen für ein Projekt für ein paar Monate in eine andere Stadt. Trudy seufzte und wischte sich über die Stirn.

»Du bist sicher, dass ein Umzug das Richtige ist?«, fragte ihre Freundin dann.

Ava war sich ganz und gar nicht sicher. Mehr als einmal hatte sie einen Panikanfall bei dem Gedanken bekommen, dass sie das Großstadtleben, das sie so liebte, zumindest temporär gegen die Einöde der Highlands eintauschen würde. Dazu kam, dass sie im Schloss mit einem frisch verliebten Pärchen unter einem Dach leben würde.

»Ich habe keine Ahnung«, gab sie daher ehrlich zurück. »Aber ich habe auch keine Wahl, oder?« Ava verzog ihre Lippen.

Trudy trottete auf sie zu. »Meine Süße, du kannst bei mir unterkommen, wann immer du willst. Du besuchst mich jedes zweite Wochenende, okay?«

Ava lachte, gleichzeitig spürte sie, dass Tränen in ihr aufstiegen. Sie fächelte sich Luft zu, denn sie wollte nicht, dass ihr Mascara verlief und sie aussah wie ein Pandabär. »Gott, jetzt werde ich noch sentimental. Du kannst mich ja auch besuchen.«

»Schottland im Winter?« Trudy rümpfte die Nase. »Da ist im Sommer ja schon nichts los.«

Ava seufzte. »Na ja, ich werde jedenfalls genug zu tun haben, Langeweile wird vermutlich keine aufkommen.«

»Ich verstehe ja, warum du das machst. Tapetenwechsel nach einer Trennung und so, aber im Ernst, Ava. Schottland?« Trudy schüttelte den Kopf.

»Ich bin jung und brauche das Geld.« Ava grinste sarkastisch. »Ich habe keine Wahl, außerdem ist das Projekt genial, ich freue mich wahnsinnig darauf. Im Frühling bin ich durch damit, habe zudem bombige Referenzen und bin auch wieder flüssig. Alles, was ich jetzt nicht von mir behaupten kann. Ich brauche dieses Projekt, und glaub mir, ich bin froh, dass Will bei seinem Anruf keinen Stress gemacht hat, sondern nur wissen wollte, ob ich noch in Schottland war, weil er mich nicht erreichen konnte. Schlimm genug, dass er überhaupt bei Kenneth angerufen hat. Ich denke aber, dass ich das aus der Welt geschafft habe. Puh, mir ist fast das Herz stehen geblieben. Ich habe schon damit gerechnet, dass er mich schlechtmachen wollte, um mir den Auftrag zu versauen.«

»Du schätzt deinen Ex da schon ganz richtig ein. Von ihm kommt sicher noch was«, warnte Trudy mit sorgenvoller Miene.

»Meinst du? Er hat sich, seit er hier aufgekreuzt ist, nicht mehr gemeldet.«

»Das ist nur die Ruhe vor dem Sturm.«

Ava verpasste Trudy einen spielerischen Klaps. »Hey, du sollst mich aufmuntern, statt mir noch mehr Angst einzujagen. Ich mache mir jetzt schon fast in die Hose.«

Trudy gackerte. »Komm, gib es zu, ein bisschen freust du dich auch auf das Abenteuer.«

»Ja, ein bisschen.« Ava schmunzelte.

»Vielleicht triffst du ja auch einen heißen Highlander.« Trudy wackelte anzüglich mit den Augenbrauen. »So wie der aus der Serie, wie hieß die noch mal?«

»*Outlander*«, erklärte Ava. »Nein, bisher hab ich noch keinen gesehen.« Dennoch tauchte unwillkürlich ein Gesicht vor ihrem inneren Auge auf. Dieser Ladenbesitzer war schon ziemlich attraktiv, erinnerte sie sich, aber sie hatte nicht vor, sich auf einen Dorfbewohner zu stürzen. Bestimmt nicht. Wenn sie von einem genug hatte, dann von Männern. Egal ob sie Anzüge trugen oder Flanellhemden.

Trudy seufzte. »Ja, schade. Leider ist die Realität ja nie mit der Filmwelt zu vergleichen. In meinen Träumen warte ich auch immer darauf, dass ein McDreamy um die Ecke kommt. Leider sind meine Arztkollegen entweder alt und hässlich oder vergeben und Arschlöcher.«

Ava gab ihrer Freundin einen Kuss. »Gott, ich werde dich so vermissen.«

»Wir skypen einfach andauernd, okay?« Trudy wischte sich verstohlen über die Augen. »Wann kommt der Spediteur? Und du bist sicher, dass du bei ihm mitfahren willst?«

Ava guckte auf ihre Armbanduhr. »Wieso nicht? Er sollte gegen elf hier sein, hat Kenneth mir mitgeteilt. Viel Verkehr ist heute am Sonntag ja nicht, also müsste er jeden Augenblick kommen. Ich vertraue Kenneth, der wird mir schon keinen Serienkiller schicken, der Mitfahrerinnen umbringt.«

Trudy wurde blass. »Sag doch sowas nicht! Stell dir vor, er ist alt, fett und stinkt nach Schweiß?«

Ava kicherte. »Du bist ja richtig süß, wenn du dir Sorgen um mich machst. Und ich bin nicht aus Zucker; du vergisst vielleicht, wo ich aufgewachsen bin?«

Der Begriff ›sozialer Brennpunkt‹ war für den Stadtteil erfunden worden, in dem Ava als Kind gelebt hatte. Nein, sie hatte keine Angst vor einem Spediteur, der von Kenneth als fähig eingestuft worden war. Selbst wenn der Typ irgendwie eklig oder unangenehm war – sie musste ihn ja nicht heiraten, sondern nur die Fahrt mit ihm überstehen. Der Gedanke ließ sie schmunzeln, gleichzeitig fand sie, dass Trudy süß war. Dass sie sich Sorgen um sie machte, zeigte nur, dass sie sie aufrichtig mochte. Etwas, das Ava momentan wirklich brauchte: echte Freunde.

»Ich muss jetzt gehen, tut mir leid. Wenn ich hier stehe, während die letzte Kiste in diesen Lieferwagen geladen wird, breche ich heulend zusammen.« Trudy lächelte traurig, und auch Ava wurde auf einmal von Wehmut erfasst. Sie atmete tief ein und schluckte hart.

»Wir telefonieren«, versprach sie. »Ich besuche dich, du besuchst mich, und im Frühling komme ich zurück, dann machen wir eine Single-WG auf – falls du dann noch zu haben bist.« Ava lachte.

Sie umarmten sich ein letztes Mal, Trudy drückte sie so fest an sich, dass Ava für eine Sekunde die Luft wegblieb.

Dann löste sich ihre Freundin von ihr. »Tschüss, Liebes. Pass auf dich auf.«

Ava rang sich ein Lächeln ab, auch wenn es sie innerlich schier zerriss, dass sie ihre beste Freundin und die geliebte Großstadt hinter sich lassen würde. »Du auch, Trudy. Du auch.«

Und dann stand Ava auf einmal alleine in ihrem Umzugschaos, das erstaunlicherweise doch recht geordnet daherkam. Trudy und sie hatten alle Möbel zerlegt, die Schrauben in Tüten gepackt und auf das jeweilige Teil – nicht, dass es viele waren – geklebt. Die wenigen Kisten waren beschriftet, sie nahm nur das mit, was sie wirklich benötigte. Alles andere hatten sie gestern Abend schon in den Lagerraum gebracht.

»Das ist es also, was von meinem Leben übrig ist«, murmelte sie ein wenig niedergeschlagen.

Im nächsten Augenblick atmete sie tief durch und nahm sich vor, von nun an alles positiv zu betrachten. Sie war zwar nicht die geborene Optimistin, aber wenn sie sich eines nicht leisten konnte, dann schwarzzusehen oder Dinge zweimal zu überdenken und Beschlüsse anzuzweifeln. Vielleicht waren nicht alle Entscheidungen ihres Lebens richtig gewesen, aber man konnte immer nachjustieren. Und jetzt ging die Reise nun mal knapp sechshundert Meilen in nördlicher Richtung – nach Schottland. Viele Leute machten dort Urlaub, versuchte sie sich die Einöde schönzureden. Bestimmt gab es auch im Winter etwas, das man dort unternehmen konnte. Ava schnitt eine Grimasse. Sie hasste Wandern. Auf Booten wurde sie sofort seekrank, und ein Naturmensch war sie noch nie gewesen. Sie liebte Sushi und guten Weißwein. Sport trieb sie nur, damit sie nicht innerhalb kürzester Zeit ihre Hosen und Röcke sprengte. Sie liebte das mediterrane Klima, ihr war eigentlich immer kalt.

»Ach ja«, murmelte Ava und rieb sich über das Gesicht.

Als es an der offenstehenden Tür klopfte, fuhr sie erschrocken herum. Das musste der Spediteur sein.

»Ich suche Ava Scott, ich soll ihre Sachen einladen«, hörte sie eine dunkle, fast ein wenig rauchige Stimme mit starkem schottischem Akzent.

Ihr Mund klappte auf, als sie in die blauesten Augen schaute, die sie je gesehen hatte. Dieses Blau war einzigartig, und es war ihr nicht neu.

»Sie?!«, stießen sie beide unisono hervor.

Ava blinzelte irritiert. *Er* war der Spediteur? Mein Gott, wie viele Talente hatte der Kerl denn neben seinem Laden-für-alles noch?

»Ja, das wäre ich«, meinte sie irgendwann. »Ava Scott«, stellte sie sich vor und ging auf ihn zu. Sie streckte ihm ihre Hand förmlich entgegen.

Er schaute mit einem Stirnrunzeln zuerst auf ihre manikürten Finger, der Diamantring funkelte im Licht, dann glitt sein Blick zu ihren Lippen und erst danach zu ihren Augen hinauf. Sie fühlte sich nackt. Und irgendwie ... kribbelig.

Ihr Mund war trocken, ihr Herz schlug schneller. Zu schnell, dafür, dass sie nur dastand wie bestellt und nicht abgeholt. Ava räusperte sich, dann ließ sie ihre Hand sinken.

*Unhöflicher Typ*, schoss es ihr durch den Kopf.

Oder er war einer von denen, die Leute mit besseren Jobs nicht leiden konnten.

Das war auch möglich.

Und dann kam ihr der Gedanke, dass *sie* diejenige war, die aufhören sollte, Leute nach ihrem Aussehen zu beurteilen – sie hatte sich das längst abgewöhnt, aber für einen Augenblick vergessen, dass Oberflächlichkeit eine furchtbar schlechte Angewohnheit war.

Dieser Mann machte sie nervös. Schrecklich nervös. Für einen Sekundenbruchteil dachte sie, dass sie doch lieber den fetten, stinkenden Truckfahrer gehabt hätte. Dann schimpfte sie sich eine alberne Gans.

»Ich bin Colin.« Ihr entging der amüsierte Unterton in seiner Stimme nicht. Er trug wieder ein Holzfällerhemd, eine alte Jeans und schwere Boots. Vielleicht hatte der arme Kerl nichts anderes, überlegte sie, oder es war ihm einfach scheißegal, dass er aussah wie das lebende Klischee eines Hinterwäldlers. Während ihr das durch den Kopf schoss, blickte sie an sich selbst herunter. Nachdem sie mit Tracy alles gepackt hatte, hatte Ava sich umgezogen. Sie trug eine Businessbluse, eine schwarze Stoffhose und High Heels. Einen Cashmere-Pullover hatte sie sich um den Nacken gelegt, die Haare waren locker hochgesteckt, sogar ein wenig Make-up hatte sie aufgelegt. Immerhin war sie auf dem Weg zu einem Business-Trip, sie hatte adrett aussehen wollen. Trudy hatte ihr vorhin schon lachend erklärt, dass sie für so eine lange Fahrt besser einen Jogginganzug anziehen sollte, aber Ava besaß überhaupt keinen. Klar, sie hatte Sportklamotten, aber die würde sie niemals tragen, außer zum Training.

Sie spürte Colins Blick auf sich, eine Augenbraue hatte er spöttisch nach oben gezogen. Ihr wurde schrecklich heiß, aber sie versuchte sich nichts anmerken zu lassen. Gleichzeitig meldete sich ihr Gewissen. Es war nicht fair von ihr, sich insgeheim lustig über ihn zu machen, nur weil sie dem Landleben nichts abgewinnen und sich nicht vorstellen konnte, selbst in der Einöde zu wohnen, und deshalb jeden irgendwie von oben herab anschaute. Wenn andere das anders beurteilten, dann war das völlig legitim. Sie musste wirklich an sich arbeiten, sonst kam sie rüber wie eine eingebildete Zicke. Ava schaute verlegen auf ihre spitzen Schuhe, sie konnte es ihm nicht verdenken, wenn er sie für versnobt und eitel hielt. Allerdings hatte sie wirklich keine Ahnung, was aktuell in ihm vorging, und das irritierte sie. Für gewöhnlich hatte sie eine gute Menschenkenntnis, hatte sie bisher immer gedacht. Allerdings hatte sie in Bezug auf Will auch nichts kapiert.

Ava räusperte sich. In ihrem Kopf drehte sich alles. »Ja, dann wollen wir mal.«

Sie schaffte es sogar zu lächeln, obwohl sie sich scheußlich fühlte.

Colin schaute sich in ihrem Büro um, seine Stirn war gerunzelt.

»Ist noch jemand hier versteckt, der uns beim Beladen hilft?«, wollte er wissen. Seine dunkle, rauchige Stimme bescherte ihr eine Gänsehaut. Sie wunderte sich über ihre Reaktion, die völlig unangemessen war. Es lag sicher nur an ihren Nerven, die verständlicherweise blank lagen.

»Ich … Ich bin Ihre Hilfe«, erklärte sie und straffte ihren Rücken.

Colin erstarrte, schaute sie mit großen Augen an und brach dann in schallendes Gelächter aus.

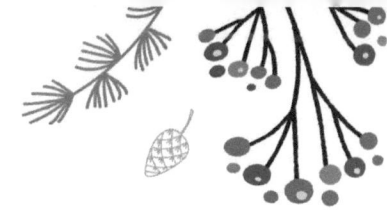

# Sieben

E s war urkomisch, zu sehen, wie sich Ava Scotts Gesichtsfarbe veränderte. Zuerst wurde sie kreidebleich, doch schon nach einem langen Atemzug überlief ihre Wangen eine rosa Färbung. Ihre Augen schleuderten Blitze. Er hatte sein Lachen nur mühsam unter Kontrolle gebracht, aber es war auch wirklich zu witzig, sich dieses Szenario vorzustellen. Sie trug hohe Absätze und teure Klamotten und wollte mit ihm Kisten und Möbel schleppen? Das musste er sehen. Es waren nicht viele Sachen, zur Not käme er auch alleine klar, irgendwie. Dass Ava wirklich Kisten schleppen konnte, hielt er für unwahrscheinlich. Sie würde vermutlich in Tränen ausbrechen, wenn ihre perfekt gebügelte Bluse zerknitterte. Er kannte diese Art Frauen leider nur zu gut.

Colin wischte sich zwei Lachtränen aus den Augenwinkeln, dann atmete er tief durch und klatschte in die Hände. »Okay, super, dann wollen wir mal. Wollen Sie die Tischplatte vorn oder hinten anfassen?«

Er neigte seinen Kopf und bemühte sich, nicht gleich wieder loszuprusten.

Anstatt sich in Bewegung zu setzen, stemmte sie die Hände in die Hüften, die, wie er zugeben musste, wohlgerundet und sehr ansprechend waren. Überhaupt war sie sehr hübsch anzusehen. Aus eigener Erfahrung wusste er jedoch, dass das Aussehen längst nicht alles war. Früher wäre er vielleicht noch darauf reingefallen, aber da war er selbst auch ein anderer gewesen. Heute gab er mehr auf innere Werte wie Loyalität und Ehrlichkeit. Er musste mit ihr schließlich auch nicht ins Bett gehen, sondern nur sie und ihren Kram nach Kiltarff bringen. Der Gedanke irritierte ihn ein wenig; dass er überhaupt daran dachte, war schon widersinnig. Er war nur hier, weil er seinen Freunden behilflich sein wollte. Er hatte keine Sekunde gezögert, als Kenneth ihn um einen Gefallen gebeten hatte.

»Was ist? Glauben Sie etwa, dass ich nicht anpacken kann?«, fragte sie jetzt, und er sah, wie sich ihr Brustkorb schneller hob und senkte. Irgendwie gefiel ihm ihre Verärgerung. Man konnte ihr wenigstens nicht vorwerfen, dass sie erwartete, er würde alles alleine machen. Er konnte es nicht leugnen, er mochte es, wenn Frauen eine eigene Meinung hatten, selbst wenn er sie nicht teilte – was in dem Fall unbedingt zutraf. Sie wirkte nicht wie jemand, der zulangen konnte, wenn es drauf ankam. Er hatte allerdings auch keinen Bedarf, sich mit ihr zu streiten. Die Fahrt nach Schottland würde lang genug werden, da war es definitiv angenehmer, wenn sie harmonisch verlaufen würde.

»Tut mir leid«, sagte er deshalb. »Natürlich können Sie gern mithelfen. Wollen wir?«

Dennoch konnte er sich ein amüsiertes Schmunzeln nicht verkneifen. Er war gespannt, wie lange sie durchhielt, bis sie quietschte, dass sie mit ihren Schuhen die schweren Kisten nicht heben konnte.

Sie erwiderte nichts, aber er erkannte in ihrem mordlustigen Bick, dass sie ihm sein – ihrer Meinung nach – dämliches Grinsen am liebsten aus dem Gesicht gewischt hätte.

Vielleicht wurde die Fahrt ja doch noch ganz lustig, dachte er und setzte sich in Bewegung.

»Also, mögen Sie nun vorn oder hinten anfassen?«, wollte er wissen und hob eine Augenbraue, während er noch immer um eine neutrale Mimik bemüht war. Dass seine Aussage ein wenig zweideutig klang, bemerkte er erst hinterher. Sofort schüttelte er die Vorstellung ab, mit ihr … Aber es war zu spät. Ja, sie war hübsch, und es war sehr lange her, dass er Sex gehabt hatte. Da war es doch nur natürlich, dass er … Egal. Er seufzte und versuchte sich auf das Hier und Jetzt zu konzentrieren und nicht an Dinge zu denken, die niemals in die Tat umgesetzt werden würden. Jedenfalls nicht mit ihr. Colin rieb sich das Kinn, seine Bartstoppeln verursachten ein kratzendes Geräusch, das die Stille im Raum auf eine seltsame Weise betonte.

Ava zuckte schließlich die Schultern, ihre Unterlippe war ein wenig nach vorn geschoben. »Mir egal.«

»In Ordnung, dann lassen Sie uns mal anfangen, damit wir bald loskommen«, meinte er mit einem leisen Seufzen, bevor er noch mehr absurde Ideen bekam. »Gut, dass es hier einen Fahrstuhl gibt. Ich würde vorschlagen, dass wir so viel wie möglich einladen, dann geht es schneller.«

»Wie Sie meinen«, erwiderte sie knapp.

Jetzt fiel ihm auf, dass unter ihren hübschen Augen dunkle Schatten lagen. Im ersten Moment hatte er das überhaupt nicht bemerkt. Sie war geschminkt, aber selbst das Make-up konnte ihre Müdigkeit nicht verbergen. Er nahm sich vor, von nun an ein wenig umgänglicher zu sein. Sie konnte ja nichts dafür, dass sie so versnobt war. Vermutlich war sie mit dem goldenen Löffel im Hintern geboren worden. Was dagegen sprach, war, dass sie selbst mit anpacken wollte. Normalerweise riskierten Frauen wie sie nicht, dass einer ihrer manikürten Nägel abbrach … Ihr Pragmatismus machte sie umso interessanter, und das war das, was Colin am meisten überraschte. Er wollte mehr über sie erfahren. Der Gedanke irritierte ihn zutiefst, er vermied es, sie anzusehen, und konzentrierte sich lieber auf seine Aufgabe.

Sie arbeiteten zunächst schweigend, hier und da gab es einen Kommentar, eine Anweisung, aber ein Gespräch entwickelte sich nicht. Colin kam dabei nicht mal ins Schwitzen, aber sie hatte deutlich zu kämpfen. Mehr als einmal lag ihm die Frage auf den Lippen, ob sie nicht passenderes Schuhwerk hätte, das sie für diese Umzugsaktion tragen konnte. Es sah gefährlich aus, wie sie auf ihren Heels balancierte und dabei Sachen schleppte. Ava wich seinem Blick aus und wirkte auch nicht so, als ob sie Interesse an Ratschlägen seinerseits hätte. Es dauerte nicht allzu lange, da hatten sie alles nach unten in die Lobby geschafft.

»Einen Augenblick, ich komme gleich«, erklärte sie, ihre Wangen waren gerötet, eine Strähne hatte sich aus ihrer Frisur gelöst. Ihren Pulli hatte sie schon lange auf einer der Kisten abgelegt. Sie sah angestrengt aus, aber nicht völlig fertig. »Ich muss oben noch zumachen. Dann bin ich gleich wieder bei Ihnen.«

Er nickte. »Ist gut, ich fange inzwischen mit dem Einladen an.«

Schon schnappte er sich zwei Kisten, die er übereinanderstapelte, und marschierte nach draußen zum Lieferwagen. Er hatte vor dem Bürogebäude im Halteverbot geparkt. Es war nicht viel los auf Londons Straßen, in diesem Büro-Viertel waren an einem Sonntag ohnehin nie viele Leute anzutreffen. Er stellte die Kisten ab, öffnete die Klappen zum Laderaum und machte weiter. Als er aus dem Lieferwagen sprang, warf er einen Blick in den grauen Himmel. Es war kalt geworden, und heute war einer dieser Tage, an denen es nicht richtig hell wurde. Er hatte sich den Wetterbericht angesehen und hoffte, dass sie einigermaßen durchkommen würden. In diesem Jahr schien der Winter schon früh Einzug zu halten. Ihm wäre es lieber, wenn die Meteorologen mit ihrer Voraussage danebenliegen würden.

Etwas später kletterte Ava auf den Doppelsitz neben ihm. Dass sie nicht die Nase rümpfte, war alles. Das Gegenteil war der Fall, sie verzog ihre Miene kein bisschen, kein Lächeln, kein freundlicher Blick. Ihre Bonuspunkte hatte sie damit bei Colin direkt wieder verspielt. Er knallte die Fahrertür energisch zu.

»Ist kein Rolls Royce«, brummte er, während Ava einen leeren Kaffeebecher, der bei ihren Füßen lag, mit der Spitze ihres Schuhs zur Seite schob. Ein wenig lächerlich war das Bild schon, sie, die in teuren Markenklamotten in seinem Lieferwagen wie eine Königin thronte und vermutlich fürchtete, dass sie sich schmutzig machte, wenn sie sich anlehnte. Er unterdrückte einen genervten Kommentar, dass sie nicht gezwungen war, mit ihm zu fahren, denn er machte es ja nicht für sie, sondern für Kenneth und Ellie. Die beiden würden ihre Gründe haben, warum ausgerechnet Avas Dienste gefragt waren. Colin biss sich auf die Lippe und ließ den Dieselmotor an.

»Können wir?«, murrte er dann, wobei selbst Ava klar sein dürfte, dass die Frage rhetorisch gemeint war.

»Ja, sicher. Moment.« Sie suchte nach dem Anschnallgurt. Als er das Klicken hörte, legte er einen Gang ein und gab Gas.

Er fuhr zielsicher und ohne das Navi einzustellen durch Londons Straßen. Sie kamen am Trafalgar Square vorbei, alles wirkte seltsam vertraut und doch unendlich fremd. Wie aus einem anderen Leben. Der Gedanke war nicht mal so weit hergeholt, nichts war mehr wie früher, und er war nicht einmal traurig darüber. Und doch … Seinen Job als Wirtschaftspsychologe hatte er damals zunächst mit Bedenken an den Nagel gehängt. Es hatte eine Weile gedauert, bis er sich daran gewöhnt hatte, dass er nun der Betreiber eines

Gemischtwarenhandels war. Jetzt konnte er sich nichts anderes mehr vorstellen, weil er begriffen hatte, dass er damals völlig auf dem Holzweg gewesen war. Oberflächlichkeit und Leistungsdruck hatten sein Leben bestimmt, jetzt zählten andere Werte für ihn. Heute wollte er nicht mehr in einer Stadt wie London leben, schon nach der kurzen Zeit fühlte er sich eingeengt und sehnte sich zurück in die Weite der schottischen Highlands.

»Sie kennen sich hier gut aus?«, hörte er Ava fragen, als sie den Londoner Innenstadtring verließen und in die Vororte gelangten. Aus vielen Schornsteinen stiegen kleine Rauchsäulen auf, nur wenige Leute waren hier am heutigen Sonntagmittag unterwegs. Hier und da führte jemand seinen Hund Gassi, oder eine Familie war mit ihren Kindern spazieren. Wer nicht rausmusste, blieb bei dem ungemütlichen, diesigen Wetter zuhause. Gerade in diesen Zeiten schätzte Colin die Highlands umso mehr, man hatte in der Natur so viel mehr Möglichkeiten als in der Großstadt.

Er zuckte die Schultern und ging nicht weiter darauf ein. Er hatte keine Lust auf Smalltalk mit ihr.

»Okay«, hörte er sie irgendwann sagen, sie wandte ihr Gesicht dem Fenster zu. »Hab schon verstanden.«

Colin tat es sofort leid, er hatte nicht unhöflich sein wollen, andererseits hatte er bei Frauen wie ihr einfach Vorbehalte – die sie mit ihrem Getue beim Einsteigen bestätigt hatte. Was wollte sie überhaupt in Kiltarff? Ja, er hatte mitbekommen, dass Kenneth und Ellie sie engagiert hatten, aber warum sie dafür gleich mit Sack und Pack übersiedeln musste, verstand er nicht. Es ging ihn natürlich auch nichts an, aber dennoch …

»Wenn Sie Hunger haben, schauen Sie mal hinter sich. Hinter Ihrem Sitz steht 'ne Kühltasche«, erklärte er und umfasste das Lenkrad mit beiden Händen.

»Eine Kühltasche«, wiederholte sie ungläubig.

»Ja, keine Angst. Ich habe die Sachen nicht zubereitet. Ellie hat was für uns organisiert.«

»Wie sind Sie überhaupt nach London gekommen? Das ist doch eine irre lange Strecke, wenn man gleich hin- und zurückmuss.«

Er schaute sie mit einem Stirnrunzeln an. »Was denken Sie denn? Geflogen bin ich jedenfalls nicht.«

Fast hätte er gelacht.

Ava verzog ihre Lippen und machte eine Geste. »So meine ich das nicht, aber wo haben Sie geschlafen, oder sind Sie durchgefahren? Sind Sie nicht müde?«

Als ob sie sein Wohlergehen interessieren würde, dachte er leicht genervt. »Was glauben Sie?«

Ava schnaubte. »Ja, okay.« Sie hob abwehrend die Hände. »Ich kapiere, Sie haben keine Lust, sich mit mir zu unterhalten. Tut mir leid, dass Sie gezwungen sind, diese Tour hier zu fahren.«

Sie griff hinter den Sitz und holte die Kühltasche hervor.

Colin schüttelte den Kopf und fragte sich, was hier schieflief. Sie hatte nur versucht, ein Gespräch anzufangen; dass er Vorurteile hatte, war *sein* Problem und nicht ihres. Er sollte netter zu ihr sein, überlegte er. Gleichzeitig fragte er sich, wie er das anstellen sollte. Er war aus der Übung, was Smalltalk anging. Er lebte nun schon so lange in der Abgeschiedenheit der Highlands, dass ihm der kleine Ausflug nach London wie ein seltsamer Traum vorkam. *Throwback-Trip*, schoss es ihm durch den Kopf. Er merkte, wie sich seine Mundwinkel nach oben bogen. »Ava, es tut mir leid. Ich wollte Sie nicht so anfahren.«

Er spürte ihren Blick auf sich, aber er schaute stur geradeaus. Ihm wurde heiß, es war ihm unangenehm, dass er sich so wenig im Griff hatte, und er war verlegen, weil ihm die passenden Worte fehlten. Ava konnte nichts dafür, dass er Frauen wie sie mied, aber er hatte auch keine Lust, ihr seine

Lebensgeschichte aufs Brot zu schmieren. Auf gar keinen Fall. Sie würde sich sowieso nicht dafür interessieren oder ihn einfach auslachen. Er wusste, dass er in ihren Augen wie ein verschrobener Einsiedler wirkte. Das hatte Harper ihm jedenfalls vorgeworfen. Sie hatte seine Wortkargheit und Verschlossenheit als unattraktiv empfunden und ihn schließlich verlassen.

Natürlich war Ava nicht Harper, der Gedanke war geradezu grotesk, und doch … Avas leichtes Naserümpfen, als sie ihm das erste Mal im Laden begegnet war, ihr herablassendes Verhalten vorhin beim Einsteigen, all das bestätigte ihn in seinen Mutmaßungen, dass sie das einfache Landleben und dessen Bewohner abscheulich fand. Das machte sie jedoch nicht zu einem schlechteren Menschen. Er sollte sich schlicht am Riemen reißen und versuchen nett zu ihr zu sein.

Sie seufzte leise. »Haben Sie etwa im Lieferwagen geschlafen?«

Ihre Stimme klang sanft. Sie rührte etwas in ihm an, das ihm gar nicht gefiel. Er musste schlucken.

Colin räusperte sich. »Keine große Sache«, brummte er. »Hab schon unbequemer gelegen.«

Ava schlug sich die Hand vor den Mund. »O Gott, das tut mir leid.«

Nun musste er lachen. »Hey, keine Sorge, ehrlich. Ich bin nicht aus Zucker.«

Er presste die Lippen zusammen und sah aus dem Augenwinkel, dass sie die Arme vor der Brust verschränkte.

»Wie ich, meinen Sie?«

Tatsächlich hatte er das gedacht, was ihn nur darin bestätigte, dass er sich zusammenreißen musste. Sie hatten noch hunderte von Meilen vor sich.

»Das habe ich nicht gesagt«, verteidigte er sich deshalb.

Ava lachte spitz. »Kommen Sie, Colin. Ich habe ihre Gedanken so laut gehört, als hätten Sie mich angeschrien.«

Unvermittelt musste er grinsen. Er warf ihr einen Blick zu. »Gedankenlesen können Sie also auch. Ein wahres Supertalent.«

Ava schnaufte. Dann öffnete sie die Kühltasche und stieß sofort einen verzückten Schrei aus. »Meine Güte, da stapeln sich ja die beschrifteten Tupperdosen mit Leckereien. Haben Sie noch was übrig gelassen?«

»Überzeugen Sie sich doch selbst davon.« Ein wenig von seiner Anspannung löste sich. Ava war womöglich doch ganz nett, vielleicht konnten sie noch mal neu anfangen. Denn irgendwie würden sie miteinander klarkommen müssen. Kiltarff war winzig, und er würde ihr häufiger begegnen. Es sollte nicht unangenehm werden, und auf Spießrutenläufe hatte er auch keine Lust. Sie hatte eine zweite Chance verdient, vielleicht war sie ja gar nicht so schrecklich versnobt, wie er glaubte. Auf einmal fand er es unmöglich still im Wagen, also drehte er das Radio an. »O nein.« Er stöhnte. »Jetzt geht das schon los.«

Es dudelte ein Weihnachtsklassiker von Mariah Carey aus den Lautsprechern, den er hasste wie die Pest.

»Sagen Sie bloß, dass Sie Weihnachten nicht mögen.« Ava öffnete den Deckel einer Tupperdose. »Lecker, Hackbällchen.« Sie stopfte sich eins in den Mund. Dann befestigte sie den Deckel wieder und packte die Kühltasche zurück.

»Das war alles?« Er runzelte die Stirn. »Dann kann Ihr Hunger ja nicht besonders groß gewesen sein. Ellie ist eine begnadete Köchin.«

Sie seufzte. »Lassen wir lieber noch was für später übrig, wir sind ja noch eine Weile unterwegs. Also, Sie sind kein Weihnachtstyp?«

Er beugte sich ein wenig nach vorn und schaute in den Himmel. Mist, dachte er. Gleich würde es doch, wie angekündigt, anfangen zu schneien. Verdammt früh dieses Jahr. »Kennen Sie einen einzigen Mann, der dieses

Brimborium leiden kann?«, stellte er eine Gegenfrage. »Aber ich wette, Sie lieben es, zu dekorieren?«

Ava schwieg einen Moment, sie legte sich einen Finger an die Lippen, ehe sie antwortete. »Ich habe das Gefühl, Sie haben ein völlig falsches Bild von mir.«

»Dann sagen Sie mir doch mal, was jemand wie Sie in den Highlands macht?«

Ava schnappte nach Luft.

»Jemand wie ich?« Ihre Stimme tönte eine Oktave höher.

»Kommen Sie, schauen Sie sich mal an. Sie tragen Stöckelschuhe, Blüschen und dünne Stoffhosen.« Er versuchte nett und interessiert zu klingen, leider bekam sie seine Frage anscheinend in den falschen Hals.

Er bemerkte, wie sie sich neben ihm versteifte. »Nur weil es Ihnen nicht passt, wie ich mich kleide, haben Sie noch lange nicht das Recht, sich über mich lustig zu machen.«

»Nein, das habe ich nicht«, stimmte er zu und schwieg. Die Fragen hatten ihm schon lange auf der Zunge gelegen, und dann waren die Worte einfach über seine Lippen gekommen, in einem unbedachten Moment. Es tat ihm leid, denn er hatte sie nicht irritieren wollen. Vielleicht begriff sie das irgendwann, wenn nicht, würde sie ihn einfach hassen. So viel zum Thema ›Spießrutenläufe vermeiden‹, dachte er grimmig.

Obwohl Colin merkte, dass sie sauer war, bedauerte er gleichzeitig, dass sie seine Frage nicht einfach beantwortet hatte. Er hätte zu gern erfahren, warum sie mit Sack und Pack nach Schottland kam – oder warum sie ihr Büro dort einrichtete, aber sonst keine Möbel mitbrachte. Ihm war der auffällige Ring an ihrem Finger nicht entgangen. Lebte möglicherweise ein Mann dort, mit dem sie zusammen war? Oder in der Nähe, in Inverness vielleicht? War sie so an den Auftrag in *Kiltarff Castle* gekommen? Die ersten Schneeflocken fielen vom Himmel und landeten auf der

Windschutzscheibe. Er stieß einen leisen Fluch aus und verdrehte die Augen. Auch das noch. War ja fast klar gewesen.

»Was ist? Haben Sie keine Winterreifen drauf, oder wie?«, fragte sie, aber in ihrer sehr melodischen Stimme schwang ein alarmierter Unterton mit.

Er schaltete einen Gang herunter und drosselte die Geschwindigkeit ein wenig, ehe sie in die nächste Kurve bogen.

»Ich schon«, knurrte er.

Aber er hatte wenig Vertrauen in die Engländer ... Sobald eine Schneeflocke vom Himmel fiel, verhielten sich die Leute aus dem Süden wie eine altersschwache Kuh auf dem Glatteis. Da er annahm, dass sie eine von ihnen war – ihre saubere, klare Aussprache, der er den typischen Klang der Londoner Society zuordnete, wies jedenfalls darauf hin –, enthielt er sich eines weiteren Kommentars. Er fand, dass er sie für den heutigen Tag schon genügend angegriffen hatte. Womöglich sprang sie ihm sonst noch an die Gurgel und kratzte ihm die Augen aus. Der Gedanke erheiterte ihn irgendwie. Von einer Frau würde er gern mal wieder angesprungen werden – allerdings nicht, um sich die Augen auskratzen zu lassen.

Im nächsten Moment fluchte er wie ein Kutscher und stieg in die Eisen. Vor ihm leuchteten unzählige Bremslichter. »Na, großartig«, brummte er und schlug mit der flachen Hand aufs Lenkrad. »Da wären wir schon im ersten Stau gelandet, dabei haben wir gerade mal hundert Meilen hinter uns gebracht. Super. Echt super.«

Er lehnte sich zurück und schloss die Augen.

»Wollen Sie vielleicht was essen?«, fragte Ava einfühlsam.

Er seufzte und nickte. »Ja, wieso nicht. Lassen Sie uns über die Vorräte herfallen. Das kann dauern.«

Zwei Stunden hatte sie dieser blöde Stau gekostet, es schneite noch immer, dafür ging es jetzt endlich ein wenig voran. Er war satt, hatte aber Acht gegeben, dass er sich nicht vollstopfte – das machte müde, und wenn er die Situation richtig beurteilte, würde es noch eine sehr lange Nacht für ihn hinter dem Steuer werden. Ava hatte ihre Schuhe mittlerweile ausgezogen und saß jetzt im Schneidersitz neben ihm auf der Zweier-Sitzbank seines Transporters. Sie hatte es geschafft, ihre Füße irgendwie unter ihre Beine zu schieben.

»Ist Ihnen kalt?«, wollte er wissen. »Ich kann die Heizung hochdrehen.«

»Nur die Füße«, erklärte sie überraschend schüchtern. Vielleicht hatte er sie wirklich falsch eingeschätzt. Diese Frau war ein Buch mit sieben Siegeln für ihn.

Er verkniff sich, sie darauf hinzuweisen, dass Seidenstrümpfe im November so oder so eine bescheuerte Idee waren, egal ob man umzog oder nicht. Stattdessen sagte er: »Schauen Sie mal nach hinten. Im Laderaum liegt ein Rucksack. Da dürften noch ein paar Wollsocken drin sein.«

»Wie?«, erwiderte sie entgeistert. »Soll ich mich etwa abschnallen und während der Fahrt nach hinten klettern? Ich hänge an meinem Leben.«

Er zuckte die Schultern. »Nun machen Sie kein großes Ding draus, ich pass' schon auf.«

»Ja, klar, und dann bremsen Sie plötzlich, und ich fliege durch die Scheibe. Nein, nein, dann friere ich lieber.«

Colin verdrehte die Augen, dabei hatte er gerade angefangen, sie zu mögen.

Nein. Halt. Hatte er nicht. Überhaupt nicht.

Er konnte sie weder leiden, noch fand er sie anziehend.

Okay, doch, er fand sie schon irgendwie adrett, und ihre Kurven hatten was. Zudem roch sie wirklich gut. Ihr Parfum die ganze Zeit zu schnuppern, machte die Sache nicht einfacher. Er stand nun mal auf Frauen, die gut dufteten und nicht nur aus Haut und Knochen gestrickt waren.

Mit einem theatralischen Seufzer setzte er den Blinker und hielt am Straßenrand, worauf er die Handbremse anzog, sich abschnallte und nach hinten kletterte. Er kehrte nach einem Augenblick mit seinem Schlafsack und einem Paar Socken für sie zurück. Er warf beides auf sie, dann ließ er sich auf seinen Sitz fallen, schnallte sich an und fuhr wieder los. »Bitte schön«, brummte er. »Gern geschehen.«

»Tut mir leid, dass Sie schlechte Laune haben. Und danke.«

Für einen Moment wartete er gespannt darauf, ob sie seinen Schlafsack so angewidert zur Seite schieben würde wie den Kaffeebecher beim Einsteigen. Mit spitzen Fingern am besten noch. Aber nichts dergleichen geschah, sie wirkte tatsächlich dankbar und lächelte sogar.

»Ich habe keine schlechte Laune«, knurrte er. Er hörte selbst, wie lächerlich das mit seinem brummigen Tonfall klang. Ava kicherte und kroch in seinen Schlafsack, ohne sich abzuschnallen selbstverständlich. Sie amüsierte sich anscheinend über seine Intonation, aber sie hatte ja auch keine Ahnung, dass er – neben dem Verkehr – ganz andere Sorgen hatte. Er reagierte wie ein Teenager auf ihre Nähe, das war geradezu absurd. Zum Glück war es dunkel, und sie bekam nicht mit, was sich in seiner Jeans abspielte. Colin knirschte mit den Zähnen und versuchte nicht so tief einzuatmen. Es kam ihm so vor, als ob ihr Parfum immer intensiver duftete …

Schließlich brachte ihr Kichern ihn auch zum Lachen. »Ja, okay, Sie haben recht. Ich bin angepisst. Zum ersten Mal seit tausend Jahren schneit es in England im November. Das muss gerade heute sein, wo wir so eine lange Tour vor uns haben.«

»Wieso haben Sie es überhaupt gemacht?« Im nächsten Moment hob sie eine Hand. »Entschuldigung, es geht mich nichts an. Vermutlich bezahlt Kenneth Sie dafür. Mir haben sie jedenfalls zugesichert, dass sie die Kosten übernehmen würden. Aber falls nicht, kann ich …«

»Es ist ein Freundschaftsdienst«, erklärte er und wunderte sich, warum sie sich dafür interessierte. Sie kam ihm nicht so vor, als ob sie jeden Penny mehrfach umdrehen müsste.

»Wie, ein Freundschaftsdienst? Sie machen das einfach so?« Ava wirkte ehrlich überrascht.

Colin zuckte die Schultern. »Ist das so ungewöhnlich?«

»Na ja«, gab sie langgezogen zurück. Dann schwieg sie und schaute nachdenklich aus dem Fenster.

Für eine Weile schwiegen beide, Ava wirkte weit weg mit ihren Gedanken, und er wusste nicht, was er sagen sollte. Er hatte mit einem bissigen Kommentar oder einem Witz gerechnet, dass sie gar nichts von sich gab, fand er merkwürdig. Erst jetzt begriff er, dass sie eine seltsame Traurigkeit umgab, die ihm zuvor nicht aufgefallen war. Vermutlich, weil er zu beschäftigt damit gewesen war, seine Vorurteile bestätigt zu wissen.

Colin atmete leise aus, dann schaute er auf die Tanknadel, die sich langsam, aber sicher dem roten Strich näherte.

»Müssen Sie mal?«, wollte er dann wissen.

»Es geht noch.«

»Ich wollte gleich mal tanken, vielleicht noch einen Kaffee besorgen. Brauchen Sie etwas?«

Ava schüttelte den Kopf. »Ach, doch, vielleicht ein Wasser. Stilles, aber das kann ich mir auch selbst besorgen.«

»Ist schon gut.«

Bei der nächsten Tankstelle fuhr er ab. Während Colin tankte, stöckelte Ava zu den Toiletten.


Ava schlang sich die Arme um ihren Körper und hastete zum Transporter zurück. Sie hätte sich ihren Pullover anziehen sollen. Es war schrecklich kalt, das Wetter war abscheulich.

Überall lag Schneematsch, die Kälte kroch augenblicklich bis in ihre Knochen. Wenigstens hatte es aufgehört zu schneien, aber die Straßen schienen eine einzige Rutschpartie zu sein. Hoffentlich hatte Colin Erfahrung damit. Nein, dachte sie, natürlich war er geübt, er wirkte äußerst sicher und souverän beim Steuern seines Lieferwagens. Auf den Seiten stand in großen schwarzen Lettern ›Girvan's Hardware Kiltarff‹. Darunter befand sich die Telefonnummer. Eine Website schien die Firma jedoch nicht zu haben. Ava schüttelte über sich selbst lachend den Kopf. Warum sollten sie eine Website haben, das Geschäft hatte vermutlich nur einen lokalen Kundenstamm, und die Anwohner kamen immer noch selbst in den Laden, um zu kaufen, was sie brauchten.

Ava kletterte zurück auf ihren Sitz und schlüpfte in den Schlafsack, der zum Glück noch warm war. Sie guckte sich verstohlen um, aber von Colin war noch nichts zu sehen. Ava zog den Stoff bis zum Kinn, schloss die Augen und atmete tief ein. Ein leiser Schauer rieselte an ihrer Wirbelsäule entlang. Es roch ganz zart nach Bergamotte und einer leichten Zitrusnote und etwas, das sie nicht ganz definieren konnte. Männlich herb. Jedenfalls war es sehr angenehm und kuschelig darin. Tatsächlich fand sie Colin mittlerweile, obwohl er mitunter einen ruppigen Ton draufhatte, sehr vertrauenswürdig. Wobei das nicht das richtige Wort war. *Gib es doch zu*, sagte das Stimmchen in ihrem Kopf, *du findest ihn auf eine seltsame Weise heiß.*

Ava verzog ihre Lippen zu einer Schnute. Sie musste echt einen an der Waffel haben, und egal, ob ihre Hormone neuerdings verrücktspielten, sie würde sich so kurz nach einer miesen Trennung garantiert nicht direkt in den nächsten Schlamassel katapultieren. Mit einem Typen wohlgemerkt, der überhaupt kein Interesse an ihr zu haben schien. Es kam ihr eher so vor, als ob er sie nicht ernst nehmen würde. Sie hatte noch zu gut in Erinnerung, wie er sie angesehen hatte.

Nicht direkt von oben herab, aber sie hatte kapiert, dass er es lächerlich fand, wie sie sich kleidete oder verhielt. Im Grunde hatte er da sogar ein wenig recht, aber das würde sie vor ihm nie zugeben! Sich Unzulänglichkeiten einzugestehen, war noch nie ihre Stärke gewesen, jedenfalls nicht vor Männern wie ihm. Er wirkte so zufrieden mit sich und dem, was er hatte, dass sie ihn schon fast darum beneidete. Obwohl sie das einfache Landleben vermutlich nicht wie er zu schätzen wusste, war es doch irgendwie schön, zu sehen, dass es Leute gab, die auch ohne Sushi und französischen Weißwein klarkamen.

Ava schluckte.

Worauf hatte sie sich da nur eingelassen? Sie hatte keine Ahnung, aber sie würde es in ein paar Stunden herausfinden. Sie war sich jedenfalls sicher, dass ein Tapetenwechsel – mit oder ohne Delikatessen – jetzt genau richtig war. Ob die schottischen Highlands der Ort sein würden, an dem sie wieder Halt unter den Füßen finden konnte, war hingegen fraglich. Mehr als fraglich. Wahrscheinlich würde sie eher vereinsamen und depressiv werden. Ava seufzte.

Die Fahrertür wurde geöffnet, und Colin sprang behände auf seinen Sitz.

»Brr, ist das eisig«, meinte er. Dann hielt er ihr etwas vor die Nase, während er eine Tüte mit Wasserflaschen in den Fußraum auf ihrer Seite legte.

»Was ist das?«, fragte sie.

»Nun nehmen Sie schon, ist auch nicht vergiftet.« Sie hörte das Schmunzeln aus seiner rauchigen Stimme. Leider reagierte ihr verräterischer Körper mit einer Gänsehaut.

Sie nahm ihm das Mitbringsel ab, dabei berührten sich ihre Fingerspitzen, und schon wie beim ersten Mal, als sie in Kiltarff das Ladekabel besorgt hatte, bekam sie einen elektrischen Schlag. Er zuckte ebenso zusammen wie sie, dann räusperte er sich und steckte den Schlüssel ins Zündschloss, als wäre es nicht passiert. Ava war irritiert, in der nächsten Sekunde quietschte sie aufgeregt, als sie begriff, was er ihr mitgebracht hatte. »Ein Weihnachtsmann aus Schokolade? Ist das Ihr Ernst?«

Colin zuckte die Schultern, und der Dieselmotor rumpelte. »Sie mögen doch Schokolade?«

Beinahe hätte sie gelacht. Sollte das ein Witz sein? Vielleicht hatte er auch diese kleine Schwäche mitbekommen, als sie sich letztens zufällig im Supermarkt getroffen hatten. War das möglich? Denn das würde ja bedeuten, dass er so aufmerksam war, um sich Dinge wie diese einzuprägen, die völlig nebensächlich waren. Nein, das war unmöglich. Und doch …

»Wieso haben Sie das gemacht?«, wollte sie wissen. Ihre Stimme klang ein wenig atemlos, während sie den Nikolaus in ihren Fingern drehte. Vielleicht war es auch einfach Zufall. Ja, bestimmt. Es war undenkbar, dass Colin sich zusammengereimt haben konnte, dass sie Süßkram liebte.

»Ich wollte Ihnen eine kleine Freude machen«, erklärte er, dabei kam er ihr ein winziges bisschen weniger selbstsicher vor als sonst.

Ava machte große Augen und betrachtete sein Profil, seine Züge wirkten im schwachen Gegenlicht messerscharf. Gleichzeitig fragte sie sich, wie es sich anfühlen würde, ihre Finger über seinen Dreitagebart gleiten zu lassen. Ob er selbst auch so gut roch, oder nur sein Schlafsack? Sie blinzelte irritiert, dann leckte sie sich über die Lippen. Auf einmal war sie verlegen.

»Danke«, murmelte sie.

Colin legte einen Gang ein und fuhr los. »Wollen Sie nicht probieren? Ist doch das Beste, wenn man den Kopf mit einem Bissen abreißen kann.«

Ava konnte nicht anders, sie musste lachen. »Das klingt echt brutal.«

»Wie essen Sie denn einen Schokonikolaus? Sagen Sie bloß, Sie brechen kleine Stückchen ab?«

»Um ehrlich zu sein, habe ich in den letzten Tagen viel zu viel Schokolade gegessen, ich sollte nicht –«

»Wieso nicht?«, unterbrach er sie.

Ava behielt den Gedanken für sich, dass die Hose auch so schon enger saß als noch vor einer Woche. Wenn sie Stress hatte, futterte sie. Andere nahmen ab, sie nahm zu. Sie hatte keine Lust, in drei Wochen ihre komplette Garderobe tauschen zu müssen. Leisten konnte sie es sich auch nicht. Andererseits liebte sie Vollmilchschokolade … Ava holte tief Luft.

»Ja, wieso eigentlich nicht?«, stieß sie schließlich hervor, löste das Alupapier und biss dem Nikolaus den Kopf ab.

»Na, sehen Sie, es geht doch.«

Ava kicherte. »Wollen Sie was abhaben? O Gott, Entschuldigung, das finden Sie bestimmt eklig, oder?«

Colin überraschte sie mit einem strahlenden Lächeln. »Nee, geben Sie mir ruhig ein Stück. Wir können das alberne Sie auch lassen, oder?«

Sie nickte. »Klar.«

Dann legte sie ihm ein Stück Schokolade, das sie abgebrochen hatte, auf die Handfläche. Er schob es sich direkt in den Mund.

»Die ist gut, oder?«

»Ja, die Schweizer wissen einfach, wie man es macht.«

Im Radio dudelte *White Christmas* von Bing Crosby.

»Und, hast du schon alle Geschenke? Ich schätze, du bist eine von denen, die schon im Oktober alles beisammenhat, oder?«, kommentierte Colin mit diesem gewissen Unterton, der sie auf die Palme brachte.

Sie kamen jetzt ganz gut voran, der Schneematsch hatte sich weitestgehend aufgelöst.

»Geschenke?«, wiederholte sie lakonisch.

»Komm', erzähle mir nicht, dass du so was nicht akribisch planst?«

Ava biss sich auf die Unterlippe. Dann dachte sie an das vergangene Weihnachten, das sie im Kreise von Wills Familie verbracht hatte. Tatsächlich hatte sie jedes Geschenk mit Liebe und Bedacht gewählt, auch wenn seine Eltern sich nicht mal wirklich gefreut hatten. Was sollte man Menschen auch schenken, die alles hatten? Für Will hatte sie einen Füller gravieren lassen – er hatte ihr einen Kuss gegeben und ihn zur Seite gelegt. Ein Montblanc mehr oder weniger interessierte ihn leider nicht, was sie schade gefunden hatte. Aber das war Vergangenheit. Dieses Jahr war da nur eine Person, der sie etwas schenken würde. Trudy. Und nein, sie hatte noch nichts für sie ausgewählt, momentan wünschte sie sich, dass Weihnachten in diesem Jahr einfach ausfallen könnte. Niedergeschlagen stopfte sie sich ein großes Stück Schokolade in den Mund.

»Was ist?«, fragte Colin. »Stimmt was nicht? Ist dir schlecht?«

»Alles gut«, log sie und schaute nachdenklich aus dem Fenster. Aber es war wenig bis gar nichts zu erkennen, Straßenlaternen gab es in dieser Einöde nicht.

»Hey, ich wollte dich nicht beleidigen, oder so. Wegen der Geschenke, meine ich.«

»Nein, ist schon okay. Ich bin einfach nur müde.«

Colin schwieg. Für eine Weile sagte niemand etwas. »Dann schlaf doch ein wenig, ich hab' das hier alles im Griff, keine Sorge.« Sein ruhiger, beinahe schon zärtlicher Tonfall brachte eine Saite in ihr zum Schwingen. Sie sehnte sich nach einer Umarmung und Nähe – aber das hatte natürlich nichts mit Colin zu tun. Sie fühlte sich auf einmal sehr einsam. Ihr war klargeworden, dass das hier nicht nur ein Business-Trip war, das hier war der Auftakt zu einem neuen Kapitel in ihrem Leben, und sie hatte keine Ahnung, wo sie das am

Ende hinbringen würde. Sie hatte nichts und niemanden mehr, seit sie mit ihrer eigenen Familie aus guten Gründen gebrochen hatte. Ohne sie war sie besser dran, aber immer noch allein.

Ava lächelte wehmütig, während sie versuchte, die Tränen niederzukämpfen. Dann dachte sie an Colin und seine lieben Worte. Sie war nicht allein, und wahrscheinlich hatte er davon keine Ahnung; aber dass er mit ihr unterwegs war, gab ihr die Kraft, weiterzumachen und nicht in Tränen auszubrechen, was im Grunde völlig absurd war, denn sie kannte ihn doch gar nicht.

Sie widerstand dem Drang, sein Gesicht zu studieren, für eine ganze Weile. Es war bizarr, aber schon in der kurzen Zeit hatte sich etwas wie Vertrautheit zwischen ihnen eingestellt, sodass sie sich nicht mehr ganz so einsam fühlte. Sie gähnte. Bis eben war sie überhaupt nicht müde gewesen, aber auf einmal konnte sie kaum die Lider offenhalten, als hätte ihr jemand ein Beruhigungsmittel verpasst. Das stetige Rumpeln des Lieferwagens und der Ladung lullte sie zusätzlich ein.

»Wäre es wirklich okay?«, murmelte sie mit schwerer Zunge. Die Erschöpfung brach wie eine Welle über sie herein. Colin hob eine Hand und sah aus, als wollte er ihren Schenkel beruhigend tätscheln, dann zog er seine Finger plötzlich zurück, als hätte er sich daran erinnert, dass es unangebracht war. Als wäre ihm in der Sekunde bewusst geworden, dass sie keine guten Freunde, sondern Fremde waren.

Aber das stimmte so nicht, dachte Ava, während sie sich zurücklehnte und leise lächelte. In der Nähe eines Fremden würde sie sich niemals so entspannen können. Sie war eine nervöse Beifahrerin. Eigentlich. Bei Colin fühlte sie sich wohl, gut aufgehoben und beschützt. Ein alberner Impuls – der Kerl konnte ein Meuchelmörder sein. Nur weil er gut

Auto fahren konnte und ihr einen Schokoweihnachtsmann besorgt hatte, hieß das noch lange nicht, dass er wirklich nett war und wollte, dass es ihr gutging.

Ehe sie einen weiteren Gedanken fassen konnte, war sie in einen sanften Schlaf geglitten und träumte von blauen Augen und einem trägen Lächeln auf sinnlichen Lippen.

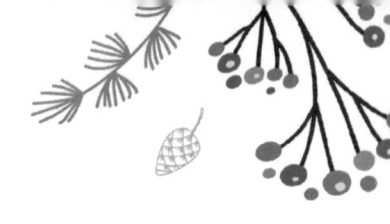

Ava wurde von einem lauten Knall aus dem Schlaf gerissen. Der Gurt schnitt ihr in die Schulter, sie schrie erschrocken auf und suchte nach Halt, indem sie sich am Türgriff festkrallte. Der Lieferwagen schlingerte, Colin fluchte, und dann war plötzlich alles still. Sie hörte ihren eigenen schnellen Atem und sah, wie Colin sich mit der Hand über die Stirn fuhr.

»Das darf doch wohl nicht wahr sein«, schimpfte er.

Avas Herz hämmerte hart gegen ihre Rippen. Sie richtete sich auf und befürchtete für einen Moment, dass sie einen schlimmen Unfall gehabt hatten. Aber sie fühlte sich gut, ihr tat nichts weh, und auch Colin schien in Ordnung zu sein. Der Transporter stand ein wenig schräg, im Scheinwerferlicht war nichts außer der leeren Straße zu sehen. Ein zweites Fahrzeug dürfte also schon mal nicht verwickelt gewesen zu sein.

»Was ist los?«, fragte sie alarmiert.

»Uns ist gerade ein Reifen geplatzt.« Colin hatte die Hände auf dem Lenkrad zu Fäusten geballt, er war aufgebracht. Das war ein denkbar schlechter Zeitpunkt für eine Panne.

Draußen herrschte finsterste Nacht, es schneite, die Flocken tanzten im Licht der Scheinwerferkegel.

»Wo sind wir?«, fragte sie und blickte sich um, aber da war nichts außer einer langen, geraden, sehr schmalen Straße – die keine Mittellinie hatte – und vielen Bäumen am Wegesrand zu sehen. Kein Schild. Kein Anhaltspunkt. Ava hatte zudem keine Ahnung, wie lange sie geschlafen hatte.

»Leider noch zu weit weg, als dass ich jemanden anrufen könnte, um uns abzuholen«, erklärte er schlecht gelaunt. »So eine Scheiße.«

Ava richtete sich weiter auf und rieb sich die Augen, langsam beruhigte sich ihr Puls wieder. Sie waren unverletzt. Sie hatten lediglich eine Panne gehabt. Ihr Mund war trocken, sie betastete ihr Gesicht, ob sie Sabberspuren darauf fand. Nicht jetzt, dachte sie, es war unwichtig, ob sie im Schlaf die Kontrolle über ihre Körperfunktionen verloren hatte. Unwichtig vielleicht, aber dennoch wäre es ihr lieber, wenn sie keine lauten Schnarchgeräusche oder peinliches Grunzen von sich gegeben hätte.

»Was machen wir denn jetzt?«, fragte sie und versuchte sich die Irritation über ihre bescheuerten Gedanken nicht anmerken zu lassen. Der arme Colin war die ganze letzte Nacht und nun auch diese für sie unterwegs gewesen, hatte vermutlich viel zu wenig geschlafen, und sie machte sich Sorgen, wie sie aussah? Fast schämte sie sich. Das zeigte nur, wie selbstsüchtig sie geworden war. »Ist mit dir alles in Ordnung?«, schob sie deswegen hinterher und guckte ihn an.

Colin schnallte sich ab, ohne ihren Blick zu erwidern. Er seufzte. »Ich schätze, dass ich jetzt erst mal einen Reifen wechseln muss.«

Sie machte große Augen. »Kannst du sowas denn?«

Er drehte nun doch seinen Kopf in ihre Richtung, sie konnte selbst in der Dunkelheit erkennen, dass seine Stirn gerunzelt war. Er blinzelte irritiert, als ob sie ihn beleidigt hätte. »Soll das ein Scherz sein? Natürlich kann ich einen Reifen wechseln.«

Ava öffnete ihren Mund und wollte erzählen, dass sie einmal mit Will für ein Wochenende nach Cornwall gefahren war, als ihnen ein Reifen geplatzt war. Sie hatten ganze vier Stunden darauf gewartet, dass ein Abschleppunternehmen kam – der Trip war daraufhin wegen schlechter Laune ins Wasser gefallen. Natürlich wollte sie Colin nicht mit Will vergleichen, die beiden Männer hatten absolut gar nichts gemeinsam, was Ava als äußerst erfrischend empfand. Dennoch war das ihr erster Gedanke gewesen, den sie nun lieber für sich behielt. Also presste sie ihre Lippen zusammen.

Colin fischte nach seiner Jacke, zog sie sich über und stellte den Motor ab. Die Scheinwerfer leuchteten weiterhin, er knipste zusätzlich noch den Warnblinker an. »Ich mache so schnell ich kann, aber es könnte ein wenig dauern«, erklärte er gedehnt. »Wenn wir warten, bis jemand zufällig unseren Weg kreuzt, könnte es sein, dass wir bis morgen hier sitzen. Ich will einfach nur nach Hause.«

Sie war verblüfft, denn es hörte sich fast nach einer Entschuldigung an. Gleichzeitig kapierte sie sofort, dass er keine zweite Nacht im Transporter verbringen wollte, ihr ging es genauso.

»Äh, okay«, war alles, was sie hervorbrachte. Ava machte sich daran, aus dem Schlafsack zu krabbeln. Colin hielt inne.

»Was machst du da?«, wollte er wissen.

»Ich, äh, helfe dir?«, schlug sie vor. Was hatte er denn gedacht, dass sie sich hier in den Schlafsack kuschelte und ein Nickerchen machte?

Er schüttelte vehement den Kopf. »Du holst dir da draußen eine fette Erkältung, ich schaffe das schon …«

Dann stieg er aus, hinten wurde die Ladetür geöffnet. »Bin gleich wieder da, ich stelle zur Sicherheit ein

Warndreieck auf. Ich rechne zwar nicht damit, dass jemand vorbeikommt, aber sicher ist sicher. Wie du hänge ich an meinem Leben.«

Darauf knallte er die Tür zu. Ava schmunzelte, obwohl an dieser Situation natürlich nichts zum Lachen war. Eigentlich. Sie fand es dennoch erheiternd, dass er ihren Spruch, dass sie am Leben hinge, jetzt wiederholte, sozusagen als kleine Spitze. Der Mann war offenbar nachtragend wie ein Elefant, aber er hatte einen guten Humor. Das würde sie sich merken. Ava schüttelte den Kopf. Nein, würde sie nicht. Nachdem er sie nach Kiltarff gebracht hatte, würde sie ihn nicht wiedersehen. Jedenfalls nicht, wenn es sich vermeiden ließ.

Der Gedanke sollte sie erleichtern, doch das Gegenteil war der Fall.

*Weil du doof bist*, sagte das Stimmchen in ihrem Kopf. Die eine Trennung war noch nicht mal ausgestanden, da würde sie sich wohl nicht gleich dem Nächsten an den Hals werfen, nur weil dieser Jemand nett zu ihr war. Sicher nicht.

Ava beobachtete, wie Colin den Wagenheber unter dem rechten Vorderrad positionierte. Sie konnte sein Gesicht nicht erkennen, weil es in der Dunkelheit verschwamm. *Er sieht doch gar nichts*, dachte sie. Kurzerhand fasste sie einen Entschluss. Ava nahm ihr Handy zur Hand, sie entdeckte Nachrichten von Will, die sie nicht lesen wollte. Und zwei von Trudy. Ob alles gut lief, wollte ihre Freundin wissen. Das Display zeigte drei Uhr nachts an. Ava würde ihr nachher antworten. Sie schlüpfte in ihre High Heels, und jetzt musste sie selbst zugeben, dass es bescheuert gewesen war, diese unbequemen Dinger und nicht ein Paar Sneakers anzuziehen.

»Zu spät«, murmelte sie und kletterte aus dem Wagen. Für den nächsten nächtlichen Trip durch die Highlands würde sie praktischeres Schuhwerk wählen, dachte sie sarkastisch. Den Schlafsack hatte sie noch immer um sich gewickelt, ihre Füße guckten unten durch den Reißverschluss heraus.

Vermutlich sah sie aus wie eine fette Raupe, aber das war ihr tatsächlich egal.

»Was machst du da?«, wollte Colin wissen, seine Stimme klang streng.

Sie stellte die Taschenlampenfunktion an ihrem Handy an und leuchtete ihm. »Wonach sieht es aus?«

Er antwortete mit einem genervten Grunzen, das sie nicht auf sich bezog. Sie konnte gut nachvollziehen, dass seine Laune im Keller war. Bei Schlafmangel wurde sie auch zur Furie – das war fast noch schlimmer, als hungrig zu sein.

Colin arbeitete konzentriert, und es wirkte so, als hätte er Ahnung von dem, was er tat.

»Hast du das schon öfter gemacht?«, wollte sie wissen.

Er hob nicht mal seinen Kopf, aber sie sah sein Schulterzucken.

Sie fragte sich, was das bedeuten mochte. Im Geiste ging sie ein paar Antwortmöglichkeiten durch, auch, weil sie sonst nichts zu tun hatte, außer dumm herumzustehen. Sein Schulterzucken könnte vielleicht heißen: ›Ja, klar, du dumme Großstadtschnepfe, wir Highlander regeln unseren Scheiß gerne selbst.‹

Möglichkeit A fand Ava schon mal richtig blöd. Sie verzog ihre Lippen. Hoffentlich dachte er nicht so über sie!

Seine Reaktion konnte natürlich auch bedeuten: ›Halt einfach die Klappe und lass mich arbeiten.‹

Hm, überlegte sie. Auch nicht sehr viel besser.

Als Möglichkeit C kam ihr noch in den Sinn: ›Sieht man nicht, dass ich ein Profi bin?‹ Wenn er dazu noch träge lächeln würde, wäre das sehr süß. Und heiß. Ihre Mundwinkel bogen sich nach oben. Zu ihrem eigenen Schrecken merkte sie, dass es in ihrem Bauch kribbelte.

Was? Nein! Sie atmete scharf ein.

Sie war wirklich selten dämlich. Sie würde auf keinen Fall zulassen, dass aus ihrer blühenden Fantasie heraus irgendwelche realen Schmetterlinge in ihrem Bauch herumflatterten, weil sie sich einen Flirtversuch einbildete.

»Okay, gut, du willst nicht reden«, meinte sie schließlich und trat von einem Fuß auf den anderen. Ihre Zehen waren zu Eisklumpen geworden, die dünnen Ledersohlen schützten überhaupt nicht vor der beißenden Kälte. Es war auch trotz Schlafsack arschkalt hier draußen.

*Wie lange dauert es wohl, einen Reifen zu wechseln?*, überlegte sie. Der alte war völlig zerfetzt und lag in verschiedenen Teilen über die Straße verstreut. Sie hatten anscheinend riesiges Glück gehabt, dass Colin nicht vollständig die Kontrolle über den Transporter verloren hatte, deswegen beschwerte sie sich nicht und hielt besser die Klappe, während er arbeitete.

Colin schaute mit einem Stirnrunzeln zu ihr auf, dann machte er weiter.

»Du kannst reingehen, wenn dir kalt ist«, brummte er irgendwann.

Okay, das war gruselig. Der Kerl konnte anscheinend Gedanken lesen. Ava machte ein komisches Gesicht.

»Nö, schon gut.«

Er hatte nicht mal seine Jacke zugemacht. Sie sah, wie Schneeflocken in seinen Kragen rieselten. Er zuckte nicht, als die eiskalten Flöckchen auf seiner Haut schmolzen. Ava schluckte … Sein sehniger Hals sah im Übrigen ziemlich einladend aus. Wie alles an ihm.

*Wow, was für ein kerniger Mann*, dachte sie und wunderte sich, dass sie neuerdings auf diesen rohen, ursprünglichen Typus abfuhr. Ava verdrehte die Augen.

Sie war einfach unmöglich. *Unmöglich.* Es konnte doch echt nicht sein, dass sie den erstbesten Kerl, dem sie begegnete, als potenziellen Liebhaber ins Visier nahm. Schon in der Sekunde, als sie daran dachte, kribbelte es in ihrem Bauch. Colin war bestimmt ein sehr guter Lover – er wirkte trainiert und kräftig. Er konnte garantiert anpacken, und sie war sich sicher, er würde auch genau wissen, wo er das tun sollte. Ava holte tief Luft, sie schüttelte ihren Kopf, als könnte sie so die Bilder vertreiben, die auf einmal vor ihrem inneren Auge aufgetaucht waren. Und die waren alles andere als jugendfrei.

Hoffentlich war er bald fertig, damit sie weiterfahren konnten. Sie musste dringend Abstand zwischen sich und ihn bringen. Es konnte sich nur um eine Art hochgradigen Realitätsverlust handeln, der sie zu derartigen Fantasien veranlasste.

Colin war wohl kaum ein Mann, auf den sie sich einlassen wollte. Auf keinen Fall. Nie und nimmer. Sie würde sich unbedingt und strikt von allem fernhalten, das einen gewissen Pegel an Männlichkeit überschritt. Und Colin war ganz eindeutig einer von denen, die Testosteron im Überfluss versprühten. Ach ja, überlegte sie. Vielleicht rührte ihre seltsame Reaktion auch einfach daher, dass sie durch den Schlafsack immerzu den Duft seines Aftershaves in der Nase hatte. Froh, eine Erklärung für ihre Anwandlungen gefunden zu haben, atmete sie leise aus. Sobald sie aus seinem Dunstkreis entkam, würde sie nicht mehr wie ein hormongesteuertes Monster reagieren. Hoffentlich. Das Komische daran war, dass sie normalerweise nicht empfänglich für so etwas war, ihr Beuteschema – wenn man das überhaupt so nennen konnte – war ein ganz anderes. Sie stand auf gebildete, kultivierte und mondäne Männer. Colin wirkte in seinem Holzfällerhemd und mit dem starken schottischen Akzent alles andere als das. Also, was, bitte schön, war mit ihr los?

»Was schnaufst du denn die ganze Zeit so? Wenn du keine Lust hast, hier draußen rumzustehen, setz dich doch einfach rein. Ich habe dir gesagt, dass du drinnen bleiben kannst. Ich bin auch gleich fertig«, erklärte er, ohne aufzublicken.

Gut, er konnte anscheinend keine Gedanken lesen, dachte sie erleichtert und schaute in den dunklen Nachthimmel auf. Leider war nichts zu sehen, durch das leichte Schneetreiben war alles einfach nur schwarz und undurchsichtig. Es war ihr peinlich, dass sie hier mitten in der Wildnis stand und offenbar an nichts anderes denken konnte als an die Vorstellung, sich mit Colin in den Laken zu wälzen. Absurd, das alles.

»Äh, nee, schon gut.« Ihre Wangen brannten. Mit einem Mal war ihr alles andere als kalt. Ein Glück wusste der arme Kerl nicht, was sich da in ihrem hormonverseuchten Kopf abspielte.

Etwas später saßen sie wieder im Transporter, Colin fuhr sich mit der Hand über das Gesicht und atmete tief durch. »Wir haben ungefähr noch zwei Stunden vor uns«, kommentierte er, während er den Motor anließ. »Ich bin ehrlich, ich bin ziemlich müde.«

»Möchtest du ein wenig schlafen?«

»Hast du schon mal einen Transporter gesteuert?«, stellte er eine Gegenfrage.

Oh, oh, dachte Ava. Wenn ein Mann wie er anbot, dass die Frau fahren sollte, musste er echt fertig sein. Sie konnte es ihm sogar nachfühlen, denn obwohl sie etwas geschlafen hatte, war auch sie ziemlich erschöpft. Und durchgefroren. Wie musste es ihm dann erst gehen?

»Äh, tut mir leid.« Sie verzog ihre Lippen und schloss die Augen. Es war peinlich, bestimmt würde er sich gleich über sie lustig machen. »Ich habe damit keinerlei Erfahrung, und leider bin ich auch nachtblind. Ich würde das nicht empfehlen.«

Colin stieß einen schweren Seufzer aus.

»Nachtblind«, wiederholte er resigniert.

»Ja, leider. Ich kann im Dunkeln die Entfernungen nicht abschätzen, das beschert mir eine Schrecksekunde nach der anderen. Ziemlich gefährlich. Aber wenn du müde bist, dann hau dich doch hin. Hier auf die Sitzbank? Ich kann ja mit dir tauschen ...«

Er winkte ab, legte einen Gang ein und fuhr los. »Nee, schon okay, aber vielleicht bleibst du einfach wach und redest ein bisschen mit mir? Zwei Stunden schaffe ich noch. Ich würde echt lieber in meinem eigenen Bett pennen, als noch eine Nacht hier draußen zu verbringen.«

»In Ordnung. Wir schaffen das gemeinsam.« Sie lächelte und hoffte, dass man ihrer Stimme nicht anmerkte, wie unsicher sie auf einmal war.

Für einen Augenblick herrschte Schweigen, während Ava fieberhaft überlegte, was sie ihm erzählen könnte. Ihr fiel nichts Spannendes ein. Überhaupt nichts.

»So wird das nicht laufen«, meinte er irgendwann, es klang, als läge ein Lächeln auf seinen Lippen.

»Sorry, sorry«, beeilte sie sich zu sagen. »Ich weiß auch nicht, eigentlich kann ich Leute gut unterhalten, aber jetzt gerade fällt mir nichts ein. Okay, also: Was ist dein Lieblingsessen?« Sie ruckelte sich ein wenig im Sitz zurecht.

»Die meisten Frauen können doch ohne Punkt und Komma reden, oder?« Es klang nicht schroff oder abwertend, eher belustigt.

»Das ist doch nur ein Klischee.«

Colin erwiderte nichts außer einem leisen Schnauben. Daraufhin schnappte Ava nach Luft. »Du findest, dass ich viele Klischees bediene?«

»Nee, gar nicht. Also, Lieblingsessen. Ich esse sehr gern Haggis, wenn es gut gemacht ist.«

Ava überlegte und nahm sich vor, nicht auf seine kleine Stichelei einzugehen, er hatte es bestimmt nur im Spaß gemeint. »Was ist das nochmal, dieses Haggis? Ist doch so eine Art Nationalgericht in Schottland, oder?«

»Ich bin kein Koch, Ava. Ich weiß nur, was mir schmeckt.«

Ihren Namen aus seinem Mund zu hören, gefiel ihr viel besser, als es sollte. Sie ignorierte das leise Flattern im Bauch.

»Aber du wirst doch wissen, was drin ist, oder etwa nicht?«

»Ich weiß, dass in den Magen eines Schafes Herz, Leber, Lunge und Nierenfett mit Hafermehl gefüllt werden. Ein bisschen Blut ist auch dabei und viel Pfeffer.«

»Igitt«, rief sie und prustete. »Hört sich wirklich ekelhaft an.«

»Na, und was ist dein Lieblingsessen?«

»Da muss ich nicht lange überlegen. Sushi. Ich liebe Sushi. Dazu ein gutes Glas Pouilly-Fumé oder Chablis … ein Traum.«

»Ja, so in der Art habe ich mir das gedacht«, entgegnete er, und in ihren Ohren klang es wie eine Beleidigung.

»Ich nehme an, dass es in Kiltarff keine Sushibar gibt?« Ava versteifte sich ein wenig.

»Du kannst dir im Loch Ness deinen Fisch angeln und es selbst zubereiten. Reis kannst du jedenfalls bei Gladys kaufen.«

Ava seufzte und war sich nicht sicher, ob das ein Scherz sein sollte, oder ob er es ernst meinte. Sie würde im Leben keinen Fisch fangen, das Tier dann auch noch umbringen, die Innereien rausnehmen und das Fleisch im Anschluss roh essen. Das war barbarisch. Alleine der Gedanke löste einen leichten Brechreiz bei ihr aus.

»Gut, dann also … Lieblingsfarbe?«, versuchte sie es mit etwas anderem. Beim Thema Essen waren sie offenbar direkt in einer Sackgasse gelandet.

»Ist das dein Ernst?«, gab er zurück.

»Ja, natürlich. Meine Lieblingsfarbe ist zum Beispiel bei Kleidungsstücken, also Blusen oder so, derzeit ein Hellblau mit Stich ins Türkis«, plapperte sie munter weiter. Er musste doch irgendeine Meinung dazu haben, schließlich hatte er um ein Gespräch gebeten, damit er beschäftigt war und nicht beim Fahren einnickte.

Colin schüttelte den Kopf. »Aye, gut. Also eine Farbe. Wie wäre es mit Schwarz.«

Ava pfiff leise und rieb sich die Stirn. »Du verarschst mich, oder? Schwarz ist doch keine Farbe, schwarz ist ein Gemütszustand.«

»Wie du meinst. Vielleicht bin ich vom Gemüt her schwarz.«

Ava schüttelte den Kopf. »So kommst du mir gar nicht vor.«

Nachdenklich nagte sie an ihrer Unterlippe. Vielleicht machte er sich über sie lustig. Ja, das war natürlich eine Möglichkeit.

»Du kennst mich nicht«, war alles, was er dazu zu sagen hatte. Sie brauchte keinen Übersetzer, die Botschaft war klar und deutlich: ›Und du wirst mich auch nicht kennenlernen.‹ Sie verspürte einen leichten Stich in der Magengrube. Was hatte er denn gedacht? Dass sie sich ihm nach dieser Fahrt an den Hals werfen würde wie eine läufige Hündin?

Sicher nicht.

Ava zog den Schlafsack ein Stück höher. Jetzt wollte sie lieber schweigen, er hatte sie verletzt. Aber sie bemerkte, wie er sich immer wieder die Augen rieb, und hatte Angst, dass er gleich einschlief, wenn sie nicht mit ihm redete.

»Wie weit ist es denn noch?«, wollte sie schließlich wissen, weil sie auch keine Ahnung hatte, worüber sie mit ihm plaudern konnte, ohne beleidigt oder auf den Arm genommen zu werden.

»Ne Stunde noch ungefähr.« Dann gähnte er mit aufgerissenem Mund.

»Gut, siehst du, ist doch toll. Die erste von den zwei verbliebenen Stunden haben wir geschafft«, versuchte sie ein wenig Optimismus zu verbreiten.

»Ava, bitte, du sollst mich nicht in Trance schwafeln, sondern irgendwie wach halten.«

Zu ihrer Überraschung hielt er den Wagen noch einmal am Straßenrand an. »Bin gleich wieder da.«

Sie dachte zuerst, dass er mal musste, aber er verschwand nicht in der Dunkelheit. Colin streckte sich, dann hüpfte er ein paarmal auf dem Grünstreifen auf und ab und machte Hampelmänner.

Echt jetzt? Sie furchte die Stirn, dann begriff sie, dass er seinen Kreislauf in Schwung bringen wollte, um das letzte Stück bis in die Highlands zu schaffen. Sie fühlte sich nutzlos. Eiskalte Luft strömte in den Innenraum des Transporters, aber es war gut so, je frischer es hier drin war, desto mehr Sauerstoff würden sie einatmen. Das dachte sie jedenfalls, von Physik hatte sie keine Ahnung. Hatte sie noch nie interessiert.

Colin stieg wieder ein, knallte die Tür zu und schnallte sich an. »Sorry, geht weiter jetzt.«

»Du musst dich doch nicht entschuldigen. Worüber willst du sprechen? Nicht, dass ich wieder den gleichen Fehler wie mit den Farben mache. Musik? Filme?«

»Lass mich raten, du schaust am liebsten Filme mit Melissa McCarthy oder Rebel Wilson.«

Ava blinzelte irritiert, wie kam er nur darauf? Sie zog die für sie einzig logische Schlussfolgerung. »Findest du, ich bin zu fett, oder was?«

Colin lachte auf. »Wie bitte?«

»Na, du zählst mir hier zwei Schauspielerinnen auf, die es *trotz* ihres Gewichts geschafft haben, in Hollywood erfolgreich zu sein. Was soll ich da denn bitte schön denken? Ist ja wohl logisch, dass ich zu dem Schluss komme, dass du meinst, ich wäre auch zu … rund.«

»Das ist ja wohl das Lächerlichste, was ich je gehört habe.« Sie sah, wie er den Kopf schüttelte, dabei stur auf die Straße schaute.

»Echt? Dann erklär es mir.« Ava fühlte sich dämlich, ihr war unangenehm heiß – trotz der frischen Kälte im Transporter. »Deswegen auch der Schokonikolaus«, fügte sie noch hinzu.

»Du hast sie ja wohl echt nicht mehr alle«, meinte er, nicht mehr ganz so amüsiert. »Erstens, ich wollte dir eine Freude machen, weil du irgendwie niedergeschlagen gewirkt hast. Und zweitens kommst du mir so vor, als ob du der Typ *Romantische Komödie* wärst und nicht so sehr auf Actionhelden stehst. Das ist alles. Glaubst du wirklich, mich interessiert es, welche Konfektionsgröße du trägst? Du überschätzt dich, Ava. Nicht jeder arme Schotte fliegt sofort auf das Stadtmädchen aus London, das überteuerte Klamotten und High Heels trägt.« Sein Akzent war mit einem Mal noch sehr viel ausgeprägter, er rollte das ›R‹ stärker und verschluckte hier und da eine Silbe.

Ava öffnete ihre Lippen, wollte ihm etwas Gemeines an den Kopf werfen, dann schloss sie sie wieder, denn er hatte nicht ganz unrecht. Es war einfach ihre Interpretation gewesen. Dennoch hatten sie seine letzten Worte getroffen. Er hatte im Ärger endlich das ausgesprochen, was er wirklich über sie dachte. Sie wusste jetzt, woran sie bei ihm war. Ava ließ ihre Schultern hängen und knetete ihre Finger. Sie hatte keine Idee, was sie erwidern sollte, ohne dass es beleidigt klang. Er sollte nicht erfahren, wie sehr er sie getroffen hatte. Sie hatte nur das Gespräch in Gang halten wollen – und das war dabei herausgekommen. So eine Scheiße.

Überteuerte Klamotten. Stadtmädchen, schoss es ihr immer wieder durch den Kopf. Ja, ihr war klar gewesen, dass sie Welten trennten, aber sie hatte ihn dennoch irgendwie gemocht. Dass er sie dämlich fand, tat ihr weh.

»Nein, sicher nicht«, murmelte sie schließlich. Sie schaute aus dem Fenster in die Dunkelheit, hinter ihren Augen brannten Tränen, die sie wütend wegblinzelte. Sie würde nicht anfangen zu heulen. Auf keinen Fall. Ava atmete leise, aber tief durch.

Ihre Nerven waren überspannt, sie war müde und erschöpft. Die Zukunft lag im Ungewissen vor ihr, sie reagierte sicher nur über. Dennoch, seine Worte waren nicht falsch zu verstehen, sie konnte ihm trotzdem keinen direkten Vorwurf machen. Er hatte ein Recht auf seine eigene Meinung, und hatte sie nicht selbst abwertend alle Hinterwäldler belächelt? Das musste er wohl auch mitbekommen haben. Vielleicht war es als Retourkutsche gemeint?

Obwohl niemand mehr einen Ton von sich gab, kam es ihr so vor, als hätte Colin seinen toten Punkt damit überwunden. Er gähnte nicht mehr und rieb sich auch nicht mehr die Augen. Er wirkte wieder völlig konzentriert und bei der Sache. Also konnte sie getrost ihre Klappe halten, ehe sie Dinge sagte, die ihn verletzen würden – was absolut nichts bringen würde. Sie musste ihm dankbar sein, und das war sie auch, also schwieg sie.

Sie fuhren noch immer durch die dunkelsten, engsten und kurvigsten Straßen, die Ava je gesehen hatte – die Strecke von Inverness nach Kiltarff war dagegen breit und perfekt ausgebaut. Hohe Bäume säumten den Wegesrand, niemand war außer ihnen unterwegs. Nicht mal ein verdammtes Reh. Zum Glück, dachte sie dann. Das würde ihnen noch fehlen, dass ein Tier auf ihrer Windschutzscheibe sein Ende fand. Alles blieb ruhig. Auch sie war nicht mehr müde, also beantwortete sie Trudys Text und schrieb ihr, dass sie noch auf Achse waren, aber bald da sein würden. Wills Nachrichten löschte sie ungelesen. Sie wollte keine Entschuldigungen oder sonst was von ihm sehen. Sie war fertig mit ihm, egal wie sehr er nun bereute, dass er sie betrogen hatte. Das war unverzeihlich. Also war es absolut und für immer vorbei.

Irgendwann passierten sie das Ortsschild von Kiltarff.

»Halleluja«, murmelte sie.

Das Gefühlswirrwarr in ihrem Magen konnte sie nicht so recht definieren. Es war weder große Freude noch pure Angst. Vielleicht könnte man es als eine gewisse Art der Neugier beschreiben. Ava wollte versuchen, so offen und vorurteilsfrei wie möglich in diesem Dorf in den Highlands neu anzufangen. Es war eine zeitlich befristete Sache, was es einfacher für sie machte. Ava konnte klarkommen. Sie musste klarkommen. Sie würde ohnehin so viel zu tun haben, dass sie weder Bars, Kneipen, Restaurants noch kulturelle Veranstaltungen vermissen würde. Ihre Arbeit ging in den nächsten Monaten vor, und es war vielleicht auch ganz gut, dass sie aus Mangel an Alternativen keine Schwierigkeiten haben würde, Prioritäten zu setzen. Um ihr Privatleben konnte sie sich kümmern, wenn ihre Kasse wieder gefüllt war und sie den Auftrag hier abgeschlossen hatte. Die Aussicht auf Beschäftigung und Ablenkung stimmte sie fröhlicher.

Es war kurz nach sieben, als alles aus dem Transporter ins Schloss gebracht worden war. Kenneth hatte Colin dabei geholfen, während Ellie Ava eine Tasse Tee zubereitet hatte. Seit ihrer letzten, unschönen Unterhaltung im Transporter hatte Colin sie nicht mehr direkt angesehen oder angesprochen. Ava spürte auch jetzt noch eine meilenweite emotionale Distanz zwischen ihnen, die wie eine hohe Mauer unüberwindbar schien. *Mir soll's recht sein*, dachte sie. Sie hatte sowieso nie vorgehabt, eine Freundschaft mit ihm zu knüpfen. Vielleicht hatte er ihr damit sogar einen Gefallen getan.

»Vielen Dank«, wandte sie sich dennoch an ihn, als die letzte Kiste in einem der hohen, eleganten Räume des Schlosses abgeladen war, das von jetzt an als ihr Büro fungieren würde.

Er nickte ihr zu. Knapp. Unverbindlich. Wie ein Fremder. »Gern. Bis dann.«

Ava schluckte und wandte sich ab. Sie bekam mit, wie er den Raum mit langen Schritten verließ.

»Soll ich dir vielleicht erst einmal Frühstück machen? Oder möchtest du gleich schlafen gehen?«, vernahm sie Ellies sanfte Stimme hinter sich.

Ava rang sich ein Lächeln ab und schaute zu ihr. »Um ehrlich zu sein, ich bin völlig fertig und denke, dass ich mich gleich aufs Ohr hauen werde.«

»Das verstehe ich. Zunächst einmal herzlich willkommen.« Völlig überraschend umarmte Ellie sie.

Ava schluckte, erst war sie ein wenig unbeholfen, dann erwiderte sie die Liebenswürdigkeit ihrer Gastgeberin. Arbeitgeberin. Sie wusste selbst nicht, wie sie das jetzt genau nennen sollte. »Vielen Dank, Ellie. Danke.«

Kenneth tauchte im Türrahmen auf. »So, es ist alles da. Den Rest machen wir später. Überleg dir in Ruhe, wie du dein Büro einrichten möchtest.«

Avas Schlafzimmer lag ensuite im Raum dahinter. Sie hatten ihren Koffer und die Kisten mit Klamotten bereits dort abgestellt. In der Etage unter ihr befand sich die Bibliothek des Hauses, sie standen im Gästeflügel des Schlosses, dem Ravenwing. Ihr fiel ein, dass sie Ellie und Kenneth noch gar nicht von ihrer Absicht erzählt hatte, nicht nur für zwei, drei Tage in der Woche, sondern für die Dauer des Projekts vollständig in Schottland bleiben zu wollen. Dafür war sicher später noch Zeit, die beiden hatten hoffentlich nichts dagegen.

»Also, wenn du was brauchst, da hinten ist so eine Schnur, daran kannst du ziehen. Du weißt schon, wie in Downton Abbey. Da bimmelt dann ein Glöckchen in der Küche, und Molly meldet sich bei dir. Ich meine nur«, Ellie zwinkerte, »falls du Angst hast, dich zu verlaufen. Wenn man hier neu ist, kann es mit den vielen Gängen und Treppen schon ganz schön verwirrend sein.«

Ava lächelte. »Mache ich auf jeden Fall.«

Und dann war sie plötzlich alleine im Zimmer. Sie schaute hinaus, die erste Morgenröte zeichnete sich am Horizont ab. Dunkel und magisch erstreckte sich der Loch Ness durch die klaren Scheiben. Sie öffnete ein Fenster.

Eiskalte Luft strömte in den Raum. Es roch nach Moos, Winter und Freiheit. Ava schloss die Augen und nahm ein paar tiefe Atemzüge.

Ein Neuanfang.

Ein neues Kapitel.

Ein anderes Leben.

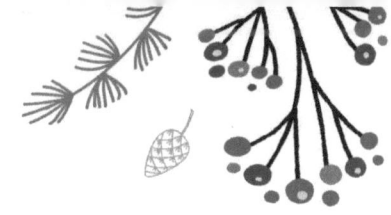

# Neun

Colin war schwindelig vor Müdigkeit, als er den Lieferwagen zuhause in die Einfahrt lenkte, den Motor abstellte und die Handbremse anzog. Er stieg aus und streckte
sich. Etwas in seinem Rücken knackte, und er atmete tief
durch, bis sich der stechende Schmerz in ein leises Pochen
gewandelt hatte. Die kühle Morgenluft füllte seine Lungen,
er war so erschöpft, dass er sicher war, er könnte im Stehen
einschlafen. Der erste Schein des Tageslichts war am Horizont zu erkennen. Eine dünne Schneeschicht lag über der
Erde und auf den Bäumen, alles war still. Kein Vogel sang,
kein Motor knatterte, die Welt schien sich in den Winter-
schlaf verabschiedet zu haben. Sein Atem hinterließ kleine
weiße Wölkchen vor seinem Gesicht. Er ging leise ins Haus,
tapste in die Küche und schaute auf die Uhr. Mit einem Stöhnen registrierte er, wie spät es schon war. Im Grunde lohnte
es kaum, sich noch mal hinzulegen. Eine Stunde Schlaf
würde ihn jetzt völlig fertigmachen.

Ellie und Kendra hatten hier nach dem Rechten gesehen
und ausgeholfen, während er unterwegs gewesen war – aber
anscheinend hatten sie mehr als nur das getan. Die Küche

blitzte und blinkte, auf dem Fensterbrett stand sogar ein Töpfchen mit irgendwelchem Grünzeug. Er war den beiden unendlich dankbar. Ohne ihre Hilfe könnte er sich überhaupt keine Freiheiten erlauben, obwohl er nie viel unterwegs war. Colin zog die Kühlschranktür auf und war nicht wirklich überrascht, dass Ellie auch hier ein paar beschriftete Tupperdosen mit Leckereien hinterlassen hatte. Ein leises Lächeln schlich sich auf seine Lippen, als er die Tür wieder schloss. Wenigstens darum musste er sich heute keine Sorgen mehr machen; es würde schwierig genug sein, den ganzen Tag im Laden durchzuhalten. Früher hatte er ohne Probleme nächtelang durchfeiern können – heute steckte er das nicht mehr so gut weg, vielleicht, weil er eben nicht feiern gewesen war. Das fehlte ihm in seinem neuen Leben allerdings nicht, überhaupt nicht. Im Grunde liefen die meisten Partys sowieso nach dem gleichen Schema ab, man betrank sich besinnungslos, schleppte womöglich irgendeine Frau ab – sofern man in keiner Beziehung war –, und das Gleiche wiederholte sich in Endlosschleife bei jeder Party.

Das alles lag weit hinter ihm und kam ihm vor wie eine verblasste Erinnerung, die zu einem Teil von ihm gehörte, der nicht mehr existierte. Er war von der Bestätigung anderer abhängig gewesen. Heute kam ihm dieses Betragen lächerlich vor. Er brauchte keine Versicherung von außen mehr, um sich gut zu fühlen. Mit seinen Anzügen hatte er auch das arrogante Gehabe abgelegt. Sein Leben in Kiltarff bot ihm so viel mehr, als das Jetsetleben in London es je getan hatte. Allerdings, und das stimmte leider auch, vermisste er hin und wieder die Nähe eines weiblichen Körpers in seinen Armen. Die Affäre mit Claire, einer Wirtin aus einem Nachbardorf, lag nun schon eine ganze Weile zurück. Colin stützte sich mit beiden Händen auf die Arbeitsfläche ab und schloss die Augen für eine Sekunde. Er war übermüdet und sollte nicht solche Überlegungen anstellen, wenn er nicht klar denken konnte.

Die Aussicht auf eine ganze Nacht ungestörten Schlaf klang momentan verlockender als alles andere auf der Welt, aber bis dahin würde er noch etliche Stunden aushalten müssen. Also stellte er die Kaffeemaschine an und ging duschen, danach würde er sich hoffentlich besser fühlen. Schlafen konnte er erst später.


Kurz vor neun schloss er die Ladentüren auf. Seine Jacke ließ er an, ihm war auch nach der heißen Dusche noch immer kalt. Kurz nach neun tauchte Kendra im Geschäft auf. Sie umarmte ihn mit einem fröhlichen Lachen. Sie trug ein gepunktetes Band um ihre roten Haare, sie wirkte frisch und ausgeschlafen, die Glückliche.

»Hey, wie läuft's? Ist alles gutgegangen?«, wollte sie wissen.

Colin unterdrückte ein Gähnen. »Super, hat alles geklappt. Und hier?«

Er hatte seinem Dad und Grandma Porridge gekocht und es ihnen vor die Nase gestellt, ehe er zur Arbeit gegangen war.

»Keine Probleme, aber sag mal, wieso bist du im Geschäft? Solltest du nicht im Bett liegen?«

»Hat Ellie dich angerufen und erzählt, dass wir erst heute Morgen angekommen sind?« Er konnte sich ein träges Grinsen nicht verkneifen. Auf die Buschtrommeln war doch immer noch Verlass.

»Hat sie, du bist zwei Tage und Nächte unterwegs gewesen, mein Lieber. Du solltest schlafen. Du bist auch ganz blass um die Nase.«

Während sie das sagte, musste Colin niesen.

»Gesundheit!« Kendras Miene war sorgenvoll. »Du gehörst ins Bett, du hast dich auch noch erkältet. Deswegen werde ich meine Fragen bezüglich unserer neuen Mitbürgerin auf später verschieben.« Kendras funkelnde Augen versuchte er zu ignorieren. Zum Thema ›neue Mitbürgerin‹, wie sie es nannte, gab es nämlich rein gar nichts zu sagen. Er kannte Ava nicht – er wusste kaum etwas über sie. Alles, was er glaubte zu wissen, waren reine Spekulationen. Und dass er sie attraktiv fand, ging Kendra nichts an. Gleichzeitig legte sie nämlich auch gewisse Großstadtallüren an den Tag, die er ätzend fand, und an verwöhnten Frauen wie diesen hatte er kein Interesse. Nicht mehr.

»Ach was.« Er winkte deshalb nur ab.

»Dein Dad könnte doch mal wieder einspringen«, schlug sie vor.

Colin seufzte, er hatte keine Energie, diese Diskussion jetzt zu führen. Seinem Vater war alles egal. Alles.

»Nee, ich komme schon klar.« Um seine Aussage Lügen zu strafen, musste er noch einmal niesen. Er kramte nach einem Taschentuch in der Jacke. Super, ein Schnupfen war jetzt genau das, was er noch zu seinem Glück brauchte.

»Du gehst nach Hause, Colin. Leg dich ins Bett und schlaf dich mal aus.«

»Ich kann doch nicht zumachen«, widersprach er ihr.

»Ich übernehme das, okay?« Sie war schon im Begriff, ihn wegzuschieben, sodass sie hinter die Kasse treten konnte.

»Was ist mit dir? Hast du heute frei, oder wie?«

»Es ist Montag«, erinnerte sie ihn. »Da haben wir im *Lantern* Ruhetag.«

»Ach, stimmt ja. Dann kann ich dir also nicht verbieten auszuhelfen?«

Kendra lachte, dann schob sie ihn zur Tür. »Auf gar keinen Fall. Leg dich ins Bett, schlaf, erhol dich, und ich schau nachher noch mal nach dir, ja?«

»Das ist nicht nötig, ich bin doch keine zwölf mehr.«

»Du hast wohl schon lange keinen Männerschnupfen mehr gehabt, hm?« Kendra grinste breit.

Colin lächelte schwach. »Danke. Ich umarme dich mal lieber nicht. Vielleicht ist Schlaf doch eine ganz gute Idee.« Er musste noch einmal niesen.

»Raus hier, ehe du alles verseuchst«, scherzte sie. »Ich mach' mich hier so lange ein wenig nützlich.«

Colin hatte keine Kraft mehr, darüber nachzudenken, was ›sich nützlich machen‹ in Kendras Sprache übersetzt hieß. Wie im Nebel trottete er nach Hause, schaffte es gerade mal, aus Jacke und Jeans zu schlüpfen, ehe er wie ein nasser Sack ins Bett fiel und schlief wie ein Stein.

Am späten Nachmittag war Ava so weit, dass sie ihre ›Einsatzzentrale‹, wie sie es im Scherz nannte, eingerichtet hatte. Als sie nach ein paar Stunden Schlaf durch die Gänge des Schlosses gelaufen war, hatte sie noch eine ganz spezielle Begrüßung erwartet. Der riesige Wolfshund, Dougie, war an ihr hochgesprungen, hatte sie umgeworfen und ihr über das Gesicht geschlabbert. Bei der Erinnerung an den ersten Schock und die nasse Zunge musste Ava schmunzeln. Das Tier war einfach monströs, aber auf eine tollpatschige Art niedlich. Ellie hatte Dougie direkt zurückgepfiffen, der Hund war sofort zu ihr gerannt, und Ellie hatte sich daraufhin besorgt erkundigt, ob Ava sich beim Sturz was getan hätte.

»Nein, keine Sorge, ich bin gut gepolstert«, hatte Ava lachend erwidert. Allerdings hatte sie einen fetten Sabberfleck auf ihrer Seidenbluse gehabt. Ava hatte sich also noch einmal umgezogen und erst dann mit ihrer Arbeit angefangen. Ob es hier eine Reinigung gab, überlegte sie, während sie die Pläne vor sich auf den beiden

Schreibtischen ausbreitete. Sie würde den Ort in den nächsten Tagen erkunden, vorerst hatte sie noch genügend Kleidung zur Auswahl – und die Arbeit hatte jetzt erst mal vor ihrer Garderobe Vorrang.

Um mehr Platz zu haben, hatten sie die beiden Schreibtische nach dem Aufbau zusammengeschoben, sodass sie nun zwei Tischplatten für die Pläne hatte. Es dämmerte bereits, deshalb zog sie die Stehlampe heran, beugte sich über ihre Zeichnungen und fing dann mit den detaillierten Gestaltungsvorschlägen an.

Stunden später streckte sie sich und ließ ihren Kopf kreisen. Ihr Nacken war komplett verspannt. Es klopfte sanft an ihrer Tür.

»Ja bitte?«, antwortete sie und strich ihren Rock glatt.

Ellie steckte ihren Kopf herein. »Hi Ava, ich wollte dich fragen, ob du Hunger hast?«

»Komm doch rein«, bat Ava.

Ellie trat näher. »Ich habe dich heute noch gar nicht gesehen, und da wollte ich nur noch mal erwähnen, dass du dich hier überall frei bewegen kannst. Unsere Küche ist deine Küche. Ich weiß, das klingt jetzt nach einer skurrilen WG.« Sie lächelte, und Ava fiel siedend heiß ein, dass sie den beiden noch mitteilen musste, dass sie nicht nur für ein paar Tage in der Woche hier sein würde, sondern für die gesamte Dauer des Auftrages. Auf einmal fürchtete sie sich vor der Reaktion. Was, wenn es Ellie und Kenneth nicht recht war, dass sie hier bei ihnen lebte?

Ava schluckte.

»Was ist mit dir?«, wollte Ellie wissen. Sie trat ein paar Schritte näher, ihre Miene war sorgenvoll gerunzelt. »Du bist ja ganz bleich, geht es dir nicht gut?«

Ava rang sich ein Lächeln ab.

»Doch, doch. Ist nur der Zuckerschock«, log sie und zeigte auf das Häufchen leerer Schokoriegelpapiere, die sie in den letzten Stunden nebenbei gefuttert hatte. »Meine größte Schwäche«, erklärte Ava verlegen, und ihre Wangen wurden heiß.

Ellie trat näher und lachte. »Das müssen wir ändern, Ava. Schokolade in Ehren, aber das ist doch keine richtige Mahlzeit. Tut mir leid, ich hätte dir viel früher etwas anbieten müssen, aber ich hatte vorher in meinem Restaurant *Bluebell* zu tun, und Kenneth denkt leider nicht an so was. Wenn ich den nicht selbst an Essen erinnern würde, lebte dieser Mann nur von Luft und Liebe.« Sie lächelte. »Und, Ava, dass du dich hier nur von Süßkram ernährst, geht auch gegen meine Köchinnenehre. Ich habe einen Steak-Pie in der Schlossküche zubereitet. Möchtest du vielleicht etwas mit uns essen?«

Ava war in der Tat ein wenig wackelig auf den Beinen, ihr Blutzuckerspiegel musste gerade verrücktspielen. Andererseits wäre es nach so viel Schokolade, wie sie heute gefuttert hatte, besser, wenn sie auf das Abendessen verzichtete. Ihre Hüften waren auch so schon breit genug, aber sie wollte auch nicht unhöflich sein.

»Ja, gern«, sagte sie deshalb.

»Schön. Dann komm mit.« Ellie nickte zufrieden.

Sie gingen gemeinsam durch den langen Flur, sanftes Licht warf dunkle Schatten auf die mit Eichenholz vertäfelten Wände. Hier und da hing ein Gemälde. Auf einmal kam Dougie um die Ecke geschossen. Ava holte tief Luft und bereitete sich auf einen neuerlichen Überfall vor, aber Ellies scharfer Ruf »Dougie, nein!« schien den grauen Wolfshund prompt zu überzeugen, dass niemand von ihm abgeschlabbert werden wollte.

»Das muss ich mir merken«, kommentierte Ava grinsend.

»Er ist wirklich ein großer Schnuckel.« Ellie tätschelte Dougie über den Kopf, der nun neben ihnen hertrottete. Seine Pfoten waren riesig. »Ich hoffe, du fühlst dich nicht von ihm bedrängt, oder so?«, plauderte Ellie.

Ava winkte ab. »Keine Sorge, wir werden schon miteinander zurechtkommen.«

»Gott sei Dank, da bin ich erleichtert.«

Wenig später saßen sie in der Schlossküche, Kenneth hatte drei Gläser Wein eingegossen, auf dem Tisch stand die dampfende Auflaufform. Ava war verwundert, dass sie nicht im Speisezimmer gedeckt hatten. Wo war überhaupt das Hausmädchen?

»Wir mögen es nicht so förmlich«, erklärte Kenneth, der offenbar ahnte, was in ihr vorging.

Ellie kicherte und füllte auf jeden Teller eine Portion. Dougie lag auf dem Boden und kaute an einem quietschenden Spielzeug. »Das war nicht immer so«, erklärte Ellie, während sie weiter verteilte und dann jedem einen Teller zuschob. »Anfangs hat Kenneth sein Essen immer unter silbernen Glocken serviert bekommen.«

Er verdrehte die Augen, aber seine Mundwinkel bogen sich nach oben. »Jetzt reitet sie wieder darauf herum.«

Ava schmunzelte und fühlte sich sofort wohl in ihrer Gegenwart. Kenneth war ganz anders, als sie sich den Earl of Glencairn vorgestellt hatte, und Ellie war so herzlich und bodenständig, dass Ava sich vorkam, als wäre es ein Essen unter Freunden, nicht unter Geschäftspartnern.

Ellie hob ihr Glas. »Auf große Veränderungen«, sagte sie schließlich. Dann gab sie Kenneth einen Kuss. »Ich bin froh, dass du deine adelige Versnobtheit abgelegt hast.«

Er schüttelte den Kopf.

»Im Grunde war es mein Butler, der auf diese Regeln gepocht hat. Der ärmste Donald, für ihn war es wahrscheinlich am schlimmsten, dass auf einmal alles anders war. Aber er hat auch fast vierzig Jahre hier gearbeitet, und mein Dad war in diesen Dingen eher traditionell«, erklärte Kenneth. Ein Schatten huschte über sein Gesicht, doch er lächelte sofort wieder, als er sich Ellie zuwandte.

»Was ist aus dem Butler geworden?«, wollte Ava wissen. Sie hatte ihn noch nirgends getroffen, daher hatte sie angenommen, dass Molly die einzige Bedienstete – neben den Gärtnern – im Haushalt war.

»Er ist in Rente gegangen, wohlverdient«, erklärte Ellie. »Er kommt hin und wieder auf eine Tasse Tee und Shortbread vorbei, ich mag ihn wirklich sehr gern. Er hat mich damals eingestellt, weißt du? Mein Glück war das, denn Kenneth wollte absolut nicht mit mir kooperieren. Lasst uns anfangen, ehe es kalt wird. Guten Appetit.«

Kenneth trank einen Schluck. »Ellie hat sich als Hausmädchen ins Schloss eingeschleust, um mich heimlich von ihren Kochkünsten zu überzeugen, weil ich ihr das Bootshaus nicht vermieten wollte.«

»Wie ich sehe, hat es funktioniert. Hm, es ist köstlich«, stimmte Ava zu.

»Danke.« Ellie grinste breit. »Ich kann auch definitiv besser kochen als putzen.«

Ava lachte. »Ja, ich koche auch lieber.«

Für eine Sekunde dachte sie an Will, dem ihr Essen nie wirklich geschmeckt hatte, sodass er den Lieferservice ihren Kochkünsten vorgezogen hatte. Sie trank hastig einen Schluck und hoffte, dass man ihr nicht anmerkte, was in ihr vorging. Gleichzeitig erinnerte sie sich, dass sie noch verkünden musste, dass sie in Schottland bleiben würde. Vorerst. Ava konnte jedoch nicht erwarten, dass sie hier wie eine Freundin monatelang jeden Tag bekocht wurde – und das wollte sie auch nicht. Es war eine Sache, einmal ein nettes Abendessen mit den Auftraggebern zu haben, aber eine andere, jeden Tag die Küche zu teilen. Das volle Ausmaß ihrer Entscheidung wurde ihr jetzt erst klar. Es war unmöglich, dass sie die Gastfreundschaft ihrer Auftraggeber derart strapazierte. Ihr Magen schnürte sich zusammen. Wieso hatte sie daran nicht früher gedacht?

»Ava? Alles in Ordnung?«, fragte Ellie sanft, der die Veränderung in ihr aufgefallen sein musste.

Ava lächelte, obwohl es in ihr anders aussah. Gleichzeitig wunderte sie sich, wie einfühlsam und aufmerksam Ellie und Kenneth waren. Das rührte etwas in ihr an, das sie lange nicht gespürt hatte. Ava fühlte sich auf einmal sehr schlecht. Sie war nervös, denn sie wollte die Gutmütigkeit ihrer Auftraggeber keinesfalls ausnutzen. »Ja, also«, stammelte sie und holte tief Luft. Das Besteck hatte sie neben ihren Teller gelegt, sie knetete nervös ihre Finger im Schoß. »Ich, äh …«

»Sag schon, was los ist, meine Liebe. Wir beißen nicht«, ermunterte Ellie sie mit einem Zwinkern.

Ava atmete noch einmal ein. »Ja, äh, ich habe mir überlegt, dass es für das Projekt besser wäre, wenn ich einfach ein paar Monate hier leben würde. So lange, bis die Umbaumaßnahmen abgeschlossen sind. Ich bin der Meinung, dass ich viel besser schalten und walten könnte, wenn ich nicht ständig zwischen London und Kiltarff pendeln muss. Es ist zwar möglich, aber in Anbetracht des knappen Zeitplans …«

So, nun war es raus. Avas Herz hämmerte hart gegen ihren Brustkorb, sie wagte kaum aufzusehen, dennoch bekam sie mit, wie Kenneth und Ellie einen Blick austauschten.

Ava wurde schwindelig.

Kenneth nickte, sein Gesichtsausdruck war weder amüsiert noch schockiert.

»Das halte ich für eine gute Idee, oder, Ellie?«, sagte er schließlich ganz ruhig.

Elli trank einen Schluck, auch sie wirkte nicht überrascht oder gar genervt, eher froh. »Das ist großartig, Ava. Wirklich eine super Idee. Für mich ist es ehrlich gesagt eine große Erleichterung. Ich habe mir schon Sorgen gemacht … London ist ja nicht um die Ecke, und das Hin und Her könnte gerade im Winter auch zum Problem werden. Wir hatten das nicht angesprochen, denn wir können ja nicht erwarten, dass du deinen Lebensmittelpunkt komplett verlagerst, du hast ja Will und deine Freunde ...«

Ava wagte wieder zu atmen, gleichzeitig behielt sie für sich, dass sie mit Will nicht mehr zusammen war. Sie konnte jetzt nicht darüber reden, sonst würde sie womöglich noch in Tränen ausbrechen, und egal wie nett und verständnisvoll die beiden waren, sie waren immer noch Kunden, und sie wollte sich vor ihnen nicht emotional entblößen.

»Kenneth, hast du eine Ahnung, ob das Cottage an der Ecke noch zu mieten ist? Ich habe das jetzt nicht weiter verfolgt, nachdem wir beschlossen hatten, dass Ava ihr Büro im Schloss einrichtet. Aber das sind ja jetzt großartige Neuigkeiten. Also, wir müssen uns mal erkundigen. Ich kann mir sehr gut vorstellen, dass Ava keine Lust hat, jeden Tag und auch noch jeden Abend mit uns im Schloss zu verbringen, auch wenn wir hier natürlich genug Platz haben. Aber ich kann gut verstehen, wenn du gern deine eigenen vier Wände um dich hättest nach getaner Arbeit. Ich weiß aus eigener Erfahrung, dass man sonst nie abschalten kann, wenn man sich ständig in seinem Arbeitsumfeld aufhält, meine Liebe.« Ellies Lächeln war so offen und herzlich, dass Ava sich ein wenig entspannte. »Uns würde es nicht stören, wenn du im Schloss bleibst, im Gegenteil. Ein wenig mehr Leben in dem alten Kasten wäre großartig. Ich verstehe aber natürlich, wie nervig es sein kann, wenn man keinen Rückzugsort für sich hat. Und hier wird es ja mitunter recht turbulent, dreckig und laut in den kommenden Monaten, oder?«

Kenneth rieb sich das Kinn. »Ich kümmere mich darum«, sagte er. »Was meinst du, Ava? Wie würde es für dich klingen, wenn wir ein Cottage mieten?«

»Ich, äh ... Ich weiß nicht«, stammelte sie. »So weit habe ich mir noch gar keine Gedanken gemacht.« Sie war überwältigt und konnte gar nicht fassen, wie kooperativ die beiden waren. Sie wollten ein kleines Häuschen für sie mieten?

Ava war zu überrumpelt, um zu widersprechen oder anzubieten, dass sie die Kosten dafür selbst tragen könnte. Der Gedanke, dass sie bald einen eigenen kleinen Rückzugsort für sich hätte, an dem sie sich wohlfühlen konnte, war geradezu fantastisch.

»Eigene vier Wände wären bestimmt netter, oder? Was, wenn Will dich besucht? Dein Freund hat bestimmt keine Lust, ständig mit uns abzuhängen, wenn ihr euch ohnehin seltener seht als sonst«, ergänzte Ellie dann noch und schob sich eine Gabel mit Steak-Pie in den Mund.

Ja, dachte Ava, von Will musste sie auch noch berichten. Aber nicht jetzt.

»Ellie«, mahnte Kenneth. »Wir sind zu übergriffig, tut mir leid, Ava.« Er lächelte entschuldigend. »Es ist großartig, dass du es überhaupt in Betracht ziehst, für die Dauer des Projekts hier in Kiltarff zu wohnen. Wenn es dir recht ist, schaue ich, ob das Cottage noch zu mieten ist, die Kosten würden wir dann übernehmen. Vermutlich ist das am Ende auch viel günstiger, als jede Woche zu pendeln. Wir könnten Möbel aus dem Schloss rüberbringen lassen. Es ist uns sehr wichtig, dass du dich wohlfühlst.«

Ellie strahlte ihren Freund an. »Wie süß, Kenneth. Das ist eine gute Idee. Hast du Möbel in London, die du hier gern haben möchtest? Wir könnten das sicher organisieren.«

Ava dachte an Colin. »Äh, na ja«, meinte sie verlegen. »Um ehrlich zu sein, habe ich meinen ganzen Hausstand in einem Container in einer Halle gelagert, als ich bei Will eingezogen bin.«

»Perfekt«, meinte Ellie hochzufrieden. »Du sollst dich ja wohlfühlen. Dann schauen wir mal, ob wir das organisieren können.«

»Es ist nicht viel, ich hatte zuvor eine kleine Zwei-Zimmer-Wohnung, bei den Preisen in London … Ich möchte aber Colin nicht überstrapazieren, nachdem er gerade erst mit dem Transporter in London gewesen ist.« Ava versuchte, den Hinweis auf Colin beiläufig klingen zu lassen, aber ihr Herzschlag beschleunigte sich alleine bei der Nennung seines Namens. Sie hielt es für keine gute Idee, noch einmal mit ihm auf eine Art Roadtrip zu gehen. So viele Stunden auf engem Raum …

»Wir überlegen uns was, keine Sorge, Ava. Ob es Colin übernehmen kann oder jemand anderes, das sehen wir dann. Ein Schritt nach dem anderen. Du sollst deine ganze Energie und Aufmerksamkeit auf das Projekt lenken.« Ellie legte ihr eine Hand auf den Arm, und Ava kam es beinahe so vor, als ob sie zur Familie gehörte. Natürlich war es albern, aber dennoch … Sie fühlte sich sehr wohl. Und die Aussicht, ein kleines Cottage zu bewohnen, einen eigenen Rückzugsort zu haben, und sei es nur für ein paar Monate, war tatsächlich großartig. Sie konnte ihr Glück kaum fassen.

»Ich weiß gar nicht, was ich sagen soll«, murmelte sie verlegen. »Das ist wirklich, wirklich toll.«

# Zehn

Ava hatte schlecht geschlafen, irgendwann hatte sie es aufgegeben und sich aus den Federn geschwungen. Es war noch früh. Zu früh. Andererseits konnte sie, wenn sie schon wach war, auch etwas Sinnvolles mit ihrer unfreiwillig gewonnenen Zeit anfangen. Um ihr schlechtes Gewissen nach dem übermäßigen Schokoladenkonsum der letzten Tage ein wenig zu beruhigen, schlüpfte sie in ihre Laufklamotten, zog sich eine Mütze auf den Kopf und machte sich daran, das kleine Örtchen Kiltarff joggend zu erkunden. Sie hatte von Ellie und Kenneth einen Schlüssel bekommen, sodass sie jederzeit das Schloss verlassen und wieder betreten konnte, ohne darauf angewiesen zu sein, dass ihr jemand öffnete.

Es war noch immer stockfinster und eisig kalt, aber durch die dünne, weiße, alles überziehende Schneedecke schien die Umgebung nahezu zu leuchten. Es war irgendwie magisch, über den weitläufigen Park zu blicken. Die Bäume streckten ihre nackten Äste wie Arme dem Himmel entgegen, während alles in einem hellen, reinen Weiß erstrahlte. Die Konturen der Umgebung wirkten gestochen scharf. Dazu diese merkwürdige Ruhe. Anfangs hatte Ava gedacht, dass irgendwas nicht stimmte, dann aber hatte sie begriffen, dass die Stille der größte Unterschied zu London war, an den sie sich wohl noch gewöhnen musste. Hier gab es keinen Straßenlärm, keine Sirenen, kein Gebrüll, keine Horden Betrunkener, keine Menschenströme ... Hier gab es das leise Rauschen des Windes, hin und wieder den Ruf einer Krähe, oder das weit entfernte Bellen eines Hundes – aber zu dieser frühen Morgenstunde schien die Welt noch im tiefen Schlaf zu liegen.

Obwohl Ava sich hätte einsam fühlen müssen, war das Gegenteil der Fall. Sie konnte sich, zum ersten Mal seit langer Zeit, wieder selbst wahrnehmen, sich spüren. Endlich begriff sie, dass sie durch das Tempo des Großstadtlebens zu oft die Signale ihres eigenen Körpers überhört hatte – weil alles andere viel lauter war. Sie lächelte. Hier würde sie viele Gelegenheiten bekommen, mit sich selbst ins Reine zu kommen, und mit der Joggingrunde würde sie den Anfang machen. Nachdem sie ihre Waden und Oberschenkel kurz gedehnt hatte, lief sie los. Ava setzte einen Schritt vor den anderen, nicht zu schnell, um nicht aus der Puste zu kommen und schon nach ein paar hundert Yards schlappzumachen. Sie war leider nicht so gut in Form, wie sie es sich gewünscht hätte, das merkte sie schon nach kurzer Zeit. In den letzten Wochen war sie ein wenig nachlässig mit dem Ausdauertraining gewesen. Aber das würde sich jetzt ändern, hier hatte sie sonst ja nicht viel Alternativprogramm auf dem Plan. Ein Fitnessstudio gab es nicht in dem kleinen Dorf, vermutlich hatten die in Schottland noch nicht mal was von Hot-Yoga gehört.

Nein, schimpfte sie sich, das war gemein von ihr. Sie lächelte über sich selbst, als sie durch den Schlosspark zum Loch Ness joggte, *Kiltarff Castle* erhob sich hinter ihrem Rücken. Ava hielt einen Moment inne, blieb am Kieselstrand stehen und dehnte sich noch einmal ausgiebig. Sanfte Wellen schwappten in regelmäßigen Abständen über die vielen verschiedenartigen Steine. Nebel waberte an den Berghängen ins Tal. Dunkel und mystisch schimmerte der lange Loch Ness vor ihr, um den sich unzählige Sagen und Geschichten rankten. Sie hatte noch nicht viel darüber gelesen, aber sie verstand sofort, warum alle Welt diesen Ort liebte. Ava atmete tief ein, und zum ersten Mal seit vielen Tagen breitete sich eine gewisse Ruhe in ihr aus, die ihr Zuversicht und die Gewissheit gab, dass das, was sie hier vorhatte, richtig war. Sie fühlte sich frei, als läge die Zukunft nicht vage und ungewiss, sondern klar und golden schimmernd vor ihr. Ava streckte die Arme über den Kopf und holte noch einmal Luft. Ihr Brustkorb weitete sich, Sauerstoff strömte in ihre Lungen, rein und klar. Der Duft der Umgebung war würzig, es roch nach Moos und Seewasser.

»Herrlich«, murmelte Ava und setzte ihren Weg fort. Wenn das keine großartige Weise war, einen neuen, arbeitsreichen Tag zu beginnen, wusste sie auch nicht. Sie ließ das Schloss hinter sich, joggte am Bootshaus vorbei, dem *Bluebell*, das Ellie hergerichtet hatte und nun als Restaurant betrieb. Der Caledonian-Kanal befand sich auf der rechten Seite, es lagen zwei Schiffe an der Mauer, deren Besitzer offenbar hier übernachtet hatten. Ava erreichte die schwenkbare Brücke. Auf der anderen Seite des Kanals gelangte man zur Tankstelle Schrägstrich Einkaufscenter, daran erinnerte sie sich noch ganz gut. Sie entdeckte auch noch ein Café, das gleichzeitig ein Buchladen war. Natürlich war zu dieser frühen Stunde alles geschlossen, aber hinter vielen Fenstern blinkte schon die erste Weihnachtsdekoration. Lichterketten, rote Rentiernasen oder weiße Rauschebärte von rot gekleideten Weihnachtsmännern. Ava schob den Gedanken an die nahenden Feiertage ganz schnell beiseite und lief weiter. Ihre Oberschenkelmuskeln brannten bereits, aber sie versuchte es so gut wie möglich zu ignorieren. Wenn ein gewisser Punkt erst mal überschritten war, würde es besser gehen, das wusste sie aus Erfahrung. Sport war Kopfsache. Sie versuchte, sich auf ihre Umgebung zu konzentrieren und setzte ihre Entdeckungsreise fort.

An der Ecke befand sich ein Pub, oder eher ein Restaurant, es hieß *Lock Inn*, danach kam ein süßer, kleiner Metzger, *Butcher Fraiser*, las Ava auf einem im sanften Wind quietschenden, ovalen Schild, das über der Tür baumelte. Beim nächsten Haus musste sie grinsen. Es sah irgendwie skurril aus, die alten, grauen Steine, das Schindeldach mit den vielen Schornsteinen, während die Rahmen der Schaufenster in einem knalligen Pink gestrichen waren. Aufkleber auf der Scheibe wiesen darauf hin, dass man hier Eis kaufen konnte. *Bridget's Ice Cream*, stand in großen, unregelmäßigen Lettern darauf. Das hier musste so eine Art Dorfkern sein. Über den Kanal, der noch immer rechter Hand lag, führte eine weitere Brücke, die nur für Fußgänger gedacht schien. Ava bog nicht ab, sie blieb auf dieser Seite des Kanals. Sie joggte jetzt an einem anderen Pub vorbei, *The Lantern* hieß es und unterschied sich in der rustikalen Bauweise wenig von den übrigen Häuschen. Sie schienen alle in der gleichen Zeit entstanden zu sein, irgendwann vor hundertfünfzig oder zweihundert Jahren, schätzte Ava. Hier und da konnte sie Lichter hinter den Fenstern erkennen, das Leben erwachte, der Tag fing an. In einiger Entfernung war ein dunkel gekleideter Mann unterwegs, er schien es nicht eilig zu haben. Ava kam er vage vertraut vor, was absurd war, da sie hier niemanden kannte. Na ja, außer Ellie und Kenneth. Und Colin, natürlich.

In der nächsten Sekunde begriff sie, dass es tatsächlich Colin war. Neben ihm trottete ein kleines, schwarzes Hündchen. Das war ja geradezu niedlich anzusehen, der große, breitschultrige Kerl und so ein Mini-Hund? Leider konnte sie nicht lachen. Ava atmete mittlerweile schwer, sie schwitzte trotz der Kälte heftig, ihre Oberschenkel fühlten sich an, als würden sie gleich zerbersten. In diesem Zustand wollte sie Colin auf keinen Fall begegnen – falsch, korrigierte sie sich, sie wollte ihm überhaupt nicht begegnen. Zu präsent waren die Erinnerungen an ihre körperlichen Anwandlungen in seiner Nähe. Sie hatte keinen Bedarf, dieses Hormonchaos noch einmal zu erleben. Alles, was Ava sich wünschte, war, ihren Seelenfrieden nach der Trennung von Will wiederzufinden und ihren Job im Schloss gut zu machen.

Ohne groß darüber nachzudenken, schlug sie einen Haken und bog in ein schmales Gässchen ab. Schnee hatte hier niemand geräumt, aber das war ihr egal. Hier war es so finster, man konnte kaum die Hand vor den Augen sehen, aber es war nicht weit. Sie konnte das Ende des kleinen Weges schon erkennen, dort wurde es heller, und es leuchtete sogar eine Laterne auf der anderen Straßenseite. Ava joggte angestrengt weiter, jetzt bloß nicht aufgeben. Ihr linker Fuß rutschte weg, sie schrie entsetzt auf, aber es war zu spät. Sie verlor nun vollständig den Halt, als auch der rechte Fuß keine Haftung fand. Sie erlebte die nächste Sekunde wie in einer schlechten Komödie, alles verlangsamte sich. Avas Füße flogen in die Luft, sie konnte das Gleichgewicht nicht halten, ruderte kreischend mit den Armen und krachte schließlich mit voller Wucht auf ihren Allerwertesten. Sie stieß in der gleichen Sekunde einen derben Fluch aus, der jeder wohlerzogenen Dame die Schamesröte auf die Wangen getrieben hätte. So ganz konnte sie ihre Herkunft wohl doch nicht verleugnen, überlegte Ava, während ein stechender Schmerz an ihrer Wirbelsäule entlangschoss. Sie lag wie eine Schildkröte auf dem Rücken.

»Mann, tut das weh!«, schimpfte sie und prüfte, ob sie sich ernsthaft verletzt hatte. Nach und nach bewegte sie ihre Füße, Beine, Arme und richtete sich schließlich wieder auf, als sie begriffen hatte, dass das Einzige, was verletzt war, ihr sportlicher Stolz war. Aber das war nichts Neues, sie war einfach keine Sportskanone. Ihr Kopf tat ein bisschen weh nach dem Schreck, am schlimmsten aber war bei dem ganzen Desaster ihr Hintern. Sie musste sich das Steißbein geprellt haben, mindestens. Ava wollte sich langsam aufrappeln, holte tief Luft, um sich für den stechenden Schmerz zu wappnen, als jemand nach ihrem Handgelenk griff.

»Alles okay?«, hörte sie eine rauchige, sehr vertraute Stimme. »Kommen Sie, ich helfe Ihnen.« Dieser Jemand zog sie völlig mühelos auf die Beine, als wäre sie leicht wie eine Feder.

Ava wollte etwas erwidern, aber sie war sprachlos und peinlich berührt. Innerlich verfluchte sie alle Götter, an die die Leute der Erde so glaubten, und wollte die helfende Hand abschütteln. Aber Colins Griff war fest und sicher. Als sie wieder auf ihren Füßen stand, zugegeben etwas wackelig immer noch, blickte sie in sein Gesicht, das ein wenig im Schummerlicht der Laterne strahlte. Fast so, als hätte ihr Retter wirklich einen Heiligenschein. *Meine Güte*, dachte sie genervt über ihr eigenes Unvermögen, *dass sowas aber auch immer mir passieren muss.*

»Ava?«, fragte er jetzt. Vorher hatte er sie anscheinend nicht erkannt. Er trug eine dunkle Strickmütze auf dem Kopf, ein paar Strähnen lugten darunter hervor. Sie wollte gar nicht wissen, was er über sie dachte, nachdem sie sich – schon wieder – völlig lächerlich gemacht hatte.

Warum gab es keine Löcher, in die man sich vergraben konnte, wenn man mal eines brauchte? Colin musste ja glauben, dass sie komplett lebensunfähig war – sie kam langsam aber sicher zu der gleichen Auffassung. Zuerst High Heels und Seidenblüschen für einen winterlichen Roadtrip – dann ein Sturz bei einem morgendlichen Lauf ... Es war ihr unsäglich peinlich, gleichzeitig pochte ihr Steißbein noch immer bohrend, und sie musste an sich halten, dass sie nicht vor Schmerzen aufstöhnte. Ava knirschte mit den Zähnen.

»Bist du verletzt?«, fragte er. Ihr wurde bewusst, dass er sie noch immer festhielt. Sie spürte die Wärme seiner Hände durch ihre Laufkleidung. Ihr war schrecklich heiß, ihr Herz raste, vielleicht konnte sie einfach ohnmächtig werden und erst wieder aufwachen, wenn diese peinliche Situation Geschichte war. Leider hatte sie nicht so viel Glück. Ihr Kreislauf wirkte ziemlich stabil, nicht mal mehr darauf war Verlass.

»Ja, ja«, brummte sie deshalb. »Alles okay.«

»Was, um Himmels willen, hast du hier gemacht?« Seine Stimme klang überrascht, aber auch als dächte er, dass sie nicht ganz bei Trost wäre.

»Wonach sieht es denn aus? Du kannst mich jetzt loslassen.« Sein Hündchen schnupperte an ihren Füßen, tapste dann weiter zur nächsten Hauswand, hob das Bein und pinkelte. Vermutlich musste sie dankbar sein, dass es nicht sie angepisst hatte. Das hätte ihren Morgen gekrönt.

Und dann passierte etwas, womit sie nicht gerechnet hatte. Colin lachte. Es war ein glucksendes Lachen, das tief aus seiner Kehle grollte. »Göttlich, dabei hast du heute nicht mal Stöckelschuhe an.«

Ja, mit sowas in der Art hatte sie gerechnet. Ava verdrehte die Augen und ballte ihre Hände zu Fäusten. »Sehr witzig, wer den Schaden hat, braucht für den Spott nicht zu sorgen, was?«

Sie sah seine Schultern weiter amüsiert zucken, während er sich eine Hand vor den Mund presste. »Sorry, Ava. Aber wie kommt man auf die Idee, bei diesem Sauwetter zu joggen? Es ist doch klar, dass der Boden schmierig und glatt sein dürfte.«

»Ja, ist ja gut, ich merke schon, dass du mich für völlig bescheuert hältst. Wenn du nichts dagegen hast, setze ich meinen Weg jetzt fort. Danke fürs Aufhelfen«, merkte sie noch an, hob ihren Kopf und reckte ihr Kinn trotzig nach vorn. Sollte er sich doch auf ihre Kosten amüsieren, bitte schön. Sie würde sich davon nicht aus der Ruhe bringen lassen.

Colin trat einen Schritt zurück, sein Lächeln war verschwunden. »Wow, okay. Du verstehst also keinen Spaß, gut zu wissen.«

»Gut zu wissen?« Sie schnaubte leise. Er redete ja so, als ob er glaubte, dass sie sich häufiger sehen würden. Wohl kaum. Nicht, wenn sie es verhindern konnte. »Na ja, wie auch immer. Schönen Tag noch.«

Ava merkte selbst, dass sie wie eine blöde Zicke klang. Im Grunde genommen war die Situation tatsächlich ein bisschen witzig – wenn es nicht gerade ihr passiert wäre. Nach den Ereignissen der letzten Tage war sie ziemlich dünnhäutig. Wie bescheuert, dass sie auch unbedingt ihm begegnen musste, dabei hatte der Tag so gut angefangen. Sie wollte das kurze Stück zurück zum Schloss joggen, aber jeder Schritt tat höllisch weh, sie musste sich das Steißbein geprellt haben. Großartig, wirklich ganz großartig! Also humpelte sie mit hoch erhobenem Kinn davon.


In den nächsten Tagen konnte Ava nur auf einem dicken Kissen sitzen, wenn überhaupt. Wenn möglich arbeitete sie im Stehen. Sie ignorierte die leichten Schmerzen, so gut es ging, und cremte sich immer wieder mit Arnika-Salbe ein, die die Prellung lindern sollte. Trotz allem kam sie gut mit ihren Plänen und Zeichnungen voran. Sie hatte es sogar geschafft, ein paar bürokratische Dinge zu erledigen, ihren Firmensitz hatte sie umgemeldet, offiziell waren ihr Büro und ihre Postanschrift jetzt in Schottland. Ein bisschen komisch hatte sich diese Unterschrift im Rathaus schon angefühlt, aber es würde ja nicht für immer sein. Dass sie offiziell nun nicht mehr bei Will polizeilich gemeldet war, hatte jedenfalls gutgetan.

Ellie und Kenneth hielt sie regelmäßig über die Fortschritte auf dem Laufenden. Morgen würde sie so weit sein, dass sie die ersten Angebote der Gewerke einholen konnte, denn natürlich hatten Ellie und Kenneth ebenfalls ein Budget, das nicht überschritten werden durfte. Es lief bislang aber nach Plan, was nicht selbstverständlich war, da sie jetzt alles allein machen musste. Sie hatte nicht mal mehr eine Assistentin, an die sie das ein oder andere abgeben konnte.

Ein leises Klopfen an der Tür ließ Ava aufblicken. Es war Ellie, die kurz darauf eintrat. »Hey Ava, wie läuft's? Du bist noch fleißig?«

Ava lächelte und freute sich, ihr Gesicht zu entdecken. »Ja, wie man sieht.«

»Wir, also Kenneth und ich, wollten mal rüber ins *Lantern* gehen, auf ein Bier und was zu essen vielleicht. Magst du uns begleiten? Immer nur im Schloss rumzuhängen, ist ja auch nichts. Vermisst du nicht das bunte Leben Londons?«

Wenn sie ganz ehrlich war, hatte sie noch keine Zeit gehabt, London zu vermissen, andererseits, einmal vor die Tür zu kommen, der Lärm in einem Pub, der säuerliche Geruch von Bier, fettigem Fish & Chips klang nach der arbeitsreichen Woche irgendwie verlockend. Avas Magen knurrte in dieser Sekunde. »Ja, wieso nicht?«, antwortete sie daher fröhlich. »Ich bin hier sowieso so gut wie fertig für heute.«

»Großartig, wollen wir uns in fünfzehn Minuten treffen?«

»Sehr gern.«

Ava machte sich kurz frisch, tupfte ein wenig Parfum hinter ihre Ohren und Handgelenke und warf einen Blick in den Spiegel. Noch vor einigen Tagen hatte sie dunkle Augenringe gehabt, aber jetzt schlief sie besser, und das sah man auch ihrem Teint an. Sie wirkte rosiger und ausgeruhter, obwohl sie viel und bis spät in die Nacht gearbeitet hatte. Anscheinend war die Landluft sowas wie eine magische Detox-Behandlung. Sie grinste ihrem Spiegelbild zu. Vielleicht lag es auch nur an der Farbkombi ihrer Kleidung, sie trug heute eine lachsfarbene Seidenbluse zu einem grauen Bleistiftrock. Kurz überlegte sie, ob sie sich umziehen sollte, aber entschied sich dagegen – sie hatte keine Ahnung, was sie sonst anziehen sollte, da ihre Garderobe mehr oder weniger aus der gleichen Art von Kleidungsstücken bestand. Aber der Schnee war längst geschmolzen, heute lief sie also keine Gefahr, dass sie wieder, wie bei ihrer Joggingrunde, ausrutschte – jedenfalls nicht auf einer dünnen Eisschicht, die von Schnee bedeckt war. Allein die Erinnerung an diese peinliche Szene ließ ihr Gesicht neuerlich vor Scham brennen. Nicht jetzt, dachte sie. Seitdem war sie auch weder joggen gewesen, noch hatte sie Colin zufällig irgendwo getroffen.

Colin hockte neben Kendra, die heute keinen Dienst im eigenen Pub hatte, auf einer Bank im *Lantern*. Maisie, die den örtlichen Buchladen nebst Café betrieb, saß ihm gegenüber. Wallace, der bei der hiesigen Feuerwehr beschäftigt war, kam gerade zur Tür herein. Sie begrüßten sich alle sehr herzlich, gleichzeitig wurden Bier und kleine Schälchen mit salzigem Popcorn auf den Tisch gestellt. Wenige Minuten später ging die Tür zum *Lantern* noch einmal auf, Ellie kam mit Kenneth und … Ava im Schlepptau in den Pub. Colin stutzte, dann musste er sich ein Augenrollen verkneifen. Diese Frau! Der Begriff ›unpassende Kleidung‹ schien für sie erfunden worden zu sein. Gleichzeitig merkte er, wie er seinen Blick an ihren Beinen auf- und abgleiten ließ, die in den schillernden Seidenstrümpfen wirklich sexy ausschauten. Sie trug Absätze, die garantiert acht Zentimeter hoch waren. Hatte der Frau mal jemand gesteckt, dass sie sich nicht mehr in Central London, sondern in den schottischen Highlands herumtrieb? Es war absurd.

Sie hatte ihn noch nicht entdeckt, sie stand mit dem Rücken zu ihm und zog ihren Mantel aus, der vermutlich aus Cashmere oder Mohair war. Irgendein teures Zeug auf jeden Fall, das war offensichtlich. Er wollte sie bescheuert finden, leider reagierte sein Körper in eindeutiger Weise auf ihren Anblick. So viel dazu, dachte er genervt von sich selbst. Anscheinend hatte er nicht alles von seinem alten Ich abstreifen können, denn obwohl ihr Outfit vielleicht nicht der Umgebung und der Witterung angepasst war, so fand er sie dennoch ziemlich heiß. Er schluckte, als er einen Blick auf ihren kurvigen Hintern erhaschte, der in einem knielangen Bleistiftrock steckte. Prall und wohlgerundet. Colin grunzte leise, verärgert über sich und seine primitiven Instinkte.

Nein, er würde jetzt nicht daran denken, wozu sich dieser Rock am besten eignete. Er würde das Bild, dass seine Hände ihn über ihre Hüften hinaufschoben, sofort verdrängen. Leider klappte das nicht. Im Gegenteil. Er fragte sich, welche Art von Strümpfen sie wohl darunter trug. Halterlos? Mit Strapsen? O Gott, er war verloren.

Colin zuckte zusammen, als Kendra ihm ihren Ellenbogen in die Seite stieß und ihn aus seinen perversen Fantasien riss.

»Du glotzt«, zischte sie ihm zu. Sie klang überrascht.

Er wandte endlich den Blick von Avas Rundungen ab und nahm sein Bier in die Hand.

»Wo soll ich hinglotzen?« In diesem Fall war es das Beste, gewisse Tatsachen einfach zu leugnen, sich dumm zu stellen.

Kendra kicherte. »Mir kannst du nichts vormachen, mein Lieber.«

Ihm blieb keine Zeit, etwas zu erwidern, denn die drei Neuankömmlinge gesellten sich zu ihnen an den Tisch. Ava wurde allen vorgestellt, sie lächelte, und Colin sah, wie eine verlegene Röte ihre Wangen rosa färbte. Ihre Lippen waren dezent geschminkt, und er hatte Mühe, nicht die ganze Zeit mit seinen Blicken daran zu kleben.

Schließlich sagte Ellie: »Colin kennst du ja bereits, Ava.«
Den anderen erklärte sie den Sachverhalt. »Colin hat Ava aus
London abgeholt, als sie ihr Büro hierher verlegt hat, wofür
wir sehr dankbar sind.«

Colin lächelte, es fühlte sich eher nach einer Grimasse an.
»Hi«, sagte er, seine Stimme klang rauer als sonst. Er
konnte es noch immer auf die Erkältung schieben, obwohl
der Schnupfen fast abgeklungen war. Sich selbst würde er
jedenfalls nichts vormachen. Er stand auf sie. Eindeutig.

Ava nickte ihm zu, er konnte leider nicht erkennen, was
in ihr vorging.

»Ava, such dir einen Platz aus«, bot Kenneth gentleman-
like mit einer umschweifenden Geste an.

Colin hielt den Atem an, denn neben ihm war noch ein
Stuhl frei. Hoffentlich setzte sie sich nicht dorthin. Denn
obwohl sein Körper und seine Instinkte vielleicht nicht zu
kontrollieren waren, so hatte er immer noch einen Willen –
weil er wusste, dass Frauen wie sie nur Ärger bedeuteten,
würde er sich so weit wie möglich von ihr fernhalten. Ava
und er tauschten in der gleichen Sekunde einen Blick aus,
kaum länger als ein Wimpernschlag, aber das genügte. Ava
stöckelte zum anderen Ende des Tisches.

»Hier, das sieht doch ganz gut aus.« Sie lächelte fröhlich.
Niemand schien zu begreifen, was hier vor sich ging, und das
war gut so. Aber Colin wusste, dass auch sie Abstand halten
wollte, und er war froh darüber. Sehr froh.

Sein Bier war schnell ausgetrunken, bald schon hatte er
ein zweites vor sich stehen. Alle stellten Ava viele Fragen,
die sie geduldig und, wie er leider feststellen musste, sehr
sympathisch beantwortete. Das hieß, alle außer ihm wollten
mehr von Ava wissen, denn Colin wusste bereits alles über
sie, was er wissen musste. Verlangen hin oder her, sie war
ungeeignet für eine Affäre, oder gar mehr. Je weniger er sich
mit ihr abgab, desto besser.

»Du bist ja ganz schön schweigsam«, meinte Kendra irgendwann so leise, dass nur er es hören konnte.

»Nö«, gab er einsilbig zurück und zuckte die Schultern.

Kendra kicherte. »Du stehst auf sie, oder?«

Colin holte scharf Luft. »Auf wen?«

Kendras Blick war wissend, er war überrascht von ihrer guten Beobachtungsgabe. Offenbar hatte sie mehr Einblick in seine geheimen Sehnsüchte, als ihm lieb war. Andererseits war es kein Wunder, sie kannten sich ewig, und Kendra hatte dieses gewisse Talent, zu ahnen, was in den Menschen vor sich ging. Vielleicht lag es daran, dass sie ein Pub betrieb, möglicherweise aber auch, weil sie nach einer herben Enttäuschung selbst eine einsame Seele war, der das Wohlergehen ihrer Freunde am Herzen wichtig war.

»Schon gut«, sagte sie daher. »Du weißt, dass sie bei Kenneth und Ellie im Schloss lebt, oder?«

Das hatte er mitbekommen, das ließ darauf schließen, dass sie nicht wegen eines Mannes hergekommen war. Er sollte sich nicht dafür interessieren, aber es ließ sich nicht komplett verhindern. Ava hob ihr Bierglas an, und er sah, dass sie den Ring nicht mehr trug. Der war nicht zu übersehen gewesen, ein dicker, fetter Klunker hatte daran gefunkelt.

Colin stopfte sich eine Handvoll Popcorn in den Mund, ehe er etwas Falsches von sich gab. Dennoch fragte er sich, was aus dem Ring geworden war und ob er überhaupt eine Bedeutung gehabt hatte. In der nächsten Sekunde wollte er sich mit der flachen Hand gegen die Stirn schlagen. Er sollte sich einen feuchten Dreck um die Diamanten an ihren manikürten Fingerchen scheren.

»Ellie hat mir aber gestern erzählt, dass sie das Cottage der Dougals gemietet haben, Ava wird da einziehen.«

Colin verschluckte sich und musste husten. Er bekam keine Luft mehr, und Kendra klopfte ihm auf den Rücken. Wieso hatte er davon noch nichts gehört? Wenn Ava wirklich in das Cottage der alten Sarah einzog, hieß das, dass sie quasi Nachbarn sein würden. Auch das noch. Andererseits war Kiltarff so winzig, dass es letzten Endes egal war, wo sie wohnte – er würde um jeden dieser Orte einen weiten Bogen machen. Bedauerlicherweise galt das nur für sein Privatleben, denn obwohl er wenig Lust darauf hatte, würde er sie in den kommenden Monaten häufiger sehen, denn die Materialien für den Schlossumbau würde er für sie über den Großhandel bestellen. So bekam er etwas Geld in die Kasse, und Kenneth und Ellie konnten von seinen Händlerrabatten profitieren.

»Alles okay?«, fragte Maisie.

»Hab mich nur verschluckt«, brummte Colin.

Kendra musterte ihn, sagte aber nichts mehr dazu. Colin versuchte sich hin und wieder am Gespräch zu beteiligen, aber so recht konnte er sich nicht konzentrieren. Er erwischte sich immer wieder dabei, wie er Ava anstarrte. Obwohl sie wie ein Papagei im Kreis von Amseln strahlte, schien sie das nicht im Geringsten zu stören. Sie lachte, erzählte und fühlte sich augenscheinlich sehr wohl in der Gesellschaft seiner Freunde. Colin wunderte sich doch sehr, er hatte gedacht, dass Ava nicht über Wallace' derbe Witze lachen könnte oder über die alltäglichen Probleme der Dorfgemeinschaft, die hier und da zu Belustigung oder Ärger führen konnten. Großstädter interessierten sich doch nur für sich selbst, so hatte er es jedenfalls in Erinnerung. Sicher verstellte sich Ava nur, um gut anzukommen. Immer wieder lachte sie laut, wenn jemand einen Witz machte. Sie hatte ein glockenhelles Lachen, bei dem sie ihre blonden Haare in den Nacken warf, sodass sie golden im schwachen Schein der Lampen glänzten.

Froh darüber, eine Erklärung gefunden zu haben, warum Colin sie nicht – wie anscheinend alle anderen am Tisch – mögen musste, bestellte er sich noch ein Bier. Er war zwar weder angetrunken, noch hatte er vor, sich zu betrinken, aber heute schmeckte es ihm einfach gut, und so hatte er wenigstens etwas, woran er sich festhalten konnte.

Bei der Verabschiedung etwas später am Abend achtete er penibel darauf, Ava nicht zu nahe zu kommen. Er hatte keine Lust, den Duft ihres Parfums einzuatmen. Nicht schon wieder. Leider brauchte er das nicht einmal, um die halbe Nacht an sie und ihre funkelnden Augen zu denken. Seit Neustem – er erinnerte sich an dieses lächerliche Gespräch auf der Fahrt von London nach Kiltarff – hatte er doch eine Lieblingsfarbe: Grünblau. Genau genommen ein Grünblau, das von einem schwarzen Ring umgeben war, mit dunklen, endlos scheinenden Wimpern an den Lidern, die zart flatterten, wenn Ava nervös wurde.

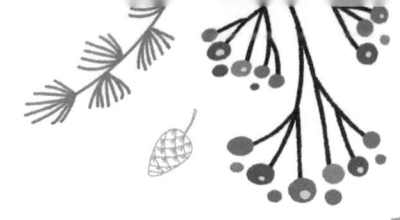

# KAPITEL

# Elf

Müde und schlecht gelaunt machte Colin sich am nächsten Tag auf den Weg zum Schloss. Dichter Nebel hatte die Berggipfel verschluckt, der Himmel war grau, und alles wirkte irgendwie düster und unfreundlich. Der Loch Ness lag mit gekräuselter Oberfläche vor ihm, immer wieder wehten eiskalte Böen über den großen See. Colin hatte seine Hände in den Jackentaschen vergraben, aber ihm war trotzdem noch kalt. Der Tag hatte nicht gut angefangen. Er hatte schon gestern mit seinem Dad gesprochen und angedeutet, dass er seine Hilfe im Laden brauchen könnte, aber sein Vater hatte keine Anstalten gemacht, sich einzubringen. Natürlich nicht, dachte Colin grimmig. Er kapierte einfach nicht, warum sein Dad sich so vehement von allem ausschloss, oder doch, er verstand schon, weshalb, aber es machte ihn auch wütend, denn er war körperlich fit, und er könnte noch so viel vom Leben haben. Colin konnte auch nichts dafür, dass sein Dad schlecht drauf war, er vermisste seine Mum genauso wie er.

Mit einem Seufzen ging er zum Seiteneingang, wo ihn das Hausmädchen nach einer kurzen Wartezeit hereinließ. Sie kam aus einem Nachbarort, er kannte sie nur vom Sehen, aber an diesem Morgen hatte er keine Lust auf Smalltalk, also schwieg er nach einer höflichen Begrüßung.

Wenig später stand er im Salon des Schlosses. Er kam sich ein bisschen komisch vor in seinen dicken Stiefeln und abgenutzten Klamotten, aber als Ellie um die Ecke getrabt kam, verflog dieses Gefühl sofort. Kenneth und Ellie lebten zwar in diesem alten Kasten, aber sie interessierten sich nicht dafür, ob ihre Freunde aus den ›richtigen Kreisen‹ stammten. Im Gegenteil, sie scherten sich einen Dreck um die ›bessere Gesellschaft‹. Das machte das Paar umso sympathischer, und Colin wusste, Ellie trug einen großen Anteil daran, dass aus dem Einsiedler Kenneth ein patenter Kerl geworden war. Der Earl of Glencairn hatte sogar gelernt, wie man mit einem Hammer umging, und das wollte was heißen. Colin erinnerte sich mit einem Schmunzeln an die Umbauaktion des Bootshauses, wobei Kenneth, der null Ahnung gehabt hatte, aus Eifersucht trotzdem versucht hatte mitzuhelfen. Urkomisch war das gewesen, andererseits hatte er sich so den Respekt der anderen verdient, indem er sich verletzlich und nicht perfekt gezeigt hatte. Viele reiche Pinkel würden eher ersticken, als zuzugeben, dass sie nicht alles wussten.

Ellie umarmte ihn fest. »Guten Morgen, mein Lieber. Komm gleich mit, Kaffee gibt's bei Ava im Büro.«

»Guten Morgen, Kaffee klingt großartig.« Er schmunzelte, und seine schlechte Laune war zwar nicht ganz verflogen, aber er fühlte sich schon besser.

Ellie plauderte ein wenig, aber er hörte kaum hin und gab nur einsilbige Antworten. Auf dem Weg zu Avas Büro merkte er, wie sein Puls in die Höhe schnellte. Er konnte kaum etwas dagegen tun, was ihn ärgerte. Er versuchte allerdings, sich nichts davon anmerken zu lassen. Ellie klopfte leise, dann traten sie nacheinander ein.

Ava trug wieder übertrieben hohe Absätze zu einem Etuikleid, über das sie einen pinken Cardigan gelegt hatte. Ihre Haare hatte sie zu einem Knoten gedreht, ein Bleistift steckte zur Befestigung darin.

»O, guten Morgen«, stieß Ava hervor, als sie Ellie und ihn entdeckte. Ihre Augen weiteten sich vor Überraschung. Colin begriff, dass sie vermutlich nichts von seinem Besuch gewusst hatte, denn sie runzelte kurz ihre Stirn.

»Ava, ich habe dir Colin mitgebracht. Wir hatten ja vor einer Weile schon mal darüber gesprochen, dass wir unsere lokalen Unternehmen und Handwerker unterstützen wollen. Colin wird für uns die Materialien bestellen. Du weißt schon, Farbe und das ganze Zeug, das man für so einen Umbau braucht.«

Ava blinzelte ein paarmal, dann klebte ein falsches Lächeln in ihrem Gesicht.

»Natürlich, ich erinnere mich«, sagte sie freundlich.

Colin schaute sich kurz im Zimmer um. Neben den antiken Möbeln standen nun zwei Schreibtische in der Mitte zusammengeschoben im Raum. Darauf lagen viele Pläne ausgebreitet, Stifte verteilten sich kreuz und quer darüber. Außerdem stand ein Laptop neben einem Notizblock. Im Raum roch es ganz dezent nach Avas Parfum. Colin merkte, dass er tief einatmete. So viel dazu …

Ellie erklärte kurz, wie sie sich die Zusammenarbeit vorstellte, Ava protestierte nicht, und Colin kannte den Prozess, genauso hatten sie es damals beim Bootshaus gemacht.

»Kein Problem«, meinte er schließlich.

»Setzt euch doch«, bot Ava an. In der gleichen Sekunde kam Molly mit einem Tablett herein. Darauf befanden sich zwei Tassen und eine silberne Kanne, in der vermutlich Kaffee war – das hoffte Colin jedenfalls. Außerdem gab es noch ein altertümliches Zuckerdöschen und ein Milchkännchen. Zwei Tassen, begriff er jetzt, das hieß, dass Ellie zur Besprechung nicht bleiben würde. Na super. Colin atmete leise aus.

Wenig später saß Ava ihm gegenüber, sie hatten beide Kaffee vor sich stehen, Molly und Ellie hatten sich verabschiedet.

Die Stimmung im Raum hatte sich verändert, etwas lag in der Luft, das Colin nicht einordnen konnte. Es war nicht direkt unangenehm, aber auch weit davon entfernt, dass man die Atmosphäre als gelassen hätte beschreiben können.

»Ja, also, wie wollen wir es machen?«, erkundigte sich Ava irgendwann. Sie rutschte nervös auf ihrem Stuhl hin und her. Colin hielt sich an seiner Kaffeetasse fest, er wollte cooler und souveräner sein, leider fand er sie noch immer sehr attraktiv. Das behinderte ihn beim Denken.

»Ellie meinte, auch in Fragen der Handwerker, du weißt schon, Elektriker, Maler, Statiker und so weiter, könnte ich mich an dich wenden? Vermutlich gibt es nicht alles, was wir an Gewerken benötigen, in Kiltarff, oder?«, fuhr Ava fort.

»Nein, vermutlich nicht. Aber ich habe Kontakte, kein Problem.« Er zuckte die Achseln und schlug ein Bein über das andere.

»Sehr schön, könntest du mir dazu vielleicht eine Liste zusammenstellen?« Höflich, sachlich, sie verhielt sich korrekt. Er hatte keine Ahnung, warum ihn dieses förmliche Gebaren auf die Palme brachte.

Was hatte er erwartet? Dass sie ihn über den Tisch zu sich ziehen würde, um über ihn herzufallen? Wohl kaum. Colin nagte an der Innenseite seiner Wange.

»Klar, kein Ding«, gab er knapp zurück.

»Soll ich dir vielleicht erklären, wie der Umbau geplant ist? Also was wir hier vorhaben, damit du weißt, was auf dich zukommt bei der Materialbestellung?«

»Sicher.«

Ava holte tief Luft, aber es wirkte nicht direkt genervt, vielleicht eher ein wenig unsicher. Das überraschte ihn, denn es konnte ja nicht sein, dass sie seinetwegen nervös war. Nein, wohl kaum. Sie hatte ihm schon bei der Fahrt aus London klargemacht, was sie von kernigen Typen aus den Highlands hielt – dieses Gejammer, dass es hier kein Sushi und französischen Weißwein geben würde, war noch immer sehr präsent in seinem Kopf. Schon da hatten die Alarmglocken geschrillt. *Kennst du eine, kennst du alle.* Leider schien ein gewisser Teil von ihm das ganz anders zu sehen, der offenbar noch immer auf Großstadtflair gepaart mit adretter Weiblichkeit abfuhr.

»Wer holt eigentlich deine Sachen aus London?«, fragte er unvermittelt, er war selbst überrascht, als er die Worte aus seinem Mund hörte.

Ava riss die Augen auf. »Was?«

»Na, ich habe gehört, dass du das Cottage der alten Sarah gemietet hast, und ich frage mich, woher die Einrichtung dafür kommt. Ziehst du jetzt komplett hierher?«

Gott, er merkte selbst, wie bescheuert das klang, als ob es ihn kümmerte, wer für sie nach London gurkte ... Ellie und Kenneth hatten ihn jedenfalls nicht darauf angesprochen, wofür er dankbar sein konnte. Dennoch war das nicht das einzige Gefühl in seiner Magengrube, wenn er daran dachte, dass Ava noch einmal eine Tour nach London bevorstand. Vermutlich fand sie auch, dass es ihn nichts anging, so starrte sie ihn jedenfalls an. Schließlich räusperte sie sich.

»Der Dorffunk scheint ja gut zu funktionieren. Ja, in der Tat. Ich habe entschieden, dass ich meine Zeit am besten dem Projekt widmen kann, wenn ich nicht ständig hin und her pendeln muss.«

»Klingt logisch«, erwiderte er, weil ihm nichts Besseres einfiel. Er wollte sich selbst eine reinhauen und merkte, wie ihm unangenehm heiß wurde.

»Da meine Sachen sowieso in einem Container eingelagert sind, haben Ellie und Kenneth einfach eine Spedition angerufen. Die fahren zu diesem Lager, laden das Ding komplett auf einen kleinen Truck auf und lassen es herbringen. Im Grunde habe ich gar nicht so viele Sachen, aber das schien am unkompliziertesten zu sein.« Sie wirkte nun ein wenig hektisch.

»Ja, geht mich ja auch nichts an«, brummte er schließlich und schaute weg. Er pflückte einen nicht vorhandenen Fussel von seiner Jeans. Als die Stille unangenehm wurde, blickte er auf.

Ava nagte an ihrer Unterlippe, dann murmelte sie: »Ja, du bist bestimmt froh, dass du nicht noch mal so einen Mördertrip machen musst, hm?«

Sie wich seinem Blick aus, aber er würde einiges darauf verwetten, dass es ihr unangenehm war. Bloß das Warum erschloss sich ihm nicht.

»Aye, da bin ich wirklich froh«, war alles, was er dazu sagte. In seinem Bauch war nicht nur Erleichterung zu spüren, es war noch etwas anderes, das er nicht so recht benennen konnte. Es erschien ihm fast wie Bedauern, was ihn irritierte und gleichzeitig auch überraschte.

»So, dann machen wir mal weiter, nicht? Du hast ja sicher auch zu tun«, plapperte sie und schob sich eine blonde Strähne hinters Ohr, die sich aus ihrem Knoten gelöst hatte. Ja, sie war eindeutig nervös, nur wieso, fragte er sich.

»Unbedingt«, stimmte er halbherzig zu. Leider war sein Körper mehr an anderen Dingen als Umbaumaßnahmen interessiert. Es wurde langsam lästig, dass er sich in ihrer Nähe anscheinend überhaupt nicht im Griff hatte.

Während Ava ihm die Pläne und Zeichnungen präsentierte, hatte er ausgiebig Zeit, sie zu beobachten. Ihre Wangen glühten vor Stolz, ihre Augen strahlten, wie sie so von ihrer Arbeit erzählte. Er sah das Feuer, mit dem sie für dieses Projekt brannte. In seinem alten Job als Wirtschaftspsychologe und Unternehmensberater hatte er nach genau diesem

Schlag Mensch gesucht. Diese Begeisterung für einen Job war rar gesät, und er war sich sicher, dass Ava die Richtige für dieses Projekt war. In seiner Brust breitete sich ein seltsames Ziehen aus, Colin versuchte es zu ignorieren.

»Ganz schön ambitioniert«, meinte er irgendwann. »Wirklich großartig, und es wird eine echte Bereicherung für Kiltarff werden. Der Tourismus ist ja ganz schön gebeutelt nach dem letzten Jahr.«

Ava lächelte, es war ein ehrliches und so offenes Lächeln, dass sich etwas in ihm zusammenzog. »O ja, es ist wirklich ein straffer Zeitplan, da darf nicht viel schiefgehen.« Sie lachte nervös. »Was schon fast wie Roulette ist, bei einem alten Schloss wie diesem gibt es immer Überraschungen. Ob die immer positiv sind, ist fraglich, aber das werden wir dann sehen, nicht?«

»Aye, das werden wir.« Für eine sehr lange, wortlose Sekunde blickten sie sich tief in die Augen. Colins Mund wurde trocken, er schluckte hart. Dann räusperte er sich. »So, ich muss dann mal in den Laden. Wir bleiben in Kontakt.«

Ava hob eine Augenbraue.

»Wegen der Liste der Gewerke«, erklärte er.

Sie errötete. »Ach, stimmt ja. Genau.« Sie gab ein Glucksen von sich, dann rieb sie sich über die Stirn. »Ich habe so viel in meinem Kopf, war gerade ein wenig mit den Gedanken woanders.«

Für eine Sekunde glaubte er, dass sie mit den Gedanken bei ihm gewesen sein könnte. Sofort verwarf er diese bescheuerte Idee. Ganz sicher nicht. Und er auch nicht bei ihr.

Mit einem hastig gemurmelten Gruß verabschiedete er sich und verließ *Kiltarff Castle* mit langen Schritten. In der Auffahrt blieb er kurz stehen, schloss die Augen und atmete tief durch. Er wollte den Duft ihres Parfums loswerden, das helle Schwingen ihres Lachens, den Klang ihrer Stimme. Aber das war gar nicht so einfach.

Mit einem Seufzen vergrub er die Hände in den Taschen seiner Jacke und marschierte zum Laden, den er heute erst ein wenig später aufmachte als sonst. Zwei Kunden warteten bereits vor der Tür, er erklärte ihnen, warum er erst jetzt da war, gleichzeitig kochte der Ärger über seinen Dad wieder in ihm hoch. Es wäre doch nicht zu viel verlangt, wenn er zwei, drei Stunden am Tag im Laden sitzen würde, anstatt vor dem Fernseher. Colin erwartete ja nicht, dass er wieder voll mit einstieg, aber wenn es zeitlich eng wurde, war es doch nur angemessen, wenn sein Vater ihm etwas unter die Arme griff.

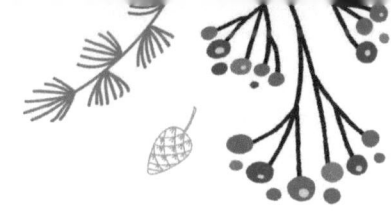

KAPITEL

# Zwölf

In den letzten Tagen hatten sie beinahe so etwas wie eine Art Routine entwickelt. Colin ging nun immer am Morgen für ein Update ins Schloss. Er trank eine Tasse Kaffee mit Ava, während sie die Fortschritte gemeinsam dokumentierten und, falls etwas angefordert werden musste, direkt notierten, was genau es sein sollte. Nachdem Colin ihr die verschiedenen Handwerkerbetriebe vorgestellt hatte, hatte er die Anrufe übernommen und stimmte eng mit Ava ab, wer infrage kam und wer nicht. Sie hatten einen nach dem anderen persönlich getroffen, und nun lagen ihnen Angebote für die verschiedenen Aufgaben des Umbaus vor. Ellie und Kenneth saßen jetzt mit am Tisch, in der Mitte stand eine Schale mit selbstgebackenen Keksen. Es duftete köstlich im ganzen Raum.

»Das sind deutsche Rezepte«, erklärte Ellie. »Meine Lieblingsplätzchen.«

Colin langte ordentlich zu, sie waren zwar schrecklich süß, aber auch sehr lecker. Nussig, und sie schmeckten nach Gewürzen und Schokolade.

Ava nahm sich nur zwei, obwohl er ihr ansah, wie lecker sie alles fand. Er grübelte, wie lange sie dieses Ding mit den

Röcken, Blusen und High Heels wohl noch durchziehen wollte. Der Himmel war heute grau und dunkel, es hatte am Morgen nach Schnee gerochen. Es konnte nicht mehr lange dauern, bis der Winter nicht nur ein kurzes Zwischenspiel wie Anfang letzter Woche abhalten würde. Dann wollte er sie einmal sehen, wenn sie mit ihren Designerstilettos und Seidenstrümpfen durch den Schnee stakste. Colin musste schmunzeln, gleichzeitig fragte er sich, wann ihre Möbel aus London kamen. Dann erinnerte er sich daran, dass es ihn einen Scheiß anging, und presste seine Kiefer aufeinander. Er stopfte sich schließlich noch ein Plätzchen in den Mund.

»Die sind echt gut«, lobte er Ellie, die ihn zum Dank mit einem glücklichen Lächeln bedachte.

»Ich liebe die Vorweihnachtszeit«, schwärmte Ellie.

Colin beobachtete Ava, die auf einmal bedrückt wirkte. In der nächsten Sekunde lächelte sie und schob sich auch einen Keks in den Mund.

Seltsam, dachte er, sagte aber nichts.

Nachdem sie beschlossen hatten, welche Handwerker die Aufträge bekamen, verabschiedeten sich Kenneth und Ellie aus der Runde.

»Ich verabrede eben noch mit Colin, wer wen anruft«, erklärte Ava den beiden.

Er schenkte sich noch einmal Kaffee nach, dann machten sie weiter. Die Zusammenarbeit mit Ava war wirklich angenehm, sie war überhaupt nicht so pingelig und hochnäsig, wie man angesichts ihrer Garderobe annehmen müsste. Vielleicht verstellte sie sich auch nur gekonnt. Eine gute halbe Stunde später – vor Colin lag sein Notizblock, und er vervollständigte seine Anmerkungen – sah er aus dem Augenwinkel, wie Ava sich versteifte. Er blickte auf.

Sie öffnete einen offiziell anmutenden Umschlag in einer Farbe, wie sie nur Behörden verwendeten. Ihrer Miene nach zu urteilen hatte sie keine Ahnung, worum es sich handelte, sie wirkte angespannt. In seiner Jackentasche brummte es. Er zog sein Handy heraus und ging dran.

»Hallo?«, antwortete er, ohne aufs Display zu sehen. Vermutlich ein Kunde, der fragte, wann er endlich das Geschäft aufmachte. Mit seinem Dad war er in diesem Punkt leider keinen Schritt weitergekommen.

»Colin, mein Lieber«, hörte er eine weibliche Stimme am anderen Ende der Leitung.

Er erstarrte, dann verdrehte er die Augen. Auch das noch. Was wollte Harper denn jetzt von ihm? Wobei … Das konnte er sich fast denken, er hatte auf die letzte Erinnerungskarte zu ihrer Hochzeit noch nicht geantwortet – weil er keine Lust hatte, hinzugehen, ihm aber noch die passende Ausrede fehlte.

»Hallo Harper, wie geht's?«, versuchte er möglichst lässig zu klingen.

»Großartig. Du, hör mal …«, kam sie gleich zum Punkt, was ihn nicht überraschte. Er wusste, wie eng getaktet ihre Tage waren. Fünf Uhr aufstehen, Sport, Styling, Büro, Meetings, Business-Lunch, noch mehr Besprechungen, After-Work-Networking, zweite Sport-Session oder weitere Telefonkonferenzen … Da blieb für persönliche Telefonate nicht viel Zeit – es hatte ihr auch nie gefehlt, soweit er sich erinnerte. Colin war selbst einmal Teil dieses Hamsterrads gewesen. Mittlerweile war er froh, dass er gezwungen gewesen war auszusteigen, obwohl auch er ein paar Monate gebraucht hatte, um das zu begreifen und zu akzeptieren.

Die Krankheit seiner Mum war der Auslöser gewesen, warum er nach Kiltarff hatte kommen müssen. Zuerst hatte Colin mit seinem Schicksal gehadert und nach Auswegen gesucht, wie er es organisieren konnte, wieder zurück nach London zu gehen. Aber sein Dad war schließlich komplett zusammengebrochen, und Colin hatte ihn nicht im Stich lassen können. Und irgendwann hatte er auch nicht mehr gehen wollen, als er begriffen hatte, wie sehr er es mochte, in den Highlands zu leben. Die Ruhe, die Natur und die vielen Möglichkeiten, die sich einem boten, wenn man sich Zeit dafür nahm.

Die Beziehung zu Harper hatte seine neue Lebensart jedoch nicht überlebt – sie hatte auch nicht lange gebraucht, um sich zu trösten. Er war seitdem noch immer allein, die kurze Affäre mit Claire aus Invermorriston konnte man nicht wirklich zählen, da hier Gefühle von keiner Seite aus eine Rolle gespielt hatten. Harper hatte er geliebt –manchmal genügte Liebe einfach nicht. Diese Erfahrung war sehr schmerzvoll gewesen, aber er war über sie hinweg. Colin schluckte.

»… ich sitze gerade an der Tischordnung«, sprach Harper weiter. »Ich habe leider von dir noch keine Rückmeldung, ob du ein Plus-One hast.«

Colin knirschte mit den Zähnen. Auch das noch. »Ähm, eigentlich wollte ich …«

»Colin, du willst mir doch nicht sagen, dass du noch immer Single bist? Das kann ich mir nun wirklich nicht vorstellen.« Sie lachte, es klang hoch und künstlich.

Es versetzte ihm einen Stich in die Magengrube, obwohl er nichts mehr für sie empfand. Aber sein Stolz war noch immer verletzt, und dass sie nun dachte, er wäre noch immer Single, weil er um sie trauerte, gefiel ihm noch weniger.

»Ich? Natürlich nicht«, log er deshalb.

»Niiiecht?«, hörte er ihre quietschende, langgezogene Frage.

Colin holte tief Luft, ja, da schien sie überrascht, gleichzeitig überlegte er fieberhaft, was er ihr nun erzählen sollte.

»Wie heißt sie?«, wollte Harper wie erwartet wissen. Gott, sie war so berechenbar, dachte Colin genervt. »Für die Tischkärtchen«, schob sie hinterher.

Er rieb sich über das Kinn. Verdammt, wo hatte er sich da jetzt hineinmanövriert? »Sie ist sehr beschäftigt, und ich muss sie erst mal fragen, ob sie überhaupt Zeit hat«, log er. Colins Blick fiel auf Ava, die ihm gegenüber noch immer in das Schreiben vertieft war. Sie spielte gedankenverloren mit einer Haarsträhne, die sie sich um den Finger gewickelt hatte. Er hatte einen Geistesblitz. »Warte kurz«, sagte er zu Harper und hielt sein Telefon an seinen Pullover gepresst, damit Harper nicht hörte, was er jetzt sagte.

»Ava?«, sprach er sie, ohne einen zweiten Gedanken zu verschwenden, an.

Sie hob ihren Blick, ihre grünblauen Augen schimmerten wässrig. Wahrscheinlich hatte sie schlechte Nachrichten bekommen.

»Ja?«, murmelte sie rau.

»Äh, hättest du Lust, mich zu einer Veranstaltung zu begleiten?«, stieß Colin hervor, und sein Puls schnellte in die Höhe. Vielleicht war das hier ein ganz großer Fehler, aber es war erstens zu spät, und zweitens wollte er noch weniger, dass er vor Harper dumm dastand. Sein verletztes Ego war wohl noch immer nicht ganz geheilt …

Ava schien nicht wirklich zu begreifen, was er von ihr wollte. Natürlich nicht, noch ungenauer hätte er es nicht beschreiben können. Er unterdrückte ein Seufzen.

»Wieso nicht? Mal rauszukommen klingt gar nicht schlecht.« Sie zuckte die Schultern. »Wann?«

»Nächstes Wochenende.« Colins Mund war staubtrocken.

Ava schob ihre Unterlippe vor, sie wirkte nicht amüsiert, aber auch nicht traurig, vielleicht eher ein wenig sarkastisch. Ein Zug, den er so noch nie an ihr gesehen hatte. »Nächstes Wochenende? Gut, da hab ich noch nichts vor, also, ja klar, mal was anderes zu machen, als nur zu arbeiten, kann wohl nicht schaden.«

Er nickte. »Okay, super.«

Ob die Idee wirklich so super war, würde sich noch rausstellen, überlegte er mit flauem Gefühl im Magen. Ava widmete sich schon wieder dem Papier vor ihr. Er fand ihre Reaktion seltsam, hatte aber keine Zeit, weiter darüber nachzudenken. Sein Herz schlug kräftig und schnell, während seine Hände unangenehm feucht waren. Obwohl ihm die Idee zuerst großartig vorgekommen war, dämmerte ihm nun, dass es immer einen Haken gab. Er wusste noch nicht genau, wo, aber der würde sich noch zeigen.

»Harper?«, sagte er ins Telefon.

»Ja, wieso dauert das denn so lange?«, gab seine Ex ungeduldig zurück. Er konnte sich gut vorstellen, wie sie an ihrem Schreibtisch saß und nervös mit dem Kugelschreiber auf ihrem Block herumtippte.

»Ava kommt gerne mit«, brachte er schließlich hervor, und jetzt begriff er, was das wirklich bedeutete. Colin schloss die Augen und fragte sich, ob er da nicht Feuer mit Öl bekämpfte. Aber es war zu spät. Scheiße.

Andererseits konnte er immer noch kurzfristig absagen. Er musste nur eine treffende Ausrede finden – was ihm in den letzten Monaten schon nicht gelungen war, weil er einfach bescheuert war. Vielleicht wollte ein kleiner, perverser Teil von ihm auch zu dieser Hochzeit gehen, um sich davon zu überzeugen, dass er froh sein konnte, nicht der Bräutigam zu sein, der von Harper vor den Altar geschleppt wurde. Möglicherweise, er wusste es nicht. Ava jedoch würde ihm vermutlich an die Gurgel springen, wenn er ihr erklärte, dass sie seine Begleitung zur Hochzeit seiner Ex mimen sollte. Oder sie würde sich freuen, endlich mal wieder unter ihresgleichen Zeit zu verbringen.

Keiner der Gedanken gefiel ihm, wie er feststellten musste.

Harper plapperte irgendwas, dann verabschiedete sie sich und legte auf. Colin glotzte sein Handy an, als hätte er eben eine Begegnung anderer Art gehabt, was auf gewisse Weise auch stimmte. Dann blickte er zu Ava, die blass aussah.

»Ava, was ist los?«, wollte er wissen.

Sie hob ihren Blick, Tränen schimmerten in ihren Augen.

»Ich, äh, ich … Das ist …«, stammelte sie, dann wedelte sie mit dem Papier und schluchzte.

Colin riss die Augen auf. Im nächsten Moment bekam Ava noch einen Schluckauf dazu. Sie heulte, dann lachte sie und hickste. Alles gleichzeitig irgendwie.

Colin war überfordert, Gefühlsausbrüche waren noch nie sein Ding gewesen. Er hatte keine Ahnung, wie die Definition eines Nervenzusammenbruchs lautete, aber er glaubte, dass das, was er bei Ava erlebte, dem ziemlich nahe kommen musste.

Er zögerte nicht, stand auf, umrundete den Schreibtisch und zog sie auf die Beine.

»Was ist los?«, fragte er noch einmal und hielt sie fest, darauf bedacht, nicht zu grob zu sein und nicht zu aufdringlich. Aber etwas in ihm hatte ihn gewarnt, dass Ava sonst vielleicht heulend zusammenbrechen würde, und irgendwie wollte er nicht, dass sie sich so schlecht fühlte. In seinem Magen kribbelte es ganz merkwürdig.

»Mein Ex … Er … hat mich angezeigt. Wegen Sachbeschädigung«, gab sie tonlos von sich.

Sie blickte zu ihm auf, ihre grünblauen Augen wirkten riesig, wie zwei tiefe, geheimnisvolle Seen. Ihre Lippen waren geöffnet, sie atmete schnell.

Colins Körper reagierte sofort auf ihre Nähe, ihren Duft, ihre Wärme. Er schluckte und versuchte seinen Blick von ihrem sinnlichen Mund loszureißen, was ihm äußerst schwerfiel. Er wollte sie küssen. Verdammt. Unpassender konnte er ja wohl kaum reagieren. Er sollte sie trösten, nicht sich an sie ranmachen.

Egal wie bescheuert die Idee, sie zu küssen, grundsätzlich war, jetzt war definitiv der schlechteste Zeitpunkt, diesem Verlangen nachzugeben. Stattdessen zog er sie einfach in seine Arme und drückte sie fest an sich – einerseits, um sich davon abzuhalten, ihren Mund in Besitz zu nehmen, andererseits, um sie zu trösten, ihr den Eindruck zu vermitteln, dass sie nicht allein war. Und Ava brauchte das gerade offenbar wirklich, das merkte er an ihren bebenden Schultern. Er kam sich vor wie ein Retter in tiefster Not, kein schlechtes Gefühl, wie er zugeben musste. Gleichzeitig war er ein wenig überrascht, dass sie es überhaupt zuließ. Ava war, was ihr Leben anging, nicht gerade wie ein offenes Buch gewesen. Dass sie sich jetzt an ihn klammerte, als wäre er das rettende Stück Holz in einem reißenden Strom, verwunderte ihn, aber es gefiel ihm absurderweise auch. Sehr sogar – und das nicht nur sexuell gesehen.

Ava legte ihre Hände um seine Hüften und schmiegte sich an seine Brust. Ihre Wange ruhte über seinem Herzen. Sie musste, wenn sie nicht völlig weggetreten war, mitbekommen, wie es raste. Sein Blut schoss in tiefere Regionen, als ihm auf einmal fast schmerzlich bewusst wurde, wie weich und verführerisch ihre Kurven sich an ihn drückten. Colin biss die Zähne zusammen und strich über ihre Haare, weil er keine Ahnung davon hatte, wie er sie sonst trösten sollte, ohne über sie herzufallen.

»Alles wird gut«, murmelte er mit belegter Stimme. »So schlimm wird's nicht werden.«

»Ich kann es nicht glauben.« Sie schluchzte.

Für einige Atemzüge standen sie einfach nur da, niemand sagte ein Wort. Colin strich immer wieder über ihren Rücken, Ava hielt sich an ihm fest, ihr Atem beruhigte sich ganz langsam, und die Schluchzer wurden weniger. Der Schluckauf war noch nicht verschwunden, was irgendwie auch lustig war. Gar nicht mehr komisch war jedoch die Enge in seiner Hose – es war ihm peinlich, denn Ava musste das auch mitbekommen. Andererseits war er eben auch nur ein Mann – und sie eine sehr attraktive Frau. Er atmete tief ein, gleichzeitig löste sie sich ein paar Zentimeter von ihm und schaute zu ihm auf. Was er in ihren Augen las, war keinesfalls Abscheu. Colin atmete scharf ein. Avas Blick war verhangen, eine Sehnsucht brannte darin, die die Lust durch seine Adern in jedes Nervenende trieb. Er wollte sie, und in diesem Moment war er sich ebenso sicher, dass Ava ihn auch begehrte.

Er dachte nicht mehr viel, Colin reagierte, agierte nur noch. Ganz langsam senkte er seinen Kopf. Er hatte sich schon viel zu oft gefragt, wie ihre Lippen schmeckten, und jetzt wollte er davon kosten. Es gab nichts auf der Welt, wonach ihn mehr verlangte. Nichts. Avas Mund war geöffnet, sie atmete schneller.

Ein Knarren lenkte ihn ein wenig ab, er sah, dass jemand in den Raum trat.

»O Entschuldigung, ich, äh, gehe …«

Colin und Ava fuhren auseinander, als sie begriffen, dass Ellie gerade hereingekommen war.

»Nein!«, rief Ava und wischte sich über das Gesicht.

Ellies Stirn war gerunzelt, sie zögerte.

Colin fluchte innerlich, dann trat er einen Schritt beiseite und hoffte, man sah ihm nicht an, wo sich das ganze Blut seines Körpers befand …

»Ava hat schlechte Nachrichten erhalten«, erklärte er. Seine Stimme war ein einziges heiseres Krächzen. Es war geradezu grotesk. Mit zwei langen Schritten umrundete er den Schreibtisch und ließ sich in seinen Stuhl fallen. Von jetzt an würde er einfach die Klappe halten, bis sein verdammter Körper wieder auf Normalniveau funktionierte. Er hatte keine Ahnung, wie lange das dauern würde.

Ellie trat näher. »Ava? Was ist los?«

Ava versuchte zu lächeln, begriff Colin, aber es wirkte eher wie eine Grimasse. Ihre Wangen waren von hektischen Flecken übersät, die Augen rot gerändert. Sie schüttelte den Kopf.

»Es ist mir schrecklich unangenehm, und es ist auch super unprofessionell«, plapperte sie.

Wenigstens der Schluckauf war jetzt weg, dachte Colin voller Sympathie für sie.

O Gott. Wann war das denn passiert?

Jetzt mochte er sie auf einmal?

Er schloss die Lider für eine Sekunde, dann verschob er diese Grübeleien auf später, er war zu gespannt, was Ava gleich sagen würde. Das wollte er keinesfalls verpassen.

Ellie war zu ihr herangetreten und strich ihr ermutigend über den Oberarm. »Ava, Liebes, dir muss nichts unangenehm sein.«

Ava holte tief Luft, ehe sie weitersprach. »Will … Er verklagt mich.«

»Was?«, rief Ellie aus. »Wieso denn das?«

Ava massierte sich die Schläfen. »Gott, es ist mir so peinlich.«

Colin machte sich ganz klein in seinem Stuhl. Es kam ihm so vor, als ob die beiden ihn vergessen hätten, und er fand, für den Augenblick war das ganz gut. Er wollte nicht in diese Angelegenheit mit hineingezogen werden – aber er war sehr daran interessiert, zu erfahren, warum dieser Will Ava verklagte. War das ihr Freund? Er erinnerte sich, dass sie ›Ex‹ gesagt hatte. Daher trug sie vermutlich den Ring nicht mehr am Finger.

»Nun erzähl schon, Ava. Es geht dir bestimmt besser, wenn du deine Sorgen teilen kannst. Wir reißen dir nicht den Kopf ab, Liebes.«

Ava lächelte dankbar. »Na, warte ab. Ich bin nicht stolz darauf, ehrlich, Ellie, das musst du mir glauben. Aber …«

Sie seufzte leise, dann straffte sie sich und blinzelte nervös. »Kurz nach unserem ersten Termin hier habe ich herausgefunden, dass Will mir nicht ganz so treu war, wie ich dachte.«

Ellie stieß ein leises, bedauerndes »Oh« hervor.

Ava blinzelte ein paar Mal. »Na ja, und dann ... bin ich ein wenig ausgeflippt. Ich habe meine Sachen gepackt, bin direkt ausgezogen. Und ... bei meinem Auszug habe ich versehentlich sein Auto beschädigt.«

Colin hörte gespannt zu.

»›Versehentlich‹ ist aber nicht ganz der passende Ausdruck«, fuhr Ava fort. Ihre Wangen färbten sich tiefrot. »Ich, äh, also ... Ich habe auf seine Motorhaube ›Arschloch‹ geschrieben. Mit meiner Nagelschere in den Lack.«

Ellie schnappte erst nach Luft, dann brach sie in Gelächter aus. »Nein! Ehrlich?«

Ava nickte, dabei knetete sie nervös ihre Finger. »Ja, ehrlich. Ich weiß, das ist echt blöd gewesen, aber ich war so sauer, und Will liebt sein Auto mehr, als er mich je geliebt hat. Ich wollte mich irgendwie an ihm rächen.«

Colin wusste nicht, ob er lachen oder Beifall klatschen sollte. Gleichzeitig spürte er Avas Schmerz und ihre Verletzlichkeit sehr deutlich, so deutlich, als wäre es seine eigene. Der Impuls, diesen Will aufzuspüren und ihm mal richtig die Fresse zu polieren, wuchs in ihm und war so stark, dass er von der Intensität selbst überrascht war. Colin war vieles, aber ganz sicher nicht bekannt dafür, dass er andere Typen verprügelte – das hatte er nicht mal bei Harpers Neuem in Erwägung gezogen. Colin saß stocksteif da und wusste nicht, was er mit dieser Erkenntnis anfangen sollte. Glücklicherweise erwartete gerade niemand von ihm, dass er etwas zum Gespräch beitrug.

»Na ja, und jetzt verklagt er mich, wegen Sachbeschädigung, weil ich bislang nicht reagiert habe – er will natürlich, dass ich ihm den Schaden ersetze«, fuhr Ava fort.

Ellie schnaubte. »Männer! Wieso hast du nichts gesagt, Ava? Mein Gott, es tut mir so leid, dass du so etwas erleben musstest. Ich habe mal eine ganz ähnliche Erfahrung gemacht, und glaub mir, seinem Auto den Lack zerkratzen war noch das Netteste, was ich meinem Ex antun wollte.« Sie schmunzelte. »Heute kann ich drüber lachen. Dir wird es sicher irgendwann auch so gehen.«

»Ja, vielleicht. Momentan finde ich daran leider noch nichts witzig, denn diese Klage hier ist echt kostspielig. Ich bin keine Anwältin, ich habe keine Ahnung, ob ich das alles zahlen muss. Ich habe kein Geld für sowas übrig im Moment.« Sie ließ ihre Schultern hängen und seufzte.

Sie hatte kein Geld? Das überraschte Colin wirklich. Woher kamen dann all diese teuren Klamotten, der Schmuck? Aus besseren Zeiten, oder schwindelte sie? Nein, den letzten Gedanken verwarf er sofort. Er hielt Ava nicht für eine Lügnerin.

Ava wandte sich beschämt ab. »Sorry, es ist mir unangenehm. Wer will schon gern über sowas reden, aber das letzte Jahr war hart, und viele meiner Kunden sind weggebrochen. Auf einmal stand mein Geschäft quasi still …«

Er begriff endlich. Eine Welle der Zuneigung schwappte über ihn, gleichzeitig fühlte er sich schuldig, dass er sie die ganze Zeit für eine versnobte Kuh gehalten hatte und sie dies auch das ein oder andere Mal hatte spüren lassen.

Ellie trat neben sie und rieb ihr über den Rücken. »Ava, Liebes, wir bekommen das wieder hin. Vielleicht ist das Ganze ja auch nur eine Masche von ihm, hast du schon mal daran gedacht?«

Ava wandte sich zu ihr, ihre Augen waren groß und traurig. »Wie meinst du das?«

»Vielleicht will er dich zurück und weiß sonst nicht, wie er mit dir in Kontakt treten kann«, mutmaßte Ellie.

Colin schnaubte. »Anrufen wäre dann doch wohl das Mittel der Wahl, oder?«

Ava konnte nicht ernsthaft in Erwägung ziehen, diesen Kerl zurückzunehmen? Eine Klage, um Aufmerksamkeit zu erlangen? Wie armselig war das denn? Colin richtete sich im Stuhl auf.

Ava furchte ihre Stirn, sie neigte ihren Kopf ein wenig. »Meinst du wirklich, Ellie? Ich weiß nicht. Aber ... er hat tatsächlich öfter mal angerufen und auch Nachrichten geschickt, die ich gleich gelöscht habe. Ich meine, hallo? Er hat mich betrogen, was weiß ich, wie lange schon. Wieso sollte ich noch mit diesem Menschen sprechen?«

Colin presste seine Kiefer so fest zusammen, dass seine Zähne knirschten. In seinem Magen bildete sich ein Knoten. Scheiße, sie stand noch auf ihn, auch nachdem er sie betrogen hatte?

»Willst du ihn denn zurück?«, fragte Ellie.

Colin hielt es nicht mehr aus, das wollte er sich nicht anhören. Er sprang auf.

»Tut mir leid, ich muss los«, brummte er und marschierte davon. »Kopf hoch, Ava«, brachte er gerade noch hervor. Sie sollte nicht denken, dass er kein Mitgefühl für sie empfand. Das tat er durchaus, aber er wollte sich echt nicht reinziehen, wie die beiden Pläne schmiedeten, um diesen Will zurückzugewinnen oder was auch immer.

Bäh, er könnte kotzen.

Sie würde ihn doch wohl nicht zurücknehmen?

Na, ihm konnte es egal sein. Aber sowas von.

# Zwölf

Endlich ein neues Zuhause, dachte Ava, als sie durch den Flur des gemieteten Cottages schritt und in die Küche ging. Hier war es schon recht wohnlich, Kenneth und Ellie hatten einen Tisch und ein paar Stühle aufgetrieben, die perfekt in den kleinen, aber heimeligen Raum mit der niedrigen Decke, dem alten Ofen und der winzigen, gezimmerten Küchenzeile passten. Die letzten Tage waren von betriebsamer Geschäftigkeit geprägt gewesen, worüber Ava sehr froh war. Gleichzeitig hatte sie eine Achterbahn der Gefühle erlebt, ein ständiges Auf und Ab. Seit die Klage bei ihr eingetrudelt war, hatte sie sich gefragt, was Will damit bezwecken wollte. Zuerst hatte sie gedacht, *na klar, er will einfach Geld, mich fertigmachen.* Aber Ellie hatte Zweifel an dieser Theorie gesät. Gleichzeitig hatten sie einen mit Kenneth befreundeten Notar und Anwalt in Inverness kontaktiert, der sich das Klageschreiben einmal genauer ansah. Sie hatte noch nichts von ihm gehört.

Ava ärgerte sich mittlerweile, dass sie alle von Will geschickten Nachrichten ungelesen gelöscht hatte – und seit die Klage angekommen war, hatte sie nichts mehr von ihm gehört. Na klar, weil er darauf wartete, dass sie nun den nächsten Schritt machte.

Ava stand am Fenster, Schneeflocken tanzten im letzten, schwachen Sonnenlicht des Tages, während sie ein kalter Lufthauch streifte. Anstatt an Will und seine Spielchen zu denken, sollte sie den Einzug in ihr neues Heim-auf-Zeit genießen. Der Laster mit ihren Sachen war vor einer Stunde eingetroffen. Zwei starke Männer schleppten ihre wenigen Möbel und Kisten ins Haus – sie bauten sogar das Bett für sie auf, wofür sie dankbar war. Nicht, dass sie es nicht selbst könnte, aber sie hatte weder Lust noch Nerven, das zu tun, und war froh, Hilfe zu erhalten. Momentan war sie so schreckhaft wie ein Reh und in etwa so behäbig wie eine Dreijährige, die Hunger hatte. Der Vergleich ließ sie schmunzeln. Ja, Geduld war noch nie ihre Stärke gewesen.

»Hey Jungs«, rief sie. »Ihr kommt doch einen Moment ohne mich klar, oder?«

»Klar, Ma'am«, schallte die Antwort von oben herunter.

»Super, bin in zwanzig Minuten zurück.«

Ehe sie nur dumm herumstand und über ihr verkorkstes Liebesleben grübelte, wollte sie etwas Sinnvolles tun und ihren Kühlschrank füllen. Heute war ihr erster Abend im neuen Zuhause, den wollte sie genießen. Sie hatte vor, sich etwas zu kochen, vielleicht bei Kerzenschein ein Gläschen Wein dazu zu trinken und ihr weiteres Leben als erfolgreiche Single-Frau einzuläuten. Ein leises Lächeln legte sich auf ihre Lippen, während sie in ihren Mantel schlüpfte. Ja, das würde sie tun.

Ava stapfte durch Kiltarff, schon nach wenigen Metern beschlich sie das Gefühl, Eisklumpen an den Füßen zu haben. Der Gedanke war gar nicht so abwegig, denn die dünnen Ledersohlen ihrer kniehohen Stiefel hielten kaum etwas von der eisigen Kälte ab. *Tja, so ist es nun mal*, dachte sie und nahm sich vor, sich die Laune nicht davon verderben zu lassen. Wenn dem Wetter angepasstes Schuhwerk ihr einziges Problem war, dann hatte sie kein wirkliches. Sie würde jedenfalls keine von diesen Leuten werden, die mit Thermostiefeln und Funktionskleidung zur Arbeit oder sonst wohin stapften. Irgendein Designer hatte mal gesagt: ›Wenn du Jogginghosen trägst, hast du die Kontrolle über dein Leben verloren.‹ So in etwa sah Ava das auch, sie ging sogar so weit, das auf andere Kleidungsstücke auszuweiten, die ihrer Meinung nach höchstens zu einem Survival-Trip getragen werden konnten, aber nicht im normalen Alltag.

Erste Zweifel an ihren Vorsätzen kamen ihr auf dem Rückweg. Das Schneetreiben war dichter geworden, ihre Ohren und Nasenspitze waren halb erfroren. Ihr war irgendwie überall kalt. Handschuhe und Mütze würde sie vielleicht noch irgendwo bei ihren Sachen finden, da war sie sich relativ sicher. Ihr Mohairmantel war für das Londoner Wetter immer ausreichend gewesen, da hastete man entweder vom Taxi ins Warme oder von der U-Bahn irgendwohin. Kälte war folglich nie ihr Problem gewesen. Aber hier in Kiltarff? Sie musste alles zu Fuß erledigen …

Schon von Weitem sah sie die kleine Rauchsäule aus einem der Schornsteine ihres neuen Heims aufsteigen. Es gab keine Zentralheizung, daran würde sie sich auch noch gewöhnen müssen, aber zum Glück wusste sie, wie man mit Öfen umging. Wenn sie ganz ehrlich zu sich war, dann fühlte es sich ein wenig nach einem Abenteuer an, mit diesen veränderten Lebensumständen klarzukommen.

Zurück im Cottage brachte sie die Tüten in die Küche, dann legte sie Holz im Ofen nach und wärmte ihre Hände und Füße, während sie überlegte, ob sie nicht doch irgendwo ein paar Wollsocken auftreiben konnte. Wills Haus hatte eine Fußbodenheizung gehabt, da war sie gerne barfuß gelaufen. In diesem Cottage mit dem alten Steinfußboden war daran nicht zu denken, jedenfalls nicht im Winter.

»Dafür ist es meins, na ja, gemietet meins«, murmelte sie, während sie die Einkäufe, inklusive zwei Flaschen Weißwein, in den Kühlschrank räumte. Es war zwar kein Premier Cru Chablis, aber der französische Sauvignon Blanc hatte auch ganz vielversprechend ausgesehen. »Selbst wenn es Essig wäre«, redete sie weiter mit sich selbst. Fehlte nur noch, dass sie sich eine Katze anschaffte. Nein, dachte sie amüsiert. Keine Haustiere.

Die Umzugshelfer teilten ihr mit, dass sie fertig waren. Sie steckte jedem zwanzig Pfund zu und bedankte sich, dann war sie wieder allein mit sich und ihren wenigen Umzugskisten. Fast gleichzeitig mit dem Klicken des Türschlosses bimmelte ihr Handy. Es war Trudy. »Hallo meine Liebe«, antwortete sie. »Wie geht's dir?«

»Das wollte ich dich fragen, Süße.«

Ava lächelte, dann klemmte sie sich das Telefon zwischen Schulter und Wange und öffnete den Kühlschrank. Der Wein war zwar noch nicht kalt, aber das war ihr egal. Von Ellie hatte sie etwas Geschirr aus dem *Bluebell* bekommen. Vier langstielige Weingläser waren auch dabei. Eins davon nahm sie jetzt zur Hand und schenkte sich großzügig ein.

»Meine Möbel sind gerade gekommen«, erklärte sie fröhlich.

»Dann meinst du das wirklich ernst mit dem Umzug?« Trudy klang noch immer erstaunt, obwohl sie ihr schon vor Tagen erzählt hatte, dass sie – außer um sie zu besuchen – gerade keinen Grund mehr hatte, nach London zu reisen. Von Wills Anzeige hatte sie auch berichtet. Trudy hielt nichts von Ellies Theorie, dass Will nur ihre Aufmerksamkeit erregen wollte, um sie zurückzubekommen. Ihre Freundin war sich sicher, dass er anstrebte, sie finanziell zu ruinieren , weil er wusste, dass das ihr einziger Schwachpunkt war. Ava wollte das nicht glauben, denn obwohl er sie betrogen hatte, war ihr der Gedanke lieber, dass er sein Fremdgehen bereute und sie nun schmerzlich vermisste. Egal, ob sie ihn zurückwollte oder nicht. Wollte sie natürlich nicht, aber ihrem Ego täte es gut, wenn Ellies Theorie zuträfe.

»Kommst du mich denn mal in London besuchen? Ich vermisse dich!«

»Aber klar doch, ich vermisse dich auch. Und ab jetzt kannst du auch immer herkommen. Wir könnten uns ein nettes, ruhiges Wochenende mit viel Wein vor dem Ofen machen.«

»Nach Schottland? Was soll ich denn da?« Trudy lachte, als hätte Ava einen guten Witz erzählt.

»So übel ist es auch wieder nicht.« Ava schaute aus dem Fenster, es schneite noch immer, die Umgebung war unter einer weißen Decke verschwunden. Es sah friedlich und still aus, während der Nebel von den Berghängen ins Tal wanderte und die Dämmerung mit sich brachte. Eine Nebelkrähe flog auf der anderen Straßenseite auf einen Ast und blickte sich neugierig um.

»Mir kannst du nichts vorspielen, ich verstehe ja, dass du versuchst, das Beste draus zu machen, aber seien wir ehrlich, Schottland ist in etwa so aufregend wie eingeschlafene Füße.«

»Die Landschaft ist sehr schön«, erklärte Ava und trank einen Schluck. Gleichzeitig spürte sie irgendwie das Bedürfnis, Kiltarff zu verteidigen, was völlig albern war. Hatte sie nicht vor zwei Wochen noch genauso gedacht wie Trudy?

»Seit wann bist du zum Naturmenschen mutiert? Sag mir nicht, dass du jetzt in Softshell-Klamotten bergsteigen gehst?«, scherzte Trudy.

»Nein, nicht wirklich, nur über meine Leiche. Dafür habe ich auch gar keine Zeit.« Ava lachte. Tatsächlich war es so, dass sie die Idee, ein wenig am Loch Ness auf einem der breiten Pfade spazieren zu gehen, jetzt mit dem Schnee gar nicht mehr so übel fand. Allerdings würde sie das vor Trudy nicht zugeben. »Ich habe auch furchtbar viel zu tun, momentan kann ich gar nicht weg«, fügte sie noch an.

»Aber Weihnachten feierst du mit mir, oder?«, fragte ihre Freundin darauf.

Darüber hatte sie noch gar nicht nachgedacht, den Gedanken an die Feiertage hatte sie bislang immer sofort verdrängt.

»Klar, endlich mal wieder eine mega Party irgendwo klingt super.« Nachdem sie das ausgesprochen hatte, merkte sie, dass sie es bis jetzt nicht vermisst hatte, feiern zu gehen. Das lag sicher nur daran, dass sie noch mit der Trennung fertigwerden musste.

»Ich war gestern Abend unterwegs, bin noch ganz schön verkatert. Für Weihnachten überlege ich mir was Feines für uns. Aber hör mal, Ava …« Trudys Tonfall war auf einmal sehr ernst. Fast schon vorsichtig. Ava horchte auf. Irgendwas stimmte nicht, das merkte sie sofort.

»Was ist?«, fragte sie daher.

»Gestern Abend, als ich unterwegs war, da habe ich Will getroffen.«

Seinen Namen zu hören, versetzte Ava immer noch einen leisen Stich. »Ja, und? Ich hoffe, er hat dich nicht bequatscht und genervt wegen mir?«

Trudy stieß einen leisen Seufzer aus. »Nein, hat er nicht.«

»Was dann? Nun sag schon?« Ava trat ungeduldig von einem Fuß auf den anderen.

»Ja, Ava, ich überlege nur gerade, wie ich es dir schonend beibringen kann.«

Ein ungutes Gefühl breitete sich in ihrem Magen aus. »Was meinst du?«

»Will hat eine neue Freundin.«

Avas Mund klappte auf. »Was?«

»Ja, ich weiß. Es hat mich auch überrascht, obwohl er ja nichts hat anbrennen lassen. So lange seid ihr ja auch noch nicht getrennt, aber er hat sie überall als seine Partnerin vorgestellt.«

Ava schwankte. Sie musste sich setzen. Sprachlos ließ sie sich auf einen der drei wackeligen Küchenstühle sinken, dann trank sie ihr Glas aus.

»Ava?« Trudy klang besorgt.

»Was macht dich so sicher?«, wollte sie wissen.

»Sie ist genau sein Typ. Schlank, blond, eloquent, gut gekleidet. Ein bisschen wie du.«

Ava wurde schwindelig, sie rieb sich über die Stirn. »Das hat ja nicht lange gedauert.«

»Nein, hat es nicht. Ich habe einfach gedacht, dass ich es dir erzählen muss, okay? Ich wollte dir nicht wehtun, aber beim letzten Telefonat klangst du so, als ob du dir Hoffnungen machst.«

Ava nagte an der Innenseite ihrer Wange. »Hoffnungen? Nein. Wirklich nicht.« Sie dachte an den Tag zurück, als sie die Klage erhalten hatte – und an Colin, der sie getröstet hatte. An seine Umarmung, seine Wärme, seinen Duft … Für einen Moment hatte sie geglaubt, dass er sie küssen wollte, und Ava hätte nichts dagegen gehabt. Colin war maskulin, attraktiv, insgesamt keine gute Idee. Und was würden überhaupt ihre Auftraggeber sagen, wenn sie sich auf eine Affäre einlassen würde? Nein, ganz bestimmt nicht! So viel zum Thema, dass sie nach Will die Finger von Kerlen lassen wollte. Jetzt auch noch zu hören, dass ihr Ex sich direkt in eine neue Beziehung gestürzt hatte, verpasste ihr einen zusätzlichen Dämpfer. Es zeigte nur, dass der Idiot sie nie geliebt hatte. Sie hatte drei Jahre ihres Lebens in diesen Mann investiert, und dann sowas. Es schmerzte – aber nicht, weil sie ihn noch liebte, es tat weh, zu merken, wie austauschbar sie in Wirklichkeit gewesen war, während sie gedacht hatte, einzigartig zu sein.

Sie brauchte mehr Wein. Sofort. Ava stand auf und tapste zum Kühlschrank. Sie nahm die Flasche heraus und stellte sie auf den Tisch. Dann goss sie sich ein. Randvoll. *Scheiß auf die Etikette, scheiß auf das alles,* dachte sie bitter.

»Danke, dass du mich angerufen hast.« Sie hörte selbst, wie hölzern das klang.

»Kann ich etwas für dich tun?«

»Nein, ich muss jetzt einfach ein bisschen nachdenken. Das alles verdauen, du weißt schon.«

»Ach, Süße, soll ich mich ins Auto setzen und zu dir hochfahren? Ich mache mir Sorgen, du solltest jetzt nicht alleine sein.«

»Nein, lieber nicht. Bis du hier bist, habe ich mich wieder beruhigt, außerdem ist das Wetter scheußlich. Es schneit wie verrückt.«

»Auch das noch!«

Ava lächelte traurig. Trudy war süß. Noch vor sehr kurzer Zeit hatte sie über Schottland genauso gedacht wie ihre Freundin. Mittlerweile fühlte sie sich in Kiltarff ganz wohl – und das war noch eine Untertreibung. Auch wenn sie nicht viel draußen herumwanderte, mochte sie die Kulisse der Highlands, des Loch Ness und des alten Schlosses mit jedem Tag mehr. Auch wenn sie auf größere Schneemassen verzichten könnte. Aber der Winter hatte auch seine guten Seiten. Man konnte ein Feuer anzünden, Kerzen, gute Musik hören, vielleicht endlich mal wieder ein Buch lesen … Ja, sie würde es sich schön machen, überlegte sie trotzig. Aber heute würde sie sich ein wenig Selbstmitleid erlauben. Sie brauchte das.

Nachdem sie sich von Trudy verabschiedet hatte, machte sie sich auf die Suche nach wärmenden Socken – irgendwo musste sie welche haben. Es war ihr scheißegal, wie das mit ihrem Rock und der Bluse zusammen aussah. Sie überlegte sogar, ob sie eine Leggins anziehen sollte und einen dicken Pulli darüber, verwarf den Gedanken aber sofort. Nicht heute – an diesem Abend duldete sie keine Stretch- und Schlabberklamotten. Heute nicht.

Colin fühlte sich bescheuert, als er mit einem Sack Brennholz zu Avas Cottage hinüberstapfte. Der Streit mit seinem Dad steckte ihm noch in den Knochen. Er hatte kein Verständnis mehr dafür, dass er in Arbeit ertrank, während sein Vater seine Lebenszeit vergeudete. Darüber hatten sie sich vorhin zum wiederholten Male gestritten, gebracht hatte es, vermutlich, nichts. Blacky schnupperte hier und da am Schnee, als könnte der Pudel nicht fassen, dass all die wundervoll duftenden Spuren seiner Artgenossen nun überdeckt waren. Auf halber Strecke hielt Colin inne und hätte beinahe kehrtgemacht, aber dann entdeckte er Ava durch ihr Fenster. Sie saß an ihrem Küchentisch. Allein. Vor ihr stand ein Glas Wein. Sie wirkte irgendwie abwesend, gedankenverloren. Einsam.

In seinem Magen meldete sich ein leises Ziehen, das er nicht einordnen konnte. Er schluckte und nahm sich vor, ihr nur das Holz in die Hand zu drücken und dann wieder zu verschwinden.

»Also gut«, sprach er sich Mut zu, was ihm irgendwie albern vorkam.

Er kapierte nicht, was mit ihm los war. Es war bescheuert und aufwühlend gleichermaßen.

Colin klopfte an die Haustür. Es dauerte einen kleinen Moment, bis geöffnet wurde. Ava stand vor ihm und blickte zu ihm auf. Sein Herzschlag beschleunigte sich. Wärme strömte aus dem Haus und ein Hauch ihres Parfums. Gott, niemand sollte so gut riechen dürfen.

»Hi.« Seine Stimme klang seltsam fremd in seinen Ohren.

»O, hi Colin.« Ava wirkte erstaunt, gleichzeitig irgendwie anders als sonst. Sie schwankte, dann hielt sie sich am Türrahmen fest.

War sie betrunken?

Angetrunken?

Ja, vielleicht.

»Ich, äh, habe dir was mitgebracht.« Er hielt den Sack mit Brennholz hoch. »Zum Einzug.«

»Ich bin gar nicht auf eine Housewarming-Party vorbereitet«, erklärte sie, aber er sah, dass sie sich freute. Ihre Augen funkelten, waren aber auch ein wenig glasig.

»Du hast ja sicher schon gemerkt, dass wir Schotten die alten Traditionen lieben, also bitte schön. Das Holz ist für dich, das ist ein Brauch zum Einzug. Und bei dem Wetter ist es ja auch gut, wenn man was zum Heizen hat, nicht?« Meine Güte, wie viel dummes Zeug konnte man bloß schwafeln, dachte er. »Soll ich es dir irgendwo hintragen?«

Ava legte einen Finger an ihre Lippen. »Ja, wieso eigentlich nicht? Und wer ist das?« Sie ging in die Knie, und erst jetzt bemerkte er, dass sie zwar ihre übliche Kluft, Rock und Blüschen, trug, aber dicke Socken an den Füßen hatte. Er grinste.

»Das ist Blacky, er gehört meiner Grandma, aber ich gehe Gassi für sie.«

»Das ist ja nett.« Sie richtete sich auf und schwankte wieder, Colin hielt sie fest.

»Ups, danke«, machte sie und wedelte mit ihrer Hand. »Dann komm mal rein, Highlander.«

Colin runzelte erst die Stirn, ja, sie war definitiv betrunken. Er trat über die Schwelle, Blacky sprang hinein. Colin klopfte sich den Schnee ab, dann zog er die Boots aus, ehe er den ganzen Boden einsaute. Er schloss die Tür hinter sich und ging darauf mit seiner Lieferung in die Küche.

Dort brannte ein behagliches Feuer im Ofen. Auf dem Herd stand ein Topf, aber es sah so aus, als hätte Ava noch nichts gegessen. Es duftete nach Kräutern und Tomaten. Pasta? Er wollte nicht neugierig sein, also widerstand er dem Drang, den Glasdeckel anzuheben.

»So, wo soll es hin?«, fragte er.

Ava stand mit dem Rücken zu ihm, jetzt drehte sie sich um. Er war überrascht, als er Tränen in ihren Augen schimmern sah.

»Das ist echt nett, weißt du?«, erklärte sie. »Warum seid ihr alle so nett zu mir?« Sie ließ sich auf einen Stuhl sinken. »Willst du vielleicht ein Glas Wein? Die Flasche hier ist zwar schon leer, aber im Kühlschrank ist noch eine.«

Colin stellte das Holz in eine Ecke, während er überlegte, wie er mit dieser Situation umgehen sollte. Gott, er hatte keine Erfahrung damit, Frauen zu trösten, die Liebeskummer hatten. Er hatte keine Schwester. Kendra, Maisie und Ellie waren zwar seine Freundinnen, aber die heulten sich bei Männerproblemen untereinander aus. Einerseits war da ein Impuls, der ihm sagte, dass er abhauen sollte, aber ein anderer war stärker: Er machte sich Sorgen um Ava. Zum ersten Mal sah er ihre Verletzlichkeit. Sie war neu hier, hatte keine Freunde und war gerade von ihrem Partner betrogen worden. Das würde sogar die stärkste Frau fertigmachen.

»Ja, wieso nicht, ein Glas Wein klingt gut.« Er holte die Flasche aus dem Kühlschrank, dann suchte er in der Küche nach einem Glas. Als er eins gefunden hatte, goss er sich etwas ein und ihr auch.

»Danke. Siehst du? Schon wieder«, machte sie.

»Was meinst du?«

»Du bist nett zu mir.«

Er grinste amüsiert und ließ sich auf einen Stuhl fallen. »Ich habe ja keine Ahnung, wie Londoner so drauf sind, aber hier in den Highlands ist es keine große Sache, wenn man jemandem Wein einschenkt.«

Ava seufzte.

»Hmpf«, war alles, was sie hervorbrachte.

»Willst du darüber reden?« Er furchte die Stirn und erkannte sich nicht wieder. Jetzt mimte er noch den

Psychiater, wobei das nicht völlig abwegig war, immerhin war er Wirtschaftspsychologe. Aber sein altes Leben kam ihm so weit entfernt zurück, dass es ihn doch überraschte. Und Ava sah wirklich aus, als könnte sie jemanden gebrauchen, der ihr zuhörte – oder einfach nur da war, damit sie nicht alleine mit sich und ihrem Kummer war. Wieder keimte der Impuls in ihm hoch, diesem Will mal richtig den Marsch zu blasen.

»Nee, lieber nicht. Ist peinlich genug.« Sie blickte auf.

Dunkle grünblaue Augen starrten ihn an, und Colins Herzschlag beschleunigte sich. Tiefgründig und sehnsuchtsvoll. Er schluckte.

Gott, was machte er hier? Er sollte abhauen, ehe er zum Schwein mutierte und die Situation ausnutzte.

»Du kannst mich nicht besonders leiden, oder?«, fragte sie schließlich.

»Hä, wie kommst du darauf?«

Sie lachte. »Ich weiß schon, wie ich rüberkomme. Und das ist keine Rechtfertigung – ihr seid hier ein eingeschworenes Team …«

»Was meinst du?«

Ava trank einen Schluck. »Ich passe hier gar nicht hin. Ich besitze nicht mal eine Jeans«, erklärte sie schließlich. »Ich merke doch, wie du mich immer anguckst. Du denkst sicher, dass ich total bescheuert bin, weil ich mich kleide, als wäre ich noch immer in einem schicken Büro in London, oder?«

»Ernsthaft, du hast keine Jeans?«

»Ja, genau. Nicht mal sowas. Und Turnschuhe trage ich nur, wenn ich laufen gehe. Und von Thermohosen oder Schneestiefeln halte ich nicht viel. Langsam beginne ich mich jedoch zu fragen, ob ich nicht völlig irre bin. Was meinst du?«

Sie guckte ihn ein wenig schräg an. Colin schmunzelte, sagte aber nichts.

Sie fuchtelte mit ihren Fingern vor seinem Gesicht. »Ja, ich weiß. Gerade wenn es schneit, frage ich mich, ob das nicht wirklich saublöd ist, an diesen Prinzipien festzuhalten, weil ich in diesem Winter vermutlich erfrieren werde.«

Colin musste aufpassen, nicht loszulachen. Sie war wirklich süß, wenn sie angetrunken war und einfach drauflos plapperte, was ihr in den Sinn kam.

»Na, so schlimm wird's schon nicht werden, außer du beschließt, zelten zu gehen.«

Ava guckte skeptisch. Der Anblick war so witzig, dass er den Kopf in den Nacken warf und laut prustete.

»Sehe ich aus, als würde ich freiwillig campen gehen?«, meinte sie dann mit einem Stirnrunzeln.

»Nein, nicht wirklich. Also, siehst du? Du wirst nicht erfrieren. Hör auf, dir so viele Sorgen zu machen.«

Für eine Weile sagte niemand etwas, hin und wieder nippte einer von seinem Glas. Blacky hatte sich vor dem Ofen zusammengerollt und schlief. Avas Niedergeschlagenheit war deutlich zu spüren, es ging Colin seltsam nah.

»Kann ich dir irgendwie helfen?«, fragte er schließlich.

Ava fuhr sich mit der Hand über das Gesicht. »Ich weiß nicht, ob mir jemand helfen kann.«

Sie blickte nicht auf, aber er spürte ihre Einsamkeit, als wäre es seine eigene. Vielleicht war es das auch, zum Teil, denn er konnte sich gut in ihre Lage versetzen. Obwohl er in Kiltarff geboren und aufgewachsen war, hatte auch er vor zwei Jahren in der eigenen Küche gesessen und sich gefragt, was er hier machte. Er konnte ihre Traurigkeit daher sehr gut nachempfinden.

Colin dachte nicht nach, als er ihre Hand in seine nahm. Sie war kalt, und er verspürte den Drang, sie zu beschützen.

»Du bist nicht allein«, war alles, was er sagte, obwohl ihm so viel mehr durch den Kopf ging.

»Ich kapiere einfach nicht, warum ihr so nett zu mir seid.«

»Weil wir dich mögen?«, schlug er vor. Diese Antwort überraschte ihn selbst. Bislang hatte er Ava als Fremde angesehen, die er notgedrungen akzeptieren musste.

Fast hätte er ironisch gelacht, den Mist glaubte er nicht mal selbst. Nicht mehr, denn schon nach kurzer Zeit hatte Ava gezeigt, dass sie viel mehr als ein hochnäsiges Modepüppchen war, für das er sie zuerst gehalten hatte. Und wenn er endlich einmal ehrlich zu sich war, könnte er sich eingestehen, dass er sie vom ersten Moment an heiß gefunden hatte – Modepüppchen hin oder her. Die sexuelle Anziehungskraft allein hatte zwar nichts mit Sympathie zu tun, aber nachdem er sie nun ein wenig besser kennengelernt hatte, musste er zugeben, dass er sie wirklich mochte und sich für sie wünschte, dass es ihr gutging.

Ava wehrte sich nicht gegen seine Berührung, sie schaute auf ihre und seine ineinander verschlungenen Finger, dabei wirkte ihr Gesichtsausdruck so ehrlich überrascht, dass Colin ganz warm wurde. Als könnte sie nicht fassen, dass er zärtlich zu ihr war.

»Ehrlich? Du magst mich?« Sie hob ihren Kopf und kam ihm so verloren und traurig vor, dass sich sein Herz zusammenzog, aber das war nicht alles. Sein Blick wanderte zu ihren Lippen. O ja, er wollte sie küssen, sehr gern sogar. Aber er wusste, dass das nicht fair war. Sie in der jetzigen Situation auszunutzen, wäre echt beschissen von ihm. Also riss er sich zusammen und schwieg. Sein Daumen strich weiter über ihren Handrücken, sie fühlte sich nicht mehr so eisig an.

»Es tut mir sehr leid, dass ich dich da schon wieder mit reinziehe«, meinte sie schließlich mit einem leisen Seufzen.

»Was meinst du?«, wollte er wissen, während er versuchte, die kleinen Schauer zu ignorieren, die an seiner Wirbelsäule auf und ab jagten. Ihre Haut auf seiner zu spürten war elektrisierend.

»Ich bin sonst nicht so, wirklich nicht. Ich bin keine von den Frauen, die jammert und heult und Szenen macht.«

Colin sagte nichts dazu. Eine wirkliche Szene hatte Ava auch nicht aufs Parkett gelegt, da hatte er schon ganz andere Ausbrüche erlebt, behielt das aber lieber für sich.

»Gerade geht's mir einfach beschissen«, fuhr sie fort und atmete hörbar aus. »Dabei wollte ich heute einen ganz tollen Abend verbringen und ein bisschen für mich feiern, es ist der erste Abend im neuen Zuhause, ich habe einen fantastischen Auftrag, die Arbeit ist toll …« Sie brach ab und nagte an ihrer Unterlippe.

»Aber du vermisst deinen Ex-Freund?«, schlussfolgerte Colin, dabei merkte er, wie ihm diese Worte zusetzten. Er wollte nicht, dass Ava an diesen verdammten Will-wie-auch-immer dachte.

Sie blinzelte ein paarmal. »Nein, ich vermisse ihn nicht, echt nicht. Das ist es nicht.«

Colin atmete aus. Erst jetzt begriff er, dass er die Luft angehalten hatte. Mein Gott, was stimmte nicht mit ihm? »Es ist okay, Ava«, sagte er. »Es ist nun mal zum Kotzen, wenn man betrogen wird.«

Sie schaute ihn mit einem unergründlichen Ausdruck an, und Colin fürchtete, dass er seine eigenen Schutzschilde ein wenig zu weit heruntergelassen hatte. Er wollte nicht über sein nicht vorhandenes Liebesleben oder die Vergangenheit sprechen. Allerdings merkte er jetzt, dass Harpers Verrat noch immer an seinem Ego nagte. Und das war das Seltsame: Obwohl er Harper schon lange nicht mehr liebte, so war die Tatsache, dass sie ihn im Handumdrehen durch einen anderen ersetzt hatte, in sein Herz gebrannt. Eventuell war das der Grund, warum er sich seitdem nicht mehr verliebt hatte. Vielleicht konnte er Frauen einfach nicht mehr vertrauen. Die ganze Zeit hatte er sich eingeredet, dass er lieber alleine sein wollte, aber vielleicht war das nur eine große Lüge gewesen, und der eigentliche Grund dafür, weiter Single zu sein, war die Angst, noch einmal verletzt zu werden. Colin seufzte und schaute auf seine Finger, die mit Avas verhakt waren.

Ava schnaubte leise. »Es klingt, als ob mir Will egal gewesen wäre, doch das stimmt nicht. Es hat mir wehgetan, zu sehen, wie wenig ich ihm bedeutet habe. Vielleicht habe ich mich deshalb an Ellies These geklammert, dass er diese Scheißklage geschickt hat, um in Kontakt mit mir zu treten. Verstehst du?«

Colin runzelte die Stirn. »Äh, nicht direkt.«

Zum ersten Mal an diesem Abend lächelte Ava. »Ja, ich weiß, es ist kompliziert. Obwohl ich froh bin, dass ich Will los bin, und ich bedaure, dass ich drei Jahre meines Lebens an einen Scheißkerl wie ihn verschwendet habe, so hätte es meinem angekratzten Selbstwertgefühl einfach gutgetan, wenn er es ehrlich bereut hätte. Ich würde ihn nie und nimmer zurücknehmen, aber irgendwie wäre es mir besser gegangen, wenn er kapiert hätte, was er an mir verloren hat. Verstehst du? Ich hätte mir gewünscht, dass er traurig ist, dass ich weg bin. Dass er leidet und einsieht, dass er was falsch gemacht hat. Ich habe keine Ahnung, wieso, aber ich würde mich besser fühlen, wenn er begriffen hätte, was er zerstört hat.«

Sie schüttelte den Kopf und zog ihre Hand zurück. Dann vergrub sie das Gesicht zwischen ihren Fingern.

»Ich bin so blöd«, meinte sie noch.

O, er verstand Ava in diesem Punkt sehr gut. Vielleicht waren sie sich diesbezüglich ähnlicher, als ihm klar gewesen war.

»Nein, das bist du nicht«, widersprach er ihr sanft, während ihm ganz warm ums Herz wurde.

Ava linste zwischen ihren Fingern hervor. »Nicht?«

Er schüttelte den Kopf und grinste. »Nein, überhaupt nicht. Ehrlich gesagt fand ich deine Erklärung ziemlich logisch, dafür, dass du voll bist wie eine Haubitze.«

Sie schnappte nach Luft. »Bin ich gar nicht.«

Als ob sie ihm etwas beweisen wollte, trank sie ihr Glas auf Ex leer.

Colin machte große Augen. »Wow.«

Ava kicherte. Dann trafen sich ihre Blicke, und Colin verlor sich in ihren grünblauen Iriden. Sein Herzschlag beschleunigte sich, gleichzeitig hatte er keine Ahnung, was er jetzt als Nächstes tun sollte. Es wäre ein Leichtes, den Tisch zu umrunden und sie in seine Arme zu ziehen. Sein Körper wollte das. Und wie! Verlangen strömte durch seine Adern. Ava war nicht nur äußerlich hübsch, sie war auch wunderschön in ihrem Wesen. Wie hatte er das anfangs so falsch interpretieren können? Nun, er war nicht perfekt und hatte nur das gesehen, was er hatte sehen wollen. Allerdings hatte er keine Ahnung, was in ihr vorging. Und selbst wenn sie jetzt in ihrer weinseligen Stimmung in Erwägung zog, mit ihm ins Bett zu gehen, so hieß das noch lange nicht, dass sie das morgen, wenn sie wieder nüchtern war, auch noch so sehen würde. Es wäre deshalb das Richtige, einfach aufzustehen und zu gehen.

»Du kannst echt gut zuhören.« Sie schenkte ihm ein so ehrliches und offenes Lächeln, dass ihm die Luft für eine Sekunde wegblieb.

Colin räusperte sich, vermutlich hatte Ava keine Ahnung, welche Wirkung sie auf ihn hatte.

»Ich bin bei meinen Freunden nicht gerade als Frauenversteher bekannt«, versuchte er zu scherzen, seine Stimme klang seltsam belegt in seinen Ohren.

»Du bist besser als jeder Therapeut«, witzelte sie. »Vorhin habe ich mich richtig scheiße gefühlt, aber jetzt ist es nicht mehr so schlimm.« Ihre Augen funkelten ein wenig, was ihn sehr freute. Sie lächelte leise.

»Danke, das ist, glaube ich, das netteste Kompliment, das ich bis jetzt bekommen habe.« Colin verzog seine Lippen.

Dann legte er seine Hände auf die Tischplatte und atmete tief ein. Schließlich stand er auf.

»W-was machst du?«, wollte Ava wissen.

»Ich, äh, dachte, dass die Sitzung jetzt beendet ist?«

Ein Schatten huschte über ihr Gesicht, sie stand ebenfalls auf. »Ach so. Äh, ja klar.«

Kam es ihm nur so vor oder sanken ihre Schultern ein Stück nach vorn? Sie wirkte tatsächlich niedergeschlagen, als ob die Aussicht, gleich wieder alleine zu sein, schrecklich für sie wäre. Das konnte er sogar irgendwie nachvollziehen, Ava war sicher keine Frau, die eine gute Einsiedlerin abgab. Und im Grunde wollte er auch gar nicht gehen.

Colin machte zwei Schritte in ihre Richtung. Ava schien das Gleiche gedacht zu haben, denn plötzlich standen sie sich direkt gegenüber, als gäbe es ein unsichtbares Band, das von beiden Seiten aus gestrafft worden war. Es war nahezu absurd, aber er fühlte sich ihr nahe, so nahe und doch nicht nah genug.

Sie trat noch einen Schritt auf ihn zu.

»Du findest mich sicher bescheuert«, murmelte sie schüchtern.

»Ich mag dich, Ava.« Seine Stimme klang rau, und obwohl sich die Worte seltsam anfühlten, entsprachen sie doch der Wahrheit. Vermutlich waren sie eine Untertreibung.

Colin hob seine Hand und ließ seine Finger über ihre Wangenknochen gleiten, sie schloss die Augen und legte den Kopf in den Nacken. Er sah den Puls an ihrer Kehle, und der Wunsch, seine Lippen darauf zu pressen, war beinahe übermenschlich.

»Ich würde dich gern küssen«, murmelte er.

Eine Sekunde. Zwei Sekunden. Donnernder Herzschlag. Pulsierendes Verlangen. Niemand rührte sich, die Spannung zwischen ihnen war greifbar. Ava befeuchtete sich ihre

Lippen, und Colin atmete scharf ein. Hatte sie überhaupt eine Ahnung, wie verführerisch sie war?

»Wieso tust du es dann nicht?«, wisperte sie schließlich, in der gleichen Sekunde presste sie ihren Mund auf seinen und küsste ihn inbrünstig. Ihre Lippen verschmolzen mit seinen, ihre Zunge erforschte seinen Mund und zündete ein Feuerwerk in seinen Nervenenden. Sie schmeckte noch viel besser, als er sich vorgestellt hatte, er verlor sich im Augenblick, in ihrer Nähe, ihren Zärtlichkeiten. Schließlich lösten sie sich voneinander, schwer atmend. Bebend vor Lust. Colin schluckte hart, während er versuchte, sich und sein Verlangen wieder unter Kontrolle zu bringen.

»Geh nicht«, flüsterte sie.

Er lehnte seine Stirn gegen ihre.

»Wer hat gesagt, dass ich gehen will?«, flüsterte er zurück.

»Ich will nicht alleine sein heute Nacht.«

Er schloss sie fest in seine Arme und presste die Zähne zusammen. Weil er keine Ahnung hatte, ob sie sich morgen noch daran erinnern würde, ob es ihr peinlich sein würde, oder ob sie sich bewusst war, dass er mit ihr schlafen wollte, wusste er nicht, was er tun sollte.

Er wollte bleiben. Er wollte genau da weitermachen, wo sie eben aufgehört hatten.

Verdammt noch mal, er sehnte sich nach Sex mit ihr.

Aber er war kein Schwein.

In dieser Situation konnte er bestenfalls ihr Freund sein. Ein Freund, der für sie da war, nicht ihr Liebhaber.

Colin war nicht naiv, ihm war klar, dass die Möglichkeit bestand, dass Ava ihn morgen mit dem Besenstiel verprügeln würde, wenn sie begriff, was hier los war. Deswegen sollte er sich einfach verabschieden und in sein eigenes Bett gehen, egal wie sehr sich sein Körper dagegen sträubte, auch nur einen Zentimeter mehr Abstand zwischen sie und ihn zu bringen.

»Mir ist ein bisschen schwindelig«, flüsterte Ava und ließ sich gegen seine Brust sinken.

Colin wusste nicht, wohin mit sich und seinen Händen, also schloss er sie in seine Arme. Ava schmiegte sich an ihn. Es kam ihm so vor, als lehnte sie mit ihrem gesamten Gewicht an ihm. »Alles okay?«

Sie reagierte nicht sofort.

»Vielleicht doch zu viel Wein«, murmelte sie.

»Wird dir gleich schlecht?« Er schmunzelte, überraschen würde es ihn jedenfalls nicht.

Sie zuckte die Schultern. »Weiß nicht.«

»Komm, ich bringe dich ins Bett. Wo ist dein Schlafzimmer?« Obwohl seine Jeans noch immer schmerzhaft eng im Schritt war, konnte er langsam wieder klar denken. Er würde die Situation keinesfalls ausnutzen. Er würde sie ins Bett legen und dann verschwinden.

»Du musst das nicht machen«, murmelte sie kleinlaut. »Es ist mir peinlich, ich weiß auch nicht, was auf einmal mit mir los ist.«

Aber Colin hatte sie schon in seine Arme gehoben.

»Du hättest das letzte Glas vielleicht nicht in einem Zug leertrinken sollen«, erklärte er amüsiert.

Ava protestierte gegen seinen Transport nach oben. »Hilfe, was ist denn hier los? Ich bin viel zu schwer, du wirst dir einen Bruch heben.«

Colin lachte rau. »Willst du mich beleidigen? Schon vergessen, ich bin ein starker Highlander.«

Ava kicherte und legte nun doch ihre Arme um seinen Hals. »Aber vergiss nicht, ich bin kein Baumstamm, den du so weit wie möglich wegwerfen musst.«

»Keine Angst, Ava. Du bist sehr viel wärmer und weicher als ein Baumstamm.«

»Weich? Du meinst also doch, ich bin zu fett.«

Colin marschierte los, was bei der schmalen Treppe, die nach oben führte, gar nicht so leicht war. »Du bist vieles, Ava, aber sicher nicht zu fett. Wie kommst du nur auf so einen Unsinn? Lass mich raten, dein Ex?«

Sie grunzte. »Erinnere mich bloß nicht an den.«

Irgendwie freute ihn der letzte Satz mehr, als er sollte.

»Wo ist nun dein Schlafzimmer?«, wechselte er das Thema. Wenn er noch ein Wort über diesen verdammten Ex hörte, würde er ausflippen.

»Ich glaube links.« Ihr Kopf ruhte an seinem Hals.

»Nehmen wir das andere Links«, stellte er amüsiert fest, denn das Bett war im rechten der beiden Räume aufgebaut. Es war kühl hier oben, sie hatte den Ofen im Obergeschoss nicht angefeuert. Sanft legte er Ava auf dem Bett ab. »Wo hast du Bettwäsche?«, fragte er. Sie hatte sich längst ausgestreckt und die Augen geschlossen.

»Ava?«, fragte er noch einmal.

»Hier dreht sich alles«, murmelte sie.

Colin holte tief Luft und schaute sich nach einem Behälter um, falls sie sich doch übergeben musste. Im Schlafzimmer lag Teppich, und er war sich sicher, dass sie ihm dankbar sein würde, wenn er verhinderte, dass sie ihren Einzug mit einem derartigen Missgeschick feierte. »Du trinkst nicht so häufig Alkohol, oder?«

»Sprich nicht von Alkohol«, flüsterte sie und legte sich eine Hand über die Stirn. Dann ließ sie ein Bein aus dem Bett hängen. »Wo ist die verdammte Bremse?«

Colin marschierte noch einmal nach unten und nahm die Mülltonne mit nach oben, besser als nichts. *Wenn sie Glück hat, erinnert sie sich morgen nicht daran*, dachte er belustigt. Nicht, dass Ava die erste betrunkene Frau wäre, die er sah. Aber sie war irgendwie die niedlichste von allen.

Wenig später hatte er eine Daunendecke und ein paar Kissen ausfindig gemacht, die er gerade über ihr ausbreitete. »Soll ich dir nicht helfen? Willst du nicht diese Klamotten ausziehen? Hast du irgendwo einen Pyjama oder sowas?«

Was für eine Ironie, als ob er nicht schon darüber nachgedacht hätte, wie es wäre, ihren Rock hochzuschieben – allerdings hatte er sich diesen Moment anders vorgestellt. Seine Mundwinkel bogen sich nach oben.

»Ich kapier einfach immer noch nich', warum du so nett zu mir bis', Colin«, nuschelte sie.

Er setzte sich auf die Bettkante und strich ihr eine Strähne aus dem Gesicht. Ava öffnete die Lider. Der Ausdruck in ihren großen Augen rührte etwas in ihm an, das sein Herz zum Flattern brachte.

»Du bist es wohl nicht gewöhnt, dass Menschen freundlich sind?«

Ava grunzte. »Nicht wirklich.«

Sie drehte ihr Gesicht weg, und er fragte sich unwillkürlich, warum sie so reagierte. Colin war es gewohnt, anderen behilflich zu sein – seine Grandma konnte vieles nicht mehr allein, und obwohl zweimal am Tag der Pflegedienst im Haus vorbeikam und das Nötigste übernahm, war oft genug noch seine Hilfe bei den einfachsten Dingen gefragt. Natürlich war das nicht mit Avas Zustand zu vergleichen, aber er fragte sich doch, ob sie keine Familie hatte, weil sie so überrascht war, wenn jemand einsprang. Sie kam ihm so einsam vor, als ob sie bisher nur erlebt hätte, dass niemand sich für sie einsetzte.

»Du machst das nicht, weil du mich nackt sehen willst, oder?«, brabbelte sie.

»Nicht nur«, scherzte er. »Nein, im Ernst, Ava. Ich habe schon viele Frauen nackt gesehen. Wenn es mir darum ginge, wäre ich nicht hier.«

Sie schob ihre Unterlippe vor. »Wieso nicht? Also findest du mich doch nicht attraktiv.«

Er hob eine Augenbraue. Was sollte er sagen? Die Wahrheit, entschied er. »Ava, ich finde, du bist sehr hübsch, alles an dir. Und nicht nur das, du scheinst auch ein ehrlicher Mensch zu sein, das gefällt mir.« Vermutlich würde sie sich morgen sowieso nicht mehr daran erinnern, dachte er und war froh darüber. Wenn er auf eines keine Lust hatte, dann auf einen Seelenstriptease. »Nun komm schon, raus aus den Klamotten!«

»Na gut.«

Er umfasste ihr Handgelenk und brachte sie in eine sitzende Position. Mit einem Schlucken registrierte er, wie sie die Knöpfe ihrer Bluse öffnete. Dabei schaute sie ihn aus halb gesenkten Lidern an. Seine sexuelle Denkzentrale reagierte mit einem lustvollen Pochen, er fluchte innerlich, dann drehte er sich weg und ging zu dem Häufchen Klamotten, das in einer Ecke des Zimmers aufgetürmt war. »Pyjama«, murmelte er. »Hast du sowas?«

Ava schnaubte, dann quietschte das Bett und ihm flog etwas an den Hinterkopf. Es war ihr Rock. »Weiß nich …«

Colin seufzte, dann kümmerte er sich um den Ofen. Ava hatte sich die Decke bis unters Kinn hochgezogen. Als es knackte und knisterte, setzte er sich noch einmal zu ihr an die Bettkante. »Ist dir immer noch übel?«

Sie nickte. »Ein bisschen. Kannst du vielleicht bleiben, bis ich eingeschlafen bin?«

»Klar.«

Sie klopfte mit der Hand auf die Matratze neben sich. »Nur kurz. Keine Angst, ich falle auch nicht über dich her.«

Colin wusste nicht, ob er lachen oder stöhnen sollte. Wenn hier jemand diesbezüglich in Gefahr war, dann eher sie.

»Ich habe dein Wort?«, witzelte er.

»Nun mach schon, Highlander. Wie ging noch mal der Spruch?«

»Welcher Spruch?« Er löschte das Licht und setzte sich auf das knarrende Bett.

»Na, der in den Filmen.«

Colin legte sich neben sie und verschränkte die Arme hinter seinem Kopf. Er verdrehte die Augen, auch wenn sie es nicht sehen konnte. »Das meinst du nicht im Ernst, oder?«

Ava gluckste. »Doch, doch. Ich hatte mir eigentlich vorgenommen, so zur Einstimmung auf mein neues Leben, heute diesen alten Film anzusehen, hatte ihn mir sogar schon runtergeladen, weil ich ja noch kein Internet oder sowas habe.«

»Himmel«, er seufzte, »wir werden nur auf diese dämlichen Filme und Serien reduziert.«

»Der schottische Akzent ist auch einfach super sexy.«

»Echt?« Er musste grinsen.

»Ach ja, jetzt fällt es mir wieder ein. *Es kann nur einen geben*«, rief sie mit verstellter Stimme und imitierte den Akzent mit dem rollenden ›R‹.

»Du bist echt witzig, Ava. Wolltest du nicht schlafen?« Noch während er das sagte, merkte er, wie er sich langsam entspannte. Er hätte damit nicht unbedingt gerechnet, immerhin lag eine ziemlich heiße Frau neben ihm. Er hatte schon viel zu lange keinen Sex gehabt, und der Kuss war sehr vielversprechend gewesen. Aber es war auch schon sehr spät, das Bett war erstaunlich weich, und es duftete unglaublich gut. Colin gähnte lautstark. Er würde sich ein paar Minuten gönnen, bis sie eingeschlafen war.

»Gute Nacht«, hörte er ihre leise Stimme neben sich, und dann wurde ein wenig von ihrer Decke über ihm ausgebreitet. Colin wollte protestieren, aber kein Laut kam mehr über seine Lippen. Er war eingeschlafen.

KAPITEL

# Dreizehn

Avas Zunge fühlte sich pelzig an, hinter ihren Schläfen pochte es. Irgendwas war anders und doch vertraut. Ava erinnerte sich, dass sie in ihrem eigenen Bett lag und dass sie gestern ins Cottage eingezogen war. Neben ihr schnarchte jemand leise.

Sie riss die Augen auf und schaute nach links. Es war noch dunkel, aber sie konnte Umrisse erkennen. Ach du grüne Neune!

Colin lag auf dem Rücken, er hatte den Mund leicht geöffnete und atmete tief und regelmäßig. Aber das war noch nicht alles, zwischen ihnen lag Blacky zusammengerollt am Kopfende.

Ava wusste nicht mehr genau, was passiert war, vor allem an den letzten Teil des Abends konnte sie sich nur noch verschwommen erinnern. Allerdings war sie sich sicher, dass sie nicht mit Colin geschlafen hatte, obwohl sie den Gedanken gehabt hatte. Und an den Kuss erinnerte sie sich sehr, sehr deutlich. Mein Gott, konnte dieser Mann küssen. Ihr Magen zog sich sehnsuchtsvoll zusammen, das Gefühl war so stark, dass es sogar die leichte Übelkeit übertönte.

Und dann fragte sie sich, ob sie sich sehr peinlich benommen hatte. Ganz sicher war sie nicht. Sich in ihrem Kummer an eine breite Schulter anzulehnen und Wärme und Nähe zu spüren, hatte jedenfalls unfassbar gutgetan, und noch immer war sie überzeugt davon, dass er ganz sicher ein exzellenter Liebhaber war. Aber nicht nur das, Colin war auch ein vortrefflicher Zuhörer, er hatte es wirklich geschafft, dass es ihr besser gegangen war. Hätte sie mal etwas weniger Wein gebechert, dachte sie reuevoll. Sie musste ihr Bild von Colin revidieren, er war keineswegs ein Rohling, ein Hinterwäldler, der keine Ahnung hatte. Er war das ziemliche Gegenteil. Ava war es peinlich, dass sie ihn zuerst nach seinem Auftreten und Erscheinungsbild in eine Schublade gesteckt hatte, die ihm überhaupt nicht gerecht wurde. Und dass er den Abend nicht ausgenutzt hatte, um Sex mit ihr zu haben, konnte jetzt bedeuten, dass er entweder ein Gentleman war oder kein sexuelles Interesse an ihr hatte. Sie hatte leider keine Ahnung, obwohl er bei dem Kuss nicht gewirkt hatte, als hätte er etwas dagegen gehabt.

Da Ava mit ihren Einschätzungen bei Männern in letzter Zeit jedoch auffallend häufig danebengelegen hatte, war sie sich nicht sicher, was sie glauben sollte. Zudem war sie verkatert, und das Denken fiel ihr noch immer schwer.

Colin bewegte sich, er seufzte leise, und dann flatterten seine Lider.

»Guten Morgen«, sagte sie und hoffte, dass ihr Atem nicht ganz so schlimm war, wie es ihr vorkam.

In dieser Sekunde weiteten sich seine Augen. »Blacky! Raus aus dem Bett!«

Der Hund hob nur müde seinen Kopf, aber Colin hatte sich so erschrocken, dass er irgendwie von der Matratze purzelte. Der breitschultrige Schotte landete mit einem lauten Krachen auf dem Boden. Ava konnte ihn nicht mehr sehen, hörte aber seinen derben Fluch. Sie krabbelte zum Rand und schaute zu ihm hinunter. Er lag wie ein Käfer auf dem Rücken, der Anblick war köstlich. Ava lachte los.

»O mein Gott«, prustete sie. »Du bist rausgekullert.«

»Danke, dass du mich darauf hinweist, sonst wäre mir das gar nicht aufgefallen«, brummte er, doch sie hörte aus seinem Tonfall, dass auch er amüsiert darüber war. »Dir gebe ich gleich«, drohte er im Scherz.

Und schon richtete er sich auf, dann stürzte er sich auf sie und kitzelte sie. »So, findest du das immer noch lustig?«

Ava wand sich unter ihm, kreischte, lachte und versuchte sich zu wehren. Aber Colin war stark, zu stark für sie. Blacky war es zu unruhig geworden, er trottete aus dem Schlafzimmer.

»Na, gibst du auf?«, rief Colin irgendwann. Ava war sich sehr bewusst, dass er mit dem vollen Gewicht seines Körpers über ihr lag.

Plötzlich bewegte sich niemand mehr. Ihrer beider Atem ging schwer. Im schwachen Morgenlicht erkannte sie, dass seine Lippen geöffnet waren. Die Luft zwischen ihnen vibrierte. In Avas Magen kribbelte es. Ihre Haut prickelte erwartungsvoll.

Sie hatte sich in ihrer Weinlaune die Anziehungskraft also nicht nur eingebildet. Zwischen ihnen knisterte es. Gewaltig. Der Beweis, dass es Colin genauso ging, drückte sich gegen ihren Bauch. Ava schluckte. Niemand sagte ein Wort. Sie hatte keine Ahnung, wie lange sie so dalagen, es könnten Sekunden oder Stunden sein …

Irgendwann räusperte sich Colin. »Ich sollte gehen …«

Enttäuschung machte sich in ihr breit. Wieso?

»Äh, ja«, stammelte sie.

Colin kletterte umständlich von ihr herunter, bis er vor dem Bett stand. »Ich muss los, der Laden …«

»Klar.« Er hatte sich gerade abgewendet, als sie ihm noch einmal hinterherrief. »Colin?«

»Ja?«

Sie saß aufrecht im Bett, ihr Herz klopfte wild. Es war ein komisches Gefühl, sie wollte nicht, dass er ging, aber sie wusste auch nicht, was sie sagen sollte, um nicht komplett bescheuert zu klingen. Er hatte sie schon in mehr peinlichen Situationen erlebt, als ihr lieb war. »Danke«, wisperte sie deshalb nur, obwohl sie ihre Hände ausstrecken und ihn zu sich heranziehen wollte. »Danke, dass du für mich da warst.«

Er räusperte sich. »Aber sicher. Sowas macht man doch unter Freunden.«

Freunde!

Ava schluckte. Eine kalte Dusche hätte nicht effektiver sein können. Sie nickte. »Dann, äh, wünsche ich dir einen guten Tag.«

»Dir auch, Ava. Bis bald.«

Damit verließ er das Schlafzimmer. Sie hörte, wie er die Treppen hinunterpolterte, Blacky rief, und nach kurzer Zeit krachte die Haustür ins Schloss. Ava ließ sich in die Kissen zurücksinken und stöhnte. »Mein Gott, was mache ich hier eigentlich?«

Als Colin die Haustür aufschloss, hielt er einen Augenblick inne. Aus der Küche drang das Geklapper von Geschirr an seine Ohren. Er runzelte die Stirn, dann schlüpfte er aus Stiefeln und Jacke. Blacky war schon ins Wohnzimmer davongetrottet. Colin tapste auf Socken über den Flur in die Küche. Dort blieb er einen Moment überrascht stehen.

»Guten Morgen.« Er blinzelte ein paarmal, weil er das Bild, das sich ihm bot, erst einmal verarbeiten musste. Sein Vater stand am Herd und bereitete Porridge zu, die Kaffeemaschine blubberte, und auf dem Abtropfsieb stapelten sich gewaschene Teller und Gläser.

Was war denn hier los? Träumte er?

Sein Dad wandte sich zu ihm um. »O, guten Morgen, mein Junge.«

»Was machst du hier?« Colin überlegte, ob er sich kurz kneifen sollte.

»Ich bereite Frühstück für Grandma und mich zu – ich wusste ja nicht, ob du heute Morgen wiederkommen würdest.«

Colin machte große Augen.

»Äh«, war alles, was er hervorbrachte.

Sein Dad widmete sich wieder dem Haferbrei und stand nun mit dem Rücken zu ihm.

»Ich werde dich nicht fragen, wo du übernachtet hast, aber falls du nun häufiger bei deiner Freundin bleiben möchtest, würde ich versuchen, mich ein wenig mehr hier einzubringen«, fuhr sein Dad fort.

Colin war fassungslos. Er holte tief Luft. »Meine Freundin?«

»Ich gehe davon aus, dass du bei einer Frau geschlafen hast und nicht etwa bei einem Kumpel.«

Colin wurde schrecklich heiß, er rieb sich über das unrasierte Kinn, während er überlegte, was er dazu sagen sollte. Es war grotesk, aber irgendwie auch lustig. Da redete er monatelang auf seinen Vater ein, dass er endlich aus seiner Lethargie erwachen sollte, stieß damit auf taube Ohren, und dann blieb er einmal unangekündigt eine Nacht weg, und schon drehte er voll auf? Woher wusste er das mit Ava überhaupt? Colin hatte keine Ahnung, und er fand es auch eher merkwürdig, wenn er es seinem Dad nun erklären würde, nach dem Motto: ›Es ist nicht so, wie du denkst …‹ Colin wusste ja noch nicht mal selbst, was das mit Ava war – ob es überhaupt etwas war.

In der nächsten Sekunde fiel ihm ein, dass am Wochenende auch noch Harpers Hochzeit anstand. Er hatte noch immer nicht abgesagt, gleichzeitig wusste er nicht, ob Ava überhaupt klar war, wozu sie Ja gesagt hatte, als er sie gefragt hatte, ihn zu begleiten. Ihm war bewusst geworden, dass an dem Tag, als die Klage eingegangen war, vermutlich ein Vulkan hätte ausbrechen können, ohne dass sie wirklich Notiz davon genommen hätte. Er würde sie fragen müssen, ob sie immer noch dabei war – aber er wusste ehrlich gesagt nicht, was er genau sagen sollte, denn im Grunde wollte er ja gar nicht zu Harpers Hochzeit gehen. Oder?

Colin ließ sich auf einen Küchenstuhl fallen und rieb sich die Schläfen. Gott, in kürzester Zeit war sein Leben irgendwie kompliziert geworden, oder machte er es einfach nur kompliziert? Er war auf jeden Fall überfordert.

Fassungslos schaute er zu, wie sein Dad eine Tasse aus dem Schrank zog, Kaffee eingoss und sie ihm vorsetzte.

»Bitte«, machte er, dann holte er Teller.

»Was ist passiert, dass du …« Colin brach ab und hielt lieber die Klappe. Er wollte gar nicht wissen, warum sein Dad so plötzlich beschlossen hatte, wieder kleinere Pflichten im Haushalt zu übernehmen. Er hoffte nur, dass es anhielt und er wieder mehr am Leben teilnahm.

»Kendra hat mich bei der Gemeinde zu so einem Seniorentreff angemeldet, da gehe ich heute am Nachmittag mal hin.«

»Seniorentreff«, wiederholte Colin ungläubig. Er hatte seinem Vater hundertmal vorgebetet, was er alles unternehmen könnte. »Kendra hat mit dir gesprochen?«

»Ja, sie war gestern Abend kurz hier, sie wollte mit dir reden, weil sie irgendwas fürs *Lantern* bestellen wollte und es nicht zu den Öffnungszeiten in den Laden geschafft hat. Da habe ich ihr gesagt, dass du nicht zuhause bist, was ja auch stimmte. Und sie meinte dann, ja, sie hätte dich gesehen, wie du mit Brennholz bei der Neuen aus London vor der Tür gestanden hättest, und dass sie gedacht hätte, dass du schon zuhause sein müsstest, weil das vor zwei Stunden gewesen sei, und, na ja, da du noch nicht wieder zurück warst, habe ich eben mit ihr geplaudert. Kendra ist ein nettes Mädchen.«

Colin war schwindelig. So viele Worte hatte sein Vater in den letzten Monaten nicht in einem Atemzug herausgebracht.

»Na, toll«, war alles, was er dazu zu sagen hatte. Eigentlich sollte er sich freuen, aber seine Freude wurde ein wenig von Genervtheit überschattet. Kendra hatte also ihre eigenen Schlüsse gezogen, ebenso wie sein Dad, und vermutlich würden bald alle in Kiltarff wissen, dass er bei Ava geschlafen hatte. Natürlich wusste niemand, wie es wirklich war, also würde die Geschichte die Runde machen, dass er was mit Ava am Laufen hatte. Er könnte zu Kendra gehen und sie bitten, die Klappe zu halten, aber das würde nur neue Fragen aufwerfen. Er konnte es sich bildlich vorstellen. Wenn er dementierte, dass er was mit Ava hatte, würde Kendra es sich zur Aufgabe machen, herauszufinden, ob es stimmte. Und auf ein Verhör hatte er wirklich keine Lust, sollte sie doch denken, was sie wollte. Er blies in seinen Kaffee und nahm einen großen Schluck. Natürlich war der immer noch zu heiß, sodass er sich verbrannte. Colin fluchte derb. »Und jetzt gehst du also zum Seniorentreff«, sagte er dann zu seinem Dad.

»Ja, sie hat mich so nett gebeten, und … na ja … Vielleicht ist es an der Zeit. Ich … möchte nicht zur Belastung für dich werden. Du hast dein Leben noch vor dir.«

Er wollte lieber nicht wissen, was Kendra genau zu seinem Dad gesagt hatte, aber anscheinend hatte es funktioniert. Colin schluckte, er sah in das faltige Gesicht seines Vaters, und eine Welle der Zuneigung schwappte über ihn. »Ich finde, es ist eine sehr gute Idee, dass du mal rausgehst.«

»Und wenn du nächstes Wochenende zu dieser Hochzeit fährst, dann übernehme ich das mit Grandma. Mach dir keine Gedanken. Kendra kommt auch vorbei und schaut mal nach dem Rechten.«

Colin verzog seinen Mund. »Mein Gott, was hat Kendra denn noch alles erzählt?« Die hatte offenbar Plauderwasser getrunken, ehe sie hergekommen war. Andererseits, wenn sein Dad von sich aus anbot, mehr im Haushalt zu übernehmen, dann sollte Colin ihn keinesfalls in seinen Bemühungen bremsen, auch wenn das bedeutete, dass er zu dieser vermaledeiten Hochzeit fahren würde. Wer bitte heiratete denn zwei Wochen vor Weihnachten? Na gut, ihm sollte es egal sein.

Colin trank seinen Kaffee aus, dann stand er auf. »Ich gehe mal duschen und dann ins Geschäft.«

Kurz kam ihm der Gedanke, dass er seinen Dad fragen könnte, ob er bereit wäre, wieder mehr mit einzusteigen, aber er verwarf ihn sofort. Er hatte jetzt schon so große Zugeständnisse gemacht, dass er seinen alten Herrn nicht überfordern wollte. Ein Schritt nach dem anderen. Dass er Frühstück machte, glich schon einem Wunder.

# Vierzehn

J etzt geht es also richtig los.« Ellie klatschte in die Hände. Die Sonne strahlte über dem Loch Ness und glitzerte im Schnee. Der Himmel war von einem reinen und kraftvollen Blau.

Ava musste niesen. Sie griff nach einem Taschentuch und hielt es sich vor den Mund.

»O, Gesundheit«, meinte Ellie. »Auch, wenn man das eigentlich nicht mehr sagen soll. Du bist erkältet«, stellte sie dann fest.

Ava schniefte. »Nur ein bisschen.«

»Meine Liebe, es ist vielleicht anmaßend von mir, aber bei dem Wetter ist das kein Wunder. Du solltest dich wärmer anziehen. O Gott, jetzt klinge ich schon wie meine eigene Mutter.« Ellie kicherte.

Hitze kroch über Avas Hals und stieg in ihre Wangen. Sie trug, wie immer, High Heels und eines ihrer Business-Outfits. »Aber alles andere wäre doch irgendwie unprofessionell, ich hatte so viele Termine in den letzten Tagen mit den Handwerkern, um alles noch mal im Detail durchzugehen … Da kann ich ja schlecht in Latzhose ankommen.«

Davon mal abgesehen, besaß Ava überhaupt keine Latzhose, aber das musste sie Elie nicht auf die Nase binden.

Die seufzte. »Weißt du, uns wäre es egal, ob du im Pyjama hier ankommst«, witzelte sie. »Hauptsache, die Arbeit wird gemacht.«

Ava schluckte. Dann musste sie noch einmal niesen.

»Also, um ehrlich zu sein, ich fürchte, ich habe gar nichts anderes zum Anziehen. Nicht wirklich«, gab sie kleinlaut zu und putzte sich mit einem frischen Taschentuch lautstark die Nase.

Ellies Augen weiteten sich, dann huschte ein Ausdruck der Erkenntnis über ihre Züge, der weder spöttisch noch genervt war. »Ich verstehe. Na, London ist auch ein anderes Pflaster, hm?«

Ava nickte und war froh, dass Ellie sich nicht über sie lustig machte. »Ja, ich war jetzt nicht so gut auf einen Wintereinbruch vorbereitet.«

Ellie stand auf und ging vor dem Fenster auf und ab. Staubkörnchen tanzten in der Morgensonne. Dann blieb sie abrupt stehen und schnellte zu Ava herum. »Letztes Jahr hatten wir auch gar keinen Schnee, man steckt da halt nicht drin. Okay, ich habe eine Idee, aber bitte nicht sauer sein, oder so.«

Ava hob eine Augenbraue. »Wieso sollte ich sauer sein?«

Ellie lächelte. »Du holst dir eine Lungenentzündung, wenn du weiter in diesen sommerlichen Klamotten hier herumstiefelst … Und da dachte ich, wir könnten mal bei Colin shoppen gehen.«

»Bei Colin«, wiederholte Ava lakonisch. Ihr wurde noch heißer in ihren dünnen Klamotten. Momentan würde sie vermutlich eher den Schnee zum Schmelzen bringen, als dass sie etwas Wärmenderes zum Anziehen brauchte. Bei Colin im Laden Outdoor-Outfits einzukaufen war das Letzte, was sie wollte. Sie hatte ihn seit seiner Übernachtung bei sich nicht gesehen, nur ein paarmal am Telefon gehabt. Da war er höflich, aber sehr bemüht darum gewesen, professionell zu bleiben. So war es ihr jedenfalls vorgekommen.

»Ja.« Ellie strahlte über das ganze Gesicht. »Bei ihm gibt es wetterfeste Wanderstiefel und auch robuste Kleidung – alles, was man eben so braucht, wenn man in den Highlands unterwegs ist. Du hast ja schon gemerkt, dass wir hier in Kiltarff nicht so viele Läden haben.«

Ava wurde blass. Sie schluckte. Ihr Albtraum wurde wahr, bald würde sie herumlaufen wie auf einer Bergwanderung. Ade Style und Cashmere …

»O mein Gott«, stieß sie hervor.

Ellie kam auf sie zu und legte ihr eine Hand auf die Schulter. »Ich kann irgendwie verstehen, dass das erst mal komisch für dich klingt. Du legst ja sonst wirklich viel Wert auf die passende Garderobe, und ich stimme dir zu, natürlich sieht so eine tolle Seidenbluse richtig elegant aus, aber vielleicht kannst du dich mit dem Gedanken anfreunden, deiner Gesundheit zuliebe? Vielleicht auch, weil du ja nun immer wieder auf die Baustelle gehen musst. Da sind High Heels echt unpraktisch. Außerdem wird es auch schmutzig und laut.«

Ellie nickte aufmunternd, und Ava wusste noch immer nicht, was sie sagen sollte. Sie fand nicht wirklich Gründe dafür, warum sie Ellies Vorschlag ablehnen könnte – außer, dass sie selbst eine gewisse Abneigung gegenüber grober Kleidung hatte, weil sie ihre Seidenblusen als Schutz brauchte, um ihr Selbstwertgefühl aufzubessern. Es machte Klick in Avas Kopf, ja, das musste es sein, denn rein logisch gesehen, ergab es keinen Sinn, den ganzen Tag zu frieren, nur um irgendeinen Schein zu wahren. Und für wen überhaupt? Offenbar war sie die Einzige in Kiltarff, die dachte, sie müsste sich so anziehen.

»Können wir nicht erst mal mit einer Jeans oder so anfangen?«, versuchte Ava ein letztes Mal gegen das Survival-Outfit anzureden.

Ellie schnappte nach Luft. »Ist nicht dein Ernst, oder? Du hast wirklich nur so feine Stöffchen? Nicht mal eine normale Jeans?«

Ava nickte. »Sieht so aus.«

»Ich wünschte, ich wäre ein wenig mehr wie du, weißt du? Als ich mich in Kenneth verliebt habe …«, sie nahm Ava gegenüber Platz und sprach weiter, »da habe ich mich die ganze Zeit gefragt, wie ich nur jemals in seine Welt passen sollte. Er, der adelige Earl und reiche Pinkel. Die uralten Traditionen, das feudale Schloss … und nicht nur das, selbst wenn er weiter Polo gespielt hätte und ich ihn mal hätte begleiten wollen, dann hätte ich überhaupt nicht gewusst, wie ich mich in so einer Gesellschaft bewegen soll. Die Frauen mit Hüten und ihren perfekt sitzenden Kleidern … Das alles ist überhaupt nicht mein Ding – deswegen kann ich dich gut verstehen. Bei dir ist es halt andersherum, du weißt genau, wie man den richtigen Ton trifft. Nur … Vielleicht ist die Melodie in Schottland im Winter eine andere? O je, das ist jetzt echt philosophisch geworden.« Ellie schob sich eine Strähne hinters Ohr.

Ava dachte einen Augenblick darüber nach. »Na, du hast vermutlich nicht so ganz unrecht. Ich habe das so noch nie gesehen, und ich kann mir überhaupt nicht vorstellen, dass du auch nur die geringsten Zweifel hattest. Du bist immer so souverän. Du wirkst so, als gehörst du genau hierhin, in dieses Schloss mit all seiner Historie, da hatte *ich* nie auch nur eine Sekunde Zweifel.«

Ava kapierte, es hatte nichts mit ihren Klamotten zu tun, es war eine Sache der inneren Einstellung. Da musste sie wohl an sich arbeiten.

Ellies Wangen färbten sich rot, sie beugte sich ein wenig über den Tisch. »Wenn ich nur daran denke, dass Kenneth mir mal einen Antrag machen könnte, breitet sich bei mir die pure Panik aus.«

Ava bekam große Augen. »Was, wieso denn?«

»Ich weiß nicht mal, wie man die Frau eines Earls nennt«, gab Ellie zu und lächelte nervös.

Ava erinnerte sich an eines ihrer ersten Gespräche, als Ellie und Kenneth noch über eine mögliche Hochzeit im Schloss gescherzt hatten. Ellie wirkte immer so selbstbewusst und mit sich im Reinen, daher war Ava überrascht, dass es offenbar doch Bereiche gab, in denen diese großartige Frau unsicher war. Vielleicht gehörte das auch ein bisschen zum weiblichen Geschlecht, dass man erst mal alles in Zweifel zog und versuchte, perfekt zu sein. Dabei wusste jeder, zumindest vom Kopf her, dass es niemanden gab, der fehlerfrei war. Nur bei sich selbst, da war man immer strenger. Avas Zuneigung zu Ellie wuchs noch einmal ein Stückchen.

»Countess«, sagte Ava freundlich. »Du wärst dann die Countess of Glencairn.«

Ellie stöhnte und vergrub das Gesicht zwischen ihren Händen. »Hilfe!«

Ava nahm ihre Hand. »Du bist großartig, und du wärst noch eine großartigere Schlossherrin, nein, warte, die bist du schon! Und Titel hin oder her, das ist doch völlig wurscht.«

Ellie lächelte dankbar. »Du bist genauso großartig, Ava. Ich bin sehr froh, dass ich dich kennengelernt habe.«

»Vielleicht könnten wir das mit den Stiefeln ja mal probieren …«, meinte Ava schließlich. Obwohl ihr Herzschlag bei dem Gedanken, in Colins Laden Kleidung für sich auszusuchen, in ungeahnte Höhen schnellte, stimmte sie Ellie doch zu: Ava gab nichts von ihrem Ich auf, sondern gewann eine neue Facette dazu. Wenn sie es sich noch einmal überlegte, war die Idee wirklich gut. Und die Aussicht, endlich nicht mehr mit eiskalten Füßen herumlaufen zu müssen, war auch sehr angenehm.

Wie Colin wohl reagieren würde, wenn sie dort aufkreuzte? Ging er ihr vielleicht sogar aus dem Weg? Sie war sich nicht sicher, aber beim Gedanken an ihn kribbelte es in ihrem Magen – nicht nur wegen des neuen Kleidungsstils ...

»Online-Shopping kommt wohl nicht infrage?«, hakte Ava vorsichtig nach.

Ellie schüttelte den Kopf. »Hier im Ort müssen wir uns gegenseitig unterstützen, nein, falsch: Wir müssen nicht, sondern wir unterstützen uns gegenseitig, weil es nur so in der Gemeinschaft funktioniert. Und wenn du etwas möchtest, was Colin gerade nicht dahat, dann bestellt er es gern für dich. Komm, wir gehen gleich mal rüber.«

Ellie sprang auf die Füße. Avas Magen machte eine nervöse Umdrehung. »Jetzt gleich?«

O Gott, sie war nicht vorbereitet. Ellie konnte natürlich nicht wissen, dass es für Ava so aufregend war, weil es nicht nur um warme Kleidung ging ...


Wenig später betraten die beiden *Girvan's Hardware*. Der Laden war weihnachtlich geschmückt, das Radio lief, und es dudelte Weihnachtsmusik im Hintergrund. Im Eingangsbereich stand eine Tanne, die mit bunten Kugeln, Zuckerstangen und einer blinkenden Lichterkette dekoriert war. Ava entdeckte Colin nicht sofort, während Ellie schon zielsicher in einen Gang marschiert war. Doch dann sah sie ihn: Er stand vor einem Regal für Außenbeleuchtung und schaute sie mit großen Augen an. Avas Puls schnellte in die Höhe.

»Hi«, sagte sie, und es kam ihr lächerlich vor, wie dünn ihre Stimme klang. Leider waren auch ihre Knie weich. So weich, als würde sie gleich vor seinen Füßen zerfließen, was ganz sicher nicht nur daran lag, dass er sich über sie lustig machen würde. Wenn sie erst mal Trekkingboots und Thermohosen anprobierte, würde er sicher einen blöden Spruch ablassen.

»Hi Ava, hi Ellie«, rief Colin und kam auf Ava zu. »Was gibt's? Ist noch was offen, ich dachte, wir hätten alles bestellt?«

Die einzelnen Gewerke hatten die Order erhalten, alles, was sie benötigten, direkt bei Colin in Auftrag zu geben, und Ava bekam die Kopie der Bestellung per Mail.

»Nein, das läuft alles«, erwiderte Ava nervös.

»Wir sind wegen Ava hier«, hörte sie Ellie vom anderen Ende rufen. »Sie braucht endlich mal ein paar vernünftige Klamotten.«

Colins linke Augenbraue wanderte langsam in die Höhe, dann folgten seine Mundwinkel. Ein schelmisches Grinsen, das Ava schlucken ließ. Er sah unverschämt gut aus, Holzfällerhemd hin oder her – oder vielleicht gerade deswegen. Es passte zu ihm, alles andere käme ihr mittlerweile sogar albern vor. Sie fühlte sich mit einem Mal ziemlich dämlich, seit sie begriffen hatte, wie lächerlich ihr Erscheinungsbild hier in den Highlands wirkte. Colin verschränkte die Arme vor der Brust, während er seinen durchdringenden Blick über ihren Körper gleiten ließ. Ihr Atem stockte, denn sie erkannte nicht nur Spott in seinen Augen.

»Wie jetzt?«, fragte er nach endlosen Sekunden mit einem süffisanten Grinsen auf seinen sinnlichen Lippen. Sie hatte nicht vergessen, wie gut sie sich angefühlt hatten. »Haben die High Heels etwa keine Spikes?«

Für einen Moment konnte sie ihre sexuellen Fantasien ausblenden, was auch daran lag, dass er sich gerade wie ein Idiot benahm – obwohl sie mit einem Spruch gerechnet hatte. Der Impuls, ihm ihre Faust in den Solarplexus zu rammen, wuchs, aber sie war von Natur aus nicht gewalttätig, also presste sie einfach die Lippen aufeinander, ging an ihm vorbei und suchte Ellie.

»Sei nicht so fies«, erwiderte diese über ein Regal hinweg und gluckste. »Hilf mir mal lieber. Ava, was hast du für eine Schuhgröße?«

Eine halbe Stunde später hatte Ava Trekkingschuhe, drei Paar Wandersocken, einen Wollpullover, eine Worker-Jeans und eine wasser- und winddichte Jacke vor sich liegen. Ein Handy bimmelte, Ellie entfernte sich ein paar Schritte und nahm das Gespräch an.

»Fehlt noch was?«, wollte Colin wissen. »Handschuhe vielleicht?« Dabei grinste er breit, seine Augen funkelten. Dieser Kerl hatte auch noch Spaß dabei.

Ava nahm ein Paar Socken und haute es ihm ganz leicht um die Ohren. »Du genießt das hier ganz schön, oder?«

Er wackelte anzüglich mit den Augenbrauen. »Du hast ja keine Ahnung …«

Was auch immer das bedeuten sollte. Ava studierte seine Mimik, für einen kurzen Moment glaubte sie, dass er noch gerne ergänzt hätte: ›Ich würde es mehr genießen, dich auszuziehen, als dich neu einzukleiden.‹

Vielleicht war da ihr Wunsch aber auch Vater des Gedankens, überlegte Ava mit einem süßen Ziehen in ihrer Mitte. Sie blinzelte und atmete tief ein und aus. Ihr war auf einmal so warm, dass sie sich Luft zufächeln musste. Mein Gott, da ging ihre Fantasie aber ganz schön mit ihr durch. Colin hatte bestimmt nichts in dieser Richtung im Sinn gehabt. Oder doch? Er starrte sie jedenfalls noch immer sehr eindringlich an.

»Alles okay?«, wollte er wissen, so lässig, als könnte er kein Wässerchen trüben.

Sie nickte.

»Klar.« Ihre Stimme klang eher wie ein Krächzen.

In dieser Sekunde kam Ellie zurück. »Sorry, Leute, ich muss leider ins *Bluebell*, da stimmt irgendwas nicht mit einer Lieferung. Wir sind jetzt bei den Vorbereitungen für Weihnachten und die Feiertage, da gehts manchmal drunter und drüber. Sag mal, Ava, feierst du eigentlich mit uns? Ich habe für den Vierundzwanzigsten was angedacht.«

»Für den Vierundzwanzigsten«, wiederholte Ava mit einem Stirnrunzeln.

Ellie nickte. »In Deutschland packen wir am Heiligen Abend schon die Geschenke aus.« Sie kicherte. »Und, hast du Zeit?«

»Ich, äh, weiß noch nicht. Meine Freundin Trudy aus London und ich …«

Ellie winkte ab. »Kein Problem, ich verstehe, wenn du Pläne hast. Ich will auch nicht zu aufdringlich sein, aber zu *Hogmanay* musst du kommen. Ja?«

Ava wusste natürlich, dass die Schotten den Jahreswechsel ganz groß zelebrierten und es sehr traditionell zuging. Irgendwie hatte sie aber noch keinen Gedanken daran verschwendet, wie das in Kiltarff genau ablief. Sie wusste, man fing in den Abendstunden des einunddreißigsten Dezembers an zu feiern, und das ging dann bis in die frühen Morgenstunden des ersten Januars – im Grunde wie eine Silvesterparty. Sie hatte mal gelesen, dass Black Bun, eine Art Früchtebrot, unbedingt dazugehörte.

»Bitte, Ava«, wiederholte Ellie und legte ihr eine Hand auf den Oberarm. »Wir feiern alle zusammen, es ist eine Privatparty, es sind also keine Gäste im *Bluebell* außer uns.«

Ava schaute Colin an, der damit beschäftigt war, einen Fussel von seinem Flanellhemd zu klauben. Er würde bestimmt auch dort sein, überlegte sie. Ein heißes Prickeln kroch an ihrer Wirbelsäule auf und ab. Gleichzeitig merkte sie, wie sich Vorfreude bei ihr einstellte, also nickte sie. »Klar, zu *Hogmanay* werde ich auf jeden Fall hier sein, das möchte ich keinesfalls verpassen.«

»Großartig.« Ellie umarmte sie überschwänglich. »Dann macht ihr mal weiter, und Colin, finde du bitte mal raus, was Ava sich zu Weihnachten wünscht, ja?« Sie klopfte ihm auf die Schulter und lachte.

Er schnaubte leise etwas, das sehr stark nach »Woher soll ich das denn wissen? Sehe ich aus, als wäre ich Shopping-Berater?« klang.

Ava konnte ein Kichern nicht länger unterdrücken. Ellie winkte, dann tänzelte sie aus dem Geschäft. Plötzlich waren sie allein, und die Stimmung veränderte sich. Es kam ihr so vor, als wüsste keiner von ihnen, was er oder sie jetzt sagen sollte. Ava ging es jedenfalls so. Vorsichtig hob sie ihren Blick und wandte sich Colin zu, der sie mit einem großen Fragezeichen im Gesicht betrachtete.

»Was ist los?«, wollte sie wissen.

»Ich, äh, habe mich nur gefragt …«, fing er an und vergrub seine Hände in den Hosentaschen. Er wirkte beinahe schüchtern. »… ob du dich noch erinnerst, was wir mal besprochen haben.«

Ava furchte ihre Stirn. »Ich denke, du musst mir da ein wenig auf die Sprünge helfen, wir haben ja schon so viel besprochen, worum geht es? Elektriker, Maler?«

Sie neigte ihren Kopf zur Seite und wartete ab.

»Es geht um die Hochzeit meiner Ex.«

Avas Kiefer klappte nach unten. Daran konnte sie sich beim besten Willen nicht erinnern.

»Äh?«, machte sie völlig perplex.

Colin trat von einem Fuß auf den anderen. »Du musst nicht mit, wenn du es dir anders überlegt hast.«

»Anders überlegt? Was meinst du?« Und dann ging ihr ein Licht auf. »Ach, *das* meinst du. Sorry, mir war nicht klar, dass es um eine Hochzeit ging.« Ava machte große Augen und eine Handbewegung. Klar, jeder hatte irgendwie und irgendwo vermutlich eine Ex. Sie spürte einen kleinen Stich in der Magengrube.

»Warum willst du denn zu der Hochzeit deiner Ex? Du hast doch wohl nicht vor, die Party zu crashen, oder?«, sprach sie ihre ersten Gedanken dazu einfach direkt aus.

Colin guckte ungläubig, dann fing er an zu prusten. »Du denkst, dass ich in der Kirche eine Szene machen will, so von wegen: ›Haben Sie Einwände, sonst schweigen Sie für immer?‹ Nein! Auf keinen Fall.«

Er lachte und klopfte sich auf die Schenkel. Ava atmete erleichtert aus. Sie wollte jetzt nicht näher analysieren, was das für sie bedeutete, es sollte sie überhaupt nicht interessieren, was er für seine Ex empfand, oder auch nicht. Sie blinzelte irritiert über sich selbst und strich sich eine Strähne hinters Ohr.

Colin hatte sich wieder einigermaßen beruhigt und sprach weiter. »Aber Harper kann echt hartnäckig sein, wenn sie ihren Willen durchsetzen möchte. Ich habe ja versucht abzusagen, aber sie besteht darauf, dass ich komme. Sie hat irgendeinen komischen Ehrgeiz entwickelt, dass wir Freunde bleiben müssten. Keine Ahnung, wieso, um ehrlich zu sein. Wir telefonieren mal zum Geburtstag oder zu den Feiertagen. Wir haben uns nicht im Streit getrennt oder so.«

Harper hieß die Frau also. Ava mochte sie auf Anhieb nicht, sie musste sie nicht mal kennenlernen, um das zu entscheiden. »Na, dann … Klar, ich komme gerne mit«, hörte sie sich sagen und fragte sich, warum sie sich getrennt hatten. Sie würde niemals ihren Ex zu ihrer Hochzeit einladen. Nicht, dass Ava überhaupt vorhatte, bald zu heiraten.

»Cool«, erwiderte Colin und vergrub seine Hände in den Gesäßtaschen seiner Jeans.

Ava versuchte sich möglichst lässig zu geben. »Aber klar doch, zumal ich sowieso schon zugesagt hatte, auch wenn mir nicht ganz klar war, dass es eine Hochzeit sein würde. Wann ist sie nochmal geplant?«

Hatte Colin ihr das wirklich schon erzählt? Ava konnte sich nicht erinnern, aber an dem Tag hatte sie auch andere Sorgen gehabt. Sie schob den aufkeimenden Ärger wegen Wills Klage weit von sich. Den Anwalt aus Inverness musste sie auch noch zurückrufen … *Später*, sagte sie sich.

»Jetzt am Wochenende«, erklärte Colin indes.

»Oh, lustig. Dann kann ich ja direkt mal meine neuen Stiefel ausführen«, scherzte Ava und hielt die Boots hoch.

Colin grinste. »Du kannst anziehen, was du möchtest. Auf der Einladung steht allerdings *Black-Tie* als Dresscode ...«

Ava lächelte. »Ist gut. Und wo ist die Feier?«

Er zuckte die Schultern, als könnte er das selbst nicht ganz glauben. »Sie feiern auf einem Schloss, das liegt auf einer Halbinsel in der Nähe von Oban.«

»Oh, sie ist Schottin?«

Er schüttelte den Kopf. »Nee, ist sie nicht.«

Seine Lippen waren schmal geworden, er wirkte auf einmal irgendwie angespannt. Offenbar wollte er nicht über seine Ex sprechen. Ava fand es verständlich, dennoch war es komisch, dass er zur Hochzeit eingeladen war, wenn sie offenbar sonst nichts mehr gemeinsam hatten. Aber gut, ihr sollte es egal sein. »Ein Schloss also, okay, das ist cool. Da kann ich ja gleich noch ein wenig Inspiration sammeln für unser Projekt hier – also, was Hochzeiten angeht. So wie ich es verstanden hatte, wollten Ellie und Kenneth das für ihr Hotel ja auch mit anbieten.«

»M-mh«, brummte Colin.

Das Türglöckchen bimmelte, und Maisie kam herein. Sie winkte fröhlich. »Hallo ihr beiden.«

»Hi Maisie«, grüßte Colin.

»Ich bin ein wenig in Eile, hab den Buchladen nur kurz zugesperrt, aber mir sind fünf Birnen auf einmal durchgebrannt, kann sich das mal einer vorstellen?«

»Die Halogenstrahler?«, erkundigte sich Colin.

Sie nickte. »Wenn, dann kommt es immer alles zusammen.«

»Ich such dir die passenden raus. Soll ich rüberkommen und dir damit helfen?«

Colin strahlte eine souveräne Kompetenz aus, die Ava bewunderte. Sie beobachtete seine geschmeidigen Bewegungen, während er zielsicher zu einem Regal ging und die Lämpchen aus dem Fach nahm. Dann drehte er sich noch mal zu Ava um. »Ava, ich bring dir die Sachen auch gleich zuhause vorbei, dann musst du sie nicht durch den Schnee schleppen.«

»Aber die Rechnung?«, stammelte sie.

Er winkte ab.

»Du läufst mir schon nicht weg«, scherzte er, und Ava kam die Aussage irgendwie zweideutig vor.

»Nein, sicher nicht«, gab sie mit einem schwachen Lächeln zurück. »Vielen Dank. Bye, Maisie. Ich muss die Tage mal vorbeikommen, ich brauche dringend eine gute Lektüre. Internet habe ich ja noch nicht, und ich würde gern mal wieder was lesen.«

Maisie grinste. »Sehr gern, ich habe für jeden Geschmack was da. Was liest du denn so?«

Ava überlegte. »Ach, eigentlich alles. Wobei, vielleicht gerade keine sehr blutigen Psychothriller – in den dunklen Winternächten kommt das nicht gut, wenn man allein wohnt.«

Maisie lachte. »O ja, ich verstehe gut, was du meinst. Ich freu mich, wenn du vorbeikommst. Dann trinken wir auch einen Tee zusammen, ja?«

Ava nickte ihr zu. »Sehr gern, macht's gut, ihr beiden.«

Daraufhin wandte sie sich ab und verließ den Laden. Gut gelaunt stapfte sie zum Schloss zurück, erst auf halbem Weg fiel ihr wieder ein, dass Colin ja die Sachen zu ihr bringen wollte. Na, vielleicht war er so schlau und stellte sie hinten in den Garten. Andererseits … Vermutlich klaute in Kiltarff niemand die Pakete der anderen vor der Haustüre weg. Sie musste schmunzeln und freute sich auf ein wenig Abwechslung am kommenden Wochenende. Was sollte sie nur anziehen? Für einen solchen Anlass gab ihre Garderobe definitiv genug her.

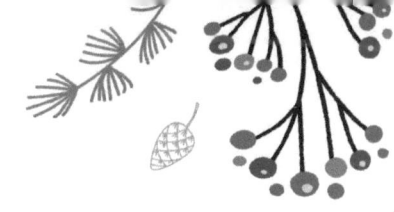

KAPITEL

# Fünfzehn

Die Sonne strahlte vom wolkenlosen tiefblauen Winterhimmel, als Ava auf den Beifahrersitz des Transporters kletterte. Es war herrlich draußen, der Schnee glitzerte wie Millionen von Diamanten, dabei fühlte es sich zum ersten Mal seit Tagen nicht mehr eisig, sondern beinahe frühlingshaft an.

»Sieht nach Tauwetter aus«, murmelte sie und stellte ihre Handtasche neben sich ab. Sie kramte darin und holte eine Sonnenbrille heraus.

Colin war gerade dabei, ihr Gepäck in den Laderaum zu stellen und zu sichern, dass die zwei Taschen bei der Fahrt nicht hin- und herrumpelten und zu einem Geschoss wurden. Ava war ein wenig aufgeregt, musste sie sich eingestehen, während sie auf Colin wartete. Nein, das war eine gehörige Untertreibung. Es kribbelte in ihrer Magengrube, sie fühlte sich wie ein Backfisch vor dem Abschlussball. Sie hatte keine Ahnung, was heute genau auf sie zukam, aber die Aussicht auf einen Ausflug und eine große Party stimmte sie fröhlich. Sie hatte von Schottland bislang kaum etwas gesehen, und heute würden sie eine Weile unterwegs sein, bis sie ihr Ziel erreichten.

Natürlich freute sie sich auch auf Colins Gesellschaft, aber das würde sie ihm nicht verraten, das Ego des attraktiven Kerls schien auch so schon groß genug zu sein. Er wirkte immer so selbstsicher, wie ein Fels in der Brandung, dem kein Sturm etwas anhaben konnte. Seit ihrem Besuch im Laden hatten sie sich nicht gesehen, die Einkäufe hatte er wie versprochen nach Hause gebracht, aber auf ihrer Veranda abgestellt. Fast war sie enttäuscht gewesen, ein kleiner Teil von ihr hatte gehofft, dass er vielleicht am Abend vorbeikommen würde, und ... Nein, halt, sagte sie sich noch einmal. Keine Männergeschichten, denn damit würde sie sich nur Ärger einhandeln. Als ob sie davon nicht schon genug am Hals hätte.

Sie stieß einen leisen Seufzer aus, während sie an das Telefonat mit dem Anwalt zurückdachte. Er hatte gefragt, ob es Zeugen gegeben hatte, als sie Wills Wagen zerkratzt hatte. Soweit sie wusste, nicht. Daraufhin hatte er ihr zwei Möglichkeiten genannt: Sie konnte die Tat leugnen oder sie zahlte die Strafe. Eine Alternative dazu gab es nicht, sie hätten wenig Aussicht auf Erfolg, das hieß, natürlich konnte die Klage abgewiesen werden, aber die Prozesskosten würden die zu zahlende Summe vermutlich bei Weitem übersteigen, damit hätte sie also nichts gewonnen. Ava hatte mit einem Zähneknirschen gesagt, dass sie noch einmal darüber nachdenken würde – dabei stand ihre Entscheidung fest. Sie war zwar blank, der Betrag würde ihr echt wehtun und ein noch größeres Loch in ihre Finanzen reißen, aber sie war keine Lügnerin. Sie würde zu ihrer Tat stehen und die Kohle dafür aufbringen, vielleicht gab es ja sowas wie eine Ratenzahlung. Ein wenig Aufschub würde dabei schon helfen, denn ihre monatlichen Ausgaben in Kiltarff hielten sich in Grenzen, das Cottage war von Ellie und Kenneth angemietet, das Büro konnte sie ebenso kostenfrei nutzen – sie brauchte lediglich etwas Geld für Nahrungsmittel und den täglichen Bedarf.

Der Gedanke ließ sie schmunzeln, in Kiltarff gab es nicht so viele Möglichkeiten, verschwenderisch zu sein, in ihrem Falle war das nun sehr hilfreich. Sie hatte noch nicht mal einen Internetanschluss im Haus, aber er war zumindest schon beantragt. Manches dauerte auf dem Land einfach länger, und wirklich vermisst hatte sie das World Wide Web bis jetzt auch nicht.

»So, kann losgehen«, hörte sie Colins dunkle Stimme neben sich, der Transporter wackelte kurz, als er seine Tür zuschlug. Er grinste, klappte die Sonnenblende herunter und zog ebenfalls eine Sonnenbrille hervor. Ava hob eine Braue, echt ein feines Ding. Pilotenbrille mit verspiegelten Gläsern. *Scheiße, sieht der gut aus*, dachte sie, und ihre Hände wurden feucht. Obwohl sie sich in den letzten Tagen verboten hatte, irgendwelche Fantasien zusammenzuspinnen, konnte sie jetzt nicht verhindern, sich zu fragen, warum er gerade sie zu dieser Hochzeit mitgenommen hatte. Aber eher würde sie sterben, als diese Frage wirklich zu stellen. Sie biss sich auf die Unterlippe. Vielleicht hatte er sie auch nur gebeten, weil sie verfügbar war? Nein, das klang selbst in ihrem Kopf lahm.

»Startklar?«, wollte er wissen.

Das gerollte ›R‹ und sein rauer Tonfall ließen sie grinsen. Sie imitierte seinen Akzent. »Startklar.«

»Aye, *Lass*. Du klingst fast wie eine von uns.« Er tätschelte ihr Knie, dann zog er seine Hand zurück und ließ den Motor an. Dass er die schottische Version für Mädchen benutze, überraschte sie. Mit einem Rumpeln sprang das Ding an, Colin legte einen Gang ein und gab Gas. »Du sprichst, seit du hier bist, auch weniger mit diesem Upperclass-Akzent. Hat das einen Grund?«

Ava zuckte die Schultern, das war ihr gar nicht aufgefallen. »Nö, nicht wirklich.«

»Kling viel netter, wenn du nicht so blasiert schwafelst.«

Ava hob eine Augenbraue, sagte aber nichts dazu. Sie wusste, wie er es gemeint hatte, als Kompliment, und das freute sie irgendwie. Zwischen ihrem Leben in London und hier lagen Welten – und Colin musste ja nicht wissen, dass sie sich den feinen Londoner Ton mühsam antrainiert hatte, um dazuzugehören. ›Überangepasst‹, würde ein Therapeut dazu vermutlich sagen. Ava wollte jetzt nicht darüber nachdenken, was das über sie als Mensch aussagte.

»Übrigens, das neue Zeug steht dir echt gut«, plauderte Colin unverfänglich.

»Zeug?« Sie furchte die Stirn.

»Du weißt schon, endlich mal vernünftige Klamotten, bei denen man nicht Angst haben muss, dass du mit deinen feinen Absätzen umknickst und dir den Fuß brichst auf einer Eisplatte. Solltest du öfter tragen, sieht echt hübsch aus.«

Ava freute sich über seine schmeichelnden Worte, sie klangen ernst gemeint, und mittlerweile fühlte es sich auch fast normal an, in Jeans, Stiefeln und Wollpullover unterwegs zu sein. Der Kragen des Pullis war kuschelig, und sie hatte in den Boots endlich keine kalten Füße mehr. Für eine Sekunde fragte sie sich, ob Colin heute einfach besonders nett zu ihr sein wollte, aber ihr Bauchgefühl sagte ihr, dass er keinen Grund hatte, sich bei ihr einzuschmeicheln. Er meinte es wirklich so.

»Das musst du ja sagen, schließlich stammt es aus deinem Laden«, scherzte sie, weil sie ihn doch ein wenig aus der Reserve locken wollte. Das war das Schlimme. Wenn man einmal Blut geleckt hatte – in dem Fall nette Worte gehört hatte –, wollte frau mehr davon. Sie schüttelte innerlich den Kopf über sich, fand es aber auch irgendwie amüsant, denn es zeigte nur, wie nervös sie aufgrund dieser kleinen Reise war.

Er grunzte. »Das hat mit meinem Laden nichts zu tun, aber du kannst offenbar keine Komplimente annehmen, oder?«

Ava zuckte die Schultern. Da hatte er tatsächlich einen wunden Punkt getroffen, zielsicher in die Mitte. Ja, es stimmte, ihr Selbstvertrauen war nach den Ereignissen der letzten Monate ein wenig lädiert, um es vorsichtig auszudrücken. Sie war es außerdem eher gewohnt, vorgeworfen zu bekommen, was man an ihr verbessern könnte. Zu breite Hüften, zu weiche Oberschenkel, zu schlaffe Bauchmuskeln – Will war da sehr konkret gewesen, es sei alles zu ihrem Besten, hatte er immer gesagt, und sie hatte ihm geglaubt. Ava schaute aus dem Fenster und nahm sich vor, sich den Tag nicht mit unschönen Erinnerungen verderben zu lassen. Obwohl sie vom Kopf her wusste, dass sie weder hässlich noch übergewichtig war, war sie in den letzten Jahren doch einem Ideal hinterhergelaufen, das eher Wills Vorstellungen entsprach als ihren eigenen. Das wurde ihr erst jetzt, nach und nach, klar. Einerseits könnte sie sich darüber ärgern und sich Vorwürfe machen, andererseits war es doch auch ein großer Fortschritt, wenn man erkannte, was falschgelaufen war, und etwas veränderte.

Sie fühlte sich in ihrer Haut viel wohler, seit sie aus London fortgezogen war, und das lag nicht nur daran, dass das Leben in Kiltarff einfacher und beschaulicher war. Es lag daran, dass die Menschen in ihrem neuen Umfeld sie akzeptierten, wie sie war – ob mit High Heels oder ohne, dick oder dünn, spielte hier keine Rolle. Die Londoner waren viel oberflächlicher, bewertender, stellte Ava jetzt fest, da sie den Unterschied kennengelernt hatte. Diese Erkenntnis verblüffte sie, und es sagte sehr viel über sie selbst aus, denn sie hatte über Jahre hinweg zu diesen Leuten gehört, die erst mal die Äußerlichkeiten bewerteten, anstatt das Herz sprechen zu lassen. Aber damit war jetzt Schluss.

»Wie lange werden wir unterwegs sein?«, wechselte sie das Thema, weil sie selbst noch nicht in der Lage war, diese Gedanken auszusprechen, denn das hieß, sie müsste eingestehen, dass sie früher nicht unbedingt dem Ideal von Mensch entsprochen hatte, das sie gern in sich sehen würde.

»Vielleicht drei oder vier Stunden, kommt ein bisschen auf den Verkehr an.«

In Avas Magen grummelte es, das klang nicht gerade sehr konkret, was Colin da erzählte. »Und wann ist die Hochzeit?«

»Um vier in der Kirche.«

Ava schaute auf ihre Uhr. »Was? Aber jetzt ist ja schon zwölf? Wieso sind wir nicht früher losgefahren?«

»Wir schaffen das schon.« Der Schotte wirkte völlig entspannt.

Ava hingegen schnappte nach Luft. »O mein Gott. Das ist doch nicht dein Ernst? Ich muss mich umziehen, mich schminken und so weiter …«

Colin runzelte die Stirn, und Ava wollte ihm an die Gurgel springen.

»Was denn? Du siehst doch gut aus«, kommentierte er gelassen.

Sie quietschte. »Du machst mich fertig, Highlander. Ich kann doch nicht *so* bei einer Hochzeit auftauchen.«

Sie guckte an sich herunter und dann wieder zu ihm.

»Nein, aber du hast doch was mit, oder war das etwa kein Kleid, das ich vorhin hinten in einem Kleidersack aufgehängt habe?«

»Doch, schon.«

»Na, siehst du. Mach dich mal locker.«

Ava schnaufte. Dann fuchtelte sie mit dem Finger durch die Luft. »Du willst die Hochzeit verpassen, oder?«

»Hä, nein! Entspann dich mal, Ava. Echt.«

Sie lehnte sich im Sitz zurück und verschränkte die Arme vor der Brust. »Okay, gut, ich kenne ja eh niemanden. Kommen wir halt zu spät. Ich sehe es schon vor mir, wir reißen gerade die Tür auf, während der Pfarrer die Frage stellt:

›Wenn jemand was gegen diese Hochzeit hat, so soll er jetzt sprechen oder für immer schweigen.‹«

Ava schüttelte fassungslos den Kopf.

Colin stieß ein dunkles Lachen aus, das ihr eine Gänsehaut bescherte. »Du guckst zu viele Filme, Ava. Ich habe wirklich kein Interesse daran, Harpers Hochzeit zu verhindern oder zu stören.«

Sie hielt einen Augenblick inne und studierte sein Profil. Er wirkte tatsächlich ganz befreit, auf seinen Lippen lag ein leises Lächeln. Seine Hände umfassten das Steuer, aber nicht verkrampft. Mit den leichten Bodenwellen der schlechten und kurvigen Straßen federte sein Sitz immer wieder mit, was irgendwie lustig war. Ein ziemlich merkwürdiger Road-trip, auf dem sie sich befanden.

»Was ist?«, wollte er jetzt wissen und wandte ihr sein Gesicht zu.

Ava schmunzelte. »Irgendwie ist es schon absurd, oder? Wir fahren in einem Lieferwagen zu einer Hochzeit?«

Er zuckte die Schultern. »Ich hab nun mal kein anderes Auto, und wir fahren ja nicht den Brautwagen.«

»Hast du auch wieder recht, mir ist es auch egal.«

»Wir erregen damit jedenfalls mehr Aufmerksamkeit als mit einem Ferrari.«

»Du meinst also, dass wir damit alle Blicke auf uns ziehen werden?« Ava kicherte. Sie fragte sich, wie diese Harper wohl war, auch so bodenständig und kompetent in allen Lebenslagen wie Colin? Sie hatte keine Ahnung, was sein Typ Frau war, sie hatte noch nie einen Kommentar oder eine Anspielung in diese Richtung gehört. Was das anging, war dieser Mann neben ihr noch immer ein Mysterium für sie. Gleichzeitig stellte sie fest, dass es sie mit jedem Tag mehr interessierte, was in ihm vorging und was ihm gefiel. Ava hatte nicht vor, sich zu verlieben, aber sie merkte doch, dass sie ihn sehr gernhatte. Er war durch und durch ein loyaler und ehrlicher Mensch. Colin würde seine Partnerin bestimmt nicht auf einem Businesstrip betrügen. Sie seufzte leise, während sich etwas in ihr sehnsüchtig zusammenzog.

Colin schaute wieder auf die Straße vor ihnen. »O ja, da kannst du Gift drauf nehmen. Das wird eine sehr noble Society-Hochzeit. Nur sehr reiche, sehr langweilige Snobs.«

Ava runzelte die Stirn. Snobs? Ferraris?

»Snobs?«

Er nickte. »O ja. Harper legt großen Wert auf die richtige Gesellschaft – ihr Zukünftiger ist stinkreich.«

Ava war überrascht. Dann war diese Ex vielleicht doch nicht so bodenständig, wie sie vermutet hatte. So viele Fragen brannten ihr auf der Zunge, aber sie hatte Angst, sie auszusprechen – so offen und locker Colin war, so schnell zog er sich in sein Schneckenhaus zurück, wenn man zu persönlich wurde. Erst jetzt begriff sie, dass sie keine Ahnung von ihm oder seinem Privatleben hatte. Sie kannte seine Freunde, aber das war auch schon alles.

»Hast du Geschwister?«, wollte sie dann wissen.

»Nein, leider nicht.«

Ava hätte es kommen sehen müssen, dennoch war sie auf die Frage nicht vorbereitet.

»Was ist mit dir, Ava? Hast du Geschwister?«

Sie atmete tief durch und überlegte, wie sie die Wahrheit nett verpacken konnte. Blöderweise fiel ihr nichts ein, also entschied sie sich für die ungeschminkte Variante. »Ich habe eine Schwester, ja.«

»Und, wo lebt sie?«

Ava verzog ihre Lippen. »Soweit ich weiß, noch immer in Hull.«

»In Hull?«

»Ja, da bin ich geboren, aber ich wollte nicht, dass man mir das anhört.«

»Dann wird mir das mit dem aufgesetzten Londoner Akzent klar, das nordenglische Kauderwelsch kann ja keiner verstehen«, scherzte er. »Und ihr habt keinen Kontakt, oder warum sagst du ›soweit ich weiß‹?«

Bilder tauchten in Avas Kopf auf, die sie lieber vergessen hätte. Ihre vier Jahre ältere Schwester war auf dem besten Weg gewesen, wie ihre Mum zu werden. Mit siebzehn war sie häufiger besoffen als nüchtern gewesen, die Schule hatte sie abgebrochen, dafür war sie mit den falschen Kerlen ins Bett gegangen. Ava hatte immer nebenher gejobbt, um sich etwas dazuzuverdienen. Ihre Schwester Hazel hatte sie beklaut und sie gemobbt, weil es Ava wichtig gewesen war, gut in der Schule zu sein, wenn sie sonst schon nichts hatte. Es war ihr mittlerweile egal, wo Hazel lebte. Sie war fertig mit ihr. »Nein, nicht wirklich.«

»Wieso nicht?«

»Wenn ich ehrlich bin, würde ich lieber über was anderes reden.«

»Okay, was ist mit deinen Eltern? Wo leben sie?«

»Auch kein gutes Thema.«

»Wieso nicht?«

»Weil meine Kindheit ziemlich beschissen war und ich lieber nicht daran erinnert werde.« Ein prügelnder Dad, eine alkoholkranke Mutter und eine herumhurende Schwester … Ava hatte sich große Mühe gegeben, ihre Herkunft unter den Teppich zu kehren. Obwohl sie wusste, dass sie sich nicht dafür schämen sollte, tat sie es doch. Vermutlich würde Colin sie nicht verurteilen, da war sie sich sogar sehr sicher, aber Ava wollte nicht darüber sprechen. Der Schmerz über die verkorkste Kindheit saß tief, und sie wollte ihn lieber in der dunklen Ecke ihres Bewusstseins lassen und nicht mit neuen Erkenntnissen beleuchten. »Lass uns bitte über was anderes reden, tut mir leid, dass ich damit angefangen habe, ich wollte einfach mehr über dich erfahren …«

»Und mir tut es leid, dass deine Kindheit nicht schön war, Ava.« Er sagte es so sanft und verständnisvoll, dass ihre Augen brannten. »Wie hast du es geschafft, das Studium zu finanzieren?«

»Man kann mit erstaunlich wenig Schlaf auskommen, ich bin gut im Organisieren, und ob du es glaubst oder nicht, ich bin ganz gut im Kellnern.« Sie lächelte schüchtern. Colin legte ihr eine Hand auf den Schenkel und drückte sie aufmunternd, sagte jedoch nichts, aber sie spürte, dass er verstand, was sie meinte, und das bedeutete ihr viel.

Mit Mitgefühl hatte sie nicht gerechnet, eher mit bohrenden Fragen oder blöden Scherzen. Colin begriff zum Glück, dass es ihr wehtat, noch länger über ihre Herkunft zu sprechen.

Anstatt das Schweigen unangenehm werden zu lassen, fing er an zu erzählen. »Meine Kindheit war ein Geschenk. Ich konnte immer draußen toben, ich kannte jeden Stein in der Gegend, und ich hatte viele Freunde. Meine Eltern waren immer nett zu mir, aber ich kenne natürlich auch andere Geschichten, deswegen bedaure ich, dass es bei dir nicht so schön war. Ich war ein ziemlicher Wirbelwind, habe viel angestellt, aber statt mich mit dem Kochlöffel zu bestrafen, hat meine Mum meine Streiche mit einem Lächeln hingenommen. Mein Dad hat auch mal geschimpft, aber sie sind nie lange böse gewesen. Nach dem Abi bin ich dann aus Kiltarff weggegangen.«

»Wieso?«

»In Kiltarff gab es keine Uni – außerdem wollte ich die Welt sehen. Als Jugendlicher weiß man das Dorfleben unter Umständen noch nicht so zu schätzen«, erklärte er mit einem Grinsen.

Sie verstand, was er meinte. Manchmal musste man aus dem Nest flattern und anderes kennenlernen, um zu begreifen, wo man hingehörte. Ava hatte diesen Ort noch nicht gefunden, oder vielleicht doch? Der Gedanke kam so schnell, so unerwartet, dass sie nach Luft schnappte. Konnte Kiltarff dieser Ort für sie werden? Sie war verwirrt, ihr Herz fing an zu rasen. »Mittlerweile schätzt du die Natur und die Ruhe der Highlands?«

Er nickte. »Absolut, ich könnte mir keinen besseren Platz zum Leben vorstellen.«

Für eine Weile sagte niemand etwas, jeder hing seinen Gedanken nach. Ava spürte, dass es auch in Colins Vergangenheit Schatten gab, über die er nicht sprechen wollte. Aber zumindest hatte er eine Familie, die er liebte, und sie liebten ihn. Sie freute sich für ihn, erklärte es doch sehr gut, warum er sich, ohne mit der Wimper zu zucken, selbstlos um andere kümmerte, half und einsprang, wo er konnte.

»Meine Mum ist vor zwei Jahren gestorben«, erzählte er irgendwann. Ava hörte an seiner leisen Stimme, wie nah der Tod seiner Mutter ihm auch heute noch ging.

»Das tut mir leid.« Sie wollte ihm eine Hand auf den Arm legen, aber etwas hielt sie zurück.

»Es ist okay, nein, das ist es natürlich nicht, aber es ist nicht zu ändern. Ich habe viele schöne Erinnerungen an sie, das ist viel wert.« Er räusperte sich, sie sah seinen Adamsapfel hüpfen. »Wenn du Hunger oder Durst hast, ich habe was mitgenommen.«

Damit schien das Thema für ihn beendet. Ava schwieg einen Moment, überlegte, ob sie noch etwas hinzufügen sollte, entschied sich dann aber, es gut sein zu lassen. Colin war überraschend offen gewesen, und sie nahm dies als einen Vertrauensbeweis, der ihr viel bedeutete. Immerhin war sie noch immer eine Fremde, eine Zugereiste, die er anfangs nicht hatte leiden können. Seitdem hatte sich einiges verändert, zum Positiven, wie sie mit einem Lächeln bemerkte.

»Möchtest du was?«, fragte sie.

»Ja, wieso nicht.«

Ava nahm den Proviantkorb hervor und goss Kaffee aus der Thermoskanne in einen der Becher. »Bitte.«

»Du machst dich ganz gut als Beifahrerin.«

Sie gluckste. »Eine deutliche Verbesserung?«

»Und wie!« Colin zwinkerte ihr zu, dann konzentrierte er sich wieder auf den Verkehr.

Es war fünfzehn Minuten vor vier, als Colin den Transporter auf den schmalen Schotterweg zur Kirche lenkte. Die untergehende Sonne hatte den Himmel rosarot gefärbt, Schleierwolken durchzogen das pastellfarbene Idyll. Ava neben ihm war ein Nervenbündel, fast so, als wäre es ihre eigene Hochzeit, dachte er amüsiert. Nein, nicht ganz. Aber dennoch ziemlich aufgekratzt. Sie saß neben ihm und war dabei, sich zu schminken, dafür nutzte sie den Spiegel in ihrer Sonnenblende.

»Ich hätte nicht gedacht, dass es mal so weit kommt, dass ich mir in einem Transporter Make-up ins Gesicht klatschen muss«, schimpfte sie, dabei grinste sie. So schlimm konnte sie es also nicht finden. Sie fuhren durch ein Schlagloch, und Ava kreischte auf. »Mein Gott! Kannst du nicht aufpassen? Du bist schuld, wenn ich gleich einen fetten schwarzen Strich im Gesicht habe.«

»Sieht bestimmt schick aus, damit setzt du neue Schminktrends.«

Sie gab ihm einen spielerischen Klaps. »Du machst mich fertig.«

Zehn Minuten vor vier parkte er den Kleinlaster nicht weit von der Kirche entfernt. Es war schon ziemlich viel los, Damen mit Hüten, Herren in Fracks und in der roten Nachmittagssonne glänzende Limousinen prägten das Bild vor der alten Kapelle.

»Na los, husch, husch, umziehen«, rief er und schnallte sich ab.

Ava rollte mit den Augen, er ließ ihr den Vortritt. »Ein Glück hat das Ding hinten keine Fenster. Na los, dreh dich um.«

»Da ist nichts, was ich nicht schon gesehen hätte«, meinte er mit einem Schmunzeln, während er den Reißverschluss seines Kleidersacks herunterzog.

Ava schnaubte wenig damenhaft. »Ja, das war wohl was anderes, und ich war hilfebedürftig.«

Er gluckste. »Wie du meinst. Keine Angst, ich bin kein Spanner. Du kannst dir natürlich auch Zeit lassen, dann kommen wir eben zu spät …«

Er hörte das Rascheln von Stoff, leises Schimpfen, während er sich selbst in Schale warf. Colin hatte ein weißes Hemd und einen dunklen Anzug eingepackt. Auch wenn viele der Gäste lieber wie Pinguine herumwatschelten, so hielt es Colin ein wenig moderner und sportlicher. Sein Anzug war schmal geschnitten, dunkelblau und stammte noch aus alten Zeiten, in denen er sich täglich so gekleidet hatte. Es fühlte sich komisch an, gleichzeitig irgendwie vertraut.

»Bist du fertig?«, fragte er, nachdem er die Gürtelschnalle geschlossen und in die braunen Schuhe aus italienischem Leder geschlüpft war.

»Ja, bin so weit. Bei drei drehen wir uns um, und ich hoffe sehr, dass du nicht in Latzhose in die Kirche gehen wirst.« Er hörte das Schmunzeln in ihrer Stimme.

Auch er grinste. »Was ist das mit dir und Latzhosen? Vielleicht eine geheime Sehnsucht? Ein Fetisch?«

Ava lachte sarkastisch. »Wohl kaum. Eins. Zwei. Drei.«

Colin wandte sich um und hielt den Atem an, als er sie musterte. Ava sah bezaubernd aus. Sie trug ein bodenlanges, schimmerndes Kleid. Es war cremefarben mit blauen Blüten. Die eine Schulter war frei, der Ausschnitt war asymmetrisch. Ihre Haare hatte sie im Nacken zusammengefasst und wahrscheinlich mit einer Spange befestigt, das konnte er so nicht erkennen. Sie hatte ihre Lippen geöffnet, und ihr Blick war bestenfalls als ungläubig zu bezeichnen. »Bist du es wirklich?«, fragte sie und blinzelte. »Wow.«

Dann griff sie ihre helle Stola aus Kunstpelz vom Bügel und legte sie sich um die Schultern.

Colin bot ihr seinen Ellenbogen. »Sind Sie bereit, Madame? Darf ich Ihnen sagen, Sie sehen bezaubernd aus.«

»Danke, Colin. *Du* siehst fantastisch aus! Der Anzug sitzt, als wäre er maßgeschneidert.«

»Pass auf, sonst sabberst du noch. Du stehst wohl auf Kerle in Anzügen?« Es sollte wie ein Scherz klingen, aber er musste zugeben, dass es ihn irgendwie störte, dass sie ihn eben so bewundernd angeschaut hatte, als ob der Anzug einen anderen Menschen aus ihm machte. Gleichzeitig fühlte er sich geschmeichelt. Es war ein seltsames Durcheinander von Emotionen, das ihn nervös machte.

»Das ist vorbei, also das mit den Männern in Anzügen, meine ich. Ich habe langsam begriffen, dass der Spruch *Kleider machen Leute* Quatsch ist. Am besten gefällst du mir nämlich im Flanellhemd, mein Lieber. Aber ich muss zugeben, das Stöffchen hier steht dir auch wahnsinnig gut. Hübsche Menschen entstellt halt nichts.« Sie grinste, und der Impuls, sie an seine Brust zu ziehen und besinnungslos zu küssen, kam so plötzlich über ihn, dass er nach Luft schnappte. Er versuchte das Sehnen niederzukämpfen und schluckte hart.

»Ich gefalle dir also?«, neckte er sie. »Dann bereite dich mal darauf vor, noch mehr Kerle von dieser Sorte zu sehen. Hier wird es sehr viele Typen in feinen Stoffen geben.«

Ava wandte sich ihm zu. Sie stand nun so dicht vor ihm, dass er ihren warmen, süßen Atem auf seinem Gesicht wahrnahm, der sich mit dem Duft ihres Parfums vermischte. Er hielt die Luft an. Alles in ihm war zum Zerreißen gespannt, dann trat sie einen Schritt zurück, hob ihre Hände, richtete seinen Kragen und strich erneut mit ihren Fingerspitzen federleicht darüber. Er erschauderte, obwohl sie nicht einmal seine Haut berührte. Ihre rot geschminkten Lippen waren zu einem leisen Lächeln verzogen. Sie hatte nie schöner ausgesehen, sie leuchtete von innen wie ein Engel.

»Du bist perfekt, wie du bist, egal in welchem Outfit. Und jetzt lass uns die feine Gesellschaft aufmischen«, wisperte sie und schaute aus ihren grünblauen Augen zu ihm auf. Die Luft flimmerte zwischen ihnen, es wäre so einfach, so verlockend. Aber er hielt sich zurück.

Colin gab ihr einen Kuss auf die Stirn. »Danke.«

Dann nahm er ihre Hand in seine und öffnete die Hintertür des Transporters schwungvoll. Er sprang hinaus und hob Ava dann hinunter auf den Boden.

»So einen geilen Auftritt habe ich noch nie hingelegt«, raunte sie ihm zu, nachdem er abgeschlossen hatte und sie auf dem Weg in die Kirche waren. Hier lag kein Schnee, der Steinboden unter ihren Absätzen klapperte. Alle starrten sie, nachdem sie aus der Hintertür des Transporters gesprungen waren, an, als wären sie Aliens. Ava kicherte.

»So viel totes Tier«, stellte sie angewidert fest, als sie die vielen Nerzstolas und Fuchsjäckchen erblickte, während sie an den Paaren der noblen Hochzeitsgesellschaft vorbeikamen und ihnen höflich zunickten. Schließlich betraten sie die mit tausenden Kerzen beleuchtete Kapelle. Es duftete nach Blüten und einem Gemisch an teuren Parfums.

»Scheinen keine Tierliebhaber zu sein«, stellte Colin fest, als auch hier der Trend zum Pelz fortgesetzt wurde.

»Ein Jammer, finde ich. Ich habe mich schon oft gefragt, warum man sich heute noch Fell über den Körper wirft, wir leben ja nicht mehr in der Steinzeit, und es gibt wirklich tierfreundliche Alternativen, die auch hübsch aussehen.«

Colin zuckte mit den Schultern.

»Glaub mir, Ava, ich habe vor langer Zeit damit aufgehört, gewisse Dinge kapieren zu wollen.« Er merkte selbst, dass es ein wenig resigniert klang, aber Ava reagierte nicht darauf.

Sie rückten auf eine der hinteren Bänke und setzten sich. Flackernde Kerzen verbreiteten ein gedämpftes Licht. Der Innenraum war schon recht gut gefüllt, die Blumendekoration mit roten Rosen war üppig, zu üppig für Colins Geschmack. Aber was wusste er schon.

»Siehst du«, flüsterte Ava ihm ins Ohr. »Ich habe nicht mal einen Hut, zu dumm von mir, denn ich glaube, irgendwo in meinem Fundus hätte ich sicher noch einen hübschen *Fascinator* gehabt.«

»Du bist auch ohne Kopfschmuck hübsch«, antwortete er, während er die Gänsehaut ignorierte, die ihr heißer Atem auf seiner Haut ausgelöst hatte.

»Ich liebe die Stimmung bei Hochzeiten, schau nur, wie aufgeregt alle sind.«

»Du zum Glück ja nicht«, witzelte er, und eine seltsame Wärme erreichte sein Herz. Ohne groß darüber nachzudenken, griff er nach Avas Hand und verschränkte seine Finger mit ihren. Er merkte, wie sie kurz erstarrte, aber eine Sekunde später lehnte sie ihre Schulter gegen seine. Ein schönes Gefühl, gestand Colin sich ein, obwohl er in diese Geste jetzt nicht zu viel hineininterpretieren wollte.

»Danke, dass du mitgekommen bist«, murmelte er.

Ava gluckste neben ihm. »Freu dich mal nicht zu früh, vielleicht betrinke ich mich wieder und benehme mich peinlich.«

Seine Mundwinkel bogen sich nach oben. »Mach dir darüber mal keine Gedanken, ich bin mir sehr sicher, dass du nicht die Einzige sein wirst. Das haben Hochzeiten so an sich.«

»O nein!« Sie löste sich von seiner Schulter.

»Was ist?«

»Ich habe gar keine Decke und Kissen mitgenommen.«

»Wofür? Was meinst du?« Er runzelte die Stirn und wandte ihr sein Gesicht zu.

Ava verzog ihre Lippen.

*Nicht küssen, nicht küssen*, sagte er sich immer wieder im Geiste vor, während sein Blick an ihrem Mund haftete. Er wusste jetzt, wie er sich anfühlte, wie sie schmeckte. Er wollte mehr davon. Viel mehr.

Aber nicht jetzt. Nicht hier.

Colins Kehle war staubtrocken.

Ava holte tief Luft, ihre Wangen färbten sich rosa. »Na ja, wo wir gerade übers Trinken sprechen. Du willst doch nicht nüchtern bleiben, oder willst du nach der Feier zurückfahren?«

Sein Mund klappte auf. Ups, da hatte er wohl vergessen, ihr von einem Detail zu berichten. »Ähm«, stammelte er, schaute auf ihre ineinander verschlungenen Hände und dann wieder zu ihr auf. »Wir haben ein Hotelzimmer, das hat Harper gebucht, wie für alle anderen Gäste auch. Habe ich dir das nicht gesagt?«

Avas Augen wurden tellergroß. »Nein, hast du nicht.«

Colin grinste verlegen. »Tja, nun weißt du es. Aber sehr löblich, dass du bereit wärst, im Transporter zu pennen.«

»Ich bin irgendwie erleichtert, dass es nicht so sein wird. Der Boden ist bestimmt hart.«

Er winkte ab. »Ach was, eine Nacht kann man das mal machen. Im Sommer fahre ich manchmal noch ein wenig höher in den Norden Schottlands und schlafe bei offenen Türen. Den Sonnenaufgang so zu erleben, ist fantastisch.« Er stellte sich vor, wie es wäre, wenn er eine Frau wie Ava in einer dieser Sommernächte an seiner Seite, in seinen Armen hätte. »Vielleicht möchtest du ja irgendwann mal mitkommen.«

Erst nachdem er den Gedanken ausgesprochen hatte, wurde ihm bewusst, dass Ava vermutlich keine Lust hatte, mit ihm campen zu gehen. Hatten sie nicht schon mal darüber gesprochen, dass sie nicht der Typ dafür war? Wie dumm von ihm.

»Das könnte ich mir sehr gut vorstellen«, hauchte sie neben ihm.

Colin blinzelte, er musste sich verhört haben. »Wirklich?«

Ava lachte leise. »Du machst gut Werbung dafür, es klingt traumhaft.«

Er betrachtete ihre feinen Züge, die hohen Wangenknochen, die sanft geschwungenen Brauen, ihre strahlenden Augen. Länger mit ihr Zeit zu verbringen, war gefährlich. Gefährlich für sein Seelenheil. Er war kurz davor, sich in sie zu verlieben – und das war eine ganz dumme Idee. Vielleicht hatte sie sich für den Moment mit dem Leben in Kiltarff arrangiert, aber er wusste, dass sie wohl nicht vorhatte, ewig zu bleiben. Er schluckte und wollte etwas sagen, aber in diesem Augenblick fing die Orgel an zu spielen, alle erhoben sich. Das Murmeln verstummte, es war mucksmäuschenstill in der Kirche.

Colin hielt Avas Hand noch immer in seiner, es schien ihr nichts auszumachen. Zum Glück ahnte sie nicht, was in ihm vorging. Er nahm sich vor, nicht zu viel in den heutigen Tag hineinzuinterpretieren. Egal, was zwischen ihnen passieren würde, er wollte keine Gefühle investieren. Die Stimmung auf einer Hochzeit war ansteckend, das spürte er jetzt ganz deutlich. Colin würde die Zeit mit ihr genießen, dafür musste er nicht einmal Vorsätze fassen, denn das passierte von ganz allein. Sie hatte eine Art an sich, andere mit ihrer Fröhlichkeit anzustecken. Er hatte das schon mehrfach beobachtet. Ava konnte nicht nur gut zuhören, sie wusste, wann sie schweigen, aber auch, wann sie die richtigen Worte finden musste. Mühelos hatte sie alle seine Freunde für sich eingenommen, ohne es zu wollen sogar. Er schmunzelte und drückte ihre Hand ein wenig fester.

Alle hatten sich umgedreht, in Erwartung des Brautpaars. Auch Colin war gespannt, es war fast zwei Jahre her, seit er Harper zuletzt gesehen hatte. Und dann trat die Braut mit ihrem Verlobten Brian Montgomery über die Schwelle. Der Bräutigam trug einen grauen Frack mit Weste, im Knopfloch steckte eine Rose, passend zu Harpers Bouquet, das sie in der linken, der freien Hand, hielt. Ihr Kleid hatte vermutlich ein Vermögen gekostet, aber er musste sich eingestehen, dass der oder die Designerin sich jeden Pence daran verdient hatte. Ein Meer aus Spitzen mit meterlanger Schleppe, in ihrem kupferroten Haar steckte eine funkelnde Tiara.

»Wie eine Prinzessin«, flüsterte Ava ihm zu.

Colin wartete auf den schmerzhaften Stich in der Magengrube, aber da war nichts. Im Gegenteil, er freute sich, dass Harper glücklich war. Sie sah wundervoll aus, und Brian wirkte auch nicht wie ein Idiot. Die größte Überraschung für ihn war, dass er die Szene mit Abstand betrachten konnte, ohne Reue, ohne Bitterkeit.

»Alles okay?«, erkundigte sich Ava neben ihm, vermutlich hatte sie sich das Gleiche gefragt.

Er beugte sich zu ihr hinunter und atmete den Duft ihres Haars ein. »Es ist alles ganz wundervoll, Ava.«

Sein Daumen strich über ihren Handrücken; als sie sich wieder auf die Bank setzten, ließ er sie noch immer nicht los. Er konnte es nicht in Worte fassen, aber alles fühlte sich absolut so an, wie es sein sollte.

## KAPITEL

# Sechzehn

Die Feier fand in einem alten Schloss mit zwei Türmchen statt, dessen Fassade mit vielen Lichtern angestrahlt wurde. Es war zu einem Hotel umgebaut worden, wie sie es nun mit einem Teil von *Kiltarff Castle* vorhatten. Überall standen Fackeln in der Dunkelheit, die den Weg beleuchteten. Ava musste zugeben, es sah fantastisch aus, wie im Märchen. Tatsächlich war das Brautpaar auch mit einer Kutsche abgeholt worden, die von zwei Schimmeln gezogen wurde.

Neben dem Ursprungsgebäude hatte man vor einigen Jahren einen zweiten Komplex angebaut, der moderner war. Dort gab es weitere Zimmer für übernachtende Gäste. Ava fand, dass es dem Charakter ein wenig von seiner Originalität nahm, obwohl es natürlich für Veranstaltungen wie diese Hochglanz-Hochzeit hilfreich war, auch eine größere Gesellschaft unterbringen zu können. Colin hatte den Transporter neben einem Rolls Royce abgestellt und half ihr jetzt aus dem Wagen. Er hob sie an der Taille an und stellte sie auf ihre Füße. Der Kies knirschte unter ihren dünnen Sohlen.

»Danke.« Sie lächelte ihn an. »Sollen wir?«

Dem Brautpaar hatten sie direkt nach der Zeremonie noch an der Kirche gratuliert. Ava hatte befürchtet, dass die Situation womöglich verkrampft werden würde, aber Harper hatte sich ehrlich gefreut, Colin zu sehen – mit Begleitung. Dabei war Ava aufgefallen, dass sich unter dem Brautkleid ein leichtes Bäuchlein wölbte, vermutlich war das der Grund, warum die Hochzeit mitten im Winter stattfand. Auch Colin hatte nicht angespannt gewirkt, eher so, als ob es okay wäre, zur Hochzeit seiner Ex zu fahren. Ava wunderte sich darüber, aber sie war gleichzeitig auch froh, dass das hier nicht zum Spießrutenlauf werden würde.

Colin grinste sie an und bot ihr seinen Arm mit einer leichten Verbeugung. »Unbedingt, ich könnte ein Gläschen Schampus vertragen, und du?«

»O ja, darauf warte ich die ganze Zeit schon.« Sie lachte. »War die Zeremonie denn okay für dich?« Sie schaute zu ihm auf.

Sein Gesicht wurde nur vom Schein der Fackeln beleuchtet. Auch zur Feier des Tages hatte sein Dreitagebart nicht dran glauben müssen. Das verlieh ihm im Dämmerlicht etwas Verwegenes, Geheimnisvolles, das ihr Herz höherschlagen ließ.

»Es war sehr okay für mich«, bestätigte er mit seiner dunklen, rauchigen Stimme, und es klang ehrlich und nicht gezwungen. Ava atmete erleichtert aus. Dann hatte sie es sich vielleicht nicht eingebildet, dieses einträchtige Schweigen zwischen ihnen, das von warmer Verbundenheit getragen worden war, während sie der Trauung gelauscht hatten. Ava hatte sogar ein paar Tränchen verdrückt, als zwei Blumenmädchen mit blonden Korkenzieherlocken beim Auszug Rosenblüten vor dem Brautpaar gestreut hatten.

»Darf ich bitten?«, fragte er jetzt und riss Ava aus ihren Tagträumen. Gut, dass er keine Ahnung hatte, dass für eine Sekunde das Bild in ihrem Kopf aufgeblitzt war, wie sie mit Colin vor einem Altar stand. Allerdings würde sie ihre eigene Hochzeit anders gestalten. Ganz anders.

Sie sah sich in der blühenden Heide, mit geflochtenen Blüten im Haar, und das Ja-Wort würde unter dem blauen Himmel der Highlands gesprochen. Ava seufzte und schob dieses absurde Bild beiseite. Sie wollte gar nicht heiraten.

Na ja, vielleicht doch. Aber nicht jetzt und natürlich nicht Colin.

Da war wohl ihre Fantasie mal wieder mit ihr durchgegangen. Das kam überraschend häufig vor in der letzten Zeit. Sie wollte jetzt nicht darüber nachdenken, was das bedeutete, während sie mit ihm in Richtung Schloss schritt. Sie waren auf einem roten Teppich angelangt, den man vor dem Eingang ausgebreitet hatte. Das Zischen der Fackeln klang beinahe wie flatternde Fahnen im Wind. Sie waren natürlich nicht die einzigen Gäste, Ava und Colin passten sich dem kleinen Strom an, bis sie schließlich über den Eingangsbereich, in dem ein riesiger Kristallleuchter über dem schwarz-weiß glänzenden Boden baumelte, in einen größeren Saal gelangten. Am Ende des Raumes brannte Feuer in einem riesigen Kamin. Edel gekleidete Kellner und Kellnerinnen liefen mit Tabletts umher, auf denen sie entweder Kanapees oder Champagner anboten. Colin und Ava schnappten sich Gläser und stießen gemeinsam an.

»Auf einen schönen Abend«, sagte Colin mit einem Funkeln in den Augen.

»Gleichfalls«, erwiderte Ava und ignorierte das leise Flattern in ihrer Magengrube. Dann trank sie einen großen Schluck. »M-mh.« Sie stöhnte und schloss die Lider für einen kurzen Moment. »Ich habe schon beinahe vergessen, wie gut das Zeug schmeckt.«

Colin sah sie mit einem undurchdringlichen Blick an, den sie nicht ganz deuten konnte.

»Ich liebe es ja, die Leute zu beobachten«, meinte er irgendwann.

»Du auch?« Ava schaute zu ihm auf und lächelte. »Es ist ein bisschen wie im Theater, oder?«

Er nickte. »Absolut. Sag mal, wie wäre es, wenn ich unsere Sachen schon mal einchecke?«

Avas Magen vollführte eine nervöse Umdrehung. Obwohl es ihr die ganze Zeit klar gewesen war, begriff sie erst jetzt in vollem Ausmaß, dass sie mit Colin in einem Zimmer übernachten würde. »Äh, ja, wieso nicht.«

»Was ist, Ava?« Er studierte sie mit gefurchter Stirn. »Hast du es dir anders überlegt?«

»Was meinst du?«

»Wir können auch ins Auto steigen und losfahren, ich habe nur ein Glas getrunken, das wäre kein Problem.«

Er dachte, dass sie nicht bleiben wollte? Ava spürte, dass sie rot anlief. »Nein«, beeilte sie sich daher zu sagen. »Es ist alles okay, wir sind erwachsene Leute, Colin. Ich habe auch überhaupt keine Erwartungen …«

Sie lächelte nervös, und ihr wurde noch heißer. Was redete sie denn da für einen Unsinn?

Er neigte seinen Kopf, schwieg für eine Sekunde, dann nickte er. Ava atmete aus, merkte sie, dass sie die Luft angehalten hatte. »Gut, dann bringe ich das mal in Ordnung und checke ein. Ich denke, es ist besser, wenn wir das schon mal geregelt haben. Wenn wir beide nachher völlig betrunken sind, bekommen wir das sonst womöglich nicht mehr hin.«

Es sollte vermutlich witzig klingen, aber Ava fragte sich, wie er es genau meinte. War es vielleicht doch nicht so leicht für ihn, die Hochzeit seiner Ex-Freundin mitzuerleben, und das wollte er mit viel Alkohol betäuben? Der Gedanke war irgendwie ernüchternd.

»Ja, gute Idee«, stimmte sie ihm zu. Bei einem vorbeikommenden Kellner tauschte sie ihr leeres gegen ein volles Glas aus. »Brauchst du Hilfe?«, bot sie ihm an.

»Nein, meine Liebe, das schaffe ich. Es sei denn, du möchtest nicht alleine hier herumstehen?«

Ava winkte ab. »Quatsch, ich habe hier genug zu sehen, ich werde gar nicht merken, dass du weg bist.«

Colin hob eine Augenbraue, dann murmelte er noch etwas und verschwand mit langen Schritten aus dem Saal. In einer Ecke stand ein riesengroßer, weißer Flügel, an den sich jetzt eine sehr schlanke Dame mit hoch aufgetürmten Haaren setzte und anfing zu spielen. Die Akustik in diesem hohen Raum mit den funkelnden Lüstern, den vielen Kerzen und bodentiefen Fenstern, in denen sich die Gesellschaft spiegelte, war fantastisch. Ava schaute sich um. Sie erkannte einige Gesichter von vorhin aus der Kirche wieder. Garderobe und zur Schau getragener Schmuck ließen nur erahnen, wie reich diese Menschen waren. Ava hatte noch immer nicht verstanden, wie Colin in dieses Bild passte.

Sie hatte ihr Glas noch nicht ausgetrunken, da tauchte er auch schon wieder neben ihr auf. In ihrem Kopf hatte sich eine angenehme Leichtigkeit eingestellt, die sicher dem prickelnden Getränk geschuldet war.

»Alles gut?«, fragte er, seine Züge wirkten entspannt, vielleicht sogar ein wenig vorfreudig. Er sah nicht aus, als müsste er sich mit Alkohol über die Hochzeit seiner Ex hinwegtrösten.

»Aber sicher doch, es war sehr amüsant. Bei dir auch? Hat alles geklappt?«

»Klar, wir haben ein sehr schönes Zimmer mit einem weiten Ausblick, man hat jetzt noch nicht viel gesehen, aber morgen früh, wenn es wieder hell ist, sollte das anders sein.«

Colin nahm sich auch ein zweites Glas und stieß noch einmal mit Ava an. Immer wieder bekam Ava mit, wie Colin hier und da jemandem zunickte oder zulächelte. Er kannte also doch einige Gäste, womöglich gemeinsame Bekannte, die sich für Harpers Seite entschieden hatten? Oder war der Kontakt abgerissen nach der Trennung? Das würde ja bedeuten, er hätte in London oder der näheren Umgebung gelebt? Sie wurde immer neugieriger.

»Du kannst ruhig auch mit anderen Menschen plaudern, Colin. Du musst hier nicht die ganze Zeit rumstehen und mich bespaßen.«

Er zuckte die Schultern. »Ich bin genau da, wo ich sein möchte.«

Ava freute sich über seine Antwort, gleichzeitig warf sie noch mehr Fragen auf. Es dauerte nicht lange, bis ein strahlendes Pärchen zu ihnen kam. Der Mann trug sein dunkelblondes Haar mit einem strengen Scheitel, er war in einen eleganten Frack gekleidet. Der weiß gestärkte Kragen seines Hemdes wirkte wie seine Aura – förmlich und steif. Der Eindruck, den die Frau an seinem Arm hinterließ, stand dem in nichts nach. In der Kirche hatte sie einen riesigen Hut auf dem Kopf gehabt, der zu ihrem pinken Kleid gepasst hatte. Sie sah ein wenig aus wie ein Bonbon auf Stöckelschuhen, denn auch auf dem Mund trug sie neonfarbenen Lippenstift. Ava fragte sich, was an ihr überhaupt echt war. Auf den ersten Blick wirkte ihr Gesicht, als hätte sie es sich in einem Katalog ausgesucht.

»O guten Abend, Colin, wie schön, dich zu sehen.« Küsschen hier, Küsschen da. Ava stieg der aufdringliche Geruch ihres süßlichen Parfums in die Nase. »Du siehst großartig aus, mein Lieber. Die Landluft scheint dir gut zu bekommen.«

Sie wandte sich Ava zu und ließ ihren prüfenden Blick über sie gleiten. Ava war versucht ihr zu sagen, dass sie keine Kuh auf dem Markt war, aber sie kannte das schon. Abgecheckt werden; und noch während sie ihre Augen wieder auf Avas Gesicht richtete, hatte diese Frau vermutlich die passende Schublade gefunden, in die sie Ava steckte.

Überraschenderweise war es Ava egal, wie sie von der anderen bewertet wurde, nicht einmal ihr Herzschlag hatte sich erhöht. An Wills Seite war sie immer nervös gewesen, weil sie Angst gehabt hatte, dass ihre unpassende Herkunft enttarnt werden würde. Heute war es Ava seltsamerweise gleichgültig, was irgendwer im Raum – außer Colin – über sie dachte. Ein schönes Gefühl, das nicht vom Champagner herrührte, da war sie sicher. Was das in Bezug auf Colin hieß, wollte sie nicht wahrhaben.

»Du auch, Catherine, du wirst immer hübscher«, antwortete Colin jetzt. Er beherrschte dieses Getue also auch, stellte Ava fest. Dann wandte er sich lächelnd an sie. »Ava, das sind Catherine und Thomas.«

Thomas nahm Avas Hand und deutete einen Handkuss an. Seine Finger fühlten sich kalt und teigig an, sie war froh, als er sie wieder losließ. Dennoch lächelte Ava, sie beherrschte dieses Spiel im Schlaf. »Freut mich sehr, wie schön, euch kennenzulernen.«

»Colin, du musst uns unbedingt erzählen, was du jetzt in Schottland so treibst«, wandte Catherine sich an ihn. »Harper hat mir erzählt, dass du selbst Unternehmer bist?«

Ava lauschte gespannt, sie würde liebend gern mehr über seine Vergangenheit hören und hoffte, dass sie vielleicht jetzt ein paar Antworten auf ihre stillen Fragen bekommen würde. Colin wirkte auf einmal steif, es war für Ava deutlich, dass er sich in der Situation unwohl fühlte. Catherine hingegen schien nichts zu begreifen.

»Harper hat sicher übertrieben«, war alles, was er dazu zu sagen hatte. Sie mochte, dass Colin so souverän agierte, sie war stolz auf ihn.

Die Frau lächelte weiter ihr falsches Lächeln, das ihre Augen nicht erreichte. »Ich finde es immer noch tragisch, dass du London den Rücken gekehrt hast. Ich kann mir gar nicht vorstellen, wie es für dich sein muss –«

»Catherine, Liebes«, unterbrach Thomas seine Frau, »Colin ist doch in Schottland aufgewachsen. Sicher ist es für ihn nicht so ein Kulturschock, wie so ein Umzug für uns wäre.«

Kulturschock? Ava musste an sich halten, um den beiden nicht an die Gurgel zu springen. Wie konnte Colin angesichts so einer Blasiertheit nur ruhig bleiben? Tatsächlich hatten sich seine Mundwinkel spöttisch nach oben gebogen, fast so, als ob er Mitleid mit den beiden Nattern hätte. »Es lebt sich deutlich ruhiger«, sagte er nur und nippte an seinem Glas. »Es macht mir viel mehr Spaß, mich um meine Angelegenheiten zu kümmern als um die Probleme anderer.«

Ava kapierte nicht, was er damit genau meinte, aber jetzt war wohl kaum der richtige Zeitpunkt, ihn zu fragen, womit er früher seine Brötchen verdient hatte. Das würde sie später nachholen. Ihr gefiel es jedenfalls, wie er auf die Sticheleien reagierte. Dieser Mann war zufrieden mit sich und seiner Welt. Ava war schockiert über ihre Reaktion, dass sie ihn plötzlich noch attraktiver und anziehender fand und am liebsten seine Hand in ihre genommen hätte.

Catherine stieß derweil einen spitzen Lacher aus, der ihre hellen, perfekten Zähne zeigte. Sie musste bei ihrem Zahnarzt ein Vermögen ausgegeben haben, dachte Ava. Mit jeder Minute, die sie hier war, freute sie sich mehr darüber, dass sie nicht mehr ein Teil dieser Gesellschaft war, auf die Will immer so großen Wert gelegt hatte. Weil er in die High Society hineingeboren war, merkte er nicht einmal, wie dämlich das alles war. Auch Ava hatte lange nicht kapiert, wie oberflächlich und armselig das ganze Gehabe war. Erst jetzt begriff Ava jedoch, dass sie nie wirklich dazugehört hatte, egal was sie versucht hatte. Sie war immer nur der Blinddarm in Wills Eingeweiden gewesen, den er nun losgeworden war. Seltsamerweise schmerzte es jetzt nicht mehr wie noch vor

Kurzem, dass er sie schneller als ein paar abgestreifte Socken vergessen hatte. Sie war eher erleichtert. Ja, das traf es ziemlich genau.

»Und Sie«, wandte sich Thomas an Ava, der offenbar auch das Thema wechseln wollte. »Leben Sie auch in Schottland?« Er sagte es, als wäre Schottland so etwas wie ein Ghetto, in dem man sich vor gefährlichen Krankheiten in Acht nehmen musste.

Für eine Sekunde war Ava versucht im breitesten nordenglischen Slang zu antworten, den man in der Gegend um Hull nuschelte, um die beiden Snobs aus dem Konzept zu bringen, aber der Spaß hätte nur kurz angedauert, denn es würde auf Colin zurückfallen. Sie wollte keine Szene, sie wollte mit Colin ihren Spaß haben und die beiden so schnell wie möglich loswerden. Deshalb nickte Ava mit einem süßlichen Lächeln. »O ja, es ist ein wundervolles Fleckchen Erde mit so vielen Möglichkeiten.«

»Ach ja?« Catherine verzog ihre falschen Lippen herablassend. »Ich bin mir sicher, dass man kulturell dort nicht wirklich viel erleben kann. Vor allem, wenn man London kennt, mit seinen vielen Theatern und Bühnen.«

Ava begriff, dass sie selbst vor kurzer Zeit noch ähnlich dumm dahergeredet hatte. Sie wollte der Dame erklären, warum man in den Highlands kein Theater brauchte, weil die Natur für sich sprach und ihre eigene Geschichte schrieb, der man zusehen konnte, aber sie wusste, dass es vergebens sein würde, also nickte sie nur. »Ja, da stimme ich Ihnen zu. Für viele ist es besser, sie bleiben in London in ihrem bekannten Umfeld, wo man sicher sein kann, dass das Sushi mit gekühltem Chablis innerhalb einer halben Stunde geliefert wird.«

Catherine lächelte, ihr entging Avas Sarkasmus, Colin allerdings nicht, der sie mit großen Augen anschaute, als wäre er überrascht, diese Worte aus ihrem Mund zu hören. Nach einigen belanglosen Sätzen zog das Paar endlich weiter.

»Ich brauche noch einen Drink«, stellte Colin mit einem leisen Seufzen fest.

Ava studierte sein Gesicht. »Ja, das kann ich gut verstehen. Waren das Freunde von dir?«

Er verzog seine Lippen. »So würde ich es nicht nennen.«

Ava winkte ab. »Du musst nicht drüber reden. Aber eines könntest du mir verraten«, meinte sie, während sie sich ein Häppchen von einem Tablett schnappte. »In welchem Bereich hast du früher gearbeitet? Du warst doch nicht Investmentbanker oder so?«

Für eine Sekunde fürchtete sie, dass er Will vielleicht kannte. Dann verwarf sie den Gedanken, selbst wenn, es spielte keine Rolle mehr.

Er zuckte die Schultern. »Nein, kein Banking.«

»Verrätst du es mir, oder ist es ein Geheimnis?«

»Es kommt mir vor, als wären Jahrzehnte vergangen.«

Das wiederum konnte sie sich gut vorstellen. Sie sagte nichts und wartete ab.

»Ich bin Wirtschaftspsychologe, ich habe früher große Unternehmen beraten.«

Ava war überrascht. »Psychologe?«

Er grinste. »Ja, schau nicht so, als ob du mir keinen College-Abschluss zutraust.«

»Das ist es nicht.« Sie winkte ab. »Aber der Graben könnte ja wohl kaum tiefer sein. Ich kann mir dich gar nicht zwischen Firmenbossen vorstellen. Das heißt, doch, in diesen Klamotten und so irgendwie schon.« Sie musterte ihn interessiert.

»Und? Was denkst du?« Er wirkte fast ein bisschen unsicher. »Du meinst doch bestimmt, dass ich meinen Laden zumachen und wieder da einsteigen soll, wo ich groß Kohle verdienen kann.«

Ava runzelte die Stirn, seine Worte trafen sie unerwartet. »Nein, eigentlich nicht.«

Sie konnte ihm deshalb keinen Vorwurf machen. Noch vor wenigen Wochen hätte sie ihm nämlich genau dazu geraten, aber langsam hatte sie begriffen, warum er das Leben, das er heute führte, bevorzugte.

»Nicht?« Er wirkte nicht überzeugt.

Ava gab ihm einen spielerischen Klaps auf den Arm. »Ich finde, wenn man die Wahl hat und sich aus guten Gründen für etwas entscheidet, dann ist das legitim, und ich schätze das sehr an Menschen. Gibt es was Schlimmeres als Leute, die an ihrem Job festhalten, obwohl sie ihn hassen, nur weil sie da ein sicheres Einkommen haben? Geld ist nicht alles, wirklich nicht.«

Colin trank einen Schluck. »Das hätte ich nicht besser formulieren können. Aber was, wenn man Familie hat, die man ernähren muss?«

»Ja, ich weiß. Das ist was anderes, aber wenn man frei ist, dann ist es doch großartig, eine Wahl zu haben, oder? Ich liebe meinen Beruf und würde keinen anderen machen wollen, aber was weiß ich, wie ich das in ein paar Jahren sehe? Ich hoffe, dass ich immer mutig genug bin, um meinem Herzen zu folgen.«

Sie sah, wie Colins Adamsapfel hüpfte. Seine Pupillen verdunkelten sich, und für eine Sekunde glaubte sie, dass er sie gleich küssen würde.

Bedauerlicherweise klopfte in dieser Sekunde jemand mit einem Löffel an ein Glas. Der Bräutigam und die Braut traten auf ein kleines Podest und begrüßten die Gäste. Dann wurden alle in den Speisesaal gebeten, es gäbe eine feste Sitzordnung. Ava hoffte, dass die Tischgesellschaft nicht ganz so gruselig sein würde wie die erste Begegnung mit Colins Bekannten.

Colin legte ihr eine Hand auf den unteren Rücken, und sie gingen mit dem Strom der Gäste zum Dinner.

»Halten wir das aus?«, flüsterte er dicht an ihrem Ohr. Ava erschauderte unter seinem heißen Atem.

»Sehen wir es als Theaterstück – witzig, dass Frauen wie Catherine nicht mal merken, dass sie in dieser Aufführung nur eine Statistenrolle besetzen. Seelenlose Möchte-gern-Schönheiten, die denken, sie wären was Besseres, haben mich schon immer auf eine seltsame Art fasziniert. Ich habe mich immer wie ein Alien gefühlt, jetzt verstehe ich, wieso. Ich denke, wir betrachten es heute einfach als eine Art Gesellschaftsstudie«, scherzte Ava.

»Vermisst du es nicht?«, wollte Colin wissen.

»*Das* habe ich noch nie gemocht, um ehrlich zu sein. Aber es gibt auch nette reiche Menschen«, erklärte sie mit einem Augenzwinkern. »Man muss manchmal nur ein bisschen suchen.«

»Du stimmst also zu, dass Geld in vielen Fällen den Charakter verdirbt?«

»Ich denke, dass der Charakter unabhängig von Geld ist, aber gewisse Züge kommen vielleicht mehr negativ hervor, wenn man denkt, einem gehört die Welt.«

»Hast du auf der Uni vielleicht auch ein paar Kurse in Psychologie belegt?«, wollte er mit einem Glucksen wissen, während er ihr den Stuhl an ihrem Tisch zurückzog.

»Das nicht, aber du kannst dir nicht vorstellen, was ich in meinem Job schon so alles gesehen habe.« Und das war einiges. Aber Verrückte gab es natürlich nicht nur unter den wohlhabenden Menschen, nur konnten die das Exzentrische vielleicht eher ausleben, weil sie keine Zeit für den täglichen Überlebenskampf vergeuden mussten, wie viele Familien am Existenzminimum. »Aber Idioten existieren unabhängig vom Kontostand«, fügte sie noch hinzu und dachte an ihre eigene Familie.

# Siebzehn

Die Tischgesellschaft hatte sich glücklicherweise als sehr nett herausgestellt, und Ava und Colin hatten sich gut mit den drei anderen Paaren unterhalten. Nachdem sie vier Gänge und vier verschiedene Weine zu jedem Gericht gekostet hatten, wurde die feine Gesellschaft, die schon ordentlich gebechert hatte, mit ein wenig Live-Musik aufgelockert.

»Willst du tanzen?«, fragte Colin sie.

»Ja, klar, warum nicht.« Ava war angeheitert, aber weit davon entfernt, betrunken zu sein. Sie hatte nach den beiden Gläsern Champagner nur noch genippt. In ihrem Bauch kribbelte es, als er ihre Hand nahm und sie zum Parkett führte. Wieder musste sie feststellen, wie attraktiv er war, wenn er lächelte und so entspannt war wie jetzt.

Die Musik spielte, Colin legte ihr eine Hand an die Taille und führte sie gekonnt und sicher. Ava spürte seinen straffen, athletischen Körper sehr nahe bei sich, atmete seinen einzigartigen Geruch ein und gab sich dem Moment hin. Es fühlte sich an, als würde sie mit ihm über den Boden schweben. In einer Abfolge aus Bewegungen verschmolzen sie zu einer Einheit, als würden sie schon seit Jahren zusammengehören.

Sie hatte keine Ahnung, wie lange sie sich mit ihm eng um-schlungen zu den Klängen der Musik wiegte, sie wünschte, es könnte ewig so weitergehen.

»Wieso kannst du so gut tanzen?«, wollte sie irgendwann wissen.

»Du findest also, ich tanze gut?« Er grinste selbstbewusst.

»Ja, das kannst du wirklich gut.«

»Ein Paar ist immer nur so gut, wie zwei sich aufeinander einlassen können.«

Ava kam es so vor, als schwang mehr in seinem Ton mit, und sie spürte es auch. Genau in dieser Sekunde begann ihr Herz höherzuschlagen, als er sie noch näher zu sich heran-zog. Seine Hand wanderte an ihrem Rücken entlang, und eine seltsame Wärme breitete sich in ihrer Mitte aus. Ihr Atem ging schneller.

Das hier war intim, so intim, als wären sie allein auf dieser Tanzfläche, alles andere hatte sie ausgeblendet.

»Du bist wundervoll«, hauchte er in ihr Ohr, dabei streifte seine Wange ihre. Das leichte Kratzen seiner Bartstoppeln ließ Ava leise seufzen. Gott, sie wollte ihn, sie wollte ihn so sehr wie noch niemals zuvor.

Sie schaltete alle Bedenken aus, ehe sie sich manifestieren konnten, und blickte zu ihm auf. »Sollen wir ins Bett gehen?«

Sie befeuchtete ihre trockenen Lippen. Colin atmete scharf ein, sein Blick war hungrig und leidenschaftlich, seine Augen verschlangen sie förmlich. Ava fühlte sich begehrt, einzig-artig. Lebendig, wie nie zuvor.

»Bist du müde?« Seine Stimme war heiser.

Ava schüttelte den Kopf.

Er atmete erleichtert aus. »Ich auch nicht.«

Dann löste er sich von ihr, verschränkte die Finger sei-ner linken Hand mit ihrer und zog sie mit sich aus dem Ballsaal. Er führte sie durch einen schummrigen Gang, der alte Boden unter ihren Füßen knarzte mit jedem Schritt.

Schwache Lampen tauchten alles in ein sanftes Licht. Colin blieb stehen und schob sie mit seinem Körper in eine Nische. Die Geräusche der Feier drangen nur noch wie durch Watte zu ihnen. Avas Herz hämmerte gegen ihren Brustkorb, als er dicht vor ihr stand. Mit großen, dunklen Augen blickte er zu ihr, hob seine Hände und strich beinahe andächtig über ihre Züge.

»Du bist so schön«, flüsterte er heiser. Langsam glitten seine Finger über ihre Wangenknochen an ihrem Hals über ihr Schlüsselbein entlang. Sie bekam eine Gänsehaut am ganzen Körper.

Ava keuchte auf, die Berührung war so zärtlich, dass sie glaubte, hier vor ihm zu zerfließen, wenn er sie nicht endlich küsste. Sie ließ ihre Hände unter sein Sakko wandern und zerrte an seinem Hemd. Sie musste etwas von seiner Haut spüren, ihm nahe sein. Näher. Sie war längst nicht nah genug. Colin stöhnte leise auf, als sie ihn zu sich heranzog und ihren Kopf in den Nacken legte.

Für eine endlose Sekunde regte sich niemand, nur ihr süßer Atem verschmolz miteinander. Stummes Einvernehmen. Heißes Prickeln. Flirrende Luft zwischen ihnen. Erregung kochte durch ihre Adern.

Colin drückte sie mit seinem Körper gegen die Wand und hielt ihre Hände über ihrem Kopf gefangen.

»Du machst mich wahnsinnig«, brummte er, dann senkte er seine Lippen auf ihre. Ava stöhnte, als sie seine Zunge spürte, die ihren Mund erkundete und mit ihrer spielte. Gott, wie sehr hatte sie sich danach gesehnt. Dieser Kuss war noch viel besser als der erste. Alles umfassend, alles umschlingend. Einzigartig. Sie wollte mehr. Viel mehr.

Colin war ein begnadeter Küsser, was keine Überraschung für sie war. Viel mehr überraschte sie ihre Reaktion auf seine Liebkosung. Noch immer hielt er ihre Hände fest, als könnte er sich nicht zurückhalten, wenn sie ihn berührte. Schnell wurde aus der Zärtlichkeit hektische Leidenschaft. Zähne schlugen aufeinander. Keuchen. Drängen. Sehnen.

»Schlaf mit mir«, hauchte sie atemlos.

Colin knurrte etwas Unverständliches, dann ließ er nach Luft schnappend von ihr ab. »Ich habe keine Ahnung, wie ich es mit dir auf dieses blöde Zimmer schaffen soll, so sehr will ich dich.«

Ava schluckte, ihr ging es genauso. Sie schob die Bedenken, die sich leise in ihrem Kopf meldeten, beiseite. Was ihre Auftraggeber davon halten würden, wenn sie etwas mit Colin anfing, konnte sie auch morgen noch überlegen. Ihre Sehnsucht war größer als die Sorge um ihr professionelles Image. Sie holte Luft und war wieder ganz bei ihm.

»Du musst es mir schon zeigen, ich habe keine Ahnung, wo es liegt«, erinnerte sie ihn.

Er schnappte sich ihre Hand und zog sie mit langen Schritten mit sich, sie lachte und stolperte hinter ihm her. Sie fühlte sich wohl. Begehrt und vollkommen.

Niemand außer ihm hatte ihr bisher dieses Gefühl vermittelt.

Im Nachhinein würde Ava nicht sagen können, wie sie ihr Zimmer im ersten Stock erreicht hatten, sie hatte nur eins im Sinn gehabt: Colin.

Als er die Tür hinter ihnen mit einem lauten Krachen ins Schloss warf, war es auf einmal sehr still im Zimmer. In der Mitte stand ein großes Himmelbett mit vielen Kissen. Auf den Nachttischen verbreiteten zwei kleine Lichter einen sanften Schein. Die schweren Samtvorhänge waren bereits zugezogen, die Decken zurückgeschlagen. Ein Hoch auf den Service eines guten Fünf-Sterne-Hotels, dachte Ava schmunzelnd. Es roch dezent nach Blüten, dann entdeckte sie einen kleinen Blumenstrauß in einer durchsichtigen Vase auf einer Anrichte. Daneben hatte Colin – oder ein Hotelmitarbeiter – ihr Gepäck abgestellt.

Kaum mehr als ein Wimpernschlag war vergangen, jetzt stand er vor ihr und löste den Knoten seiner Krawatte, dabei schaute er sie an. Lust lag in seinem Blick.

»Lass mich das machen«, flüsterte sie und trat einen Schritt auf ihn zu. Warum sie flüsterte, wusste sie nicht. Beinahe ehrfürchtig ließ sie ihre Finger über seine gleiten und begann ihn auszukleiden.

»Du folterst mich«, brummte er, während sie jeden Hemdknopf ganz langsam öffnete, bis es offenstand. Sie ließ ihre Nägel über seinen festen Bauch gleiten, und er stöhnte tief und kehlig ihren Namen.

Ein süßes Ziehen meldete sich in ihrem Unterleib, sie stellte sich auf die Zehenspitzen, nahm sein Gesicht zwischen beide Hände und küsste ihn fordernd. Colin erschauderte lustvoll, irgendwann landeten sie auf dem Bett.

»Wie bekomme ich dich aus diesem verdammten Kleid«, schimpfte er.

Ava kicherte und drehte sich auf den Bauch.

»Hier ist ein Reißverschluss.« Sie zeigte auf ihre Wirbelsäule.

Colins Hände wanderten von ihren runden Hüften über ihren Po an ihrem Rücken entlang und machten aus dieser einfachen Sache beinahe schon eine wissenschaftliche Zeremonie.

»Was tust du?«, fragte sie leise.

»Ich genieße jede einzelne Sekunde mit dir«, erklärte er, irgendwann lag sie nur in Spitzenwäsche bekleidet vor ihm.

»Etwas unausgewogen, findest du nicht?« Mit einem leisen Lächeln auf den Lippen streifte sie ihm erst Sakko, dann Hemd ab. Himmel, dieser Mann war einfach perfekt gebaut. Ava ließ ihre Finger ehrfürchtig über seine Schultern, seinen glatten Brustkorb und seinen flachen Bauch gleiten. Seine Muskeln spannten sich unter ihrer Berührung an, er atmete schneller. Ganz deutlich konnte sie die Ausbuchtung seiner

Hose erkennen, hielt eine Sekunde inne und setzte dann ihre Erkundungstour fort. Als ihre Hand auf seinem Schritt lag, hielt er sie fest.

»Das ist sehr gefährlich, Ava. Du hast keine Ahnung, wie sehr ich dich will.«

Sie schauten sich tief in die Augen, und die Erregung, die sich in seinem Blick widerspiegelte, trieb ihren Puls in ungeahnte Höhen. Colin biss die Zähne aufeinander, dann schob er sich über sie und hielt sie mit seinem Körper gefangen. Seine Finger glitten über ihr Gesicht hinab zu ihren Brüsten.

»Ich möchte das hier genießen«, raunte er und liebkoste ihre Nippel durch den Stoff. Ava biss sich auf die Unterlippe und seufzte.

»Wir haben Zeit«, fügte er an, und sie fragte sich, wen er davon überzeugen wollte. Er wirkte so angespannt, so erregt, was sich auf sie übertrug. Sie wollte ihn endlich spüren.

»Zieh diese blöde Hose aus«, forderte sie ungeduldig und rieb ihre Hüften an seinen.

»Scheiße, Ava, hast du eigentlich eine Ahnung, wie lange es her ist?«

Sie schluckte. Nein, darüber hatte sie sich keine Gedanken gemacht. Sie hatte nicht daran denken wollen, wie er mit anderen Frauen ... Egal, wie lange das her war.

»Nein«, flüsterte sie und schaute ihn erwartungsvoll an, während sie an seiner Hose zerrte, bis er schließlich nackt bei ihr lag.

»Ziemlich unfair, findest du nicht?« Seine vollen Lippen umspielte ein Lächeln, als er ihr erst den BH auszog und dann den Slip von den Hüften schob. Dabei bedeckte er zuerst ihren Bauch mit heißen Küssen und setzte seine Erkundungsreise fort. Als er ihre intimste Stelle erreichte, keuchte Ava auf und klammerte sich an ihn. Er hatte ihre Schenkel gespreizt und die Waden auf seinen Schultern platziert, während seine Zunge sie aus der Realität ins Paradies beförderte.

»Verdammt«, fluchte sie und ihre Hüften zuckten unkontrolliert, während er mit seinem Mund göttliche Dinge anstellte. Sie atmete schwer, hatte die Augen geschlossen und spürte, wie sie mit jeder Sekunde unaufhaltsam auf einen gewaltigen Höhepunkt zusteuerte. Himmel, der Mann wusste genau, wie er sie um den Verstand bringen konnte. Seine Hände ruhten unter ihrem Hintern und hielten sie genau an der Stelle, an der er sie haben wollte. Avas Finger wanderten in sein Haar, vergruben sich darin, während sie ihren Rücken durchbog. Der Orgasmus erreichte sie in seiner vollen Wucht, sie hatte keine Zeit, sich auf die Explosion ihrer Sinne vorzubereiten.

Irgendwann kehrte sie in die Realität zurück, während Colin sich langsam mit vielen zärtlichen Küssen nach oben bewegte, bis er neben ihr lag und ihr eine schweißnasse Strähne aus dem Gesicht schob.

»Hi«, murmelte er mit einem zufriedenen Grinsen.

»Hi«, erwiderte sie träge und legte ihre Hand auf seinen Bauch.

Ava streichelte Colin, umfasste seine Erektion und ließ ihre Finger daran auf- und abgleiten. Nur für einen kurzen Moment, bis Colin heiser keuchte und ihre Hand umschloss. »Zu viel«, brummte er. »Du musst ein bisschen nachsichtig mit mir sein, es war einfach unglaublich, dich zu küssen …«

Ava freute sich, dass ihr Vergnügen auch zu seinem geworden war.

»Ich will dich spüren«, flüsterte sie, verblüfft, dass sie noch lange nicht genug von ihm hatte, obwohl sie eben erst gekommen war. »Warte«, sagte sie, kletterte aus dem Bett und kramte nach einem Kondom in ihrer Tasche.

»Du bist vorbereitet?«, fragte er und wirkte überrascht, aber auch erleichtert.

»Tja, schuldig im Sinne der Anklage«, gab sie schmunzelnd zu, dann kroch sie wieder zu ihm, riss die Packung auf und streifte das Kondom über seine Erektion.

Ava legte sich über ihn, küsste ihn und rieb sich an ihm, bis sie schließlich ihre Schenkel öffnete und ihn tief in sich aufnahm.

Colin stieß einen derben Fluch aus, während sich seine Finger in ihre Hüften gruben. Ava genoss dieses Gefühl, begehrt zu werden, gleichzeitig wollte sie mehr. Ganz langsam bewegte sie sich, zog sich zurück, um ihn wieder tief in sich zu spüren, immer darauf bedacht, nicht zu schnell zu viel zu wollen. Schon nach kürzester Zeit empfand sie dieses brennende Sehnen in sich, das sie alles andere vergessen ließ. Ihre Körper waren schweißbedeckt, sie atmeten schwer, ihre Herzen schlugen im gleichen Takt. Colin stöhnte ihren Namen, während er sich unter ihr wand. Sie wusste, dass er es nicht mehr lange aushielt, ihr ging es nicht anders. Ava bestimmte das Tempo, genoss jede Sekunde, jede Bewegung, bis sie die Wellen ihres zweiten Orgasmus überschwemmten. Sie klammerte sich an Colin fest, biss in seine Schulter und spürte gerade noch, wie er sich unter ihr versteifte und mit einem tiefen Grollen kam.

Sie blieben lange regungslos liegen, bis sich ihrer beider Atem langsam wieder beruhigte.

»Mein Gott«, murmelte er träge.

Ava lächelte selbstzufrieden. »Nicht schlecht für das erste Mal.«

Colin schob sie mit einem Ruck von sich und rollte sich über sie. Küsste sie lange und zärtlich. »Nicht schlecht?«, wiederholte er mit gerunzelter Stirn. »Das meinst du nicht so.«

Ava lachte. »Natürlich nicht.« Sie streichelte seinen Rücken, seinen Hintern, genoss die Wärme seiner Haut. »Von mir aus könnten wir für eine Weile hier eingesperrt sein.«

Das schien ihn zu beruhigen, er glitt von ihr und zog sie in seine Arme. Ihren Kopf bettete sie auf seiner Brust, während seine Fingerspitzen gedankenverloren über ihren erhitzten Körper strichen. In dieser Nacht bekamen sie nicht viel Schlaf, doch irgendwann im Morgengrauen siegte die Müdigkeit, und sie dämmerten eng umschlungen ein.

Sonnenstrahlen leckten durch einen schmalen Spalt und warfen helles Licht auf den flauschigen Teppichboden des Zimmers. Colin drückte Ava einen Kuss auf die Schulter, als sie mit flatternden Lidern erwachte.

»Guten Morgen«, murmelte er und streichelte über ihre Hüften.

»Morgen«, erwiderte sie mit einem langen Gähnen. »Wie spät ist es?«

»Hast du Termine?«, gab er mit einem Lächeln auf den Lippen zurück.

Ava drehte sich zu ihm und stützte ihren Kopf auf ihre Hand. »O ja, ich habe da was ganz Bestimmtes in meinem Kalender stehen.«

Mit einem koketten Augenaufschlag erreichte sie, dass er sofort hart wurde.

»Gott, das kannst du nicht machen, es sei denn, du willst, dass ich über dich herfalle …«

Ava lächelte. »Könnte mir Schlimmeres vorstellen.«

Dann zog sie seinen Kopf zu sich heran und küsste ihn.

Sehr viel später lagen sie schweißbedeckt nebeneinander und atmeten schwer. Colins Hand ruhte auf Avas Bauch.

»Wahnsinn«, murmelte er erschöpft.

»Wie wäre es mit einer Dusche?«

»Klingt gut … Sobald ich mich wieder bewegen kann.«

Ava setzte sich auf und streckte sich. »Müssen wir heute noch irgendwo erscheinen? Zum Frühstück oder so?«

Er schüttelte den Kopf. »Harper hat sicher etwas vorbereitet, aber ich bin schon lange nicht mehr ihr Hündchen,
das ihren Kommandos folgt.«

Ava kicherte. »Sie wirkte eigentlich ganz nett auf mich.«

»›Nett‹ ist nicht der richtige Ausdruck«, erklärte er und
erinnerte sich, wie fokussiert und zielstrebig seine Ex zu
jeder Tages- und Nachtzeit war. Dass sie keine Strichliste
über gewisse Dinge wie ihr Sexleben geführt hatte, war alles.
Wobei ... Ihr war zuzutrauen, dass sie auch das in einer
Tabelle festgehalten hatte.

»Wieso habt ihr euch getrennt?«

Colin schnaubte. »Willst du jetzt echt mit mir über meine
Ex sprechen?«

Ava verzog ihre Lippen. »Nicht wirklich, sorry. Dusche?«

»Ich seife dir gerne den Rücken ein.«

»Gut, gib mir eine Minute.« Ava sprang mit einem Grinsen
aus dem Bett und verschwand im Badezimmer. Colin verschränkte die Arme hinter dem Kopf und genoss die Müdigkeit in seinen Muskeln, so gut hatte er sich schon lange nicht
mehr gefühlt. Und das lag nicht nur am Sex, denn Ava war
einfach eine klasse Frau.

Die Tür ging auf, und Ava krümmte ihren Zeigefinger.
»Kommst du mit rein?«

»Nichts lieber als das.«

Colin tapste ins Bad und schob sich mit Ava in die gemauerte
Dusche. Er massierte ihren Kopf mit Shampoo und widmete
sich jeder ihrer großartigen Kurven. Unter unzähligen Küssen
revanchierte sie sich bei ihm. Das heiße Wasser der Regen-
dusche prasselte auf sie nieder und hüllte sie ein. Doch irgendwann war auch der letzte Quadratzentimeter eingeschäumt
und abgespült, das Bad hatten sie in eine Dampfsauna ver-
wandelt, als Ava das Wasser abstellte und ihm ein Handtuch
zuwarf. Sich selbst wickelte sie in ein großes Badetuch ein, um
ihre Haare schlang sie einen Turban.

»Wie ihr Frauen das immer macht«, stellte er anerkennend fest und trocknete sich ab.

»Was denn?«, fragte sie über ihre nackte Schulter, während sie ihre Beine eincremte.

»Ach nichts.« Er zuckte mit den Achseln, warf das Handtuch achtlos über die Wanne. In diesem Moment klopfte es an der Tür.

»Wer ist das denn?« wollte Ava wissen.

»Der Zimmerservice vermutlich.«

»Zimmerservice?« Sie hob eine Augenbraue. »Wann hast du den denn angerufen?«

»Heute Morgen, du hast noch so schön geschnarcht.«

Avas Augen verengten sich, sie warf ihm das nasse Handtuch ins Gesicht. »Hab ich gar nicht.«

»Wie du meinst.« Er gluckste. »Soll ich das Frühstück entgegennehmen?«

»Ja, unbedingt, ich verhungere.«

Er nickte, dann schlüpfte er in einen Bademantel. Mit langen Schritten ging er zur Tür, ließ den Servierwagen hereinbringen und kritzelte seine Unterschrift auf den Beleg.

Es duftete nach Kaffee und frischem Gebäck. Herrlich. Ava tapste im Bademantel aus dem Bad, ihre Augen wurden groß, als sie die Auswahl sah, die er bestellt hatte.

»Kommt noch jemand?«, fragte sie amüsiert.

»Ich wusste nicht, was du magst.«

»O mein Gott.« Sie schlug die Hände vor den Mund. »Das ist so fantastisch, ich habe immer davon geträumt, dass das mal jemand für mich macht.«

Colin runzelte die Stirn. »Du hast noch nie Frühstück im Bett gegessen?«

Sie schüttelte den Kopf. »Na ja, wenn man mal Zwieback und Tee nach einer Magen-Darm-Grippe nicht mitzählt, dann nein.«

»Gut, das müssen wir ändern. Ich bin froh, dass ich der Erste bin.«

Ava hüpfte aufgeregt und klatschte in die Hände, dann sprang sie auf das Bett und führte einen kleinen Freudentanz auf. Colin beobachtete ihre Natürlichkeit mit einem seltsamen, sehr warmen Gefühl im Bauch. Sie war einfach fantastisch, das musste er zugeben, und es lag nicht nur am besten Sex seines Lebens. Es war mehr als das.

Mit einem Räuspern hob er zwei silberne Glocken. »Egg-Benedict mit Lachs, ist das was für dich?«

Ava stöhnte genüsslich und setzte sich im Schneidersitz auf das Bett. »Das wird ja immer besser.«

Colin schob den Wagen so, dass sie gut herankamen, dann kletterte er zu ihr ins Bett und reichte ihr einen Teller und Besteck. »Orangensaft? Kaffee? Frische Früchte?«

»Alles!«, rief sie mit einem Zwinkern.

Er mochte Frauen, die aßen, was sie wollten. Es kam Colin so vor, als hätte sie nicht nur ihre Großstadtattitüde, sondern auch ihre Selbstzweifel abgelegt. Er freute sich für sie, und es machte sie noch viel anziehender. Colin biss ein Stück von einem Croissant ab und spülte es mit einem Schluck Kaffee herunter.

Sie nahmen sich viel Zeit, aßen, lachten und amüsierten sich über den gestrigen Abend, die Leute und deren Getue. Doch auch das üppigste Frühstück war irgendwann beendet. Ava ließ sich ins Kissen zurücksinken und stöhnte. »O Gott, du musst mich gleich in den Transporter rollen.«

»So schlimm?«

»Ich bin total voll, aber es war einfach zu lecker. In meiner kleinen Küche habe ich in der letzten Zeit nicht gerade Gourmetessen gehabt. Für einen alleine kocht es sich nicht so gut. Wie machst du das eigentlich?«

Colin schaute aus dem Fenster. Dicke Wolken schoben sich über den blassblauen Himmel, hier und da blitzten

Sonnenstrahlen durch. Der Wind kräuselte das Wasser des anliegenden Lochs. Wusste Ava, dass er mit seinem Vater und seiner Grandma zusammenlebte? Vermutlich. Es war nicht direkt die Traumvorstellung aller Frauen, das musste er zugeben. Und er wollte auch nicht über seine häusliche Situation sprechen. Die Feier, die Nacht mit Ava war eine willkommene Flucht aus seinem Alltag gewesen, aber genau das würde sie auch bleiben, und sie war bald vorbei. Ava konnte nie Teil davon sein, wem konnte man sowas schon zumuten? Obwohl sein Dad nicht mehr die ganze Zeit lethargisch in seinem Stuhl saß, so war das Leben noch weit davon entfernt, als normal bezeichnet werden zu können. Colin konnte sich beim besten Willen nicht vorstellen, dass Ava es auch nur einen Tag in dieser Familienkonstellation aushalten würde oder wollte. Vielleicht fand sie das Leben in den Highlands für den Moment erholsam, aber er hatte nicht vergessen, wie sie lange gelebt hatte. Nicht jede Großstadtpflanze gedieh über längere Zeit in der rauen Umgebung Schottlands.

»Ich bin kein Meisterkoch«, war daher alles, was er dazu sagte. Dann fischte er nach seinem Handy auf dem Nachttisch. »Oh, es ist schon gleich nach zwei.«

»Echt? Wahnsinn. Du möchtest losfahren?« Ava schien bemerkt zu haben, dass etwas in ihm vorging. Er war froh, dass sie ihn nicht darauf ansprach. Eine leidenschaftliche Nacht hieß noch gar nichts, das war ihm gestern klar gewesen. Die Stimmung auf so einer Hochzeit war eben ansteckend. Wieso war er dann plötzlich so schlecht gelaunt?

Ava kletterte aus dem Bett und verschwand kurz im Bad. Er hörte den Fön rauschen, während er in Jeans und Rollkragenpullover schlüpfte. Den Anzug faltete er ordentlich und packte ihn weg. Den würde er vorerst nicht mehr benötigen.

Eine halbe Stunde später rumpelten sie über den geschotterten Weg von der Halbinsel in Richtung Kiltarff.

Ava saß neben ihm und schaute gedankenverloren aus dem Fenster. Die glitzernde Schneedecke und die vielen Bäume zu sehen, war wundervoll. Er wollte zu gern wissen, was in ihr vorging, aber er fand, dass die Frage schon in seinem Kopf dämlich klang. Beim Gedanken an die letzte Nacht regte sich sofort neue Lust in ihm, aber die Zukunft lag so ungewiss vor ihm wie ein verdecktes Kartenspiel. Das nervte ihn mehr, als er zugeben wollte.

Für eine Weile schwiegen sie einfach.

»Wer weiß eigentlich, dass wir zusammen auf dieser Hochzeit waren?«, fragte Ava irgendwann.

»Nicht so viele, warum?« Er hatte nur Kendra davon erzählt, die bei ihm zuhause mal nach dem Rechten geschaut hatte.

»Ach, nur so.«

»Nun sag schon«, verlangte er, und sein Puls ging schneller. Von ihrer Antwort hing einiges ab.

»Es wäre mir irgendwie lieber, wenn wir das jetzt nicht so an die große Glocke hängen würden, dass wir … Du weißt schon. Ich meine, Kenneth und Ellie … meine Arbeit … Es ist noch so frisch …«

»Schon klar«, unterbrach er sie, und etwas in ihm zog sich zusammen. »Machen wir keine große Sache daraus. Sowas passiert halt, wenn man Alkohol trinkt, gerade bei Hochzeiten …«

Ava schwieg einen Moment. Dann nickte sie und atmete aus. Sie hatte ihren Blick nach vorn auf die Straße gerichtet. »Gut, dass wir das beide so sehen.«

Colin biss die Zähne zusammen. Die restliche Fahrt kam kein längeres Gespräch auf, die Stimmung zwischen ihnen war auf einmal seltsam befangen. Scheiße, dachte er, vielleicht hätte er seiner Lust nicht nachgeben sollen. Sex verdirbt die Freundschaft, es war immer so, wieso hatte er nicht daran gedacht?

Okay, die Antwort war einfach: Sein Gehirn hatte in dieser Sache wirklich nichts zu melden gehabt. Zu schade, denn er mochte Ava. Vielleicht ein bisschen zu sehr.

Und das war möglicherweise auch der Knackpunkt, er mochte sie, aber eine Beziehung konnte er sich nicht mit ihr vorstellen – und sie offenbar auch nicht mit ihm. Wieso sollte sie sonst so darauf erpicht sein, dass niemand von ihrer gemeinsamen Nacht erfuhr?

KAPITEL

# achtzehn

Die Umbauarbeiten auf *Kiltarff Castle* waren in vollem Gange, überall wurde gehämmert, geklopft oder ge-sägt. Fast eine Woche war verstrichen, seit Ava mit Colin geschlafen hatte. Fast genauso lange hatte sie nichts mehr von ihm gehört. Was das bedeutete, wusste sie nur zu gut. Sie kannte den Film *Er steht einfach nicht auf dich* zur Genüge. Es war schade, aber auch klar gewesen, dass sich aus dem One-Night-Stand nichts entwickeln würde, und das wollte sie ja auch gar nicht. Oder?

Ava stand am Fenster und blickte über den Loch Ness. Der Himmel war dunkel und wolkenverhangen, Windböen wir-belten sie durcheinander wie einen Strudel in einem reißen-den Bach. Vom einst strahlend weißen Schnee war nur noch ein grauer Matsch übrig, es war zwar eiskalt draußen, aber nicht kalt genug, dass er liegen blieb. Das Wetter entsprach bedauerlicherweise genau ihrer Stimmung. Für ihren Weih-nachtsbesuch bei Trudy hatte sie eben ihren Flug gebucht. Wie sie nach Inverness zum Flughafen kommen würde, wusste sie noch nicht, aber dafür würde sich bestimmt eine Lösung finden.

Ava setzte sich an ihren Computer und erweckte den Bildschirm mit der Maus zum Leben, als es leise an der Tür klopfte. Sie war überrascht, als Colin eintrat.

Avas Herz machte einen Hüpfer, dann fing es an zu rasen. Sie war so froh, ihn zu sehen.

»O hi«, meinte sie und wusste nicht, ob sie aufstehen oder sitzen bleiben sollte. Sie blieb regungslos, obwohl sie merkte, dass sie vermutlich dümmlich grinste.

Seine Lippen waren zu einem leisen Lächeln verzogen, seine Augen funkelten, während er auf sie zukam. Für einen Moment glaubte sie, er wollte sie küssen, dann umrundete er den Tisch und setzte sich ihr gegenüber. Ava schluckte und versuchte ihre Unsicherheit zu verbergen.

»Hi Ava. Diese Woche war wirklich viel los, auf einmal wollten alle Lichterketten und Außendekoration kaufen«, erklärte er mit einem Schulterzucken.

War das seine Art, sich für sein Schweigen zu entschuldigen? Sie hatte keine Ahnung, und sie fühlte sich auch ziemlich bescheuert, falls er dachte, er müsse ihr erklären, warum er sich nicht gemeldet hatte. In welchem Jahrhundert lebte der Kerl, überlegte sie angesäuert. Sie saß bestimmt nicht hier und wartete auf ein Lebenszeichen von ihm.

Dann begriff Ava, dass es genauso gewesen war. Peinlich. Hitze kroch ganz langsam über ihren Hals in ihre Wangen. Niemand war irgendwem Rechenschaft schuldig. Dachte er etwa, sie wollte mehr von ihm, und versuchte nun, ihr begreiflich zu machen, dass es für ihn nur einmaliger Sex gewesen war? Sie straffte sich.

»Ach, kein Ding.« Sie machte eine lässige Handbewegung. »Ich hatte auch so viel zu tun, dass ich gar nicht gemerkt habe, wie schnell die Woche verstrichen ist. Hier ist richtig was los auf der Baustelle. Bis Weihnachten haben wir einen straffen Plan, zum Glück läuft bisher alles reibungslos.« Sie klopfte auf die Tischplatte vor sich. »Hoffen wir, dass es so weitergeht.«

Colin betrachtete sie schweigend, sie hatte keine Ahnung, was hinter seiner Stirn vor sich ging, und das machte sie rasend. »Ich wollte auch nur kurz wissen, ob ihr noch was braucht und ob schon alles geliefert wurde? Die Spediteure habe ich gebeten, direkt alles zum Schloss zu bringen. Ist ja Quatsch, wenn die Paletten mit dem Baustoff erst mal zu mir auf den Hof gekarrt werden.«

Ava nickte, gleichzeitig machte sich Enttäuschung in ihr breit. Er war also wirklich nur wegen des Umbaus gekommen. Sie rang sich ein Lächeln ab, es fühlte sich wie eine Grimasse an. Sie war aber auch zu dämlich.

»Äh, nee, klappt alles«, stammelte sie. Sie ärgerte sich über sich selbst und wollte sich mit der Hand gegen die Stirn hauen, hielt sich aber zurück. Sie drückte die Schultern nach hinten und setzte sich kerzengerade hin. Dann schaute sie ihn erwartungsvoll an, als ob sie damit rechnete, dass er noch etwas sagte. Im Grunde wollte sie nur, dass er ganz schnell dieses Büro verließ, damit sie sich in ihrer Dämlichkeit suhlen konnte.

Colin zögerte, dann stand er wieder auf. Sein Blick war so eindringlich und intensiv, dass alles, was eben geschehen war, wie im Nebel verschwand. In dieser Sekunde gab es nur sie beide, alles andere war unwichtig.

»Ja, super, dann … ist ja alles geklärt«, murmelte er mit belegter Stimme.

Ava blinzelte und versuchte das nervöse Kribbeln in der Magengrube zu ignorieren. »Genau, alles geklärt. Sag mal, kennst du jemanden, der am Vierundzwanzigsten zufällig nach Inverness muss? Ich könnte eine Mitfahrgelegenheit brauchen.«

Woher das auf einmal kam, war ihr schleierhaft. Womöglich ein unsinniger Versuch, ihn zu einem weiteren Gespräch zu animieren.

Colin zuckte lässig die Schultern. »Ich kann dich gerne dort hinbringen.«

»Ich muss auch nur zum Flughafen«, plapperte sie hastig. Ava wollte sich nicht freuen, aber sie konnte das Gefühl nicht verhindern. Er hätte auch Nein sagen können, stattdessen hatte er keine Sekunde gezögert.

»Ja, ist klar. Du möchtest über Weihnachten mal wieder so richtig feiern gehen. In London ist das Angebot einfach größer, hm?« Colins Tonfall war eine Nuance kälter geworden.

Ava nickte und schlang sich die Arme um den Körper. Sie fröstelte. »Ja, das muss mal wieder sein. Du weißt schon, Großstadtluft schnuppern.«

Warum zur Hölle war das hier so kompliziert? Es kam ihr so vor, als versuchten beide, sich nicht in die Karten schauen zu lassen.

»Klar, verstehe ich. Also.« Er zeigte mit dem Daumen hinter sich. »Ich muss dann mal wieder. Schönen Tag noch.«

»Ja, für dich auch. Man sieht sich.«

Wow, das war ja gar nicht gut gelaufen. Irrte sie sich oder wirkte Colin enttäuscht? Oder war das nur ihr Wunsch? Ava war ratlos.

Colin wandte sich gerade zum Gehen, als ihr noch etwas einfiel. »Ach, äh, Colin?«

»Ja?« Er runzelte die Stirn.

»Bei dem Wasserhahn in meiner Küche ist was undicht. Weißt du vielleicht, wen ich anrufen könnte, um das in Ordnung zu bringen?« O Gott, das war so peinlich. Im Schloss wimmelte es nur so vor Handwerkern … Sie spürte, wie sie knallrot anlief. Schon wieder. Vermutlich würde er ihr gleich mitteilen, dass irgendwer von den vielen Kerlen sicher nach ihrem Problem schauen konnte, und das konnte sie ihm nicht mal verübeln, nachdem sie eben indirekt Kiltarff als langweilig bezeichnet hatte. Sich ihm direkt an den Hals zu werfen, wäre vermutlich weniger auffällig gewesen. Sie wollte die Augen über ihre Dummheit verdrehen, aber hielt sich gerade noch zurück.

»Ist sicher nur eine Dichtung. Ich kann nachher mal rumkommen und es mir ansehen. Ich bringe dann auch gleich ein paar verschiedene Größen mit, so kann ich das womöglich in einem Aufwasch erledigen.« Täuschte sie sich oder bogen sich seine Mundwinkel ganz leicht nach oben?

Ava schluckte und versuchte damit den Kloß in ihrem Hals loszuwerden. »Ach, das wäre ja nett.« Ihr Herz hämmerte gegen ihren Brustkorb. Er hatte nicht Nein gesagt und … Nein, halt, rief sie sich innerlich zur Raison. Was war bloß mit ihr los? Sie kapierte selbst nicht, warum sie sich so seltsam aufführte.

»Okay.« Er vergrub die Hände in den Taschen seiner Jeans. »Dann bis nachher. Gibt es eine spezielle Uhrzeit, die dir passt?«

»Nein, ich bin sicher bis sieben hier, irgendwann danach wäre gut.«

Nachdem Colin ihr versichert hatte, dass er am Abend nach neunzehn Uhr bei ihr vorbeikommen würde, verabschiedete er sich noch einmal und verließ ihr Büro.

Ava war wieder allein, und sie ließ die letzten Minuten in ihrem Kopf Revue passieren. Sie legte ihre Stirn auf die kühle Tischplatte vor sich, während sie in der gleichen Sekunde kapierte, dass sie sich in Colin verknallt hatte.

»So viel zum Thema, sich von Männern fernzuhalten«, murmelte sie konsterniert.


Kurz nach neunzehn Uhr stand Ava in ihrer Küche und raufte sich die Haare. Sollte sie eine Flasche Wein öffnen, sich umziehen, oder vielleicht ein paar Kerzen anzünden?

Nein, sagte sie sich. Sonst würde es ja aussehen, als ob sie auf ihn wartete.

Aber tat sie nicht genau das? Es war lächerlich, wie sie sich aufführte. Als wäre sie wieder sechzehn und zum ersten

Mal verliebt. Ava schüttelte den Kopf und wollte sich gerade ein Glas Wasser eingießen, als es an der Haustür schellte. Mit klopfendem Herzen öffnete sie. Vor ihr stand Colin, er hatte einen Werkzeugkoffer und eine Tüte dabei. Sein Atem hinterließ kleine weiße Wölkchen in der Luft. Auf dem Kopf hatte er eine schwarze Mütze, der Kragen seiner Jacke war hochgeklappt.

»Hi, komm doch rein«, grüßte sie und trat zur Seite, erst dann entdeckte sie Blacky, der ins Haus tapste.

Colins Miene war unergründlich, weder besonders fröhlich noch abweisend. Seine Züge waren undurchdringlich, und sie hasste es, nicht zu wissen, was in ihm vorging.

»Hallo Ava.« Ihren Namen aus seinem Mund zu hören, ließ sie erschaudern. Sie erinnerte sich noch zu gut, wie er ihn heiser gerufen hatte, als sie mit ihm geschlafen hatte.

Avas Magen zog sich sehnsuchtsvoll zusammen, während sie vorausging. Ihre Knie fühlten sich wackelig an.

»Du kennst den Weg ja. Kann ich dir was anbieten?«, fragte sie, weil sie keine Ahnung hatte, was sie sonst sagen sollte.

Er kam auf Socken hinter ihr her, die Jacke hatte er noch an. Vielleicht wollte er ja so schnell wie möglich wieder weg, und dann kam ihr noch ein schlimmerer Gedanke. Was, wenn er den Sex mit ihr doch nicht so genossen hatte, wie sie gedacht hatte?

O Gott. Ihr wurde schwindelig. Vielleicht hatte er sich *deshalb* nicht mehr gemeldet?

Konnte sie sich wirklich eingebildet haben, dass auch er so viel Spaß gehabt hatte wie sie?

Ava war völlig verwirrt und setzte sich in der Küche auf einen der wackeligen Stühle. Der Ofen bullerte und verströmte eine behagliche Wärme. Die wäre jetzt gar nicht nötig gewesen, denn ihr ganzer Körper brannte vor Scham. Sie atmete tief durch.

Nein, sie hatte sich bestimmt nicht eingebildet, dass er ebenso vor Lust zerflossen war wie sie. Diese Unsicherheit nervte sie.

Ava entspannte sich erst ein wenig, als er Jacke und Mütze ablegte. Es sah doch nicht so aus, als wollte er so schnell wie möglich wieder abhauen. Dann öffnete er die Schranktür unter der Spüle und leuchtete mit einer Taschenlampe, um sich alles anzusehen.

»Brauchst du was?«, wollte sie wissen. »Soll ich dir helfen?«

»Nee, geht schon, danke.« Er kniete auf dem Boden, sein halber Oberkörper war im Küchenschrank verschwunden.

Ava verschränkte ihre Finger ineinander und saß schweigend da, während er arbeitete. Er schraubte, richtete, ruckelte, … bis er sich irgendwann zurücklehnte und sich über die Stirn wischte. »Das wäre erledigt.«

Sie hob ihren Daumen und lächelte. »Super, tausend Dank.«

Colin stand auf und klopfte sich die Knie ab, obwohl kein Stäubchen daran hing. Die alte Dichtung warf er in den Mülleimer. Ava erhob sich ebenfalls.

»Ja, äh …«, war alles, was sie hervorbrachte. Ehe sie noch mehr Quatsch redete, schloss sie ihre Lippen wieder.

Sein Blick ruhte auf ihr, dunkel und intensiv starrte er sie an. Seine Miene wirkte angespannt, der Bartschatten im gedämpften Küchenlicht ließ ihn noch verwegener und attraktiver aussehen. Seine Wangenmuskeln zuckten, als ob er mit den Zähnen knirschte.

Und dann, ganz plötzlich, setzte er sich in Bewegung. Ava hielt die Luft an. Mit zwei langen Schritten war er bei ihr, riss sie in seine Arme und küsste sie hart und besitzergreifend. Sie stöhnte auf. Ava konnte nicht anders, ganz instinktiv drängte sie sich an ihn, vergrub ihre Hände in seinem Haar und gab sich ihm hin. Es wurde nicht viel gesprochen, Kleidungsstücke flogen nach und nach durch das

Haus, bis sie irgendwann in Avas Schlafzimmer landeten. Niemand von ihnen schien sich lange mit einem zärtlichen Vorspiel aufhalten zu wollen. Es folgte Keuchen, Worte der Lust und erstickte Schreie. Sie war gerade noch so umsichtig, an ein Kondom zu denken, ehe Colin sie unter sich bettete, ihre Schenkel spreizte und mit einem tiefen Grollen in sie eindrang. Ava umklammerte seine Hüften mit ihren Beinen und bewegte sich im gleichen Rhythmus wie er. Immer schneller, immer heftiger trieben sie einander auf einen gewaltigen Höhepunkt zu. Beinahe zur gleichen Zeit kamen sie, klammerten sich aneinander, küssten sich und keuchten, bis sie irgendwann erschöpft nebeneinanderlagen und nach Worten suchten.

»Das war …«, murmelte Ava.

»… unglaublich«, vollendete Colin ihren Satz.

Sie musste schmunzeln. Egal, wie wenig sie sich im normalen Leben vielleicht verstanden, im Bett harmonierten sie perfekt. Also hatte sie es sich nicht eingebildet. Sie war erleichtert, gleichzeitig war sie sprachlos. Sie wusste nicht, was sie jetzt tun oder sagen sollte. Sollte sie ihn bitten zu bleiben oder zu gehen?

Sie wünschte sich, dass er sie weiter in seinen Armen liebkoste, aber sie wollte keine Abfuhr riskieren oder unhöflich wirken, deswegen hielt sie die Klappe.

Dann erinnerte sie sich an alle Artikel und Ratgeber, die sie je zum Thema Beziehungen gelesen hatte – und das waren eine Menge. War es demnach nicht schon fast Allgemeinwissen, dass Männer nach unverbindlichem Sex am liebsten gleich die Kurve kratzten, um lästigen Zärtlichkeiten aus dem Weg zu gehen? War Colin einer von dieser Sorte? Sie wusste es nicht und verfluchte die Tatsache, dass der Kerl in diesem Punkt so verdammt schweigsam war. Andererseits wirkte er nicht, als wäre er auf dem Sprung oder als ob er einer von denen wäre, die nach dem Orgasmus nur noch an sich dachten. Ava beschloss, einfach abzuwarten. Colins Finger strichen zärtlich über ihren Oberschenkel, die Stille war angenehm und die Luft um sie herum kühl, während sie sich unter ihr Federbett gekuschelt hatten. Auf ihrem Nachttisch brannte die kleine Lampe, es war still im Haus, draußen bellte irgendwo ein Hund.

Colins Atem wurde ruhiger, irgendwann wagte sie einen Blick zu ihm und stellte fest, dass er eingeschlafen war. Sie machte große Augen, dann glückste sie leise.

»Oder so«, murmelte sie, tapste noch einmal nach unten und löschte die Lichter. Blacky stellte sie noch ein Schälchen mit Wasser in den Flur, aber der schwarze Pudel hob nur müde den Kopf, als sie wieder an ihm vorbei nach oben ging. Ava kroch zu Colin ins Bett. Als ob er ihre Anwesenheit spürte, zog er sie an sich und brummte etwas im Schlaf. Ava genoss die Wärme seines starken Körpers und zog die Decke über sie beide, dann schlief auch sie ein.


Die nächsten Tage sahen sie sich regelmäßig, aber immer nur spät abends und in der Sicherheit der Nacht. Beinahe, als hätten sie ein stilles Abkommen getroffen, überlegte Ava, stellte aber nichts infrage. Vielleicht war es gut so, wie es war. Hatte Colin ihr auf der Fahrt von der Hochzeitsfeier zurück nach Kiltarff nicht unmissverständlich erklärt, dass er sein Leben so unkompliziert mochte, wie es war? Dafür brauchte sie kein Lexikon: Es hieß, dass er kein Interesse an einer Beziehung mit ihr hatte. Das konnte sie jetzt akzeptieren und weiter Spaß mit ihm haben oder ihn abends nicht mehr in ihr Bett einladen. Der Sex war aber einfach zu fantastisch, und den würde sie genießen.

Fast fand sie es schade, dass sie heute nach London flog. Natürlich hatte sie Trudy schrecklich vermisst, aber ... Egal, sagte sie sich und seufzte leise, während sie ihren kleinen

Reisekoffer schloss. Viel hatte sie nicht eingepackt. Zwei Kleider aus einem Material, das nicht knitterte, etwas Wäsche, zwei Paar Schuhe und ihren Beauty-Kram. Sie war gerade fertig, als es klingelte. Ava warf einen Blick auf ihre Armbanduhr, es war noch vor der verabredeten Zeit. »Der scheint es ja eilig zu haben, mich loszuwerden«, brummte sie fast ein wenig enttäuscht. Dann schalt sie sich eine Idiotin. »Ich muss endlich aufhören, in alles etwas hineinzuinterpretieren.«

Ava öffnete die Haustür mit einem Lächeln und war sehr überrascht, als Ellie davorstand. »Oh, hallo Ellie.«

Ellie hatte sich dick eingemummelt, um ihren Hals war ein grober Strickschal geschlungen, auf ihrem Kopf saß die passende Mütze. Ihre Füße steckten in hohen Stiefeln. »Hi Ava, ich habe noch was für dich.«

Erst jetzt sah Ava, dass Ellie ein weihnachtliches Päckchen bei sich trug. »Wow, komm doch gern rein, Ellie. Darauf bin ich gar nicht vorbereitet …«

Ellie lächelte breit. »Alles gut, Ava. Ich weiß doch, dass du gleich abgeholt wirst.«

Ava versuchte sich ihre Überraschung nicht anmerken zu lassen, andererseits hätte ihr klar sein sollen, dass es kein Geheimnis bleiben würde, dass Colin sie zum Flughafen brachte. Sie überlegte, ob Ellie mehr wusste, ob es sich auch schon herumgesprochen hatte, dass Colin sie seit einer Woche beinahe jede Nacht besuchte und erst am Morgen wieder ihr Cottage verließ. Ava war peinlich berührt, sie konnte den Gedanken nicht ablegen, dass Ellie und Kenneth dieses Verhalten womöglich als sehr unprofessionell werten würden. Andererseits hatten sie ihr in keiner Situation das Gefühl gegeben, sie mit Argusaugen zu betrachten. Allein wie sie die Sache mit Will aufgenommen hatten, war großartig gewesen. Die Strafe würde Ava abstottern, das hatte sie ihm über den Anwalt ausrichten lassen. Seitdem hatte sie nichts mehr gehört.

»Äh, also möchtest du vielleicht einen Tee?«, fragte Ava.

Ellie schüttelte den Kopf. »Nein, danke, meine Liebe. Ich bin selbst in Eile, wir feiern ja heute Abend bei uns.«

»Ach stimmt ja, der Vierundzwanzigste wird in Deutschland schon zelebriert. Komisch, wie unterschiedlich das ist.«

Ellie grinste. »Da müssen jetzt alle durch.«

»Ach, ihr bekommt Besuch?«

»Ja, ist das nicht schön? Kendra, Wallace, Maisie, Stuart und Colin kommen vorbei.«

Stuart hatte Ava nur flüchtig kennengelernt, er betrieb eine Werkstatt in der Nähe von Colins Laden. Sie merkte, wie sich ihr Herz zusammenzog.

»Das wird bestimmt ein toller Abend.«

»Es ist so schade, dass du nicht dabei bist. Mal sehen, wie das Abendessen ankommen wird, es gibt Würstchen mit Senf und Kartoffelsalat. Das ist so ein traditionelles Gericht bei uns.«

Ava lächelte. »Ja, es ist wirklich schade.«

Sie meinte jedes Wort genau so, wie sie es sagte. Für eine Sekunde überlegte sie, ob sie Trudy absagen konnte, verwarf den Gedanken aber sofort. Natürlich wollte sie ihre Freundin sehen, und selbstverständlich freute sie sich wahnsinnig auf das Londoner Nachtleben. Warum pochte es dann so dumpf in ihrer Magengrube?

»Hier ist dein Geschenk, Ava. Du darfst es heute Abend schon öffnen, weil es von uns ist.« Ellie drückte ihr das Paket in die Hand.

Ava blinzelte und spürte Tränen in ihren Augen aufsteigen. »Ich bin gerührt, das ist wundervoll, vielen Dank! Ich ... Es tut mir leid, ich habe für euch gar nichts besorgt.«

Ellie winkte ab. »Das sollst du auch nicht, meine Liebe. Für uns ist das größte Geschenk, dass du unseren Traum mit uns realisierst.«

Dann wurde Ava stürmisch umarmt. Ellie drückte sie so fest an sich, dass Ava für eine Sekunde die Luft wegblieb. Sie würde diesen kleinen Ort und seine Bewohner schrecklich vermissen, wenn dieser Auftrag vorbei war. Die Erkenntnis traf sie so hart und unvermittelt, dass sie nach Atem rang.

»Alles okay?«, fragte Ellie besorgt und trat einen Schritt zurück.

Ava wischte sich eine Träne aus dem Augenwinkel und lachte peinlich berührt. »Entschuldigung, ich bin so viel Zuneigung und Wärme irgendwie nicht gewöhnt. Tut mir leid, ich heule sonst wirklich nicht bei jeder Gelegenheit.«

Ellie nahm ihre Hand und drückte sie aufmunternd. »Dafür musst du dich nicht entschuldigen. O sieh mal, da kommt dein Chauffeur.«

Ava schluckte und räusperte sich. Colins Transporter verlangsamte die Geschwindigkeit und kam vor ihrem Cottage zum Stehen. Ellie winkte Colin fröhlich zu, dann marschierte sie mit einem »Gute Reise, liebe Ava, und frohe Weihnachten« davon.

Ava seufzte, dann straffte sie sich. »Hallo Colin«, rief sie. »Bin gleich da, hole nur noch meinen Koffer.«

Für die Reise hatte Ava eine schwarze Hose aus Seide mit Tunnelzug, einen Cashmerepulli und knöchelhohe Stilettos ausgewählt. Sie sah Colins abschätzigen Blick, den sie nicht deuten konnte – oder wollte. Eilig holte sie ihren Koffer, checkte noch mal, ob überall das Licht ausgeschaltet war, schnappte sich Mantel und Handtasche und schloss die Tür hinter sich. Beinahe wäre sie mit Colin zusammengeprallt.

»Huch«, stieß sie hervor.

»Na, gib mal den Koffer her«, brummte er und nahm ihr das Gepäck aus der Hand. Ihre Fingerspitzen berührten sich kurz, Ava spürte das vertraute Prickeln, aber heute lächelte Colin nicht. Er wirkte sogar äußerst schlecht gelaunt. Vielleicht hatte er Stress im Laden, überlegte sie, während sie auf den Beifahrersitz kletterte.

Kurz darauf rumpelten sie über die schmalen und kurvigen Straßen der Highlands in Richtung Inverness. Das Wetter war grau und unfreundlich.

»Könnte bald schneien«, murrte Colin nach einer Weile, während der keiner ein Wort gesagt hatte. Es kam Ava beinahe wie ein lange vergangener Traum vor, dass sie noch in der letzten Nacht mit Colin wilden Sex gehabt hatte. Er wirkte jetzt distanziert, fast wie ein entfernter Bekannter, nicht wie jemand, dessen Körper sie in- und auswendig kannte.

»Ist alles okay?«, wollte sie wissen.

»Ja, sicher, wieso nicht? Bei dir?«

Sie runzelte die Stirn. »Ja, klar. Ich freue mich sehr darauf, meine Freundin Trudy wiederzusehen.«

»M-mh«, machte er und hielt seinen Blick stur geradeaus gerichtet.

Ava zuckte die Schultern. Männer, die waren einfach nicht zu verstehen.

»Ist viel los im Geschäft?«, wagte sie einen erneuten Versuch, das Gespräch in Gang zu bringen.

»Es geht.«

»Hast du Pläne für die Feiertage?«

»Kaum.«

»Aber heute Abend bist du doch bei Ellie und Kenneth?«

»Aye.«

Ava gab es auf. Sie schaute aus dem Fenster. Es dauerte nicht lange, da hielt sie es nicht mehr aus. Dieses Schweigen machte sie fertig. »Was ist eigentlich los? Wenn es dir zu viel ist, mich zu fahren, hättest du es ja nicht machen müssen.«

Sein Kopf schnellte zu ihr. »Was? Nein, es ist nicht zu viel.«

»Warum bist du dann so schräg drauf?«

»Bin ich doch gar nicht.«

Ava stieß einen spitzen Lacher aus. »Okay, na schön, dann halt nicht. Tut mir leid, Colin. Ich verstehe das nicht. Sonst bist du nicht so … Ach was, vergiss es.«

Sie winkte ab. Sie hatte sagen wollen, dass er sonst nicht so wortkarg war, was nicht stimmte. Wenn er bei ihr übernachtete, redeten sie nicht wirklich viel. Sie hatten leidenschaftlichen Sex, danach lagen sie sich in den Armen und plauderten vielleicht noch ein wenig über belangloses Zeug. Aber richtige Gespräche? Fehlanzeige. Eventuell war das auch zu viel erwartet. Seltsamerweise trübte diese Erkenntnis ihre Stimmung.

»Ich verstehe nicht, was du meinst, Ava«, sagte er dann auch noch, und sie unterdrückte ein Seufzen.

»Ja, ja, schon gut. Alles bestens.« Sie guckte aus dem Fenster und war froh, als sie Inverness eine Viertelstunde später erreichten. Colin steuerte den Kurzparker-Platz vor dem Abflugterminal an, stellte den Motor ab und stieg mit aus. Ava sprang aus dem Transporter, schnappte sich ihre Sachen und bekam den Koffer von Colin angereicht.

»So, hast du alles?«, fragte er und schaute ihr tief in die Augen. Die ersten Schneeflocken wirbelten durch die Luft und kitzelten Ava auf der Nase.

Ihr Herz schlug schneller. Sie nickte. »Ja, ich denke schon. Ich wünsche dir frohe Weihnachten, Colin.«

»Frohe Weihnachten, Ava.« Sie rührten sich nicht, niemand wandte den Blick ab. Es war dieses unsichtbare Band, das sie zueinander hinzog. Unvermittelt standen sie dicht voreinander.

»Ein Kuss?«, fragte Colin rau, mit einem schiefen Grinsen auf seinen Lippen. Schon wieder ein Stimmungswechsel, aber über diesen freute sie sich. Ava warf sich in seine Arme.

»Frohe Weihnachten.«

Dann küssten sie sich leidenschaftlich.

Ava wünschte, dass dieser Kuss niemals enden würde, aber natürlich tat er das. Viel zu früh sogar. Sie lösten sich schwer atmend voneinander. Colin fuhr sich durch die Haare, er sah genauso mitgenommen aus, wie sie sich fühlte. »Puh.«

Ava lachte. »Ja, genau.« Sie musste gehen, es war so einfach, nur den Koffer schnappen und ins Terminal verschwinden. Sie wünschte sich jedoch etwas anderes, aber Weihnachtswunder passierten bedauerlicherweise nur im Märchen. »Ich, äh, sollte dann mal gehen.«

Colin atmete ein. »Ja, bevor du den Flug noch verpasst.«

Er klang beinahe sarkastisch. Gönnte er ihr etwa diese Reise nicht?

»Am Sechsundzwanzigsten komme ich zurück«, erklärte sie, warum, wusste sie auch nicht genau.

Er lächelte, es wirkte fast ein wenig traurig, aber vielleicht bildete sie sich das auch nur ein.

»Ist notiert«, gab er scherzhaft zurück. »Schreib mir noch mal die Uhrzeit, dann hole ich dich ab. Frohe Weihnachten, Ava.« Seine Stimme klang rauer als sonst. Sein Adamsapfel hüpfte, und Ava schöpfte Hoffnung, in der nächsten Sekunde schob sie diesen Gedanken beiseite. Sie war sicher nur wegen der Feiertage in dieser seltsamen sehnsüchtigen Stimmung, dass sie am liebsten einfach bei ihm geblieben wäre.

Schließlich seufzte sie leise. »Danke, Colin, komm gut zurück nach Kiltarff und grüß die anderen von mir, ja?«

»Aye, das ist doch Ehrensache.« Er salutierte mit einem trägen Lächeln.

Ava wandte sich ab und ging davon. Mit jedem Schritt wünschte sie sich mehr, er würde sie aufhalten, sie in seine Arme ziehen und bitten zu bleiben. Sie wusste, wie dämlich das war, denn sie war ja nur ein paar Tage weg, und doch … Schneeflocken tanzten um sie herum, überall blinkte Werbung für Geschenkideen, Reiseziele, leuchtete Weihnachtsdeko. Diese Jahreszeit machte einen einfach schrecklich gefühlsduselig. Ja, das musste es sein, versuchte sie sich einzureden. Ein paar Tage mit Trudy würden sie wieder auf den richtigen Kurs bringen.

Aber was war der richtige Kurs?

# Neunzehn

Am Kamin hingen bunte Socken, es duftete nach Äpfeln und Zimt. Ein Feuer prasselte darin und verbreitete eine wohlige Wärme im Salon von *Kiltarff Castle*. In der Ecke vor einem der bodenhohen Fenster stand eine riesige Tanne, die mit Strohsternen, bunten Kugeln, Zuckerstangen und Kerzen geschmückt war. Davor lagen die hübsch verpackten Geschenke, die nach dem Abendessen bei der Bescherung geöffnet werden würden, so wie es in Deutschland anscheinend Tradition war. Ellie machte ein großes Ding daraus, sie wollten ihr den Spaß nicht verderben, und es war ja auch ganz schön, einen Abend in Ruhe mit den Freunden zu verbringen. Eigentlich.

Colin trug einen dieser lächerlichen Weihnachtspullover mit einem Rentier auf der Brust. Zum Glück war er nicht der Einzige. Stuart, Wallace und Kenneth sahen mindestens genauso peinlich aus wie er. In der Hand hielt er ein Glas feinsten Whisky, es war bereits sein zweiter, dennoch wartete er bislang vergeblich auf seine Wirkung, dieses gewisse Gefühl der Leichtigkeit.

Kendra stieß ihm ihren Ellenbogen in die Seite, sie war ganz normal angezogen, was er fast ein bisschen gemein fand.

»Was ist?«, wollte er wissen.

»Du schaust wie drei Tage Regenwetter.« Sie grinste. Ihre roten Haare hatte sie hochgesteckt. Maisie und Ellie unterhielten sich einen Meter weiter leise miteinander, die Damen tranken Sherry, nur Kendra nicht, sie schwenkte auch ein Glas Whisky mit ihren zarten Fingern.

»Es schneit«, war Colins einziger Kommentar dazu.

»Warum bist du so schlecht gelaunt? Stimmt was nicht zuhause?«

Nein, es lief alles glatt, seit sein Dad angefangen hatte, sich im Haushalt zu betätigen. Er hatte vorhin sogar staubgesaugt, was Colins Meinung nach einem Wunder gleichkam. »Nee, alles super an der Heimatfront. Es läuft so gut wie schon lange nicht mehr.«

Kendra musterte ihn für einige wortlose Sekunden, dann wurden ihre Augen groß.

»O mein Gott«, stieß sie hervor.

»Was ist denn jetzt?«, fragte er grummelig.

Kendra piekte ihn mit ihrem Zeigefinger auf die Brust. »Ich hab' dich gesehen, Freundchen.«

Colin verdrehte die Augen. »Sprich nicht in Rätseln, Kendra. Was willst du von mir?«

Sie trank ihren Whisky aus. »Sei vorsichtig, Colin.«

Er stöhnte und rieb sich über die Stirn. »Ich habe keine Ahnung, worauf du hinauswillst, Kendra. Gib mir doch bitte ein Stichwort.«

Sie flüsterte es beinahe. »Ava«, war alles, was sie sagte.

Ihm stockte der Atem. Colin bemerkte gleichzeitig, dass Ellie offenbar Lippen lesen konnte. Als wäre das ihr Stichwort gewesen, kam sie mit Maisie zu ihnen herüber. Colin spürte das Unheil der Inquisition auf sich zurollen, er suchte den Raum mit seinem Blick nach Fluchtmöglichkeiten ab.

Natürlich konnte er nicht abhauen, aber er wünschte sich, er könnte wenigstens einfach zu den anderen Männern hinübergehen, die am Fenster standen und vermutlich etwas über den Loch Ness oder den guten Whisky schwadronierten. Alles war ihm lieber als das Gespräch, das ihm Kendra und die anderen Damen gleich aufdrücken würden. Er sah es kommen und holte tief Luft.

»Ich warne dich«, raunte er Kendra noch zu. Vermutlich war seine Drohung wirkungslos, denn sie grinste noch breiter.

Sie tat auf einmal auch ganz unschuldig. »O, jetzt hab ich aber Angst.«

Colin presste die Lippen aufeinander, dann schüttete er den zweiten Whisky in sich hinein. Das Brennen in seiner Magengrube rührte nicht nur vom Alkohol her.

»Was ist hier los?«, fragte Ellie mit einem wissenden Lächeln.

»Ich habe ihn gerade vor Ava gewarnt«, erklärte Kendra.

Ellie machte große Augen. »Wieso das denn?«

Colin knurrte. »Weil sie sich irgendwas ausdenkt, oder, Kendra?«

Maisie grinste. »Ich habe ihn vorgestern am frühen Morgen aus Avas Cottage schleichen sehen. Kam mir fast wie eine Nacht-und-Nebel-Aktion vor.«

»Was stimmt eigentlich nicht mit euch? Habt ihr kein eigenes Leben, um das ihr euch kümmern müsst?«, schimpfte Colin, er wollte jetzt wirklich flüchten, aber die drei hatten ihn eingekreist. Wenn er sie nicht umschubsen wollte, musste er bleiben.

»Bist du verknallt in sie?«, fragte Ellie mit einem breiten Lächeln.

Er hob die Hand. »Mach mal halblang.«

Kendra nickte resigniert. »Er hat so eine gewisse Tendenz, offenbar hat er seinen früher bevorzugten Typ Frau noch immer ganz gern.«

Er rollte mit den Augen, während Ellie nachhakte. »Was für einen Typ Frau bevorzugt er denn?«

Maisie grinste. »Großstadtmädchen, teure Klamotten, diese gewisse Attitüde...«

»Das stimmt doch überhaupt nicht«, versuchte er sich zu wehren, er merkte selbst, dass es nicht sehr überzeugend klang. »Außerdem ist Ava überhaupt nicht wie Harper.«

Kendra atmete zischend ein. »Er verteidigt Ava, oh oh.«

Ellie hob ihre Hand. »Moment mal, an Ava ist nichts auszusetzen.«

»Sie ist großartig«, stimmte Kendra zu. »Ich mag sie total gerne. Es gibt nur einen Haken.«

»Und der wäre?«, wollte Ellie wissen.

»Was macht sie, wenn das Schloss fertig umgebaut ist?«, fuhr Maisie fort, und Colin wurde übel.

Dass hier so über Ava und ihn diskutiert wurde, nervte ihn gewaltig. »Könntet ihr mal aufhören? Was interessiert es mich, wo sie hingeht, wenn ihr Auftrag hier abgeschlossen ist?«

Kendra schaute ihn mitfühlend an. Er begriff, dass seine Freunde sich um ihn sorgten. Es war natürlich nett, aber es ging ihm trotzdem gegen den Strich. Ellie legte ihm eine Hand auf den Oberarm. »Lass dich nicht beirren, Colin. Ich sage dazu nur, dass Liebe ihren Weg findet.«

»Liebe?«, wiederholte er, dabei klang seine Stimme zwei Oktaven höher, als hätte jemand seine Eier in der Hand und drückte zu. Er räusperte sich. »So ein Unsinn.«

»Ich kenne diesen Blick«, stimmte auch Kendra zu. »Hast du es Ava schon gesagt?«

»Ihr seid alle total irre«, knurrte er. »Bekommt man hier noch was zu trinken?« Dann bahnte er sich seinen Weg weg von den drei Grazien und besorgte sich noch einen Whisky.

Liebe! So ein Quatsch.

Seine Laune war weit unter den Nullpunkt gesunken. Wenn die drei wüssten, dass er noch immer das Geschenk für Ava in seiner Jackentasche hatte, wäre das Gequatsche sicher noch schlimmer geworden. Er hatte eine Kette mit einem silbernen Anhänger für Ava besorgt und ihr das Päckchen am Flughafen geben wollen, sich dann aber nicht getraut. Er wollte nicht, dass sie etwas überbewertete und er dastand wie ein verliebter Troll. Also hatte er es ihr nicht gegeben. Vielleicht war er auch einfach nur ein Feigling.

Colin war überfordert, so viel war klar. Er zog sein Handy aus der Hosentasche.

»Scheiße«, murmelte er. Keine Nachrichten.

Natürlich nicht, was hatte er denn gedacht? Dass Ava ihm schrieb, dass sie gut gelandet war? Dass sie ihm noch mal frohe Weihnachten wünschte?

Was sie wohl heute Abend vorhatte? Der Stachel der Eifersucht bohrte sich tief in sein Fleisch. Es war offensichtlich gewesen, dass sie sich riesig auf London freute, und das hatte ihn während der Fahrt einfach nur genervt. Er hatte sich vorgenommen, sich nichts anmerken zu lassen, aber anscheinend war er ein miserabler Schauspieler. Colin trank auch dieses Glas in einem Zug aus, dann wurde zu Tisch gebeten, und er tat sich an Würstchen und Kartoffelsalat gütlich. Es schmeckte köstlich, und er war froh, dass niemand ihn mehr auf seine vermeintliche Verliebtheit ansprach. Aber er spürte die lauernden Blicke der neugierigen Hyänen, die sich seine Freunde nannten, immer wieder auf sich ruhen. Den Teufel würde er tun. Sollten sie doch spekulieren, so viel sie wollten. Er wusste ja selbst nicht mal, was das war, was in ihm brodelte, sobald er an Ava dachte. Es war ihm nicht vertraut. Bei Harper war er nie so schräg drauf gewesen, Liebe konnte es also schon mal nicht sein. Erleichtert atmete er auf.

Sehr gut, dann steckte er vielleicht doch nicht so tief in der Scheiße.

Oder er war einfach nur betrunken.

Beides war möglich.


Trudy hatte gequietscht, als sie Ava am Londoner City-Flughafen in ihre Arme geschlossen und fest an sich gedrückt hatte. Sie waren dann mit einem Taxi zu ihrer Wohnung gefahren, dort hatte ihre Freundin erst einmal eine Flasche Wein geköpft und sie über die neusten Entwicklungen in der Stadt aufgeklärt. Obwohl Ava früher für diese Art von Klatsch und Tratsch gebrannt hatte, musste sie jetzt ein Gähnen unterdrücken. Trudy entging das nicht. »Soll ich dir einen Kaffee machen? Wir wollen ja noch los, nicht dass du mir hier gleich wegschnarchst.«

»Äh, nein, keinen Kaffee, ich bleibe gern beim Wein.« Sie schaute zum wiederholten Mal auf ihr Handy, hatte es sogar schon aus- und wieder angeschaltet, aber sie hatte auch dann keine Nachrichten empfangen.

»Was ist denn los mit dir?«, wollte Trudy wissen. »Warum guckst du dauernd auf dein Smartphone?«

»Mach ich doch gar nicht.« Ava merkte, dass sie rot wurde. Sie fühlte sich erwischt, und das war wirklich albern. Natürlich schrieb Colin ihr nicht. Was sollte er ihr auch mitteilen? Er hatte ihr noch nie eine Nachricht auf dem Handy zukommen lassen, da war wohl eher der Wunsch der Vater des Gedankens. Mal wieder. Wütend über sich selbst schob sie das Telefon in ihre Handtasche. »Wollen wir nicht mal los?«

»Willst du *so* gehen?« Trudy hob eine Augenbraue.

»Natürlich nicht«, beeilte Ava sich zu sagen, obwohl ihre Lust, sich noch einmal umzustylen, eher gering war. Komisch, wie schnell man sich an andere Werte gewöhnte, dachte sie, während sie ihr Weinglas nahm und sich in Trudys Gästezimmer ausgehfein machte.

Sie verbrachten einen vertrauten Abend in ihrer Lieblings-Sushibar. Die Gespräche waren nett, aber erst jetzt merkte Ava, dass es sich fast immer um das Gleiche drehte – die Männer, die Trudy nicht haben konnte, oder die, die sie nicht wollte. Diese Jagd nach etwas Bestimmtem war Ava fremd geworden, nicht nur, weil sie mit Will zuvor lange in einer Beziehung gewesen war. Sie hatte es früher genossen, mit Trudy unterwegs zu sein, Wein zu trinken und Typen für sie abzuchecken. Mittlerweile kam es ihr nicht nur sinnlos, sondern auch irgendwie stumpf vor. Jeder Abend war gleich – ob die Party nun hier oder da stattfand, spielte kaum eine Rolle. Und das bedeutete Großstadtglamour? Ava kam es vor, als sähe sie das alles zum ersten Mal mit offenen Augen.

Nach dem Essen waren sie in einen ihrer Stammclubs gefahren. Es war voll, laut und heiß … Ava und Trudy ließen es sich gutgehen. Sie genoss die Stunden mit ihrer Freundin, gleichzeitig wünschte sie sich, dass Trudy sich auch ein wenig für ihr Leben interessierte. Wenn Ava anfing, über Schottland zu sprechen, bekam sie immer diesen mitleidigen Gesichtsausdruck, der Ava am Ende der Nacht reichlich auf die Nerven ging. Sie behielt diese Gedanken jedoch für sich, denn mittlerweile waren sie beide angeheitert, und sie wollte sich nicht in einer Alkohollaune streiten.

Ava musste auf Toilette und gab Trudy ein Zeichen, dann bahnte sie sich den Weg durch die vielen Menschen. Eine fremde Hand legte sich auf ihre Schultern und hielt sie fest. Ava wandte sich um, war gerade dabei, zu einer Schimpftirade anzusetzen, als sie in Wills Gesicht blickte. Es war einerseits so vertraut und doch so fremd.

»Ava?«

Sie verzog ihren Mund und war versucht zu antworten, dass es wohl kaum viele Doppelgänger in London von ihr gab. »Hallo William.«

Sie straffte sich, während sie sich fragte, was sie jemals an seinem geschniegelten Auftreten gefunden hatte. Sein asketischer Körper steckte in einer Chino, dazu trug er ein Button-Down-Hemd, das selbstverständlich faltenfrei war. Sein Haar war gescheitelt, die Wangen glatt rasiert. Selbst in der Menge konnte sie sein kräftiges Aftershave wahrnehmen, früher hatte sie es gemocht, jetzt fand sie den Duft von Zypressen und Süßholz nur noch penetrant.

»Wie geht es dir?«, wollte er wissen; er blinzelte ungläubig, beinahe so, als hätte er einen Geist gesehen.

Sie runzelte die Stirn. »Das interessiert dich doch nicht wirklich, oder?«

»Doch, natürlich.«

»Ach ja?« Wut stieg in ihr auf. »Hat die Klage gegen mich noch nicht gereicht? Und keine Sorge, ich zahle meine Raten pünktlich.«

Er wirkte zerknirscht. »Bitte, Ava, da musst du mich auch ein bisschen verstehen.«

»Muss ich das?« Sie hob ihr Kinn an. Einen Scheiß musste sie!

Er rieb sich zerknirscht die Stirn. »Ich war einfach sauer, sowas macht man doch nicht.«

Sie schnappte nach Luft, dann platzte ihr der Kragen. »Du bist so ein Schwein. Sowas macht man nicht? Ich würde mal sagen, *man* betrügt seine Freundin nicht im eigenen Bett. *Sowas* macht man nicht. Wie ich höre, hat es ja auch nicht lange gedauert, Ersatz für mich zu finden. Schönes Leben noch!«

Oder auch nicht, führte sie den Satz im Geiste fort. In den letzten Wochen hatte sie sich Vorwürfe gemacht und eingesehen, dass es unter ihrer Würde gewesen war, seinen Wagen zu beschädigen. Jetzt ärgerte sie sich nur noch, dass sie die blöde Karre nicht gleich in Brand gesteckt hatte. Unglaublich, dieser Mann.

»Lass uns doch noch mal reden«, meinte Will jetzt.

Ava schaute ihn fassungslos an. Das meinte er doch nicht ernsthaft. »Kein Bedarf, und jetzt wäre ich dir sehr verbunden, wenn du mich durchlassen würdest.«

Sie schob sich an ihm vorbei und wartete nicht mehr auf eine Antwort. Für sie war der Abend gelaufen, ihr war auch das letzte bisschen Lust aufs Feiern vergangen.

Wenig später torkelte Ava mit Trudy zu einem Taxi und dann zu ihr nach Hause. Ava schaute wütend auf ihr Handy. Sie vermisste Colin. Auch das noch! Seufzend ließ sie sich auf Trudys Gästebett fallen.

»Verdammt.« Sie seufzte erschöpft, dann schlief sie ein.

# Zwanzig

Als Ava zwei Tage später am Flughafen auf den Einstieg am Gate wartete, stellte sie fest, dass sie beinahe erleichtert war, wieder aus London verschwinden zu können. Aber es war nicht nur das, sie freute sich einfach sehr, Colin bald wiederzusehen. Sie hatte ihm am Fünfundzwanzigsten noch einmal frohe Weihnachten gewünscht und dann ihre Ankunftszeit mitgeteilt. Er hatte nur knapp mit einem Merry-Christmas-GIF und einem Daumen nach oben geantwortet, aber das war okay für sie gewesen. Er war einfach nicht der Typ für romantische Nachrichten. Ava stieg mit einem Lächeln in die kleine Propellermaschine, schaute während des Fluges immer wieder aus dem Fenster und beobachtete, wie die Landschaft sich unter ihr veränderte. Mit jeder Meile, die sie hinter sich ließ, hob sich ihre Stimmung.

Als sie in Inverness aus dem Flugzeug trat, schlug ihr ein kühler Wind entgegen. Es hatte in den letzten Tagen noch mehr geschneit. Winterwunderland, schoss es ihr durch den Kopf. Einfach schön. Sie atmete tief durch, die Luft war so anders hier. Viel reiner und klarer. Mit leichtem Entsetzen stellte sie fest, dass es sich deutlich mehr nach Heimkommen anfühlte, als ihr lieb war. Ava schnappte sich ihr Köfferchen und machte sich auf den Weg zum Ausgang. Während sie verschiedene Varianten der Begrüßung durchspielte, kam ihr der Gedanke, Colin einfach zu sagen, dass sie ihn vermisst hatte, und dann seine Reaktion abzuwarten.

Natürlich war das riskant, aber wer nichts wagt, der nichts gewinnt. Im Bett harmonierten sie perfekt, sie mochte ihn als Mensch sehr gern – eine Untertreibung! –, sie könnte sich mehr mit ihm vorstellen, das war ihr in den letzten beiden Tagen bewusst geworden. Gleichzeitig schätzte sie Colin nicht als den Typ Mann ein, der gerne und groß über Gefühle sprach, also würde sie wohl den ersten Schritt machen müssen.

Sie schmunzelte in sich hinein, während sie durch die selbstöffnenden Türen tapste, die in den Ankunftsbereich führten. Ihre Absätze hallten auf dem glatten Boden wider. Es war nicht viel los. Sie ließ ihren Blick umherschweifen und erstarrte, als sie Ellie etwas entfernt vor einem Coffeeshop winken sah.

Ihr Magen sackte in ihre Kniekehlen, Colin war nicht gekommen. Hatte er vielleicht einen Unfall gehabt? Ava beschleunigte ihren Schritt, sie umarmte Ellie und begrüßte sie.

»Ist alles okay?«, war ihre nächste Frage.

Ellie nickte und plapperte fröhlich, während sie gemeinsam in Richtung Parkplatz losliefen. »Ich habe gleich hier vorn einen ergattert, du traust dich doch, mit mir zu fahren?«

Ava hob eine Braue. »Wieso sollte ich nicht?«

»Na, ich übe das noch mit dem Linksverkehr, in Deutschland fahren wir auf der anderen Seite.«

»Ach das.« Ava winkte lässig ab. »Ich bin mir sehr sicher, dass das Autofahren für dich kein Problem mehr darstellt. Geht es allen gut? Wie waren die Feiertage?«

Ellie rieb sich über den Bauch. »Zu viel Essen, wie immer. Sonst ist alles paletti.«

Ein merkwürdiges Gefühl breitete sich in Avas Magengrube aus. Also lag Colin nicht schwerverletzt in einem Krankenhaus, sondern war aus anderen Gründen nicht gekommen, um sie abzuholen. Sie schluckte, während ihr klar wurde, was das bedeutete. Er stand nicht auf sie. Er empfand nicht das Gleiche wie sie. Für ihn war es tatsächlich nur Sex gewesen. Das Hochgefühl, das sie eben noch begleitet hatte, hatte sich in Rauch aufgelöst.

Ava kletterte matt auf den Beifahrersitz und schnallte sich an. Ellie tippte etwas ins Navi des Geländewagens ein, dann fuhr sie los. Vorsichtig, aber souverän.

Ava wusste nicht, was sie sagen sollte. Ihr Kopf war wie leergefegt. »Danke für das tolle Geschenk«, meinte sie schließlich. Sie hatte sich noch gar nicht für den hübschen grauen Schal und die dazu passende Mütze bedankt. »Hast du alles selbst gestrickt?«

Ellie nickte mit einem Lächeln. »Ja, gefallen sie dir? Wenn nicht, kann ich auch ...«

Ava winkte ab. »Beides ist großartig, vielen, vielen Dank! Und auch etwas, das ich sehr gut gebrauchen kann.«

»Ich habe mir gedacht, dass ein persönliches Geschenk doch am besten ist. Heutzutage hat doch jeder sonst schon alles, nicht?«

»Tut mir leid, dass ich euch nichts geschenkt habe.«

Ellie legte ihr eine Hand auf den Schenkel und tätschelte sie. »Na, na, darüber hatten wir doch schon gesprochen. Wir freuen uns, dass wir dich kennen, und ich erwarte bestimmt keine Gegenleistung. Ich schenke, weil es mir Freude macht.«

Ava konnte nicht anders, als Ellie zu bewundern. Sie wünschte, sie hätte ein bisschen mehr von ihrer selbstverständlichen Art, anzupacken und das Leben zu meistern. Gerade jetzt fühlte Ava sich mal wieder wie eine komplette Idiotin.

Colin lief der Schweiß am Rücken hinab. Seine Jacke hatte er längst abgelegt. Er stand im Hof hinter seinem Cottage und hatte eine Lampe der Außenbeleuchtung angeknipst, während er Holz hackte. Es war nicht so, dass sie dringend welches brauchten, im Gegenteil, sie hatten an der hinteren Hauswand genügend für den ganzen Winter gelagert, aber er wusste nichts mit sich und seiner miesen Laune anzufangen. Das ging schon seit Tagen so.

Er ahnte natürlich, woran das lag, aber ändern konnte er nichts daran. Er hasste dieses machtlose Gefühl, eine Mischung aus Eifersucht und Verliebtheit – ja, leider konnte er sich nicht mehr länger etwas vormachen. Er hatte sich in Ava verliebt. So eine Scheiße!

Colin ließ die Axt auf das Holzscheit heruntersausen, es teilte sich mit einem lauten Krachen, die gespaltenen Stücke fielen zu Boden.

Liebe! Er hob ein weiteres Scheit auf den Bock.

Er ließ die Axt noch einmal krachen.

Er hätte es kommen sehen müssen, ja, er hatte es schon bei der ersten Begegnung geahnt, dass diese Frau nur Ärger bringen würde.

Colin ließ die Arme konsterniert sinken und rieb sich über die Stirn. Sein Nacken prickelte, er wandte sich träge um und erstarrte, als er in Avas Augen schaute. Sie stand im Hof und funkelte ihn an. Sie trug mal wieder eins ihrer mondänen Outfits, das so unpassend für den schottischen Winter war wie ein Schneeanzug in der Sahara. Sein Kiefer klappte auf, und er schnaufte laut.

»Guten Abend«, sagte sie mit ihrer klaren Stimme. Sie wirkte verärgert, während sie langsam auf ihn zukam. Warum?

»Hallo Ava«, erwiderte er ihren Gruß, während sein Herzschlag in ungesunde Höhen schnellte.

»Was ist das hier eigentlich?«, fragte sie spitz.

Colin hob eine Augenbraue. »Ich hacke Holz.«

Sie schnaubte. »Ja, das sehe ich.«

Pause. Stummer Schlagabtausch mit Blicken. Obwohl keiner ein Wort von sich gab, passierte eine ganze Menge zwischen ihnen. Wie immer flirrte die Luft, lud sich elektrisch auf. Wenn diese verdammte Anziehung nicht wäre, dachte er grimmig, während er versuchte, seine körperlichen Reaktionen auf ihre Anwesenheit zu unterdrücken.

»Was willst du von mir, Ava?« Seine Stimme klang genauso wütend wie ihre.

Ein Hauch von Überraschung huschte über ihr Gesicht, als hätte sie nicht mit so einer Reaktion gerechnet. Sie reckte ihr Kinn trotzig nach vorn.

Colin verfluchte sich, aber er wollte sie jetzt noch dringender küssen. Sie in seine Arme ziehen und ihr mit seinen Lippen zeigen, dass sie zu ihm gehörte. Er kam sich vor wie ein verdammter Neandertaler, der sein Revier markieren musste.

»Ja, das ist eine gute Frage, oder?« Sie trat noch einen Schritt näher.

Er schluckte. »Sprich nicht in Rätseln, Ava.«

»Du willst also Klartext?« Sie hob eine Braue.

Colin rührte sich nicht, während sein Puls raste. Diese primitiven Regungen in ihm machten ihm zu schaffen, er erkannte sich selbst nicht wieder. »Wenn du noch einen Schritt näher kommst, kann ich für nichts garantieren.«

Ava legte ihren Kopf schief, er meinte, dass Zufriedenheit in ihren Augen aufblitzte. Er kapierte nicht, was in ihr vorging, und das machte ihn rasend. Verzweifelt. Wahnsinnig.

»Warum hältst du dich zurück?«, murmelte sie, es war beinahe ein Flüstern.

Warum? Das meinte sie doch nicht im Ernst, oder? Er ließ die Axt fallen, mit einem langen Schritt war er bei ihr, drängte sie mit dem Rücken gegen die aufgestapelten

Holzscheite. Ava stieß ein Stöhnen aus, das pure Lust durch seine Adern pulsieren ließ. Sie blinzelte und befeuchtete sich ihre Zunge.

»Willst du das?«, fragte er mit belegter Stimme.

»Die Frage ist doch, was willst du?«, wisperte sie und schaute zu ihm auf. »Ich will alles, Colin. Alles.«

Er schluckte hart. Dann küsste er sie wütend. Besitzergreifend. Ava zerwühlte sein feuchtes Haar. Colin seufzte in ihren Mund, nur widerwillig gab er sie frei. »Das?«

»Noch lange nicht genug. Mehr«, presste sie schwer atmend hervor. »Ich will dich. Alles von dir. Nicht nur die Nächte, Colin.«

Etwas in ihm zog sich lustvoll zusammen.

»Bist du bereit dafür? Für alles von mir?«, wollte sie wissen.

Er war überrascht. Wo kam das auf einmal her? Er hatte keine Ahnung, aber was ihn mehr schockierte, war seine Reaktion auf ihre Forderung. Er war nicht nur längst hart, diese Worte hatten in seinen Ohren wie die beste Idee seit Jahren geklungen und erreichten sein Herz. Colin umfasste ihr Gesicht, strich mit einem Finger an ihrer Kehle entlang, bis Ava unter ihm erbebte und wimmerte.

»So?«, hauchte er mit seinem Mund an ihrem Ohr.

Sie nickte und drängte sich gegen ihn. »Mehr …«

Gott, diese Frau würde ihn umbringen.

»Du machst mich verrückt«, knurrte er. Er wollte sie sofort, aber eher würde er sterben, als Ava mit in sein Zimmer zu nehmen – wo seine Oma quasi nebenan lag. »Alles«, hauchte er schließlich in ihr Ohr. »Lass uns zu dir gehen.«

Dann nahm er ihre Hand und zog sie mit sich. Das Holz ließ er einfach liegen, von ihm aus konnte die Welt untergehen, er würde sich einen Dreck darum scheren. Wenig später standen sie in Avas Flur und küssten sich leidenschaftlich. Sie rissen sich die Kleider vom Leib, als kämen sie beide nach einer langen Dürre zu einer blühenden Oase. Colin hatte keine Ahnung, wie und wann sie es in ihr Schlafzimmer geschafft hatten, aber irgendwann lagen sie nackt in ihrem Bett, Ava streifte ein Kondom über seine Erektion. Colin biss die Zähne zusammen, er ahnte, dass es ihm alles abverlangen würde, nicht sofort zu kommen. Heiße Lust pulsierte durch seinen Körper. Ihr Geständnis, seine Reaktion, alles war anders. Er wollte sie. Sie wollte ihn. Ava würde bei ihm bleiben.

Er liebkoste jeden Zentimeter ihres Körpers, während ihre Nägel über seine Haut kratzten. Schließlich spreizte er ihre Schenkel, legte sich dazwischen und glitt mit einer langsamen Bewegung in ihre feuchte Hitze. Colin legte den Kopf in den Nacken, schloss die Augen und stieß einen tiefen Seufzer aus.

»Nicht«, bat er, als sie sich ungeduldig unter ihm wand. Das war knapp gewesen … Als er sich wieder im Griff hatte, fing er an, sein Becken kreisen zu lassen. Beinahe ehrfürchtig, als liebten sie sich zum ersten Mal. Seine Hüften fanden einen stetigen Rhythmus, ihre Körper waren eng umschlungen, sie waren eins, während er sie küsste. Avas Atem kam schnell, wie sein eigener. Immer größer, immer drängender wurde das Sehnen in ihm. Jeder Muskel, jede Sehne, jeder Nerv war zum Zerreißen gespannt. Colin murmelte ihren Namen, unzusammenhängende Worte. Erst als Ava unter ihm vor Lust erschauderte, sich an ihn klammerte und seinen Namen in die Stille keuchte, verlor er vollständig die Kontrolle und ergoss sich in ihr.

Viel später, sehr viel später, lagen sie träge lächelnd in Avas Bett. Colin gab ihr einen Kuss auf den Scheitel.

»Warum warst du vorhin so wütend?«, wollte er wissen.

»Aus dem gleichen Grund, weshalb du nicht nach Inverness gekommen bist.«

»Und der wäre?«

»Sag du es mir.« Er hörte das Grinsen aus ihrem Tonfall.

Colin seufzte. »Ja, es ist ja gut. Ich war eifersüchtig, und ich weiß nicht mal genau, worauf.«

»Dann bedeute ich dir also was?«

Er rollte sich auf sie und schaute ihr tief in die Augen. Seine Hände ruhten neben ihrem Gesicht. »Ja, Ava, du bedeutest mir etwas. Sehr viel sogar.«

Sie wirkte erleichtert und strahlte. »Gott sei Dank …«

»Was soll das denn heißen?«

»Ich … Na ja, letzte Zweifel hatte ich schon noch, aber … es ist immer besser, es direkt zu hören.«

»Nein, Moment, halt mal. Jetzt bist du auch dran, mal etwas preiszugeben. Warum bist du überhaupt zu mir gekommen?«

Ava grinste. »Ellie hat auf der Fahrt erwähnt, dass du in den letzten Tagen super schlecht drauf gewesen wärst und dass sie meint, es hätte was mit mir zu tun.«

»Ellie …« Er verdrehte die Augen. Diese Frauen im Ort würden ihm noch sein Grab schaufeln, wobei er im Moment ziemlich glücklich über ihre losen Zungen war. »Und da hast du was gedacht?«, fragte er weiter.

»Um ehrlich zu sein, hatte ich mir auf dem Flug hierher vorgenommen, dir zu sagen, dass ich mir mehr als nur Sex mit dir vorstellen könnte. Aber dann warst du nicht da, und ich war ziemlich enttäuscht.«

»Warst du das?« Er freute sich. Sehr sogar. Wärme breitete sich in seinem Bauch aus.

Sie nickte. »Ja, und dann fand ich, dass ich dir mal die Meinung geigen sollte.«

»Aber du hast Angst bekommen, als du mich mit der Axt gesehen hast?«, schlug er vor. So wirklich hatte sie ihm nicht den Marsch geblasen … Er hatte es auch ohne explizite Worte verstanden.

»O nein, das mit der Axt und dem Holz war sehr sexy.«

Colin spürte, wie sich seine Mundwinkel nach oben bogen. »Aha, sexy also.«

Ava ließ ihre Hüften unter ihm kreisen. »Super männlich.«

Sofort regte sich etwas bei ihm. Er würde den Rest der Unterhaltung auf später verschieben. »Eine Frage noch …«

Ava ließ ihre Finger über seinen Hintern gleiten und raubte ihm den Verstand. »Ja?«

»Was meinst du mit ›Tage und Nächte‹?«

»Ich meine, dass wir kein Geheimnis mehr darum machen sollten, dass wir uns mögen …«

Colin lachte rau. »Da stimme ich dir zu.«

Zumal es sowieso schon alle wussten, aber das behielt er für sich. Er fand die Frage dämlich, ob sie jetzt offiziell zusammen wären, aber genauso fühlte es sich an. Und seltsamerweise war er sehr zufrieden und glücklich mit dieser Vorstellung. Colin senkte seine Lippen auf Avas, und sie liebten sich noch einmal, dieses Mal ließen sie sich alle Zeit der Welt.

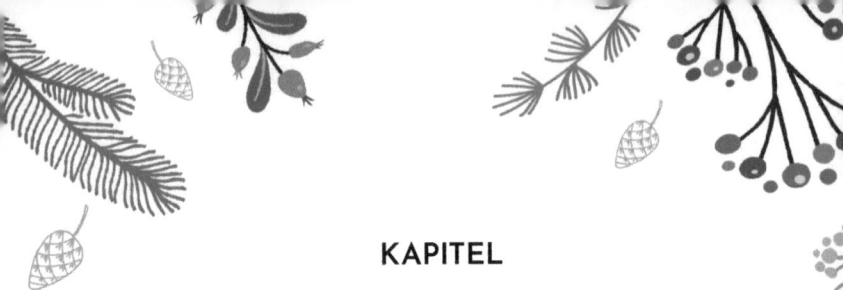

# Einundzwanzig

Die letzten Tage waren fantastisch gewesen, neben ein paar Stunden, in denen der Laden geöffnet war, hatte Colin die übrige Zeit in Avas Armen verbracht. Er konnte gar nicht fassen, wie glücklich er mit dieser Entwicklung war. Fast das Großartigste aber war, dass sein Dad mit seiner neuen-alten Rolle super klarkam. Er hatte sogar angefangen, einmal wöchentlich zum Bridge-Spielen in der Kirchengemeinde zu gehen, und kümmerte sich rührend um Grandma.

Colin war nach Hause gekommen, um sich für den Abend fertig zu machen. Obwohl er fast immer bei ihr war, hatte er seine Sachen nach wie vor zuhause – hin und wieder musste er natürlich nach dem Rechten sehen, und das wollte er auch. Mit ihr war alles noch so frisch, er wollte einen Schritt nach dem anderen gehen. Und an die Zukunft wollte er genauso wenig denken. Das würde sich alles zeigen. Wenn sie sich gut verstanden und sich in den nächsten Wochen und Monaten alles zwischen ihnen gut entwickelte, könnte man anfangen, über eine gemeinsame Zukunft zu sprechen – wie auch immer die aussehen mochte.

Colin wünschte sich natürlich, dass Ava sich vorstellen konnte, hier mit ihm zu leben. Er fürchtete sich allerdings davor, es anzudeuten oder gar auszusprechen, zu gut konnte er sich die Konsequenzen ausmalen, falls sie doch nicht dazu bereit wäre. Er hatte das schon einmal durchgemacht und ahnte, dass es, falls Ava sich gegen ein Leben mit ihm entscheiden würde, für ihn viel schlimmer sein würde als damals. Schon jetzt wusste er, dass er Ava viel tiefer und inniger liebte, als er für Harper jemals empfunden hatte.

Colin seufzte und schob diese Zweifel beiseite. Nicht heute, nicht jetzt. Gleich würden sie im *Bluebell* alle gemeinsam *Hogmanay* feiern, das war nicht der Tag, um zu grübeln. Allerdings war Silvester immer eine spannende Nacht. Jeder fragte sich, was das neue Jahr mit sich bringen würde. Colin hatte angefangen, Hoffnung zu schöpfen, eine Partnerin, eine Frau, vielleicht irgendwann eine Familie, ein Heim, in dem Kinder herumtobten ...

»Colin?«, rief sein Dad aus der Küche und riss ihn aus seinen Gedanken.

»Ja, bin gleich da.«

Sein Vater rührte in einem Kochtopf, es duftete nach Erbsensuppe. Sie plauderten ein wenig, bis Colin sagte, dass er sich jetzt für den Abend umziehen musste.

»Ja, geh nur, amüsier dich, aber Colin, stellst du uns deine Freundin auch mal vor? Wir sind ganz gespannt.«

Grandma saß im Wohnzimmer, der Fernseher war laut aufgedreht.

»Klar, Dad, in den nächsten Tagen ... Vielleicht können wir sie zum Essen einladen?«

Sein Vater lächelte und nickte. »Das klingt sehr schön, es freut mich, dass du jemanden gefunden hast, der zu dir passt.«

Der große Abend, auf den alle so lange gewartet hatten, war gekommen. Heute feierten sie *Hogmanay*, alle waren festlich gekleidet, es gab Champagner, Luftschlagen, viele Lichterketten und Live-Musik einer Band mit einem Sänger aus dem Nachbarort im *Bluebell*. Die Stimmung kochte, es wurde gelacht, getanzt und getrunken. Kurz vor Mitternacht wandte Ava sich an Colin.

»Ich muss mal kurz raus«, erklärte sie ihm und gab ihm einen Kuss.

»Alles okay, geht es dir gut?«, fragte er besorgt. Sie war nicht betrunken, aber die Luft war stickig. Vielleicht war ihr schlecht geworden. »Soll ich mitkommen?«

Sie lächelte. »Es geht mir so gut wie noch nie.« Sie stellte sich auf die Zehenspitzen. »Bin gleich wieder zurück. Du merkst gar nicht, dass ich weg bin, versprochen.«

Colin gab ihr einen spielerischen Klaps, dann verschwand Ava, und er unterhielt sich eine Weile mit Stuart. Irgendwann fragte er sich doch, wo sie blieb. Vielleicht ging es ihr tatsächlich nicht so gut? Er beschloss, kurz nach ihr zu sehen. Colin verließ das *Bluebell* durch den Hinterausgang und schaute sich um. Es war eiskalt draußen, der Schnee leuchtete in der Dunkelheit, und der Mond verbreitete ein angenehmes, gedämpftes Licht. Er machte ein paar Schritte, hier war sie nicht, Moment, er hörte ein Murmeln und ging weiter. Er blieb an der hinteren Hauswand stehen, er sah Ava nicht, erkannte aber ihre Stimme und musste lächeln.

»Nein, Trudy, das siehst du völlig falsch«, ein spitzes Lachen, »ich ziehe die Highlands nicht vor, das ist doch albern. London ist viel schöner, aber du weißt doch, dass ich den Auftrag hier habe, und da gehört es dazu … Nein, und ich habe mir auch keinen Highlander geangelt … So weit kommt es noch.« Ava lachte noch einmal.

Colins Magen zog sich schmerzhaft zusammen, sein Lächeln erstarb. Alles Lüge. Alles Fake. Nur ein Zeitvertreib, schoss es ihm durch den Kopf. Ava benutzte ihn. Spielte mit ihm. Es war ihm schon wieder passiert.

War das alles tatsächlich nur eine Masche, um vor ihren Auftraggebern besser dazustehen? Er wollte umdrehen, wieder hineingehen und so tun, als hätte er nichts gehört. Er konnte sich nicht rühren. In diesem Moment hatte Ava offenbar das Gespräch beendet und kam um die Ecke.

»Huch, was machst du hier?« Sie grinste, als könnte sie kein Wässerchen trüben, sie war sich ganz offenbar keiner Schuld bewusst. Wie abgebrüht, dachte er, und Übelkeit stieg in ihm auf. Colin schluckte. Ihm war schwindelig und schlecht.

»Komme ich ungelegen?«, fragte er. Seine Stimme klang kalt.

Ava trat zu ihm und wollte ihn küssen, aber er wich zurück.

»Lass das«, brummte er.

»Was ist denn los?«, wollte sie wissen. Ihre Stirn war gerunzelt.

So viel Verlogenheit hatte selbst Harper nicht an den Tag gelegt, bei ihr hatte er wenigstens gewusst, woran er war. Sie hatte ihm nie vorgespielt, dass sie seine Heimat mochte – ganz anders als Ava, die offenbar ein Fähnchen im Wind war. Heute so, morgen so. Aber nicht mit ihm.

»Was *los* ist?«, zischte er fassungslos. »London ist doch viel schöner …«, äffte er sie nach.

Ava seufzte und rieb sich über die Stirn. »Das solltest du nicht hören.«

Er lachte humorlos. »Ja, das denke ich mir. Du hast echt Talent, Ava.«

»Talent?«

»Du solltest es vielleicht mal in Hollywood versuchen, ich habe dir deine Show echt abgenommen.«

Sie hob ihre Hand, aber er wich noch einmal zurück.

»Lass das«, zischte er.

»Colin, lass mich erklären. Ich habe das nicht so gemeint.«
Er schüttelte den Kopf. »Spar dir den Scheiß, Ava.«

»Nein, wirklich.« Sie wirkte so zuversichtlich, so echt, dass
er zögerte. Dann schluckte er und sagte sich, dass das wieder
nur eine Masche von ihr war. Er durfte nicht noch einmal auf
sie reinfallen. Sprachlosigkeit hatte ihn befallen, er konnte
sie nur anglotzen und sich fragen, wie sie es in der kurzen
Zeit geschafft hatte, sein Herz zu erobern und schließlich in
ihren Fingern zu zerquetschen. Er hasste sich selbst dafür,
dass er so dumm gewesen war, es nicht gleich zu sehen. Aber
er hatte glauben wollen, dass sie sich in die Highlands so wie
in ihn verliebt hatte. Alles nur Lüge. Alles nicht echt.

»Colin, lass mich erklären, ich habe mit meiner Freundin in London telefoniert, und sie ist anders … Ich weiß, es
klingt komisch, aber sie kann nicht verstehen, was mir hier
so gefällt.«

»Es klang nicht so, als würdest du es hier in Kiltarff wirklich mögen. Im Gegenteil. Und nein, bloß keinen Highlander … Ja, es ist scheiße, zu lauschen. Dafür entschuldige
ich mich, ich habe dich gesucht, weil ich dachte, dass dir
vielleicht schlecht geworden ist …« Er holte tief Luft und
wünschte sich, er hätte es nicht gehört. Dann war er froh,
dass es raus war, ehe es noch schlimmer gekommen wäre.
Seine Träume waren mit einem Schlag geplatzt, und das
setzte ihm zu.

»Ich verstehe, dass das erst mal komisch klingt, ich wollte
ihr nur einen guten Rutsch wünschen und mich nicht auf
eine Diskussion mit ihr einlassen, verstehst du?«

Er schüttelte den Kopf. »Nein, leider verstehe ich gar
nichts. Oder doch – aber das tut ziemlich weh.«

Er legte sich eine Hand aufs Herz.

Ava seufzte und raufte sich die Haare. »Ich hätte sie nicht
anrufen sollen, aber ich wollte einfach allen gerecht werden

und ihr ein frohes neues Jahr wünschen, wenn ich schon nicht bei ihr sein kann. Sie ist meine beste Freundin.«

»Hörst du überhaupt, wie bescheuert das klingt, Ava? Du rufst deine angeblich beste Freundin an, obwohl du eigentlich nicht mit ihr sprechen willst, und mir erzählst du, dass es gar nicht stimmt, was du ihr gesagt hast? Sorry, aber, das nehme ich dir nicht ab.«

»Es ist so, Colin. Ich liebe dich! Ich liebe es, in den Highlands zu sein.«

Er hob eine Augenbraue. »Noch vor einer halben Stunde hättest du mich mit diesen Worten zum glücklichsten Mann der Welt gemacht. Jetzt klingen sie nur noch hohl.«

»Bitte glaub mir.« In ihren Augen schimmerten Tränen.

Auch das noch. Krokodilstränen.

»Selbst wenn es wahr wäre.« Plötzlich war er ganz ruhig. Ganz klar. »Selbst dann wäre es das Traurigste, was ich je gehört habe. Was für eine Freundschaft ist es, in der man nicht die Wahrheit sagen kann über das, was man denkt, was man fühlt? Und was sagt das über uns aus, wenn du nicht mal vor deiner besten Freundin zu mir stehen kannst, nur weil sie die Londoner High Society besser findet als die Schotten? Das sagt eine Menge, und zwar über dich, meine Liebe. Solange du nicht weißt, was du willst, und nicht zu deinen Entscheidungen stehen kannst, können wir nicht zusammen sein. Falls es stimmt, das mal vorausgesetzt, wovon ich jetzt nicht mal ausgehen kann. Sorry, Ava, aber gerade widerst du mich einfach nur an.«

»Colin, bitte …« Sie hielt ihn am Arm fest, aber er schüttelte ihre Hand ab.

»Es hat keinen Zweck. Ich werde jetzt gehen … Es tut mir leid, Ava. Es tut mir wirklich aus tiefstem Herzen leid, denn glaub mir, alles, was ich je zu dir gesagt habe, war echt und ehrlich gemeint. Scheint leider, als wäre ich einfach ein riesengroßer Idiot.« Damit ließ er sie stehen. Mit langen

Schritten entfernte er sich vom Bootshaus und merkte nicht mal, dass er seine Jacke nicht mitgenommen hatte, und hastete nach Hause. Auf dem Weg hörte er noch, wie um Mitternacht alle jubelten. Es gab Feuerwerk, Geschrei und Gelächter. In ihm war alles still.

KAPITEL

# Zweiundzwanzig

Ava versank im tristen Einerlei der ersten Januartage, während sie versuchte, sich auf ihre Arbeit zu konzentrieren. Immer wieder schweiften ihre Gedanken zu dieser schrecklichen Nacht zurück, die so großartig begonnen und dann in einem Desaster geendet hatte. Nachdem sie Colin nach dem Streit zuerst nachgelaufen war, dann aber eingesehen hatte, dass es sinnlos war, hatte sie in ihrem Cottage hemmungslos geweint. Colin hatte natürlich mit jedem Wort recht gehabt, sie konnte ihm keine Vorwürfe machen. Ava war klar, dass es keinen Zweck hatte, ihn andauernd um Entschuldigung zu bitten. Dass sie vor zwei Tagen zu ihm in den Laden gegangen war und er sie direkt vor die Tür gesetzt hatte, hatte Ava nicht vergessen. Es war schrecklich gewesen, so von ihm behandelt zu werden.

Dabei wusste sie nicht mal wirklich, was sie hätte sagen sollen, um ihr Verhalten mit Trudy am Telefon zu rechtfertigen. ›Tut mir leid, du hast recht, dass ich eine Närrin ohne Rückgrat bin?‹ Erst mit seinen harten Worten war Ava klar geworden, dass sie aufhören musste, es jedem und allen rechtmachen zu wollen. Wenn sie nicht versucht hätte, Trudy etwas vorzuspielen, wäre sie jetzt noch mit Colin glücklich. Zu spät, schoss es ihr durch den Kopf, und ihre Kehle wurde eng. Colin würde ihr nie und nimmer verzeihen, sollte er ihr überhaupt glauben, was sie bezweifelte – denn sie hatte es ihm schon in der *Hogmanay*-Nacht zu erklären versucht. Nein, es war aussichtslos.

Sie kannte ihn gut genug, um zu wissen, dass er ein Mensch war, der keine halben Sachen machte. Wenn er erklärte, dass es vorbei war, dann war es auch vorbei.

Trauer und Selbsthass schwappten in einer großen Welle über ihr zusammen. Sie schluckte und versuchte die Tränen, die sich schon wieder in ihren Augen gesammelt hatten, zurückzuhalten. Ava atmete tief ein und wieder aus, dann beugte sie sich über ihre Pläne. Sie sah alles verschwommen, sie konnte sich einfach nicht konzentrieren.

Wütend über sich selbst fegte sie alles vom Schreibtisch. Pläne, Zettel und Stifte flogen durch ihr Büro und krachten auf das gebohnerte Parkett. Ava raufte sich die Haare. In dieser Sekunde ging die Tür auf, und Ellie kam herein.

»Ich habe hier ein paar Scones mit Clotted Cream für …« Ihre Stimme brach.

Ava merkte, dass ihre Wangen vor Scham brannten. Sie konnte sich nicht rühren. Ellie stellte hastig das Tablett ab und kam auf Ava zu. »Liebes, was ist los?«

Ava wusste gar nicht, wo sie anfangen wollte.

»Ich …«, stammelte sie und senkte den Blick. Es wäre ihr unglaublich peinlich, wenn Ellie erfuhr, was sie getan hatte. Vielleicht würde das auch in ihrem Verhältnis zu ihr alles ändern. Ava wurde übel.

Ellie umarmte sie herzlich, dann lächelte sie aufmunternd. »Setz dich, nimm dir was davon und erzähl. Ich hab schon gemerkt, dass was im Busch ist, und wollte sowieso mit dir sprechen. Colin schweigt sich nämlich aus …«

Beinahe hätte Ava gelacht, leider war es zu traurig. Was gab es auch zu sagen? Dass ihre Beziehung nach einem Strohfeuer abgekühlt war? Vermutlich musste sie ihm noch dankbar sein, dass er sie vor Kenneth und Ellie nicht in die Pfanne gehauen hatte.

Nein, so war Colin nicht, er würde sich nie so schäbig verhalten. *Wie ich*, dachte sie. Ava begriff erst jetzt in vollem Ausmaß, wie sehr ihre Worte ihn getroffen haben mussten. Ava hatte nicht nachgedacht, sie hätte Trudy ein für alle Mal klarmachen müssen, dass sie London weiterhin lieben konnte, sich für Ava aber alles geändert hatte. Leider war sie feige gewesen. Zu bequem. Dafür hatte sie jetzt die Konsequenzen zu tragen.

»Ich habe einen ziemlich großen Fehler gemacht«, fing sie schließlich an, während sie zusah, wie Ellie ihr einen Scone auf einen Teller mit Rosenmuster legte und ihn für sie aufschnitt.

»So, greif zu, Ava«, meinte sie geduldig und strahlte dabei so viel Zuversicht aus, dass Ava ganz warm wurde. Es war schön, nicht alleine zu sein.

Ava bestrich sich eine Hälfte mit Clotted Cream und verteilte Orangenmarmelade darauf. Leider wusste Ava, dass Kohlenhydrate ihre Probleme in diesem Fall nicht lösen würden, aber sie würde sich wenigstens ein etwas besser fühlen, wenn sie etwas im Bauch hatte.

»Colin ist zu recht sauer auf mich«, erklärte sie weiter.

»Aber das muss man doch aus der Welt schaffen können. Ihr wart so süß zusammen, und Colin ist über beide Ohren in dich verliebt.«

»War«, korrigierte Ava. »Das ist vorbei.«

Ellie winkte ab. »Ach was, Gefühle kann man nicht so einfach abstellen. So schlimm kann es doch nicht sein. Missverständnisse müssen aus dem Weg geräumt werden.«

»Wenn es so einfach wäre.« Ava biss in ihr Gebäck und schloss kurz die Augen. Es schmeckte ausgezeichnet.

»Ich weiß aus ziemlich sicherer Quelle, dass Colin mürrischer ist denn je. Er fährt jeden grundlos an und schweigt sich ansonsten aus. Ihr müsst reden, Ava.«

»Was soll ich denn tun? Ich habe echt Scheiß gebaut.«

»Was kann so schlimm sein, dass ihr eure Beziehung wegwerfen wollt? Hast du ihm gesagt, dass du aus Kiltarff weggehen möchtest, und daraufhin habt ihr euch gestritten?«

»Nein, nein, darum ging es nicht, und über die Zukunft haben wir noch gar nicht geredet.«

»Was dann?«

Ava spürte erneut Hitze in ihren Wangen. »Es ist mir unangenehm.«

»Ich reiße dir schon nicht den Kopf ab, egal was es ist.« Ellie beruhigte sie mit einem aufmunternden Lächeln, das so ehrlich und offen wirkte, dass Ava ganz schwer ums Herz wurde.

»Colin ist enttäuscht von mir, weil ich ein mieser Feigling bin. Also ...« Ava holte tief Luft. »Meine Freundin Trudy aus London ...«, dann erklärte sie das ganze Problem.

Schließlich nickte Ellie und überlegte. »Ich verstehe, dass Colin erst mal schockiert und verletzt ist.«

Ava senkte ihren Blick. Sie wusste nicht, was sie darauf erwidern sollte. Es war viel schlimmer als nur ein Schock für Colin, es hatte ihm die Augen geöffnet, und daraufhin hatte er beschlossen, dass er mit Ava nichts mehr zu tun haben wollte. Sie konnte ihn sogar ein bisschen verstehen, was ihr leider nicht über ihre Sehnsucht nach ihm hinweghalf. Im Gegenteil, sie fühlte sich einfach schrecklich.

»Trotzdem, ich glaube dir, und Fehler kann doch jeder mal machen. Das Wichtigste ist doch, dass du es nicht so gemeint hast. Hast du doch nicht, oder?«

»Nein, natürlich nicht. Ich liebe es, hier zu sein, ich liebe euch alle, ihr seid mir in der kurzen Zeit so sehr ans Herz gewachsen, als würde euch mein ganzes Leben kennen. Ihr seid das, was einer Familie für mich am nächsten kommt. Und was Colin betrifft … Ich habe noch nie so für jemanden empfunden wie für ihn.« Ava seufzte traurig.

Ellie nahm ihre Hand. »Na, siehst du, Ava. Wir lieben dich auch, und wir wollen euch beide glücklich sehen. Zusammen. Einen richtigen Plan habe ich allerdings auch nicht.«

Ellie kratzte sich am Kopf.

Ava nahm sich noch einen Scone. »Ich habe ja versucht, mit ihm zu sprechen, aber als ich vorgestern bei ihm im Laden aufgetaucht bin, hat er mich direkt rausgeworfen.«

Ellie lachte. »Gott, das ist so typisch für ihn. Ich frage mich gerade, wie wir zwischen euch vermitteln können. Im Grunde hat er doch einfach Angst, dass er sich in dich verliebt hat und du ihn mit gebrochenem Herzen sitzen lässt.«

Ava schüttelte den Kopf. »Das verstehe ich, aber das würde ich nie tun. Ich könnte mir sehr gut vorstellen, hier zu leben.« Sie lächelte schüchtern, denn es war eine Untertreibung. Insgeheim hatte sich Ava schon ausgemalt, wie sie mit Colin in ihrem Cottage ein neues Leben aufbaute, sich neu mit ihm einrichtete … In diesen Nächten hatte der Himmel noch voller Geigen gehangen. Jetzt war da nichts mehr außer düsterer Leere.

Ellie stand auf und ging vor dem Fenster auf und ab. »Was kann man tun? Wir brauchen eine Kriegslist, so viel ist klar.«

»O nein, keine List. Er soll mich lieben, weil er es so meint, und nicht, weil er ausgetrickst wird.«

»Hach ja, da hast du auch wieder recht. Soll ich vielleicht einfach mal mit ihm reden?«

»Wenn du meinst, dass es was nützt?« Ava hielt das für ausgeschlossen, aber sie hatte sonst auch keinen Rat.

Ellie lachte und zuckte dann entschuldigend mit den Achseln. »Tut mir leid, ich habe so meine eigene Erfahrung mit diesen schottischen Kerlen. Die sind einfach sowas von stur und so stolz noch dazu …«

»Deswegen lieben wir sie ja …« Ava verzog ihre Lippen zu einem schiefen Lächeln. Obwohl sie kein Stück weiter war, fühlte sie sich nach dem Gespräch mit Ellie ein wenig besser. Trotzdem hatte sie keine Ahnung, wie sie Colin begreiflich machen konnte, dass es ihr leidtat und sie kapiert hatte, dass es falsch gewesen war, Trudy anzulügen, anstatt dazu zu stehen, dass ihr Schottland und seine Einwohner längst besser gefielen als London und ihr altes Leben.

Colin saß neben seiner Grandma auf dem Sofa, sein Dad war beim Bridge. Im Fernsehen lief mal wieder eine Quizshow, er starrte ins Leere. Es war grauenhaft, auch die Sendung, aber er meinte eher sein Leben generell. Wie konnte es nur möglich sein, dass er immer wieder auf den gleichen Typ Frau hereinfiel? Im Grunde war Ava noch um einiges schlimmer als Harper. Er seufzte und fluchte innerlich über seine Dummheit. Dabei hatte er sich nie für naiv gehalten. Bis *Hogmanay* jedenfalls.

Es schellte an der Tür. Er überlegte einen Moment, nicht zu öffnen, aber die Person klingelte gleich nochmal. So penetrant konnte fast nur Kendra sein, und mit der wollte er definitiv nicht sprechen. Die hatte sicher nur wieder blöde Ratschläge, die er nicht hören wollte.

Grandma schubste ihn. »Willst du nicht mal aufmachen?«

Colin grunzte. »Ja, ich geh' ja schon.«

Er stand auf und schleppte sich zur Tür, während er sich gleichzeitig für die Begegnung wappnete. Kendra grinste, sie hatte einen Auflauf dabei, der noch dampfte. Sie trat direkt ein, schlüpfte aus den Schuhen und trug die Form mit ihren Handschuhen in die Küche.

»Abendessen«, trällerte sie.

Colin verdrehte die Augen, obwohl es köstlich duftete. Er tippte auf Steak-Pie, den er sehr gern mochte. Seufzend schloss er die Tür und folgte Kendra. Sie hatte bereits eine Portion für ihn aufgeladen und war im Begriff, einen zweiten Teller zu füllen.

»Grandma wird ihre Show freiwillig nicht abstellen«, erklärte er.

»Kein Ding, ich bring es ihr einfach rüber.«

»Super.« Colin ließ sich auf einen Stuhl fallen und fing an zu essen.

Kendra kehrte zurück und setzte sich ihm gegenüber. »So«, sagte sie fest entschlossen. Er wollte gar nicht hören, was sie gleich vom Stapel lassen würde. »Willst du endlich mal was machen oder an deinem Stolz ersticken?«

Er hob eine Braue und aß weiter.

Kendra tippelte mit ihren Fingern auf die Tischplatte. »Ja, ja, schweig dich nur aus.«

Er zuckte die Schultern.

»Ich wollte dir bloß sagen, dass Ava eine klasse Frau ist.«

Jetzt reichte es ihm. Colin knallte seine Gabel neben den Teller. »Warst nicht du es, die mich vor ihr gewarnt hat? Danke übrigens, du hattest recht.«

Kendra verzog ihren Mund. »Ich habe mich in ihr getäuscht.«

Colin schnaubte und schüttelte fassungslos den Kopf. »Nein, du lagst ganz richtig, meine Liebe.«

»Gib ihr eine Chance, Colin. Sie hat einen kleinen Fehler gemacht, so schlimm ist das doch nicht. Ellie hat erzählt, dass du Ava aus dem Laden geworfen hast? Mein Gott, Colin. Könnt ihr nicht wie Erwachsene reden?«

»Es gibt nichts zu sagen.«

»Das meinst du doch nicht so. Du sitzt hier und schmollst wie ein kleines Kind.«

»Tue ich gar nicht.«

Kendra lachte laut los. »O doch. Du benimmst dich, als wärst du sieben oder so.«

»Was auch immer. Zwischen mir und ihr ist alles gesagt.«

»Dann stimmt es, dass du sie nicht liebst?«

»Wer hat das denn behauptet?«

Kendra schnaufte leise aus. »Wenn sie dir was bedeutet, dann lass sie doch erklären, was los war, und sich bei dir entschuldigen.«

»Was sollte das bringen? Wenn sie nicht mal vor ihrer angeblich besten Freundin zu mir, zu uns hier stehen kann, dann ist es wohl nicht weit her mit ihrer Loyalität. Danke, darauf kann ich verzichten.«

»Ich verstehe, dass du Angst hast, Colin.«

Er lachte bitter. »Wovor soll ich denn Angst haben?«

»Dass du wieder verlassen wirst.«

Er hielt inne und schloss eine Sekunde die Augen. »Das ist Unsinn. Ich habe einfach keine Zeit und keine Lust, mich auf jemanden einzulassen, der sich selbst belügt und alle anderen auch.«

»Das kann ich gut verstehen, aber Ava hat ihren Fehler eingesehen, sie hat es auch nicht leicht. Sieh mal, der immense Druck mit diesem Monster-Projekt, alles ist neu für sie hier, die vielen Leute, und allem soll sie gerecht werden.«

»Bisher hat es gut geklappt, sie hätte deshalb nicht lügen müssen, oder?«

»O Gott, du bist echt bescheuert, Colin. Vielleicht hast du sie ja gar nicht verdient. Ava leidet wie eine Hündin. Ehrlich, ihr geht es richtig scheiße. Irgendwie habe ich gedacht, dass du nicht so ein Arsch wärst.«

»Ich, ein Arsch?« Colin blinzelte irritiert. »Du spinnst ja wohl.« Als ob es seine Schuld wäre, dass es Ava nicht gutging. Dennoch stellte diese Information etwas mit seinem Gefühlsleben an, das er nicht einordnen konnte. Er wollte nicht, dass es ihr schlecht ging. Er hatte gedacht, dass sie die Trennung einfach hinnehmen und dann verschwinden würde, wenn ihr Projekt abgeschlossen war.

Kendra stand auf. »Ich sag es dir, Colin. Wenn du sie gehen lässt, dann hast du es nicht anders verdient.«

»Wohin soll sie denn *gehen*? Das Projekt ist doch noch längst nicht abgeschlossen, oder waren Elfen am Werk und haben über Nacht alles hübsch gezaubert im Schloss? Sie wird noch Monate beschäftigt sein.«

Kendra hob eine Braue. »Ava hat Anfragen – sie hat andere Kunden in Aussicht …«

Das hörte Colin zum ersten Mal. »Ja, und?«

»Sie wird nicht ewig auf dich warten, Colin. Du hast sie von dir gestoßen und gibst ihr keine Chance, es wiedergutzumachen.«

»Sie hat gelogen, mich verleugnet.«

Kendra schlug sich mit der Hand gegen die Stirn. »Mein Gott, komm doch mal von deinem hohen Ross runter, Junge. Menschen machen Fehler. Wichtig ist doch, dass man verzeiht, gerade wenn man liebt. Und glaub mir, sie hat verstanden, dass es scheiße von ihr war. Sie ist vielleicht taff und das alles, aber sie ist manchmal nicht so selbstbewusst, wie sie tut. Sie kann daraus lernen, und ich glaube ihr.«

Colin schluckte. Darauf wusste er nichts zu sagen. Sein Magen fuhr Achterbahn.

»Ich warne dich nur, Colin. Ava geht es richtig mies, sie hat alles gegeben. Jetzt bist du dran. Aber du hast anscheinend ja nur auf eine Gelegenheit wie diese gewartet, um dich in dein Schneckenhaus zurückzuziehen. Immer muss Ava den ersten Schritt machen. Wieso? Sei doch endlich mal ein Mann und keine Memme.«

Er machte große Augen. Wow, dachte er. So hatte er Kendra selten erlebt. Das nannte man mal ordentlich den Kopf waschen. Er wusste selbst nicht, was er jetzt glauben oder gar tun sollte. In seinen Gedanken drehte sich alles, ihm war schwindelig.

»Ich gehe jetzt, mach's gut.« Kendra verließ die Küche ohne ein weiteres Wort und er blieb nachdenklich zurück. Colin wusste weder ein noch aus, er brauchte frische Luft. Er stand auf und schaute zu Oma ins Wohnzimmer. »Grandma, kann ich kurz mit Blacky raus, brauchst du was?«

Sie hob ihre Hand. Ihr Abendessen hatte sie verputzt. »Scht, ich will das sehen. Geh nur ...«

Colin zog sich Schuhe, Jacke und Mütze an und rief nach Blacky. Treu ergeben trottete der Pudel herbei und folgte ihm in die Dunkelheit. Sie drehten eine kurze Runde um den Caledonian-Kanal. Auf dem Rückweg kamen sie an Avas Cottage vorbei, Colin zwang sich wegzusehen, aber er konnte nicht. Er erstarrte, als er ihre Silhouette in der Küche entdeckte. Sie hatte ihre Haare locker zu einem Knoten hochgebunden und ihr Kinn tief in den Kragen ihres Wollpullovers vergraben. Sie starrte ins Leere.

Sein Herz zog sich schmerzhaft zusammen. Das war nicht gespielt, er spürte ihre Traurigkeit, als wäre es seine eigene. Vielleicht war sie das sogar.

Er vermisste Ava schrecklich. Das war das erste Mal, dass er diese Emotion bewusst zuließ. Er liebte sie. Aber da war auch sein verletztes Ego, diesbezüglich hatte Kendra mit ihrer Einschätzung ziemlich ins Schwarze getroffen. Es kam ihm so vor, als säßen zwei sich streitende Gnome auf seinen Schultern, der eine lockte ihn, sich in Avas Arme zu flüchten, der andere warnte ihn, sich nicht noch einmal zum Narren zu machen, um dann von Ava verlassen zu werden, wenn er ausgedient hatte.

Risiko? Chance? Er brachte es nicht zusammen.

Wie wollte er etwas bewerten, das nicht zu bewerten war? Garantien gab es nicht im Leben. Selbst wenn sie dieses verdammte Gespräch mit ihrer Freundin nicht geführt hätte, gäbe es keine Sicherheit, dass es zwischen ihnen für immer funktionieren würde. Niemand hatte die.

Colin seufzte und rieb sich über die Stirn, dann setzte er seinen Weg nach Hause fort.

# Dreiundzwanzig

Colin hätte nicht herkommen sollen, er saß im *Lantern* mit seinen Freunden. Und heute war Ava auch da. Er hatte sich vorgenommen, sich nicht von ihrer Anwesenheit irritieren zu lassen. Leider war er miserabel darin, also klammerte er sich an seinem Cask Ale fest und hielt die Klappe. Sosehr er sich auch Mühe gab, konnte er doch nicht überhören, was Ava als Nächstes erzählte.

»Ich war heute in Invermorriston bei einem potenziellen Kunden.«

Colin erstarrte und hielt sein Glas in eisernem Griff, sodass seine Fingerknöchel weiß hervortraten. Seine Zähne presste er so fest aufeinander, dass er glaubte, das Knirschen müssten alle im Pub hören können.

Ava sprach weiter. »Es ist womöglich nur ein kleiner Auftrag, es könnte aber auch sehr groß werden.«

Colin wollte nur nicht mitbekommen, dass Ava Kiltarff bald schon verließ, wobei das doch genau das wäre, worauf er wartete. Dass er ihr nicht mehr ständig begegnen müsste, jetzt, wo es vorbei war.

Scheiße, dachte er. So ganz war er wohl doch noch nicht über sie hinweg. Er leerte sein Ale, legte einen Schein auf den Tisch und verabschiedete sich. Ohne auf die erstaunten Gesichter seiner Freunde zu achten, hastete er aus dem Pub. Er musste weg. Ganz weit weg, ehe er sich doch noch lächerlich machte und Ava bat zu bleiben.

Sie war nicht gut für ihn, sie hatte es nie ernst mit ihm gemeint. Noch einmal würde er ihr nicht auf den Leim gehen.

Wenn diese blöde Sehnsucht nicht wäre.

Er stieß einen derben Fluch aus und kickte einen Stein weg, dann marschierte er durch den Ort, um sich abzureagieren.


Die Tage verstrichen in einer endlosen Gleichförmigkeit aus Arbeit und Einsamkeit. Am schlimmsten waren die Nächte. Ava fürchtete sich vor dem Schlafengehen, sie hasste es, allein zu sein mit der Gewissheit, dass Colin nicht weit entfernt in seinem Bett lag. Irgendwann döste sie ein, kuschelte sich tief in ihr Federbett. Etwas hatte sie aufgeweckt, ein seltsames Geräusch. Ava blinzelte und schaute auf die Uhr, es war kurz nach drei. Sie drehte sich um und versuchte wieder einzuschlafen. An Einbrecher glaubte sie nicht, sicher war es nur eine Katze oder eine Maus. Jetzt hörte sie es noch einmal. Es war die Haustür, jemand klopfte.

Ava setzte sich mit einem Ruck auf.

»O Gott«, stieß sie hervor. Vielleicht doch Einbrecher? Nein, die klopften wohl nicht freundlich an. Sie hatte keine Ahnung, aber es musste dringend sein. Verschiedene Szenarien schossen ihr durch den Kopf, während sie in ihre Hausschuhe schlüpfte, das Licht anknipste und nach unten stolperte: ein Brand im Schloss, ein schwerer Unfall, ein Flammeninferno in der Stadt … Nichts davon schien ihr wahrscheinlich.

Ava öffnete und erstarrte, als sie in Colins Gesicht schaute.

»Du?« Ihr Puls schnellte in die Höhe. Es war mitten in der Nacht, und er sah nicht aus, als würde er sich ein Pfund Zucker leihen wollen. Colin war atemlos und nervös. Er trug keine Jacke, keine Mütze, so, als wäre er kopflos losgestürzt, um zu ihr zu kommen. Warum? Ihr Magen zog sich zusammen, ihr Herz flatterte bei seinem vertrauten Anblick.

»Kann ich mit dir reden?«, bat er sie.

»Jetzt?« Sie trat zurück, es war eiskalt draußen. Ava war völlig überrumpelt.

»Bitte, Ava. Es ist wichtig.«

»Na, schön. Ist was passiert?«

Er schloss die Tür hinter ihr, dann drehte er sich langsam zu ihr um.

»Ich weiß gar nicht, wo ich anfangen soll«, stammelte er und blickte zu ihr auf.

Avas Herz schlug schneller, als sie den Ausdruck in seinem Gesicht sah. Er war nicht, wie in den letzten Tagen, bitter oder wütend, er war voller Liebe. Ihre Kehle wurde eng. Sie wollte nichts falsch verstehen, daher wartete sie ab. Sie wollte nicht hoffen, um dann enttäuscht zu werden.

»Ich kann nicht mehr schlafen. Ich kann nicht mehr essen …« Er räusperte sich.

Sie seufzte leise, sie spürte seine Zerrissenheit und seinen Schmerz. Aber da war noch mehr.

»Ava«, er trat einen Schritt näher, »ich halte es nicht mehr aus.« Seine Stimme klang belegt. »Darf ich?« Er hob eine Hand, und sie nickte.

Colins Finger berührten ihr Gesicht. Vorsichtig beinahe, als wäre es das erste Mal. Das Bedürfnis, sich an ihn zu schmiegen, wurde übermächtig, sie hielt sich zurück.

»Du fehlst mir so sehr«, wisperte er.

Sie schluckte, und heiße Tränen liefen über ihre Wangen.

»Es tut mir leid, dass ich so verbohrt war. Nicht nur du hast Fehler gemacht, Ava.«

»Colin …«

»Bitte, lass mich kurz ausreden. Ich habe wirklich lange überlegt, was ich sagen kann. In diesen endlosen, dunklen Nächten hatte ich viel Zeit dazu.« Er lächelte schief, und Avas Herz machte einen freudigen Sprung.

»Ich liebe dich, Ava, aber ich habe auch eine scheiß Angst, dich zu verlieren. Als ich an *Hogmanay* gehört habe, was du zu deiner Freundin gesagt hast, da war das wie eine Bestätigung, dass ich mich nicht weiter auf dich einlassen darf. Ich wollte gar nicht mehr hören, was du zu sagen hattest, weil ein saublöder Teil von mir nur darauf gelauert hat, dass etwas unser Glück zerstören würde. Ich habe nicht an die Liebe geglaubt, weil *ich* der Feigling war.«

Ava konnte gar nicht fassen, was sie hörte. Ihr war schwindelig. Träumte sie? Sie atmete schneller, als Colin sie jetzt in seine Arme zog. Ava stöhnte leise, als sie seinen vertrauten Geruch wahrnahm, seine Wärme, die Geborgenheit seiner Liebe.

»Und jetzt?«, wagte sie zu fragen und blickte auf.

Die intensiven Gefühle, die in seinen Augen leuchteten, ließen ihre Knie weich werden. »Ich liebe dich, Ava. Jeder von uns wird noch viele Fehler machen, da bin ich mir sicher. Aber ich habe jetzt keine Angst mehr, weil ich begriffen habe, dass es nichts im Leben ohne Risiko gibt. Obwohl ich nie gedacht habe, dass ich der Versicherungstyp wäre, habe ich mir für uns genau das gewünscht, weil ich ein Trottel war. Bitte verzeih mir, dass ich nicht sehen wollte, wie schwer das alles auch für dich gewesen sein muss.«

Er küsste jede einzelne Träne von ihren Wangen, und Ava lachte und weinte gleichzeitig.

»Dann verzeihst du mir?«, fragte sie heiser.

»Ich verzeihe dir, wenn du auch mir vergibst, dass ich so verbohrt und sturköpfig war. Ich hätte darüber lachen sollen, dass du vor deiner Freundin noch immer so tun musstest, als wäre Schottland ein Ödland ohne Zukunft für dich, obwohl mein Herz es hätte besser wissen müssen. Stattdessen habe ich reagiert wie ein Idiot.«

»Wir lassen die Vergangenheit hinter uns und schauen in die Zukunft.«

Colin strich mit seinen Händen an ihrer Wirbelsäule entlang. »Ich liebe dich, Ava. Bitte bleib bei mir.«

»Ich liebe dich auch, und ich verspreche dir, dass ich nicht vorhabe, diesen wundervollen Ort jemals zu verlassen – außer für eine Reise vielleicht.« Sie lächelte, während sie eine Welle des Glücks erfasste. Sie konnte gar nicht glauben, was hier mitten in der Nacht passierte. Colin war wirklich zu ihr gekommen.

Für einen Wimpernschlag sahen sie sich tief in die Augen. Mehr war nicht nötig, ab sofort würden sie sich wieder darauf verlassen, was sie fühlten. Denn das war von der ersten Sekunde an das gewesen, was sie verbunden hatte. Dieses unsichtbare Band, die einzigartige Anziehung, wie sie sie noch nie zuvor erlebt hatte. Ava war glücklich und erleichtert, als sie sich auf die Zehenspitzen stellte und Colin küsste. Er vergrub seine Hände in ihrem Haar. »Ich habe dich so vermisst«, raunte er. »Ich dachte, ich drehe durch.«

»Ich kann dir gar nicht sagen, wie sehr ich mich freue, dass du hergekommen bist.«

Sie hatte viele Fragen, sie hatten viel zu besprechen, aber sie wollte diesen Moment nicht in Gefahr bringen. »Lass uns ins Bett gehen, ja?«

Colin schlang seine Arme um sie und hielt sie einfach nur fest. »Ich bin so froh, dass wir uns begegnet sind, Ava. Ich lasse dich nie mehr los.«

# Epilog

Einige Tage später saßen Colin und Ava bei seiner Familie in der Küche, es gab Cullen Skunk, einen Eintopf mit geräuchertem Schellfisch und Kartoffeln. Der Duft zog durchs ganze Cottage. Colin hatte jedoch nicht selbst gekocht, sondern etwas für alle im *Lantern* abgeholt – die Küche dort war exzellent, und besser könnte er es nicht zubereiten. Er grinste, als Ava noch einmal Weißwein in ihre Gläser nachgoss. Granny bekam Organgensaft, zur Feier des Tages hatte sie sogar ihre heißgeliebte Quizshow sausen lassen. Sie hatte einen guten Moment, ihre Augen waren klar und ihr Humor so treffend wie früher.

»Ihr seid wirklich ein herrliches Pärchen«, sagte sie mit einem Funkeln im Blick zu Colin und Ava. »Dass ich das noch erleben darf, Colin wie eine verliebte Taube durch das Haus flattern zu sehen.«

Colin hob eine Augenbraue. »Ich weiß nicht, ob das ein Kompliment oder eine Beleidigung ist.«

Ava kicherte und legte einen Arm um Granny, Colins Herz wurde weit vor Liebe für diese Frau. Heute konnte er nicht mehr glauben, wie er ihr hatte misstrauen können. Es tat ihm schrecklich leid, aber er würde es wiedergutmachen. Ava hatte mehrmals beteuert, dass sie nicht nachtragend und es ja auch ihr Fehler gewesen sei. Colin war glücklich, so glücklich wie noch nie in seinem Leben.

»Colin, ich denke, deine Granny meint es als Kompliment«, sagte Ava jetzt.

Er setzte sich, nachdem er jedem etwas vom Eintopf in den Teller aufgefüllt hatte. Sie wünschten sich einen guten Appetit, und nach dem Essen schob sein Dad den Stuhl zurück.

»Was ist los?«, wollte Colin wissen.

»Ich, äh, habe noch einen Termin«, erwiderte sein Vater, und Colin meinte zu erkennen, dass sich dessen Wangen leicht rosa färbten.

»Termin?«, wiederholte Colin lakonisch. Er glaubte ihm kein Wort, es klang viel mehr nach einer Verabredung. Er wollte seinen Dad nicht in Verlegenheit bringen, deshalb hakte er nicht weiter nach. Gleichzeitig freute er sich, dass er beim Seniorentreff offenbar sehr schnell Anschluss gefunden hatte. Er war natürlich nicht der einzige Mensch im Ort, der zu früh den Partner oder die Partnerin verloren hatte. Er wünschte ihm, dass er vielleicht noch einmal ein neues Glück fand, selbst wenn ihm klar war, dass keine Frau seine Mum ersetzen könnte. Aber das musste auch niemand, sein Vater hatte ein großes Herz, es war sicher noch Platz für eine andere, reifere Liebe. Hoffentlich.

»Geh nur«, sagte Colin deshalb. »Wir kümmern uns um Granny.«

Die schnaubte und wischte sich den Mund ab. »Du klingst, als wäre ich ein Baby.« Sie legte die Serviette weg und stand auf. »Ich guck mal, ob ich noch meine Sendung anschauen kann.«

Ava und Colin wechselten einen Blick, mit einem Mal waren sie allein in der Küche. Die Haustür war ins Schloss gefallen, sein Dad war verschwunden. Aus dem Wohnzimmer drang das Geräusch des laufenden Fernsehers zu ihnen.

Ava rückte ein Stück näher zu ihm und nahm seine Hand. Sie schaute zu ihm auf, und sein Herz geriet ins Stolpern.

»Danke, dass du mich in deiner Familie aufgenommen hast«, wisperte sie. »Sehr lange hatte ich keine.«

Colin liebkoste jeden einzelnen Finger, ehe er antwortete. »Du kannst dir nicht vorstellen, wie glücklich ich bin, dass du Teil davon sein möchtest.«

Ava beugte ihr Gesicht zu seinem und küsste ihn lange und zärtlich. Irgendwann lösten sie sich voneinander. Colin räusperte sich. »Schätze mal, ich sollte mich um den Abwasch kümmern.«

»Ich helfe dir.«

»Lass nur, meine Liebe. Möchtest du vielleicht noch einen Tee?«, bot er an.

»Wenn du mich so fragst? Ich bin ganz schön kaputt, die Baustelle fordert alles von mir.«

»Das glaube ich.«

»Hast du mitbekommen, dass Ellie und Kenneth Besuch haben?«

Colin schüttelte den Kopf. »Äh, nö. Noch nicht. Wieso? Jemand Besonderes?«

»Wie man es nimmt. Er ist ein ehemaliger Teamkollege von Kenneth.«

»Polospieler?«

»Ja, genau.«

»Auch so ein versnobter Earl mit einem alten Schloss?«, scherzte er.

Ava verzog ihre Lippen, dann lachte sie. »Ich habe Alejandro nur kurz kennengelernt, er ist ganz nett – und er ist völlig anders als Kenneth. Versnobt sind im Übrigen beide nicht.«

»Also kein Earl.«

»O nein, im Gegenteil. Ein feuriger Argentinier, dort ist Polo übrigens Nationalsport, wusstest du das?«

»Tatsächlich?« Colin runzelte die Stirn. »Muss ich mir Sorgen machen?«

Sie kicherte. »Eifersüchtig? Nein, keine Sorge. Apropos Sorge: Ich finde, wir sollten Kendra nicht alleine mit dem Transporter in der Wildnis übernachten lassen.«

Colin hatte seiner Freundin Kendra, die das *Lantern* mit ihren Eltern führte, seinen Lieferwagen ausgeliehen, hin und wieder übernachtete sie gern oben am Loch Ness, um ein wenig Zeit für sich zu haben und die Sterne zu sehen. »Wo liegt das Problem?«

»Hallo?« Ava atmete zischend ein. »Eine so hübsche Frau allein da draußen?«

»Sie macht das häufiger, und Angst muss man hier keine haben, sie ist erwachsen, Liebes.«

Ava verzog ihr Gesicht. »Ich hab jedenfalls kein gutes Gefühl dabei. Wieso ist sie überhaupt Single?«

Er zuckte die Schultern. »Keine Ahnung, war wohl noch nicht der Richtige dabei.«

»Zu schade, sie ist so wundervoll.« Ava kratzte sich am Kopf. »Vielleicht wäre dieser Argentinier ja was für sie.«

Colin seufzte. »Und du willst die Kupplerin spielen? Halt mich nur da raus.«

»Ach was, Kupplerin. Bestimmt nicht. Ich habe für sowas gar keine Zeit. Ich wünsche ihr einfach, dass sie auch jemanden findet.«

Colin ging auf sie zu und zog sie auf die Beine. Er schlang seine Arme um sie und lächelte breit. »Jemanden, der so großartig ist wie ich, meinst du?«

Ava nickte und stellte sich auf die Zehenspitzen. »Eingebildet bist du gar nicht. Aber ja, ich wünsche ihr jemanden, der sie aufrichtig liebt.«

Colin strich ihr eine Strähne aus dem Gesicht. »Das hast du schön gesagt – und jetzt will ich nicht mehr über Kendra sprechen. Ich liebe *dich* aufrichtig, Ava. Mehr als du dir vorstellen kannst.«

Glücklich strahlte sie ihn an. »Und ich liebe dich, Colin. Ich liebe dich mehr als Schokolade.«

Einen Augenblick war er überrascht, dann lachte er. »Wahnsinn, das will was heißen.«

Ava nickte. »Eben!«

Und dann küsste sie ihn, als wäre es das erste Mal.

## ZUM SCHLUSS

Vielen Dank, dass du mein Buch gekauft und gelesen hast. Wenn es dir gefallen hat, freue ich mich über Feedback, sei es als Rezension oder als Beitrag in den sozialen Medien.
 Wenn du keine Neuerscheinung mehr verpassen möchtest, melde dich gleich zu meinem Newsletter an.

 Du findest mich bei Instagram, Facebook oder auf meiner Website.

 Alles Liebe,
 *Deine Karin*

# Liebe am Loch Ness

## Highland-Liebesromane
## von Bestseller-Autorin

### KARIN LINDBERG

## Überall im Buchhandel erhältlich

## KARIN LINDBERG

Karin Lindberg stammt aus Süddeutschland und lebt in der Lüneburger Heide. Zehn Jahre war sie in den Chefetagen großer Konzerne tätig – um direkt nach ihrer ersten Romanveröffentlichung zu kündigen und ausschließlich zu schreiben. Heute zählt sie zu den beliebtesten und erfolgreichsten Autorinnen Deutschlands, ihre millionenfach verkauften Liebesromane stürmen regelmäßig die Bestsellerlisten. Ihre Fans begeistert sie mit Geschichten voller Humor, aber vor allem mit ihrem Gespür für große emotionale Momente.

Weitere Informationen unter **www.karinlindberg.info**

Auf meiner Website könnt ihr den kostenlosen Newsletter abonnieren. Neben allen aktuellen Terminen erhaltet ihr regelmäßig kostenloses Bonusmaterial und exklusive Gewinnspielmöglichkeiten.